DEMOISELLES DES LUMIÈRES

Du même auteur

Aux Editions Denoël

Chez Lipp
*Les Dames du Faubourg**
*Le Lit d'acajou***
*Le Génie de la Bastille****
Les Violons du Roi
Rétro-Rimes (poèmes)

Aux Editions Fayard

Hôtel recommandé
En collaboration avec Jacqueline Michel : *De briques et de brocs*
Drôles de numéros

Aux Editions Albin Michel

Si vous avez manqué le début

Aux Editions Philippe Lebaud

En collaboration avec Irène Karsenty : *Le Livre du cochon*

Aux Editions Flammarion

Au temps où la Joconde parlait
L'Empereur
Les Dîners de Calpurnia
La Fontainière du Roy
Les Ombrelles de Versailles
Les Chevaux de Saint-Marc
Le Printemps des cathédrales

Jean Diwo

Demoiselles des Lumières

Fayard

A Martin

Chapitre I

Une odeur de printemps

Avec de bons relais, il ne fallait guère plus de trois jours pour aller de Paris à Bourbon-l'Archambault, la ville de thermes à la mode. Les gens de la cour aimaient y soigner leurs rhumatismes, oublier sous les ombrages les contraintes de Versailles et se mêler, durant quelques semaines, à des personnes qu'ils n'auraient jamais rencontrées en d'autres circonstances.

Ce salon de verdure éphémère accueillait beaucoup d'habitués des lundis de Mme Geoffrin et des mercredis de Mme Doublet : peintres, philosophes, poètes, que les courtisans emperruqués regardaient comme des bêtes curieuses lorsqu'ils les croisaient dans les allées du parc.

Des femmes de bonne ou de petite noblesse, riches toujours, savantes ou du moins régulièrement instruites, lectrices de tout ce qui s'imprimait en France et en Suisse, apportaient à la compagnie la nuance délicate de leurs robes légères, qui, disait-on chez dame Benoît, la couturière de la rue Saint-Honoré, pesaient à peine douze onces. Satins jaunes rayés de rose ou parsemés de petites fleurs printanières côtoyaient des mousselines brodées. S'associaient à cette mosaïque dorée à la fortune de maris opulents un carré d'abbés bien nés, deux ou trois Canettes et demoiselles d'opéra conduites par leurs riches protecteurs.

La fine fleur des dames du temps qui aimaient passer pour intelligentes – et l'étaient souvent – se regroupait après avoir vidé son gobelet d'eau chlorurée au pied d'un chêne majestueux, aussi vieux que « Quiquengrogne », la plus haute tour du château. Ne franchissait pas qui voulait ce cercle où s'épanouissaient l'esprit et le goût de la conversation : « Ce n'est pas, disait la jeune marquise de la Ferté-Imbault, parce que nous sommes loin de Paris que nous devons causer avec n'importe qui ! »

Un nouveau venu, Alexis Piron, arrivé la veille, ne risquait d'être écarté d'aucun des groupes qui se réunissaient autour de l'établissement thermal, rebâti d'élégante façon à la fin du siècle passé. Mme de la Ferté-Imbault lui tendit cependant la main avec une visible réticence. Elle était en froid avec l'auteur dramatique et poète, connu pour son esprit caustique, depuis qu'il avait un jour écrit, après avoir quitté la maison de sa mère, Mme Geoffrin : « Je sors d'un hôtel de Rambouillet où la dame du logis, deux fois la semaine, donne à dîner à tous les illustres parasites de nos trois académies depuis d'Alembert jusqu'à Marmontel inclusivement. » Ses épigrammes, son esprit inépuisable, mordant, impardonnable pour les victimes, en faisaient l'enfant terrible de la France éclairée. Ses bons mots comblaient ceux qui n'en étaient pas victimes. Pour l'heure, les hôtes de Bourbon-l'Archambault attendaient avec gourmandise les premiers débordements de l'humeur du poète.

« Donnez-nous, mon bon Piron, les dernières nouvelles de Paris, demanda la marquise de Mineure, qui lui était proche et défendait bec et ongles son protégé chaque fois qu'on l'attaquait.

– "Mon bon Piron !" Il n'y a que vous, marquise, pour croire que je ne suis pas l'affreux bonhomme qui, à longueur de jour, vend son âme pour un bon mot.

– Mais non, dit la marquise en riant. Nous sommes au moins deux : l'abbé Legendre vous aime.

– Dame ! L'abbé, comme moi, est un Bourguignon, un digne buveur ! Sa cave est la meilleure du monde. Il mérite son vin, boit gaiement et me repasse en chantant la coupe d'Alexandre.

– Alors, Paris ? coupa Mme de Mimeurs.

– Eh bien, méditez sur la semaine de l'Anglais dont on parle dans la *Gazette de Hollande* : sa femme tomba malade le lundi, mourut le mardi, fut enterrée le mercredi. Il se remaria le jeudi, eut un enfant de sa seconde femme le vendredi et se pendit le samedi. C'est un peu la routine de la cour, où tous les jours se suivent et se ressemblent. L'ambiance ? La chasse, des aboiements de chiens et des cors, de la pluie, du vent et de la boue. Et voici le pain hebdomadaire : lundi concert, mardi tragédie, mercredi concert, jeudi Comédie-Française, vendredi salut, samedi Comédie-Italienne, dimanche grand-messe. Tout compte fait, cette semaine est plus riante que celle de l'inglische !

– Vous avez donc séjourné à la cour ? s'étonna le marquis de Bully, dont les terres avoisinaient les eaux de Bourbon.

– La carrossée des comédiens français, qui me jouaient, m'a emmené à Fontainebleau. Ce n'est pas mon lieu de prédilection. J'y passe pour un Timon ou un Diogène, dans tous les cas pour une espèce de barbare dont on craint l'humeur.

– Diogène ne s'est pas ennuyé dans son tonneau !

– Je m'y serais ennuyé si je n'avais eu le plaisir de voir les allants et les venants des gens de cour, de lorgner, caché dans une encoignure de fenêtre, leur air important ou altéré de crainte et d'espoir. Et, surtout, de constater combien la plupart de ces airs-là sont faux à des yeux clairvoyants ! Je n'y ai rien vu de vrai que la physionomie des Suisses. Ce sont les seuls philosophes de la cour. Avec leur hallebarde sur l'épaule, leur grosse moustache, leur air tranquille, on dirait qu'ils regardent tous ces affamés de fortune comme des gens qui courent après ce qu'ils ont attrapé depuis longtemps. »

Un frisson parcourut l'assemblée. Des « ho ! » de réprobation se mêlèrent aux rires, et une voix s'éleva, celle de Mme de la Ferté-Imbault, à qui il pesait de rester en dehors de la conversation, fût-ce celle que menait Piron :

« A Fontainebleau, vous n'avez donc remarqué que les Suisses ?

– L'air suisse me convenait, madame, et je regardais dans cet esprit Voltaire roulant comme un petit pois vert à travers les flots de jean-fesses, quand il m'aperçut : “Ah, bonjour mon cher Piron ! Que venez-vous faire à la cour ? J'y suis, moi, depuis trois semaines, on y joue mon *Zaïre* et ma *Marianne*. Comment vous portez-vous ?” J'allais répondre à cette politesse, quand il me tourna brusquement le dos, courant vers un manteau de soie qui passait : “Ah, monsieur le duc. Un mot… Je vous cherchais…”

– C'est tout ? demanda la marquise.

– Non. J'ai rencontré Voltaire le lendemain et lui ai dit tout de go : "Fort bien, monsieur, et prêt à vous servir." Interloqué, il me regarda, ne comprenant rien à mon propos. Alors je l'ai fait ressouvenir qu'il m'avait quitté la veille en me demandant comment je me portais et lui dis combien je regrettais de ne lui avoir point répondu plus tôt.

– Vous n'aimez pas Voltaire ? questionna une dame.

– Nous guerroyons, madame. Peut-être bien que nous nous haïssons. Pourtant c'est à Voltaire, si je meurs avant lui, que je léguerai mes épigrammes en lui déclarant la paix ! Maintenant, madame, permettez-moi de vous quitter. J'ai promis à l'abbé Legendre de lui écrire quelques gentillesses sur notre aimable société[1]. »

Piron partit et se réfugia dans le grand salon, où un écritoire attendait sous une fenêtre que quelque épistolier vînt essuyer sa plume sur le coin du pupitre. Il pensa un instant à l'abbé aux formes rondes qui, à cette heure, devait s'apprêter à déboucher le flacon de bourgogne de son dîner, soupira et écrivit de la vive façon qui courait après sa pensée :

« Je suis dans une jolie compagnie, mon cher abbé, où les chiens sont presque aussi nombreux que les buveurs d'eau. Venir si loin pour boire une eau dont la meute ne veut pas ! Quelle tristesse ! Au fait, une chienne bien née vient de mettre bas. Combien de chiens ? de quelle couleur ? lesquels madame la duchesse gardera-t-elle ? Donnez-lui de l'huile ou plutôt non, ne lui donnez rien ! Allons, l'abbé, gloire à monsieur Toutou ! Vous voyez que la conversation est à la

1. L'abbé Legendre, lettré et bon vivant, était le frère de Mme Doublet, autre hôtesse d'un grand salon parisien.

hauteur du château fort de la branche cadette des Bourbons. Ce qu'il doit, morbleu ! y faire froid l'hiver !

» Il vient d'arriver deux originales, une dame Grandin et sa fille, qui proposent à tout le monde leur jeu de l'oie. Avec elles, le discours roule dans les ornières de l'insignifiance. Hier, il n'a tenu qu'à peu qu'on ne fasse les horoscopes. On y venait quand les petits chiens ont miaulé. Oui, vous ne le saviez pas, les chiots bien nés miaulent comme des chats. Aussitôt les oreilles se sont dressées, les cœurs se sont attendris, les caresses ont redoublé. Et les robes à panier d'accourir, les soins de se multiplier. Admirez dans tout ce tracas le poète, le philosophe, le penseur. Quelle situation ! Est-il des enthousiasmes à l'épreuve des distractions d'une femme dont la chienne accouche ?

» Il m'est bon, dans ma solitude désespérée, de vous livrer, cher abbé, le fond de ma pensée. Il paraît que je soigne ma jambe, à moins que ce ne soit le foie. La maison attend heureusement des nouveaux arrivants, dont Bachaumont. Topez à ma santé, noble ami. Et saluez, si vous les rencontrez chez l'épicier Gallat ou au caveau de la rue de Bussy, Crébillon, Collé et tous les autres. »

* *
*

Si, dans les chambres de bains et aux « cygnes » – le nom des robinets de bronze doré qui dispensaient l'eau bienfaisante –, les curistes de toutes conditions, suffisamment riches toutefois pour honorer des factures sérieuses, se trouvaient mélangés sans qu'on y trouvât à redire, les groupes qui se formaient dans le parc respectaient hors des périodes de soins les clivages de la naissance. Les duchesses ignoraient les femmes de finance ou de magistrature, qui, elles-mêmes, ne fréquentaient pas les bourgeoises. Seuls traits d'union entre les castes de baigneurs, quelques jeunes filles hardies faisant virevolter dans les allées leurs robes, lesquelles, au grand bonheur des messieurs, n'étaient pas soutenues par ces encombrants paniers qui figeaient les dames sur leur tabouret.

Parmi ces jeunes filles que leur innocence et leurs bonnes manières différenciaient des demoiselles d'opéra, deux amies inséparables, sortant à peine du couvent des Ursulines de Poissy, se retrouvaient, sylphides légères, dans les plates-bandes de l'opulence bourbonnaise. L'une, que tout le monde appelait Reinette, du nom de l'une des trois sources de l'établissement, les deux autres étant la « Royale » et la « Cardinale », était la fille d'une Mme Poisson, dont la seule évocation faisait éclater de rire les robes à panier. La dame pourtant n'omettait jamais de dire qu'elle était née de la Motte, famille plus élevée que celle de son mari, lequel avait fait carrière chez les frères Paris, fameux commissaires aux vivres de l'armée. Mais elle taisait que, chargé de l'approvisionnement de la capitale durant la disette des grains de 1725, le mari s'était malheureusement livré à des spéculations hasardeuses, au point que, ne pouvant rembourser les cent trente-deux mille livres qu'il devait à l'Etat, il avait préféré « s'absenter » – en d'autres termes, prendre la fuite.

C'est en Allemagne qu'il avait patiemment attendu que la justice oubliât qu'il avait été condamné à être pendu. Ces huit années d'exil avaient été éprouvantes pour la dame Poisson, qui, heureusement, était belle et avait trouvé en la personne d'un galant fermier général, ami de son mari, Charles Le Normand de Tournehem, l'appui sentimental et financier qui lui manquait. A son retour à Paris, M. Poisson avait donc trouvé au côté de sa femme un ami chaleureux, riche et serviable, avec lequel il devait entretenir durant toute sa vie des rapports cordiaux, ce qui n'étonna personne.

Pour l'heure, M. de Tournehem accompagnait aux eaux Mme Poisson. Attentif aux désirs de sa compagne, qui, grâce à lui, pouvait savourer le plaisir de côtoyer les plus grands noms de l'univers bourbonien, M. de Tournehem regardait avec tendresse Reinette faire la conquête des ducs et des duchesses par ses bonnes manières, son charme et sa beauté. Il considérait comme sa fille cette délicieuse demoiselle qu'il connaissait depuis son enfance. Il avait assuré son éducation en attendant d'assurer son avenir.

M. de Tournehem était un homme de son siècle, instruit, assoiffé de savoir, ami des artistes et des arts. Il se réjouissait de la venue annoncée de Boucher, le peintre de la famille royale, et du marchand de tableaux Gersaint, qui tenait commerce sur le pont Notre-Dame et dont il était client. Cette venue comblait aussi la marquise de la Ferté-Imbault, pour qui la société affétée des thermes n'était qu'une caricature de la cour et qui rêvait de réunir, à l'ombre des tilleuls, un cercle d'initiés où se retrouveraient les habitués du salon de sa mère :

« Ne trouvez-vous pas ces gens ennuyeux ? avait-elle demandé à M. de Tournehem, qui ne fréquentait pas les lundis de la rue Saint-Honoré, mais avait sa place là où rôdait la pensée. Nous allons les laisser se gargariser d'insignifiances et nous réunir avec les nouveaux arrivés. Serez-vous des nôtres avec madame Poisson, qui, je m'en suis aperçue, ne manque pas d'esprit ?

– Avec plaisir, madame. Ah ! J'ai appris que Bachaumont est de la voiturée de Boucher et Gersaint.

– Mme Doublet est-elle de la partie ?

– Non, elle est malade et a laissé venir seul son fidèle ami.

– Quel dommage ! », soupira Mme de la Ferté-Imbault.

M. de Tournehem savoura l'hypocrisie de ce regret. Il connaissait, comme tout le monde, la rivalité opposant les deux femmes, qui passaient leur temps à se disputer la venue dans leur salon des grands peintres et des philosophes illustres.

Bachaumont, c'était la fantaisie incarnée, l'arbitre par excellence de toutes les choses parisiennes, le conseilleur auprès de qui l'étranger, la province et même Paris s'enquéraient de la mode, de l'art du décor, du talent des fabricants et des artistes, le tout enveloppé dans le catéchisme d'Epicure. C'était plaisir de l'écouter parler de peinture, art duquel sa fortune lui avait permis de tâter. « J'ai beaucoup vu, beaucoup réfléchi. J'ai voulu peindre avec les meilleurs maîtres, mais une maladie, la petite vérole, m'a empêché de continuer. Il m'en reste un grand amour pour les choses de l'art, disait-il. »

Bachaumont se croyait philosophe, mais sa philosophie se bornait à vivre sans souci, sans dieu, sans remords, dans la plus profonde et la plus sereine paresse d'âme. Cet athée nonchalant débarqua le lendemain, en compagnie de Boucher et de Gersaint, sur les terres de M. de Bourbon habilement transformées en station thermale depuis que le seigneur du lieu avait découvert que les Romains, déjà, connaissaient les vertus de l'eau de sa fontaine.

* *
*

L'autre jeune fille qui, au couvent des Ursulines, avait bénéficié de la sage éducation de Mme de Sainte-Perpétue, était la nièce d'une femme antipathique, épouse d'un fermier général, qui n'avait d'yeux que pour son fils, un garçon de dix ans aux airs déjà prétentieux. Visiblement elle n'appréciait ni la beauté ni la vivacité d'esprit de la jeune Agnès, et ne manquait pas de lui rappeler, sans se soucier du regard réprobateur de l'entourage, qu'elle était pauvre et dépendante. Ce à quoi la jeune fille répondait, en maîtrisant sa révolte, que son père, le baron d'Estreville, avait été un vaillant capitaine, mort au service du roi.

Un jour où la tante l'avait publiquement mortifiée, Agnès lui avait lancé, sans se défaire de son sourire :

« Heureusement, ma tante, que ma mère ne m'a confiée à vos soins que pour quelques semaines. Que vous le vouliez ou non, je suis, moi, une aristocrate. Les choses de l'argent, qui vous tiennent tant à cœur, ne sont rien. Si vous regrettez de m'avoir donné la belle robe que je porte aujourd'hui, je puis vous la restituer sur-le-champ. »

Bachaumont, qui assistait à la scène, dit, assez haut pour être entendu de tout le monde, à son complice Piron :

« Cette jolie demoiselle a la riposte prompte. Elle doit tenir de son père, qui défendit la citadelle de Dunkerque.

– Dame Revêche devrait se méfier de Cendrillon ! », s'esclaffa Piron.

On rit et, dans le clan de la bonne noblesse, quelques dames applaudirent en faisant claquer leur éventail fermé sur le dos de la main.

Personne ne savait quelles maladies venait soigner ce beau monde. Fontaine de Jouvence ? Il serait plus aisé de dire quels étaient les maux auxquels les eaux de Bourbon n'étaient pas propres. Disons simplement qu'elles étaient à la mode et réputées guérir de toutes choses, de l'ennui, des vapeurs, d'un mari, d'une ride, d'un veuvage, des nerfs. Piron disait joliment qu'elles soignaient le cœur, les nerfs et même l'amour-propre, que les malades y étaient les mieux portants du monde et n'avaient pour régime que de s'habiller, s'habiller encore, de sourire, de bavarder et de faire des saluts à la promenade. Piron ajoutait qu'il faudrait l'hiver pour guérir des eaux de Bourbon tous ces malheureux. Piron en tout cas les faisait rire et c'était pour cela qu'il était invité. Il narguait aussi dans ses propos son vieil ennemi Voltaire, « seul à bouder le lieu et qui répète vainement qu'il y a plus de vitriol dans un verre d'eau de Bourbon-l'Archambault que dans une bouteille d'encre ».

L'arrivée de Gersaint et de Boucher apportait une heureuse diversion au train-train mondain en introduisant la peinture, grande affaire du siècle avec les sciences et la philosophie, dans les conversations. Le marchand de tableaux n'était pas venu les mains vides. Il montrait et distribuait avec une vive satisfaction un opuscule fraîchement imprimé par ses soins :

« C'est le catalogue complet et détaillé de la prochaine vente Quentin de Lorangère[1]. Une quantité de beaux tableaux sera mise aux enchères, dont quelques œuvres d'Antoine Watteau, qui, vingt ans après sa mort, devraient voir leur prix augmenter. Parmi elles, *Un concert*, qui aurait pu être peint ici avec ses habits galants, ses attitudes vraies et aisées, ses figures agréables. On va vendre encore *Un jeu d'enfants*, *Les Fêtes vénitiennes*...

1. Il s'agit du premier catalogue de vente aux enchères jamais imprimé.

– Il est vrai, dit Mme de la Ferté-Imbault, qu'on trouve rarement en vente des œuvres de Watteau.

– Watteau est mort très jeune, à trente-sept ans, et ses tableaux appartiennent pour la plupart à M. de Julienne, qui fut un proche du peintre et l'un des premiers à discerner son génie. M. de Julienne, le grand collectionneur de notre époque, vous le connaissez tous, possède, en sus des tableaux, plus de cinq cents dessins du maître. Certains d'entre eux sont passés entre mes mains. Hélas ! je les ai revendus, c'est le métier de marchand qui l'exige. Je ne saurais collectionner les tableaux, mais je ne suis pas libraire, il m'est donc loisible de réunir une belle bibliothèque, ce que je fais !

– Ainsi, vous ne possédez plus ce panneau merveilleux que Watteau a peint pour servir d'enseigne à votre boutique du pont Notre-Dame ? demanda M. de Tournehem.

– Non ! C'est le plus grand regret de ma vie ! Je l'ai cédé à monsieur de Julienne, qui le conserve sous le nom de *L'Enseigne de Gersaint*. Les conditions exceptionnelles de sa création auraient pourtant dû me pousser à le garder…

– Racontez donc, dit M. de Tournehem.

– S'il vous plaît de l'entendre… Bien qu'il ne soit pas en vente, je l'ai fait paraître dans mon catalogue de Lorangère… C'était en 1721, dans les premières années de mon établissement. Watteau n'attachait pas d'intérêt à l'argent et vendait pour vivre ses tableaux au fur et à mesure qu'il les peignait, moins cher qu'ils ne valaient, le plus souvent à Julienne. Je pouvais parfois me rendre acquéreur d'une œuvre. Ainsi, *La Sainte Famille*[1], *L'Accordée* et *L'Indifférent* passèrent-ils par mes mains. Un matin, Watteau vint chez moi et me

1. Racheté par Catherine de Russie et aujourd'hui conservé au musée de l'Hermitage.

demanda si je voulais bien lui permettre, pour “se dégourdir les doigts”, de peindre un panneau que je devrais exposer au-dehors. J'eus quelque répugnance à le satisfaire, aimant beaucoup mieux l'occuper à quelque chose de plus solide, mais, voyant que cela lui faisait plaisir, j'y consentis.

– Il a peint chez vous ? dans la boutique ?

– Oui. Tout a été fait d'après nature. Les attitudes des personnages, si vraies, si aisées, sont celles de mes clients, de mes aides, et toutes les œuvres reproduites en réduction dans la composition étaient alors exposées dans ma boutique. Les passants et bien des peintres connus défilèrent pour admirer le peintre. Ce fut le travail de huit journées, encore n'y travaillait-il que le matin, sa santé délicate ne lui permettant pas de s'occuper plus longtemps.

– On sait la réussite qu'eut ce morceau, dit Boucher, qui suivait avec curiosité le récit de Gersaint. Watteau se rendit-il compte que son enseigne en deux panneaux était un chef-d'œuvre ?

– C'est le seul ouvrage qui, peut-être, ait aiguisé son amour-propre. Il ne fit point de difficultés à me l'avouer. Pour le reste, vous savez le peu de cas qu'il faisait de ses tableaux une fois sortis de ses mains.

– J'ai vu, continua Boucher, votre enseigne exposée dans le cabinet de monsieur de Julienne, qui m'a aussi montré les carnets d'études que le grand artiste lui a légués. Julienne parle de Watteau avec émotion. Je crois qu'il est faux de dire qu'il l'a exploité de son vivant. Il a, au contraire, protégé ce génie à la santé délicate et à l'esprit inconstant. Afin que tout le monde pût profiter de ses œuvres, il en a fait faire des gravures. Ainsi, m'a-t-il dit, si des tableaux disparaissent dans un incendie ou une autre calamité, il restera quelque chose de l'œuvre de Watteau. Pour la même raison, il m'a engagé alors que j'avais vingt-trois ans pour copier des figures et des paysages du maître qui venait de mourir. Ce fut pour moi un inappréciable apprentissage. »

François Boucher était séduisant. Il portait avec élégance ses trente-cinq ans, et ses talents variés en avaient fait la coqueluche de la ville et de la cour. Devenu très tôt à la mode, il n'arrivait pas à satisfaire les commandes de la famille royale et des nombreux amateurs, qui appréciaient autant son habileté de graveur que de portraitiste, de peintre libertin, de paysagiste, que de décorateur de théâtre et de créateur de tapisseries.

Dès son arrivée à Bourbon-l'Archambault, Boucher avait été assailli par toutes celles qui avaient vainement tenté, à Versailles ou à Paris, de lui commander leur portrait. Il avait à nouveau refusé ce qui, malgré l'extrême politesse de sa fin de non-recevoir, lui valut des ennemies du jour où il répondit :

« Je suis malheureux de devoir vous exprimer un refus, mais je suis ici, sur ordre du médecin, pour me reposer. Mon ami Gersaint a bien voulu m'accompagner, et si j'ai quelque matériel ici, ce n'est pas pour faire des portraits… A moins que ces deux jolies demoiselles, dont l'une, je crois, est la filleule de M. de Tournehem, que je compte parmi mes amis, ne me permettent d'évoquer sur la toile la fraîcheur de leur teint. »

Reinette et Agnès, qui étaient toujours là où il y avait quelque chose à écouter, s'écrièrent ensemble, en faisant une révérence :

« Oh oui, monsieur Boucher ! Nous voulons bien. »

Dame Revêche, comme tout le monde appelait la tante d'Agnès depuis que Piron l'avait ainsi baptisée, ne put s'empêcher d'objecter :

« Il faudra d'abord que je te donne la permission ! C'est plutôt moi que monsieur Boucher devrait peindre, il y a assez longtemps que je l'en ai prié par l'intermédiaire de madame de la Parte ! »

Personne ne savait qui était cette Mme de la Parte. Pas même Boucher, qui prit un air étonné :

« Je ne me rappelle pas ce nom, mais je regrette d'avoir dû lui répondre que cela n'était pas possible. Pour reprendre un mot de mon ami Chardin : "La main ne peut tenir qu'un pinceau à la fois !" »

Vexée, dame Revêche plia bagage et Bachaumont lança :

« Et il est bien normal que les poils de ton pinceau préfèrent la peau douce de la belle Agnès ! »

Celle-ci ne vit pas malice dans ce commentaire. Seules quelques dames gloussèrent.

* *
*

Le plus difficile, à Bourbon-l'Archambault, était de se loger. L'établissement thermal disposait bien de chambres, mais celles-ci étaient réservées en priorité aux visiteurs célèbres, invités pour assurer la renommée de la source la plus chère du royaume. La plupart des curistes habitaient un château d'alentour appartenant à la famille, et venaient chaque matin à Bourbon avec un équipage dont le luxe révélait leur condition. Cette compagnie de gens bien nés, comme celle des invités, se renouvelait sans cesse, et l'annonce des nouveaux arrivants, avec les commentaires qu'elle suscitait, constituait l'essentiel des conversations.

Ce jour-là, entre des bains guérisseurs et des gorgées bienfaisantes, le nom de M. Bonnier circula de bouche en bouche, ponctué par des exclamations qui soulignaient l'importance du personnage. Piron, de sa petite voix de crécelle, demanda si M. Bonnier serait accompagné de la Petitpas. C'était la question que tout le monde se posait. Bonnier, généreux, galant, ami des franches coudées, affolé d'opéra, de musique et de beaux yeux, content de lui et des autres, qu'il n'enviait jamais, mais secourait quand il le fallait, c'était la promesse d'une bouffée de gaîté. Et la présence de la Petitpas donnait à l'événement un accent lyrique et flamboyant qui excitait les messieurs.

Avec tout autre que M. Bonnier, on aurait parlé de scandale. Mais peut-il y avoir scandale lorsqu'il s'agit d'un homme aimable, receveur général des Etats du Languedoc, l'un des plus gros financiers de France, qui, disait-on, avait payé cinquante mille écus le droit d'avoir un Suisse à sa porte ?

La Petitpas était la plus belle des chanteuses de l'Opéra en un temps où prononcer ne fût-ce que le nom de l'une d'elles déclenchait un esclandre. Il y avait la Lionnois, qui faisait chasser son mari de la salle par M. de Maurepas, la Breton, qui assurait le plaisant ménage de M. de Harlay – ce qui ne l'empêchait pas de la brutaliser, de la faire, après boire, monter à coups de pied dans son carrosse, mais la payait ce qu'elle voulait. Et la Carton, tête folle et spirituelle, que Maurice de Saxe avait fait souper à son camp de Muhlberg avec quatre rois et qui devait finir dans la seule compagnie d'un vieux laquais !

De tous ces noms brodés de gloire, de honte, de fortune et d'injures, celui de la Petitpas était le plus retentissant, le plus grand, le plus célébré. Son palmarès galant était déjà riche quand elle avait connu le bon M. Bonnier. Elle avait jeté jadis son dévolu sur les Anglais, qui venaient alors troquer leurs guinées contre les faveurs indiscrètes des filles. Milord Weymouth avait été son favori. Pour le suivre, elle avait déserté la scène sans bruit et sans congé, ramassé une petite fortune à Londres, et était revenue à Paris grosse d'un petit milord. Elle s'était consolée dans les bras d'un «gosier», Géliotte, une voix divine, qui connaissait la vanité de voir les mieux titrés briguer la faveur de souper chez lui. Mais Géliotte était jaloux. Elle en avait ri, pleuré, était partie, revenue, et finalement avait rencontré M. Bonnier, qui l'emporta dans un carrosse d'or.

Les histoires sur le couple coururent les rues, les salons et même les jeux de la cour, mais c'étaient de sages histoires. Plus de scandale ! La Petitpas se révélait fidèle et trouvait follement amusante la passion de M. Bonnier pour l'Opéra, dont les coulisses avaient longtemps occupé ses loisirs. Il n'y passait plus sa vie, mais aimait toujours la joyeuse compagnie des ténors, des danseurs, des comédiens. Sa famille restait celle de Tribon, le fameux chanteur, de Thomassin, l'Arlequin de la Comédie-Italienne, dont la fille était sa filleule, de l'abbé de Seguy, de l'abbé de Genlis, l'un des Quarante, tous habitués des dîners drôles, aimables, fraternels, qui, le rideau tombé, se poursuivaient tard dans la nuit.

Quand la saison de l'Opéra touchait à sa fin et que l'été venait, M. Bonnier se rappelait qu'il était marquis de La Mosson. La plus belle terre qui soit, une Cythère où l'attendaient d'autres plaisirs. La Mosson, c'était un monde particulier. Les harmonies, les sons, les voix ne s'éteignaient plus dans les cintres poussiéreux du théâtre mais dans les ombrages flous d'un parc magnifique. Comme Bonnier, son double, le marquis avait tous les goûts de sa fortune. Il avait même toutes les curiosités d'un homme de goût. Sa princière existence se jouait au milieu des plus beaux meubles, des plus beaux objets, des plus belles tapisseries.

On entrait dans son palais par un couloir bordé de bustes d'empereurs romains, de statues de marbre, de bronzes dorés. Figurines chinoises, cabarets de Saxe et de laque des Indes, doguins de porcelaine garnissaient des étagères de bois de violette. Enviable M. Bonnier ! Il avait des bibliothèques majestueuses, venues des ateliers du Louvre. Il avait même des livres. Les panégyristes – les riches n'en manquent jamais – n'en finissaient pas de dénombrer ses qualités. Par exemple, il était savant, tâtait de la chimie et de la physique, à la mode depuis la passion du Régent. Il avait trois musées d'histoire naturelle et un laboratoire où il aimait montrer lui-même ses appareils, alambics, cornues, fioles d'élixirs, de baumes, d'onguents. Mais il préférait entre toutes sa collection de conchyliologie, où trônait, sur un coussin de soie bleue, le plus rare coquillage du monde : la Scalata, qui faisait rêver M. de Buffon.

Voilà l'homme heureux, sanglé dans une veste vermeille laissant voir une chemise de linon, son tricorne à bords relevés sous le bras, qui arriva un soir à Bourbon-l'Archambault dans un équipage dont la superbe fit grincer d'envie les talons rouges[1] les plus riches. La poussière maculant les vitres du carrosse empêchait qu'on aperçût l'intérieur, mais à

1. Il était à la mode pour les hommes, à la cour et dans la noblesse élégante, de porter de hauts talons rouges.

peine la portière s'ouvrit-elle que Reinette, qui avait l'œil vif, s'écria : « Elle est là ! »

On s'attendait à une entrée de théâtre, à la divine extirpant avec difficulté de la voiture des troussis de velours, une cuirasse de satin flanquée d'aigrettes et surmontée d'une des dernières coiffures de Léonard ou de l'un de ces poufs de cheveux si hauts qu'ils ne passaient pas à Versailles les portes de la galerie des Glaces. Or, c'est une Petitpas à peine maquillée, aux lèvres rose pâle et aux cheveux retenus par une simple guirlande de capucines, qui apparut dans une robe-fleur en cotonnade des Indes. A l'étonnement succéda le murmure flatteur des hommes et la moue des dames, qui, soudain, se trouvèrent ridicules dans leur attirail de paniers. La Petitpas, qui avait irrité leur envie tout l'hiver avec ses toilettes somptueuses, les trichait aux eaux de Bourbon dans une robe de bourgeoise !

Bachaumont, amusé, ne perdait pas un détail du spectacle. Il dit à Piron :

« Je ne l'avais pas écrit pour elle, mais la petite Petitpas mérite mon quatrain :

Charmante nymphe à l'œil finet,
Mignonne comme une poupée,
La langue qui ne te louerait
Mériterait d'être coupée.

– Je me demande, dit Piron, si l'œil finet brille toujours avec autant de convoitise à la vue d'un flacon de champagne !

– Le contraire m'étonnerait. Pour le marquis, j'en réponds : il n'a pas perdu le goût des joyeuses bombances.

– Au fait, sais-tu, cher maître, où va loger notre ménage ?

– Au château de la Combraille sans doute. Il appartient à la Compagnie des Indes, dont Bonnier est le directeur. L'homme a notre estime et apprécie l'escorte de francs harpouilleurs. Nous passerons, je pense, de longues nuits chez lui ! Mais, au fait, qu'est-ce qu'il te prend de m'appeler "cher maître" ?

– Ta tragédie *Callisthène* n'a-t-elle pas été jouée à la cour ? Et, avoue-le, l'Académie te tente !

– L'Académie ? Tu veux rire. Ils sont quarante et ont de l'esprit comme quatre ! Quant à *Callisthène*... Il est vrai que la Reine a pleuré à plusieurs reprises, mais, à cause des bouledogues de la critique, ces roquets de coulisses, la pièce n'a été qu'un demi-succès. Mes acteurs, il est vrai, ont étouffé de médiocrité. Quinault l'Aîné a joué Callisthène comme un veau pleureur, et mademoiselle Lecouvreur n'a fait que hennir trois actes durant. »

Bachaumont n'insista pas. Quand Piron essuyait un échec, il était vain de l'empêcher d'exhaler sa rancœur contre le public, contre les critiques, contre tout le monde. D'ailleurs, la Petitpas s'avançait avec son marquis et tendait sa main à baiser au prince de l'épigramme, qui avait retrouvé son sourire de gai luron.

« Alors, mon bon Piron, on vient prendre les eaux ? Je vous croyais plus porté sur les fines bouteilles de l'abbé Legendre.

– Les sources de Bourbon-l'Archambault, madame, peuvent faire bon ménage avec les doux vins de Loire. A condition de ne pas les mêler dans son verre ! »

On rit et, quand le marquis eut emmené son oiseau chanteur – comme il aimait appeler la Petitpas – se rafraîchir, Piron dit :

« La drôlesse n'a pas oublié les séances chez Ramponneau quand on s'enivrait de vin à quatre sous avec la Desgrange et la jeune Coupée. La voilà pourtant croulant sous les bijoux d'un marquis authentique, mais, Dieu merci, seigneur de franche lippée ! »

* *
*

Bachaumont aimait rire, manger et boire, mais il conservait, par-delà la fête, le souvenir d'un père dépravé, joueur invétéré, dégoûté de tout travail honnête. L'image de cet être exécrable, mort d'hydropisie, freinait à temps ses tendances à la débauche.

Quand il plut à Bachaumont d'écrire ses mémoires, de conter le monde ainsi qu'une comédie, avec son tact, son jugement et son instinct, il commença par le doux souvenir que lui avait laissé son grand-père, le docteur Petit de Bachaumont, médecin à la cour, qui occupait au Grand Commun un logement voisin de celui de son ami André Le Nôtre. L'anecdotier de son siècle décrivit le jardinier du Roi-Soleil comme « le plus agréable vieillard qui ait jamais existé, toujours gaillard, propre, bien mis, d'un visage toujours riant ».

Le petit Bachaumont avait liberté d'aller et venir dans le cabinet où le créateur du parc de Versailles se distrayait encore à dessiner des bosquets, des fontaines et des corbeilles fleuries. « C'est ainsi, raconta Bachaumont, que je me promenais sur un parquet jonché de dessins au fusain ou au pastel. Je voyais monsieur Le Nôtre créer ces merveilles comme par enchantement, avec une rapidité inconcevable.

Bientôt je voulus faire comme lui et j'osais lui demander du papier et des crayons. Mon Dieu, quels griffonnages ! Monsieur Le Nôtre sembla pourtant prendre grand plaisir à me regarder faire et, s'apercevant que j'étais plus intéressé par les figures, poussait la complaisance jusqu'à me dessiner des silhouettes grotesques que j'essayais d'imiter. »

Le jeune Bachaumont grandit en regrettant M. Le Nôtre, qui avait quitté les splendeurs de Versailles et ses sublimes jardins pour se retirer dans sa maison des Tuileries et soigner les quelques rosiers qui en fleurissaient l'entrée. Il fallut trouver un précepteur, et c'est un autre ami du grand-père, Dodard, le médecin de la princesse de Conti, qui recommanda, pour veiller sur l'éducation du garçon, un jeune homme fraîchement ordonné prêtre. « C'était, écrira-t-il à l'âge d'homme, un homme vif, spirituel, plein de feu, à le bien regarder un œil de chat, prenant toutes les voies pour plaire. »

Comment l'abbé fit-il du jeune Bachaumont le sage indolent mais cultivé, l'homme voluptueux et de goût qui brillait aux eaux de Bourbon comme dans la plus choisie des sociétés parisiennes ? Nous l'ignorons, parce que le manuscrit de ses mémoires de jeunesse s'arrête là, et nous fait d'emblée retrouver le petit-fils du médecin Petit dans le rôle d'un homme riche, élégant, et paresseusement occupé au cœur de ce XVIIIe siècle passionné.

* *
*

Ce jour-là, Piron s'était assoupi après dîner, et Bachaumont bavardait avec son ami Boucher, qui avait installé son attirail de peinture près de l'étang. De son pinceau agile, il entourait la silhouette de Reinette d'un décor champêtre à l'inspiration bien éloignée du paysage qu'il avait devant. Quand il ne fixait pas sa toile de son regard bleu de ciel, il laissait errer ses yeux sur les allées et venues des cygnes qui, l'un après l'autre, s'approchaient de la rive et s'en éloignaient promptement, laissant à leur suite un sillage argenté.

« D'où tirez-vous ces paysages imaginaires et raffinés qui font penser à Watteau, mais dont les chatoyantes couleurs diffèrent ? demanda Bachaumont

– Je n'ai pas copié pour monsieur de Julienne une quantité d'œuvres d'Antoine Watteau sans en garder le souvenir. Comme lui, j'ai en réserve mes motifs d'arbres aux branches frissonnantes, mes pièces d'eaux ondulant sous le souffle du vent et mes anges qui jouent gaiement dans les nuées. Je les tire des plis de ma mémoire quand j'en ai besoin. Mais que pensez-vous de notre Reinette ?

– Elle est naturellement belle, mais votre talent lui apporte cette grâce spontanée, cette douceur de teint, cette volupté qui en feraient l'idéal de la beauté féminine.

– C'est drôle, ce que vous me dites. Je pensais en la peignant qu'elle était la femme type que je cherchais pour certaines de mes œuvres. Je crois que vous retrouverez ses traits dans *Renaud et Armide*, un tableau que j'ai commencé à Paris.

– Vous n'allez tout de même pas abandonner votre admirable modèle, madame Boucher ?

– Oh, non ! La rayonnante beauté de Marie-Jeanne et son corps divin font partie de ma vie d'artiste autant que ma palette et les pinceaux. Et puis, je l'aime ! Elle me manque en ce moment… Vous savez bien que je ne vous ai suivi ici que parce qu'elle est partie auprès de sa mère malade. Il est vrai cependant que la fraîcheur de mademoiselle Poisson ne peut laisser indifférent un peintre qui s'est donné mission de célébrer la femme !

– Vous a-t-elle parlé durant les séances de pose ?

– Oui. Sous ses airs évaporés, elle cache un solide bon sens et semble vouloir aller vite et loin dans la vie. Elle aime sa mère et vénère Charles Le Normand de Tournehem qui semble lié depuis longtemps à madame Poisson.

– Je ne l'écrirai pas dans mes chroniques parisiennes, mais on m'a assuré de plusieurs sources que Reinette était sa fille. Le mari aurait séjourné un an à Marseille avant sa naissance.

– Cela expliquerait les soins que le marquis porte à son éducation. Le but de son existence semble être d'en faire une grande dame. Je me rappelle qu'elle m'a dit un jour naïvement : “Vous ferez sûrement un autre portrait de moi à Versailles !”

– Laissons les anges veiller sur le destin de Mademoiselle Poisson. Cette nuit, j'ai relu pour vous *Psyché* de La Fontaine. Cette lecture me procure chaque fois un plaisir nouveau. Il semble que l'Amour lui-même ait donné à La Fontaine la plus belle plume de ses ailes pour écrire cette histoire. C'est à vous qu'il garde les autres pour la dessiner. Vous avez le bonheur d'avoir chez vous une Psyché vivante. Il serait très aisé de trouver dans cette histoire de quoi faire une douzaine de tableaux. Lisez donc, je vous en conjure, ce *Psyché* et, surtout, regardez bien Mme Boucher.

– Ce n'est pas la première fois, cher Bachaumont, que vous me proposez un sujet propre à faire un tableau, et vous savez que je ne dédaigne pas vos idées.

– Jeune, je me suis jeté moi aussi dans la besogne de l'art, mais une maladie, le manque de courage peut-être, m'ont fait renoncer, et je suis resté un amateur de la peinture des autres.

– Dommage, vous avez un bon coup de crayon et je vous ai vu graver de jolis motifs.

– Ce petit talent m'a tout de même servi. C'est grâce à lui que j'ai connu madame Doublet après la mort de son mari, et vous savez la place que tient cette dame dans ma vie.

– Personne ne l'ignore et vos amis pensent que ce lien est un bienfait pour tous les artistes et les esprits curieux qui fréquentent le salon de cette chère madame Doublet. Je regrette personnellement de ne pas avoir le temps de venir bavarder plus souvent dans son appartement du couvent des filles Saint-Thomas[1].

– Qu'à cela ne tienne ! Notre complicité est née devant un dessin charmant qu'elle avait fait de Crozat et que je lui ai proposé de graver. Nous nous sommes distraits à composer ainsi une petite galerie de nos amis : Falconnet, Mirabeau, son frère l'abbé Legendre et autres habitués des réunions du mercredi. Ainsi le crayon et la pointe dessinèrent-ils un compagnonnage réussi !

– Vous êtes, Bachaumont, d'un caractère heureux et chanceux, car madame Doublet de Persan est une bien jolie femme. »

---

1. Rue Saint-Honoré où elle était voisine de ses rivales, Mme du Tencin et Mme Geoffrin.

Sur ce dernier mot, Boucher lâcha brusquement son pinceau, se saisit d'un crayon et d'une feuille de papier en plaçant l'index sur ses lèvres :

« Chut ! Voyez ce chardonneret qui vient de se poser sur la branche du noisetier. Que ne puis-je le faire chanter dans le coin de ma toile ! Mais je peux au moins rappeler son plumage coloré. Il faut le saisir, car il va s'envoler. »

Avec une virtuosité incroyable, Boucher dessina le passereau. Il eut même le temps, avant qu'il ne s'envole, de le parer de quelques touches de couleur.

« Tiens, dit-il, je le mettrai dans le tableau de la nièce de tante Revêche.

– La belle Agnès rêve-t-elle aussi de dénicher à la cour un beau parti ?

– Je ne le pense pas, c'est une tête à calcul, mais pas dans le sens où vous l'entendez. Figurez-vous qu'elle m'a confié qu'elle ne s'intéressait qu'aux choses de la science ! Et de me parler de Galilée, d'astronomie, de la comète de Halley et du mouvement de la Terre…

– Diable, les précieuses de Molière auraient essaimé jusque dans les couvents des dames ursulines ?

– C'est en tout cas une fille intéressante. Parlez-lui, vous serez étonné. »

Parler à l'une des plus fraîches demoiselles de la compagnie, intelligente de surcroît, n'était pas pour déplaire à Bachaumont, qui s'arrangea le soir même, à l'heure de la tisane, alors que les flambeaux allumés par les laquais durant le souper donnaient aux feuilles de catalpas des formes fantastiques, pour prendre place à ses côtés, près de Mme de Chauly, une personne avenante, mais qui, malheureusement, ne s'exprimait que par des lieux communs.

« Mademoiselle, demanda-t-il pour entamer la conversation, aimez-vous cet endroit ? Je crois avoir entendu dire que Madame votre tante et vous-même devez bientôt nous quitter. »

Agnès le regarda, sourit et dit :

« Monsieur de Bachaumont, cet endroit, comme vous dites, je le trouve à la fois superbe et ennuyeux. Les dames qui constituent l'essentiel de la compagnie ne m'intéressent pas, leur conversation est insipide et j'ai hâte de retrouver ma mère à Paris. Vous avez peut-être remarqué de surcroît que je ne m'entends pas avec ma tante ?

– Voilà en effet, mon enfant, bien des tracas ! Mon ami Boucher, pour qui vous avez posé, m'a dit que vous étiez intéressée par les choses scientifiques. Etonnante passion pour une jeune fille !

– Madame du Châtelet avant moi s'est illustrée avec son étude sur la nature du feu et ses institutions de physique.

– Oui, mais elle supporte bien des sarcasmes et des quolibets. Elle travaille heureusement avec Voltaire, qu'elle a converti à la science et aux mathématiques. Molière et ses *Femmes savantes* n'ont pas facilité l'entrée des dames dans la sphère scientifique.

– Molière a été injuste, monsieur de Bachaumont ! Mais vous verrez que beaucoup de petites jeunes filles de mon genre réussiront avant peu le pari. J'en connais au moins deux, Mme d'Arconville et mon amie de couvent Nicole-Reine de la Brière, qui riveront bientôt leur clou à bien des messieurs de l'Académie !

– C'est aussi votre intention ?

– Pourquoi pas ?

– De tout mon cœur je vous dis bonne chance mademoiselle, et si vous souhaitez rencontrer messieurs d'Alembert, Macquer ou Bernard de Jussieu, madame Doublet et moimême – je suis en quelque sorte l'ordonnateur sans titre de ses réunions – vous accueillerons volontiers.

– Ah ! parler à monsieur d'Alembert de son calcul intégral... Vous croyez donc que c'est possible ?

– Mais bien sûr, ma chère enfant ! Voilà un rêve étonnant chez une jeune fille, mais bien facile à réaliser. Pour revenir à Bourbon-l'Archambault, je veux bien que cela ne soit pas le lieu idéal pour une personne de votre âge, mais il n'y a pas ici que des chiens, comme Piron le prétend, ni que des marquises sans cervelle, comme vous le pensez. Boucher, que vous connaissez, est un être délicieux ; Gersaint, un homme qui sait tout de l'art ; monsieur Bonnier, le plus grand des collectionneurs ; sans oublier Piron, qui serait tellement heureux de vous faire partager sa bonne humeur...

– Je sais, mais tous ces messieurs se réunissent entre eux et je suis trop timide pour m'immiscer dans leur société.

– Si vous saviez comme ils aimeraient faire une place à votre sourire, ces braves gens ! Eh bien, dès demain je vous prends sous mon aile et vous introduis dans le cercle des lumières [1]. »

1. Depuis quelques années déjà, le mot « lumières » était parfois utilisé pour désigner des personnes cultivées, qu'elles possèdent des talents innés ou aient acquis force connaissances. Voltaire parlera des « lumières d'un siècle éclairé ». Les expression « siècle des Lumières » ou « philosophie de Lumières » s'imposeront bientôt par référence au programme des philosophes et hommes de science collaborant à l'*Encyclopédie*.

Chapitre II

Salon de dames

Il faisait froid à Paris, ce mercredi de mars, quand la pendule de l'horloger Lepaute, réplique de celle qu'il avait inventée pour le château de la Muette, sonna douze fois dans le salon de l'hôtel de Mme Geoffrin. La dame était fière de cette récente acquisition, enviée de tous ceux qui avaient le privilège d'apprécier le timbre harmonieux de sa sonnerie. Elle attendit dans le ravissement que la dernière vibration se perdît dans le ciel du plafond peint jadis pour Fouquet à l'image de la Fortune tenant une corne d'abondance, avant de dire : « Venez dîner, ma fille, il est l'heure ! »

Mme de la Ferté-Imbault, qui lisait les *Mémoires de la cour de France de Mme de Lafayette*, se leva et dit en s'asseyant à la table dressée devant le feu :

« Je suis déçue par ce livre. Je vais, je crois, reprendre pour la nième fois *La Princesse de Clèves*[1]. »

---

1. Marie-Thérèse Geoffrin avait épousé le marquis de la Ferté-Imbault, colonel de cavalerie, mort quatre ans après son mariage des suites des blessures subies lors d'une campagne en Pologne. La jeune veuve vivait avec sa mère rue Saint-Honoré.

Mme Geoffrin acquiesça et dit en remontant son châle sur les épaules :

« Nous aurons beaucoup de monde cet après-midi. Ils doivent geler chez eux, et vont venir se réchauffer rue Saint Honoré devant notre cheminée. Tiens, dites donc à Nicolas d'y mettre quelques grosses bûches. »

Nicolas était depuis toujours le laquais de M. Geoffrin et demeurait, malgré son âge, dévoué à la famille. « Ils » désignait en toute simplicité Diderot, Montesquieu, le jeune d'Alembert, le vieux Fontenelle, qui venait de la montagne Sainte-Geneviève, Voltaire peut-être, s'il était revenu de Cirey. Tout ce beau monde traitait avec respect le vieux valet qui leur ouvrait la porte et l'appelait, c'était l'habitude, « monsieur Nicolas ».

Le mercredi était, chez Mme Geoffrin, le jour réservé aux poètes, aux philosophes, aux gens de lettres en général. Des artistes, peintres, graveurs, collectionneurs, qui avaient leur jour le lundi, venaient souvent se joindre aux gens de plume. Ainsi, Chardin et Boucher avaient-ils fait dire dans la matinée qu'ils passeraient en rentrant de l'Académie.

Mme Geoffrin avait épousé, à l'âge de quatorze ans, un bourgeois assez terne mais fortuné, qui lui avait apporté un hôtel riche d'un faste passé. L'un de ses premiers propriétaires n'avait-il pas été Nicolas Fouquet, l'intendant des Finances du jeune Louis XIV ? Mme Geoffrin n'était pas encore le « ministre de la société », comme la surnommerait plus tard Montesquieu, ni son hôtel le « royaume de la rue Saint-Honoré », mais ses fauteuils de velours rouge, posés dans un savant désordre devant la grande cheminée, rassemblaient déjà les jeunes gloires intellectuelles du demi-siècle.

En la voyant serrée dans une toilette simple mais de bon

ton, on se disait qu'elle avait dû être une très belle femme. A quarante ans, il restait à Mme Geoffrin un visage agréable, à peine flétri, où luisaient deux yeux d'une incomparable pureté. Des yeux faits pour goûter les nuances et les demi-teintes d'un Watteau ou pour jauger les utopies des nouveaux philosophes. Des yeux qui attiraient toujours plus les habitués du salon voisin de Mme de Tencin qui, malade, vieillissait en songeant qu'elle avait peut-être eu tort de présenter ses illustres protégés à sa jeune voisine, devenue à présent une rivale. Sans doute pensait-elle surtout à sa jeunesse agitée, à ses ambitions, à sa gloire passée[8].

Diderot n'avait eu que la rue à traverser pour venir du café de la Régence, où il avait dîné d'une tartine en faisant une partie d'échecs avec son ami Rousseau. Il arriva le premier, tête nue, la cravate défaite, ébouriffé par une saute de vent, dans le salon de la rue Saint-Honoré. Cette entrée lui valut un reproche à peine voilé de Mme Geoffrin, qui était ferme sur le chapitre de la bienséance. Elle contestait fréquemment les manières débraillées de Diderot, ce qui ne l'empêchait pas d'apprécier et de soutenir la liberté et l'originalité d'un talent qui commençait à s'affirmer.

---

1. Belle, ambitieuse, peu scrupuleuse, Mme de Tencin avait voulu se faire un nom et y avait réussi avec l'appui du Régent. Devenue riche grâce à Law, elle acquit une bonne réputation d'auteur et de philosophe sous la protection de Fontenelle et de Montesquieu dont elle défendit *De l'Esprit des lois*. Dans son salon, elle sut s'entourer des meilleurs hommes de lettres de son époque, qu'elle appelait familièrement sa « ménagerie ». Elle avait eu dans sa jeunesse un fils du chevalier Destouches, qu'elle abandonna sur les marches d'une église et qui fut élevé par la femme d'un modeste vitrier. Ce garçon deviendra d'Alembert.

Diderot sourit et s'excusa en relevant une mèche de cheveux qui lui tombait sur l'œil :

« A rebelle, cheveux rebelles ! Je devrais porter perruque et le ferai si vous me l'ordonnez, madame. »

Sa fille éclata de rire :

« Mère, laissez donc Diderot se débrouiller avec ses cheveux et sa cravate ! Vous ne voudriez tout de même pas qu'il s'habille à l'exemple de monsieur de Fontenelle qui a le double de son âge !

– Vous savez bien, M. Diderot, que si je parais un peu sévère, c'est parce que je refuse que mon salon ressemble à celui de mon amie Mme de Tencin, qui reçoit n'importe qui et tolère tous les excès. Le bon usage, l'élégance du discours comme de la mise sont pour moi les garants d'une absolue liberté de parole. Provoquons, mais avec esprit, disputons, mais sans gravité, médisons, mais avec finesse, enfin, pardonnons la licence pourvu qu'elle s'exprime avec délicatesse ! Vous voyez que je ne suis pas une insupportable donneuse de leçons. D'ailleurs, mon mari ne le tolérerait pas. »

Mme de la Ferté-Imbault, gaie de nature, éclata de rire en regardant Diderot. Chacun savait que le riche M. Geoffrin, devenu vieux, supportait tout de sa femme après l'avoir soumise durant vingt ans à une dévotion et une avarice abusives.

Thérèse Geoffrin avait commencé à se rebeller lorsqu'elle avait décidé d'imiter Mme de Tencin et de recevoir l'élite de l'intelligence parisienne dans son salon. M. Geoffrin n'avait pas accepté de bonne grâce ce changement d'humeur. Il avait d'abord essayé de raisonner l'épouse docile, à présent décidée de se libérer de ses chaînes, puis, devant l'échec du discours, tenté d'imposer la puissance de l'autorité maritale, mais Mme Geoffrin, douce agnelle, avait goûté à l'herbe de la liberté et, « se sentant enfin dans son véritable élément, tint tête à son mari », comme l'écrira sa fille dans ses souvenirs. L'indignation de M. Geoffrin, poussée à son comble, avait donné lieu à des scènes violentes. Il paraissait intolérable à ce bourgeois fort riche mais près de ses sous de voir une partie de ses revenus passer en frivoles dépenses au profit de gens qu'il considérait comme des parasites, et dont, en tout cas, il ne partageait pas les idées.

Mais il n'est pas d'orage qui ne s'apaise et M. Geoffrin, qui aimait avant tout la paix, prit le parti de se résigner, de laisser son épouse agir à sa guise. Mieux, à la fin de sa vie, il prit quelque plaisir aux réunions de sa femme et poussa la complaisance jusqu'à ordonner les repas présidés par son épouse et à en dresser les menus, ce qui lui permettait, assuraient les mauvaises langues, de ne pas dépenser trop. Les omelettes du mercredi devinrent célèbres dans Paris.

Mme Geoffrin avait fini de gronder Diderot et s'occupait de sa santé en lui tendant la traditionnelle tasse de chocolat de l'après-midi :

« Buvez, mon ami. Cela va vous réchauffer, dit, maternelle, la maîtresse de maison. Alors, les idées qui bouillonnent dans votre tête et dont vous nous avez entretenus la dernière fois vont-elles éclore ? Que faites-vous en ce moment pour la littérature que nous aimons ? reprit-elle aussitôt.

– J'essaie de vivre, madame, forcé de suivre des occupations auxquelles je ne suis pas propre en laissant de côté celles où je suis appelé par mon goût, mon talent et quelque espérance de succès.

– Mais vous écrivez, tout de même ?

– Il le faut bien. Je viens de terminer une traduction de l'*Histoire de la Grèce* de Temple Stanyan, que publiera Briasson, et je vais enfin exprimer une pensée personnelle en accompagnant de réflexions une adaptation de l'essai de Shavstesbury, *Le Mérite et la Vertu*. Rien d'exaltant, convenez-en !

– Et votre idée d'aménager par des additions l'encyclopédie de je ne sais plus quel auteur anglais ? demanda Mme de la Ferté-Imbault.

– C'est là ma grande affaire, mais le privilège n'est pas encore signé par le chancelier d'Aguesseau. »

On en resta là avec Diderot, car un beau vieillard faisait son entrée, soutenu par un ecclésiastique qu'il présenta :

« Voici mon fils, le chanoine Roger Lesage, le sauveur de mes vieux jours. Il m'a amené de Boulogne-sur-Mer afin que je revoie une dernière fois Paris où j'ai vécu toute ma vie, Paris qui m'a tant donné. »

On s'empressa autour de l'octogénaire, qui demeurait l'un des écrivains les plus célèbres de son temps. Lesage avait publié des dizaines de romans, fait jouer d'innombrables pièces, comiques pour la plupart. Deux points forts avaient marqué sa vie et l'avaient fait aimer : *Gil Blas de Santillane* d'abord, son chef-d'œuvre, et un geste, digne de l'honneur castillan qu'il n'avait cessé de mettre en valeur dans ses pièces et ses romans. Tout le monde se rappelait l'histoire. *Turcaret ou le Financier* fut joué à l'époque avec succès sur la scène de la Comédie-Française, mais cette âpre satire, « digne de Molière », écrivit le *Journal de théâtres*, si elle amusa Paris, scandalisa les puissants milieux d'argent, qui s'employèrent à la faire interdire. Il fallut l'intervention du Grand Dauphin pour qu'elle fût maintenue à l'affiche. C'est alors qu'un groupe de banquiers offrit la somme considérable de cent mille livres à l'auteur afin qu'il retirât lui-même sa pièce. Et voilà où Lesage devint magnifique : il s'offrit le luxe, lui qui n'avait aucune fortune, de refuser, en disant que la liberté d'un auteur ne s'achetait pas !

L'arrivée de Lesage dans une compagnie modifiait aussitôt l'ambiance. La conversation montait d'un ton, car il était sourd et lui-même parlait haut. On écoutait pourtant avec respect le vieil écrivain qui avait réussi son rêve de jeunesse : vivre de sa plume. Chichement peut-être à certains moments, mais toujours honorablement. Les jeunes poètes et philosophes le vénéraient, Diderot le premier, qui disait son style admirable, au moins aussi parfait que celui de Voltaire. Lesage n'avait en fait jamais quitté la scène littéraire. Son dernier ouvrage, publié quelques mois auparavant, faisait le bonheur des salons. Le titre, *Mélange amusant de saillies d'esprit et de traits historiques*, ne pouvait qu'attirer ceux dont la préoccupation première était de briller en société.

« Que voulez-vous, dit Lesage à Mme de la Ferté-Imbault, je me suis promis de faire rire jusqu'au bout mes contemporains, il faut que je tienne parole ! Mais ce livre aimable n'est pas forcément le dernier. J'ai beaucoup de choses à dire encore avant que mon cher fils, le chanoine, ne chante ma messe d'adieu ! »

Peu à peu la pièce s'emplissait, et Mme Geoffrin faisait montre de l'ensemble des qualités requises pour mener un salon, distraire et mettre en valeur ses invités, les auteurs et les artistes chipés à de Mme de Tencin ou à Mme du Deffand. Habile à s'effacer, à se taire, à écouter, à pousser la causerie des nouveaux venus, elle jouait de ses hôtes comme des instruments d'une musique parfaitement orchestrée. Mme Geoffrin régnait sur son monde telle une aimable souveraine parmi ses sujets. Son regard allait de d'Alembert, qui entamait une conversation animée avec Diderot, à un jeune homme récemment couronné par les Jeux floraux et qui, remarqué par Voltaire, cherchait son chemin dans le labyrinthe des lettres parisiennes. Le poète répondait à Grimm, seul Allemand, critique des arts et des lettres parvenu en France à se faire une place dans le monde. Auprès du feu, le vieux Fontenelle, dont la voiture de la comtesse de Boufflers avait allégrement cahoté les quatre-vingt-seize ans, parlait avec Caylus, le fameux collectionneur-graveur de Watteau, lequel restait, vingt ans après sa mort, le grand peintre du siècle.

Dans la soirée, Chardin, accueilli par Mme Geoffrin, poussa la porte du salon :

« Chardin, vous nous avez manqué lundi ! Vous vous rachetez aujourd'hui, c'est bien ! Boucher n'est pas avec vous ?

– Souffrant, il a préféré rester auprès de sa chère Marie-Jeanne en peignant quelques fêtes galantes. Il m'a prié de l'excuser et de vous dire qu'il serait là lundi prochain.

– Je l'espère ! Sinon il ne sera pas invité de longtemps. »

Mme Geoffrin prétendant se priver de la présence du plus beau fleuron de la jeune peinture ! Chardin sourit :

« Ne croyez surtout pas qu'il vous fasse des infidélités et fréquente le salon de Mme de Tencé.

– Que me parlez-vous de Mme de Tencé ? Nous ne sommes pas en concurrence, que je sache ! »

Chardin, qui était un facétieux, éclata franchement de rire. La maîtresse de maison ne put que sourire, bien qu'elle n'aimât manifestement pas qu'on plaisante devant elle sur les relations faussement cordiales qu'elle entretenait avec ses rivales. Elle était déjà revenue vers Caylus, lui reprochant de l'oublier dès qu'il avait franchi sa porte puisque cela faisait des semaines qu'il lui promettait une gravure de Watteau, quand la pendule égrena les sept coups du soir. C'était, chacun le savait, le signal du départ, que Nicolas confirmait en commençant d'éteindre les chandelles.

Chardin partit le dernier et, s'attardant un instant auprès de Mme Geoffrin qu'il regrettait d'avoir froissée :

« Je tenais, madame, à vous dire combien nous sommes honorés, mes amis et moi, de pouvoir passer chaque semaine un après-midi de doux bien-être dans votre salon. Nombreux sont les peintres et les poètes que soutiennent vos bienfaits. Je vous en suis infiniment reconnaissant.

– Oh, je ne suis pas la première à tenir un salon littéraire. D'autres que moi ont brillé dans cet exercice périlleux mais captivant. Je vais vous faire un aveu : que je m'ennuierais dans la vie sans vous, mes peintres et mes poètes ! Ah ! j'allais oublier de vous dire que j'aimerais avoir un tableau de vous dans le salon. Ma collection commence à s'étoffer avec quelques œuvres de Nattier, d'Oudry, de Poussin, de Rigaud. J'ai acquis récemment un tableau de Boucher, et suis prête à vous acheter une toile qui me plairait et que vous me vendriez à un prix raisonnable.

– Gersaint me donne entre trente et cent livres, selon la taille et le sujet.

– Monsieur Chardin, je vous paierai votre tableau le prix qu'en donnerait Gersaint.

– Ce sera un grand honneur pour moi d'être accroché dans ce lieu où règne l'esprit. Venez choisir à votre guise parmi les trois ou quatre œuvres finies ou que je suis en train d'achever.

– Je viendrai demain avec ma fille, M. Chardin.

– Peut-être aimerez-vous *Le Château de cartes* ou *La Blanchisseuse* ? Je suis assez content de ces deux-là.

* *
*

C'était au tour de Jean-Baptiste Siméon Chardin d'offrir, dans son atelier, un rafraîchissement aux dames Geoffrin. Sa femme, Marguerite, était morte quelques années auparavant et Marie, une vieille cousine, tenait sa maison de la rue Princesse, quartier qu'il n'avait jamais quitté depuis sa jeunesse.

Mme Geoffrin, qui aimait vraiment sa cour d'artistes et d'écrivains, était intriguée par la condition étrange des peintres, le mystère de leur inspiration, les secrets dont, à l'exemple des anciens tailleurs de pierre et des artisans, ils entouraient leur art et leur technique. Boucher lui avait raconté l'histoire du jeune peintre italien Antonello de Messine qui, il n'y avait pas si longtemps, avait accompli un long voyage jusqu'en Flandres pour percer le secret de la peinture à l'huile de Van Eyck. Ce pèlerinage, qui avait changé l'histoire de la peinture de la Renaissance italienne, la fascinait. Le pouvoir des peintres de transmuer les petits tas de couleurs épars sur leur palette en paysages enluminés comme chez Boucher, ou en scènes intimistes comme chez Chardin, lui paraissait ressortir à la magie.

« J'aime sentir l'odeur des pigments, de l'huile, de l'essence qui flotte dans l'univers des peintres, dit-elle.

– Oui, répondit Chardin, rêveur. Pourtant, s'il est un parfum qui domine ici depuis toujours, c'est celui des couleurs. Mon père était maître ébéniste et fabriquait surtout des billards sculptés ou marquetés. Il en livrait plusieurs par an à Versailles et je l'entends encore me dire, avec fierté : "Tu vois, c'est sur ce tapis vert que le roi poussera chaque soir, avec ses ministres, la queue et la houlette. J'y pense en vernissant chaque pouce de ce beau bois venu des îles."

– Votre père était un homme du bois, cela vous a beaucoup marqué, dit Mme de la Ferté-Imbault.

– Oui. J'ai hésité à devenir apprenti dans l'atelier familial. J'aimais caresser les planches soyeuses qui venaient d'être rabotées, j'aimais entendre le chant de la grande scie à refendre, le sifflement de la varlope, le bruit sourd du maillet. Le parfum un peu âcre de la colle chaude et de la sciure fraîche reste toujours mêlé, pour moi, à celui de l'huile et de la térébenthine. Je rêvais aussi de porter, le jour de la Sainte-Anne, la bannière colorée de la corporation, "d'azur à un rabot d'or accompagné d'un ciseau d'argent emmanché d'or et en pointe d'un maillet de même".

– Et pourquoi avez-vous renoncé ?

– Auriez-vous invité rue Saint-Honoré un compagnon menuisier ou un billardier ? En réalité, j'étais plus doué pour le pinceau que pour le rabot, et il avait été décidé que mon frère aîné reprendrait l'atelier. J'avais toujours dessiné ; le chaudron de la cuisine d'abord, un plateau de pommes, puis ma mère cousant une robe pour ma petite sœur. Tout cela était malhabile, j'avouerais même franchement mauvais. Pourtant mon père persistait à dire que j'avais du talent lorsque j'imaginais des motifs de marqueterie pour ses billards. Une rencontre décida du reste.

– Bienheureuse rencontre! Racontez donc!

– C'était un 1er mai, mon père nous avait emmenés à la fête des orfèvres. Nous avions suivi le cortège des syndics, dont les bannières multicolores précédaient les blanches demoiselles de Marie. Par la rue Saint-Louis, le marché Neuf, Saint-Germain-le-Vieux et la rue Neuve, nous parvînmes à la cathédrale. Sur le parvis, les maîtres choisis s'avancèrent, portant le tableau votif offert traditionnellement par la corporation à Notre-Dame. Cette année-là, les orfèvres avaient chargé Pierre-Jacques Cazes, un ami de mon père, à qui il me présenta, de réaliser l'œuvre. "Je voulais en faire un ébéniste ou un mercier, mais le garçon, qui dessine bien, veut être peintre. Connaissez-vous un atelier où il pourrait apprendre?", lui demanda-t-il. L'autre proposa naturellement de me prendre à son service.

– Etait-ce un bon maître?

– Non. Il m'aurait dégoûté du métier si je n'avais été, au bout de quelques années, remarqué par un vrai peintre, bon professeur, Noël Nicolas Coypel, le neveu du grand Antoine Coypel. Il n'avait que sept ans de plus que moi, mais m'a transmis un précieux savoir. Je me souviens qu'il me chargea un jour d'inclure, dans le portrait d'un homme, un fusil, en me recommandant de l'éclairer de telle sorte qu'on eût l'illusion que le sujet le tenait en main. Tout, avec Coypel, était nouveau. Auprès de lui je découvris le sens des lignes, la densité des objets, le jeu des ombres et des lumières, bref, j'entrai peu à peu dans la magie de la peinture.

– Et par la suite ? demanda Mme Geoffrin qui buvait les paroles de son protégé.

– J'ai été engagé par Jean-Baptiste Van Loo, l'un des peintres préférés du Régent, pour aider, avec quelques élèves de l'Académie, à la restauration des fresques mythologiques de Fontainebleau. Ce n'était pas exaltant, mais j'ai beaucoup appris.

– Mais quand, monsieur Chardin, avez-vous vendu votre premier tableau ?

– Disons qu'il ne s'agissait pas exactement d'un tableau, encore que... »

Chardin, bon conteur, sentait quel intérêt ses propos éveillaient chez ses auditrices et, savourant son plaisir d'être écouté, laissa passer un moment avant de poursuivre :

« Peu à peu, le timide élève de Coypel et de Van Loo acquérait une réputation favorable. Un jour, un chirurgien-barbier de la rue Princesse, ami de mon père, me commanda une enseigne. Ce n'était certes pas le Louvre, mais Watteau n'avait-il pas, alors qu'il était déjà célèbre, peint l'enseigne de Gersaint ? Le barbier espérait une représentation fidèle des ustensiles de sa profession : rasoir, plat à barbe, trépan, clystère, bistouri... Cela me semblait bien banal et je choisis, m'inspirant de mon illustre prédécesseur, une scène vivante. Sur un panneau de deux pieds trois pouces de hauteur et de quatorze de long, je campai les personnages d'un drame de rue, quelque chose comme les suites d'un duel. Le blessé avait été déposé devant la porte du chirurgien, lequel se penchait vers lui tandis que se pressaient les exempts accourus, badauds, ouvriers et bourgeois, un chien et même deux cavaliers. Cela peint vivement et d'une main ferme, comme une pochade. On trouva mon enseigne plaisante et originale.

Voilà toute l'histoire de mon premier tableau ! Le chirurgien me paya sept livres, plus trente sous pour les fournitures [1]. »

**
*

Quand Mme Geoffrin fit fixer au mur de son salon le clou doré qui devait supporter *La Toilette du matin*, toile achetée 17 livres et 6 sols à Jean-Baptiste Siméon Chardin, celui-ci était déjà considéré comme l'un des espoirs de son temps. *La Toilette* venait d'être montrée avec *Le Bénédicité* à l'exposition de l'Académie au Louvre. L'année précédente, Chardin avait été présenté au Roi par le contrôleur général. Les marchands Gersaint, Lenoir, Godefroy lui achetaient ses tableaux et entretenaient avec lui des liens cordiaux. Ses amis étaient Boucher, Lebas le graveur, Lancret, l'émule de Watteau, et Largilière, grâce à l'appui duquel il avait été reçu, aux voix par les fèves, à l'Académie.

D'observation en observation, de découverte en découverte, Chardin était arrivé à saisir les finesses, les secrets de la peinture, de ceux qui différencient les maîtres des besogneux. De toutes les facultés dont il était doué, la volonté de perfection était sans doute la plus importante. Elle l'avait tourmenté à ses débuts, mais constituait maintenant l'essentiel de son talent.

---

1. L'enseigne de Chardin ne finit pas dans un musée comme celle de Watteau, mais fut perdue. Les frères Goncourt écrivirent, à propos d'une gravure du panneau : « C'est l'esprit et le feu des derniers maîtres de Venise. Les personnages n'y sont que des taches mais ces taches font penser à Guardi. » Selon la tradition, Chardin offrit deux œuvres à l'Académie : *Le Buffet* et *La Raie*, aujourd'hui présentées au musée du Louvre.

Ce jour-là, il reçut une visite inopinée, qui eût plongé dans un bonheur mêlé de crainte tout autre artiste que lui : celle de Diderot, qu'il ne connaissait que pour l'avoir rencontré dans le salon de Mme Geoffrin. L'homme, que l'*Encyclopédie* avait rendu célèbre avant même sa parution, était le critique qui parlait le mieux du dessin et de la peinture.

« Monsieur Diderot ! Vous, chez moi, dans la modeste pièce qui me sert d'atelier ! Quelle heureuse circonstance me vaut cet honneur ?

– Je ne sais, monsieur Chardin, si c'est un honneur. Il reste que je passais rue du Four et que je n'ai pu résister à la curiosité, ni au plaisir, de monter discuter dessin et couleur un moment avec vous. Je connais votre peinture depuis le temps où vous exposiez vos premières toiles sur le Pont-Neuf au jour de la Fête-Dieu. Je me souviens du *Buffet* et de *La Raie*. J'ai dit à l'ami qui m'accompagnait : "C'est la chair même du poisson, c'est sa peau, c'est son sang !" Je devais avoir une quinzaine d'années, mais je revois ce tableau comme s'il était accroché devant moi. C'est dire combien il m'a frappé ! »

Diderot, tout en parlant, ne quittait pas des yeux la palette du peintre posée sur un tabouret, devant le chevalet.

« On ne peut mieux connaître la manière d'un peintre qu'en interrogeant sa palette, dit-il. Quand je vois un artiste arranger méticuleusement et symétriquement ses teintes et demi-teintes, et, si un quart d'heure de travail n'a pas confondu cet ordre, je peux dire hardiment que cet artiste est froid et ne fera rien qui vaille. C'est le pendant d'un érudit pesant qui recherche une citation, qui monte à son échelle, prend et ouvre son auteur, vient à son bureau, copie la ligne dont il a besoin, remonte à l'échelle et remet le livre à sa place. Ce n'est pas là l'allure du génie. Votre palette à vous est l'image du chaos et je devine de quelle façon vous allez y tremper votre pinceau afin d'en tirer votre création à travers ce panier de pêches, ce verre d'eau et ce couteau installés sur la nappe. Je vois déjà luire le velouté des fruits sous la lumière de la fenêtre et l'eau s'émouvoir de reflets. »

Quelqu'un frappa à la porte, et un personnage curieux entra sans attendre, en criant presque :

« Mon cher Chardin ! Ah, pardonnez-moi de ne vous avoir de longtemps donné de mes nouvelles, mais comme vous, sans doute, je suis accablé de travail et, quand j'ai un moment, je l'emploie à ma recherche de purification de la couleur ! Trop d'huile, pas assez de térébenthine, je crois que j'ai finalement trouvé le mélange idéal et obtenu une certaine perfection… »

Diderot semblait s'amuser du discours de ce bavard que rien ne semblait devoir arrêter, pas même l'agacement évident du maître de maison. Comme l'autre reprenait sa jacasserie en insistant lourdement sur une définition saugrenue de la couleur, Chardin l'interrompit sans ménagement :

« Mais qui vous a dit qu'on peint avec de la couleur ?

– Avec quoi donc alors ? demanda le bavard, interloqué.

– On se sert des couleurs, mais on peint avec le sentiment ! Demandez donc à monsieur Diderot qui, lui, sait de quoi je parle, bien qu'il ne soit pas peintre.

– Ah, ce monsieur est monsieur Diderot, balbutia le fâcheux… Je crois que je dois partir. Mes couleurs m'attendent. »

Et, sans prendre congé, il sortit comme il était venu.

« Qui est donc cet extravagant ? demanda Diderot en riant.

– C'est Ménard, un matamore du métier qui n'a d'autre talent que celui d'une exécution froide et sans personnalité. Mais je lui reproche surtout son sans-gêne. Il a interrompu notre conversation et je ne le lui pardonnerai pas !

– Cet homme est un sot, tout simplement. Montrez-moi plutôt, si vous en avez, quelques figures que vous peignez. Elles ont, m'a-t-on dit, une vérité et une grâce sans pareil.

– Je ne peins que des femmes et des enfants, ou de très jeunes gens. Toujours dans leur milieu. A moins de faire le portrait d'une grande dame dans ses dentelles, et ce n'est pas mon genre. Comment mieux représenter une femme, de celles qui vivent autour de moi, que parmi ses ustensiles de ménage ou dans un fauteuil, en train de coudre ou de lire ? »

Chardin prit dans un placard deux tableaux de trente pouces et les posa en équilibre sur des chaises :

« Je les cache, car les marchands sont prompts à s'emparer de mes toiles, sans même attendre qu'elles soient sèches !

– Quel bonheur, pour un artiste, de vendre ainsi ses œuvres.

– Je préférerais qu'on me les paye le juste prix, celui, par exemple, qu'elles atteignent en vente à l'enchère... Laissons cela... Que pensez-vous de mon *Jeune homme au violon* et de mon *Bénédicité* ? »

Diderot s'approcha et examina les tableaux, pouce par pouce, puis recula pour les voir dans leur ensemble, à bonne distance.

« Mille peintres sont morts sans avoir senti la chair. Vous, vous avez le sentiment – tiens, je reprends votre mot ! –, le sentiment de la chair. Et ce n'est pas rien ! Vous savez rendre égal ce blanc onctueux sans qu'il soit pâle ni mat pour autant ; ce mélange de rouge et de bleu qui transpire imperceptiblement, c'est le sang, la vie, qui font le désespoir de tant de coloristes. Si je devais écrire sur ces deux tableaux comme je le fais pour les expositions dans *Le Mercure*, je dirais que votre pinceau se plaît à entremêler, avec la plus grande hardiesse, la plus grande variété et l'harmonie la plus soutenue, toutes les couleurs de la nature et leurs nuances[1].

– Vous me comblez, monsieur. Votre jugement, trop favorable sûrement, me fait rougir de plaisir et m'encourage.

– C'est que vous êtes un magicien ! Sur la toile ou le panneau, les couches successives de votre couleur transpirent de dessous en dessus. C'est comme une vapeur qu'on aurait soufflée sur la toile. Nul autre que vous ne sait rendre cet effet. »

* *
*

Depuis le jour où Boucher avait fait leur portrait, les deux jeunes sylphides de Bourbon-l'Archambault, Mlle Poisson et Mlle d'Estreville, poursuivaient leur éducation, chacune de son côté. La première, Reinette, bénéficiait de tous les soins de son parrain, M. de Tournehem, dont le nom et la fortune lui traçaient l'itinéraire d'une éducation raffinée ; deux hommes de théâtre, Crébillon et Lanoue, lui enseignaient la déclamation ; elle savait danser et crayonnait gentiment sur les conseils d'un jeune peintre au talent prometteur, Joseph Vien ; mais elle excellait surtout dans le chant, dont elle tenait les principes de Jélyotte, de l'Opéra.

1. Diderot, *Essai sur la peinture*.

Tant de grâces et de dons si soigneusement cultivés permettaient au fermier général de Tournehem de l'introduire, avec sa mère, dans des maisons fréquentées par des gens de qualité. Si le salon de Mme Geoffrin ne leur était pas ouvert, les dames Poisson étaient reçues chez Mme de Tencin, dans d'autres cercles peu difficiles, et à l'hôtel D'Angervilliers, où Reinette chanta un jour si parfaitement le grand air d'*Armide*, de Lully, que Mme de Mailly voulut l'embrasser.

Cette aisance des manières et cette connaissance précoce du monde la menaient naturellement au mariage, et M. de Tournehem lui trouva un beau parti dans sa famille : son neveu. De petite taille et de tournure médiocre, le jeune Charles-Guillaume Le Normand de Tournehem était en revanche bien pourvu de fortune et de titres, dont l'énumération tenait plusieurs lignes dans l'acte de mariage : écuyer, chevalier d'honneur au présidial de Blois, seigneur d'Etiolles, de Saint-Aubin, de Bourbon-le-Château et autres lieux. Il n'avait donc fallu, au sortir du couvent, que quelques saisons à Mlle Poisson pour se voir offrir un nom plus distingué, celui de Mme d'Etiolles, assorti d'un château et de l'assurance de vivre sur le pied de quarante mille livres de rentes, sans compter l'espérance d'une opulente succession à recueillir du bon M. de Tournehem.

Charles-Guillaume avait d'abord refusé d'épouser la filleule de son oncle, non qu'il la trouvât disgracieuse, mais le passé de la famille Poisson ne flattait guère son orgueil. Reinette avait, heureusement pour elle, tout ce qu'il fallait pour faire succomber le jeune seigneur d'Etiolles qui ne tarda pas à l'aimer passionnément. Le sacrement fut donné aux époux le 9 mars 1741 en l'église Saint-Eustache. Avec son train de fortune et sa nouvelle parenté, Mme d'Etiolles put réaliser l'un de ses rêves : recevoir une assez bonne société à l'hôtel de Gesvres, loué rue Croix-des-Petits-Champs par le parrain Tournehem.

« Etes-vous contente, ma petite fille ? lui demanda ce dernier peu après son installation.

– Oh, oui parrain. Grâce à vos bienfaits ! »

Elle s'approcha et embrassa le bonhomme tout ému.

« J'ai, lui dit-il, veillé sur votre éducation avec assiduité et amour, mais vous avez toujours répondu à mon attente, ne négligeant aucun effort pour parfaire votre personne. Aujourd'hui, vous voilà devenue une dame !

– Oh ! Je sais que je ne serai vraiment une dame que le jour où je serai reçue à la cour. Dans le monde, encore, des portes me sont fermées.

– Lesquelles donc ?

– J'ai encore sur le cœur l'amertume du jour où madame Geoffrin et madame de la Ferté-Imbault nous ont fait comprendre, à ma mère et à moi, que notre présence n'était pas souhaitée rue Saint-Honoré. J'ai entendu l'une dire à l'autre : "La fille est charmante et mérite des politesses, mais la mère est si décriée qu'il semble impossible de suivre cette connaissance." »

M. de Tournehem blêmit et demanda :

« Qu'alliez-vous faire chez cette dame Geoffrin ?

– C'est le salon que fréquentent les gens les plus connus et les plus savants de Paris, ceux que je rêve de recevoir.

– C'est aussi le salon d'où l'on chasse votre mère ! Ne soyez pas honteuse de madame Poisson. Elle vous a élevée. Sans elle, je ne vous aurais pas prise en affection et vous seriez restée une petite jeune fille pauvre en proie à toutes les tentations. »

Mme d'Etiolles se retrouva soudain Reinette et éclata en sanglots :

« Mais j'aime maman ! La preuve, c'est qu'elle vit avec nous à l'hôtel de Gesvres ! »

Son oncle faillit rappeler qu'il l'avait exigé personnellement, mais il consola Reinette en la prenant dans ses bras :

« Le nom n'est rien s'il ne couvre pas une âme. Madame votre mère a une âme, très belle, et vous savez qu'elle m'est chère. »

* *
*

Piron disait qu'il n'y avait pas assez d'artistes, de poètes et de philosophes pour garnir les fauteuils de toutes les dames qui tenaient salon. Cela n'était pas faux. Les invités les plus célèbres devaient souvent alterner leurs visites pour ne pas déplaire. Mais les langues allaient vite à Paris, et Mme Doublet ne restait jamais longtemps sans savoir que d'Alembert avait été l'hôte de Mme Geoffrin, quand il avait promis de venir chez elle et ne s'était point présenté.

Hormis le trio formé par ces dames avec Mme de Tencin, la marquise du Deffand, belle et noble figure du tourbillon libertin de la Régence, recevait elle aussi. Ses multiples aventures avaient beaucoup fait parler d'elle, en particulier celle qui l'avait liée, un temps, avec le Régent Philippe d'Orléans. Cette liaison de jeunesse lui valait depuis une pension suffisante pour lui permettre de recevoir dans son logement de la rue des Quatre-Fils.

Mme du Deffand avait développé, durant la première partie de sa vie, son goût de la repartie et de la conversation, en fréquentant le monde raffiné de la cour de la duchesse du Maine au château de Sceaux. C'est là qu'elle avait rencontré la plupart de ses hôtes. La glorieuse quatrième vivait en toute liberté, séparée de son mari le marquis de Duffand, alors âgé de cinquante ans quand elle avait commencé à recevoir et à écrire. A Voltaire, tout d'abord, qu'elle avait connu à Sceaux, et bientôt au président Hénault, qu'elle aimait. Il était bien de son siècle, ce président de la chambre des enquêtes du parlement de Paris. Riche épicurien, auteur de poésies, de chansons et de comédies à succès, il poursuivait aussi de très sérieuses études pour servir à la publication d'un *Abrégé chronologique de l'histoire de la France jusqu'à la mort de Louis XIV*. Hédoniste, incroyant, sa réputation d'homme à la mode lui valait tous les succès. Voltaire lui-même le flattait et le recherchait. Il était pour Mme du Deffand l'amant parfait, l'ami indéfectible à qui elle pourrait toute sa vie dire ou relater ses états d'âme, ses troubles et ses passions.

En écrivant à son président, ce lundi 2 juillet 1742 « Vos lettres me font un plaisir infini, vous avez, mon cher, l'absence délicieuse », elle ne se doutait pas qu'elle serait, après Mme de Sévigné, l'une des grandes épistolières de l'histoire littéraire.

Elle arrivait alors à Forges, l'autre ville d'eaux à la mode après Bourbon-l'Archambault, et racontait sans attendre son voyage :

« Ce n'est pas que j'aie dormi cette nuit et que nous n'ayons été bien cahotés aujourd'hui depuis les huit heures du matin que nous sommes partis de Gisors jusqu'à ce moment que nous arrivons. Il n'y a que pour quinze heures de chemin de Paris à Forges. Nous fîmes hier dix-sept lieues en neuf heures de temps et aujourd'hui onze en six heures et demie. Je ne mangeai hier, pour la première fois du jour, qu'à onze heures du soir. Bien m'en avait pris d'avoir porté des poulardes car nous ne trouvâmes à Gisors que quelques mauvais œufs et un petit morceau de veau dur comme du fer.

» Mais venons à un article bien plus intéressant, c'est ma compagne. O, mon Dieu!, qu'elle me déplaît! Elle est radicalement folle. Elle ne connaît point d'heure pour ses repas. Elle a déjeuné à Gisors à huit heures du matin avec du veau froid, à Gournay, elle a mangé du pain trempé dans le pot pour nourrir un Limousin, ensuite un morceau de brioche et trois assez grands biscuits. Nous arrivons, il n'est que deux heures et demie, et elle veut du riz et une capilotade. Elle mange comme un singe, ses mains ressemblent à leurs pattes, elle ne cesse de bavarder.

» Notre maison est jolie, ma chambre assez belle, mon lit et mon fauteuil me consoleront de bien des choses. Nous avons rencontré en arrivant des messieurs qui ont déjà pris les eaux et qui s'en retournaient. On m'a dit qu'il y avait eu ici un M. de Sommery et un autre homme dont on ne connaît pas le nom. Ce M. de Sommery pourrait bien être un ami de M. du Deffand (je lui en connais un de ce nom), et il se pourrait que l'anonyme fût M. du Deffand lui-même; cela serait plaisant. J'ai grand besoin de votre souvenir et que vous m'en donniez des marques en m'écrivant de longues lettres pleines de détails de votre santé. Je vous passerai de n'être pas si exact sur vos amusements : vingt-huit lieues d'éloignement sont un rideau trop épais pour prétendre voir au travers. De plus, j'ai mis ma tête dans un sac, comme les chevaux de fiacre, et ne songe qu'à bien prendre mes eaux. Adieu, je vais être longtemps sans vous voir, j'en suis plus fâchée que je ne veux en convenir avec moi-même. Bonsoir, je vais essayer de dormir et rependrai demain mon griffonnage.

* *
*

Bachaumont avait tenu parole et ouvert à Paris l'huis des lumières à la jolie et attachante Agnès d'Estreville. La jeune fille timide de Bourbon-l'Archambault avait acquis une aisance qui charmait ce jour-là les hôtes de Mme Doublet, dont le salon du couvent des filles Saint-Thomas brillait de mille feux. Autour de la maîtresse de maison et de Bachaumont – coiffé de la perruque à longue chevelure, mise à la mode par le duc de Nevers –, qui faisait office, comme à l'habitude, de maître des cérémonies, se pressaient le monde et Paris, l'Académie, la Comédie, la cour. Là siégeaient, certains sous leur portrait, les membres pérennes de la compagnie de Mme Doublet : l'abbé Legendre, son frère, le sculpteur Falconnet, Mairan, le physicien-poète dont il fallait avoir lu le *Traité de l'aurore boréale*, le comte d'Argental, un fin lettré dont Voltaire ne dédaignait pas les conseils. A ces « paroissiens » se joignaient heure après heure des noms célèbres : d'Alembert, le jeune Marmontel, qui venait d'obtenir à vingt ans un succès avec sa tragédie *Denys-le-Tyran*, Piron, le comte de Caylus…

« Comme vous le voyez, mademoiselle, vous êtes la seule femme présente aujourd'hui, dit Bachaumont à sa jeune protégée. Mais nous attendons une visiteuse que vos dispositions scientifiques vont contribuer à vous intéresser. Madame du Châtelet !

– Emilie du Châtelet ! Qu'oserai-je lui dire, mon Dieu ?

– Parlez-lui de ses démêlés avec monsieur de Mairan, le secrétaire perpétuel de l'Académie des sciences. Et laissez-la parler. Elle adore cela.

– Au fait, j'ai lu *Les Institutions de physique* et ai quelques questions à lui poser.

– Bien ! En attendant, je vais vous présenter Alexis Clairaut.

– Le géomètre prodige ? C'est ma journée de chance.

– Peut-être plus que vous ne le pensez. Attention : Clairaut est un bourreau des cœurs. Et je crois que le sien est libre.

– Oh ! monsieur de Bachaumont ! Et comment savez-vous cela ?

– Ce salon, mademoiselle, est un confessionnal. Prêtez l'oreille et vous verrez qu'il y tombe en cascade, comme dans l'escarcelle d'un frère mendiant le jour de la Fête-Dieu, tout notre siècle pêle-mêle : bons mots, querelles, procès, morts et naissances, liaisons et ruptures, livres et pièces. "Les mémoires d'Argus !" dit madame Doublet lorsqu'elle est contente de la moisson.

– Alexis Clairaut n'a d'armes sur son blason que de prodiges, interrompit Piron, qui venait d'arriver. Mademoiselle, quel bonheur de vous retrouver dans ce salon que les dames semblent fuir. Ont-elles peur de notre intelligence ou des sottises parfois douteuses qui se glissent dans nos propos ? Mon cher Bachaumont, vous devriez introduire quelques charmants sourires dans notre société. Vous voyez, mademoiselle, pourquoi votre présence est autant remarquée.

– Merci, monsieur Piron. Je suis contente moi aussi de vous revoir. Vous m'avez tellement fait rire à Bourbon-l'Archambault ! Mais continuez à me parler de ce monsieur Clairaut.

– Tiens tiens ! Voyez-vous notre chère madame Doublet jouer les entremetteuses ! »

Seul Piron pouvait se permettre telle inconvenance. Bachaumont le premier s'esclaffa et continua :

« Apprenez, mademoiselle, que notre déjà illustre benjamin fut admis à l'Académie par dispense spéciale à dix-huit ans. Aujourd'hui, il paraît qu'il est attaché à résoudre le problème des trois corps et que cela ne plaît pas à d'Alembert, mais les savants, s'ils se brouillent facilement, se réconcilient aussi vite. Tiens, le voilà. Je vais vous présenter. »

De belle taille, les traits fins et réguliers, les cheveux blonds, longs et approximativement coiffés, Clairaut sauvait par son élégance naturelle une mise fort modeste. Sa redingote était convenablement coupée, mais l'étoffe, une simple gabardine lustrée par l'usage, tranchait sur les gilets de soie et les broderies qui ornaient les habits des autres invités.

« Soit il est pauvre, soit il affiche un laisser-aller propre aux jeunes artistes et philosophes de l'époque », se dit Agnès en le regardant saluer M. de Caylus qui lui répondait par d'amicales tapes sur l'épaule.

Après d'autres arrêts – le physicien était d'évidence dans le ton du moment –, Bachaumont arriva à hauteur de la jeune fille et lui présenta le prodige :

« J'ai parlé à mon jeune ami de votre soif de connaissances scientifiques. Etonné par cette passion inattendue, il a émis le désir de faire votre connaissance. Je vous présente donc Alexis Clairaut, membre de l'Académie des sciences.

– Bonjour monsieur. Je me hasarde en effet avec humilité dans le monde immense et mystérieux des courbes et des équations. Pour vous, votre mémoire lu à l'Académie le montre, cet univers de chiffres n'a pas de secrets. Il en va différemment pour moi ! Voulez-vous me parler des découvertes de Newton, auxquelles vous allez, dit-on, beaucoup ajouter ? Comment s'appellera au fait votre prochain ouvrage ? »

Alexis Clairaut sourit :

« Je peux répondre à votre dernière question : mon livre aura pour titre *Théorie de la figure de la Terre*. Au reste, croyez-vous que le lieu soit bien choisi pour parler des conditions de l'équilibre des fluides ? »

Agnès rougit :

« Non, certes, mais c'est ici que j'ai la chance de vous rencontrer. Vous allez me prendre pour une fâcheuse, mais tant pis ! Puis-je vous demander si vous avez des élèves auxquels je pourrais me joindre ? Je me ferai toute petite et boirai vos paroles.

– Méritez-vous ce supplice, mademoiselle ? Au lieu de vous pencher sur d'austères études, jouissez plutôt de votre jeune beauté, de ce teint de rose qu'un Boucher peindrait à merveille.

– Mais Boucher a déjà peint mon visage, monsieur ! C'était aux eaux de Bourbon-l'Archambault. Demandez plutôt à monsieur de Bachaumont. »

Bachaumont acquiesça en riant :

« C'est vrai. Boucher m'a raconté que, durant la pose, Agnès n'a cessé de lui parler d'astronomie ! »

Clairaut leva les bras au ciel :

« Eh bien, mademoiselle, puisque vous le souhaitez avec tant d'insistance, j'ai en effet quelques élèves, dont le jeune Bailly, qui est poète, un peu peintre et s'intéresse surtout aux influences de la lune. Venez chez moi vendredi à deux heures, c'est à deux pas d'ici, près de l'Opéra-Comique, rue Mauconseil. »

Clairaut fixa du regard le visage radieux d'Agnès et dit en souriant :

« Je me pose une question, mademoiselle : aurais-je accédé à votre désir de vous instruire sur les détours de l'algèbre et de l'astronomie si vous n'aviez pas eu cette grâce qui, vous le savez bien, vous rend irrésistible ? En attendant une réponse, je vous conseille de vous faire inscrire au cours de physique expérimentale de monsieur Sigaud de la Fond, membre de toutes les académies scientifiques possibles, qui reprend le mois prochain son enseignement dans le cabinet des machines, rue des Fossés-Saint-Jacques, près de l'Estrapade. »

Mme Doublet, de son fauteuil installé en un endroit stratégique du salon, n'avait rien perdu de la scène. Elle sourit derrière son éventail, qui, en se déployant, révélait un petit chef-d'œuvre peint par Poussin, et pensa : « Allons, voilà qui est bien ! Cette petite Agnès est mignonne et Clairaut toujours séducteur. J'ai l'impression que les affaires entre ces deux jeunes gens, aussi beaux l'un que l'autre, n'en resteront pas là. »

A cet instant, une sorte d'onde magnétique traversa le salon, maintenant plein de « paroissiens ». Quelque chose d'important venait de dérégler le rituel de la réunion. Mme du Châtelet faisait son entrée et attirait tous les regards, même ceux d'Agnès et de Clairaut, distraits de leur mutuelle admiration.

La notoriété d'Emilie Le Tonnelier de Breteuil, marquise du Châtelet, n'aurait sans doute pas dépassé les douves du château de son époux ni le cercle de la société de la duchesse du Maine, à Sceaux, sans sa liaison avec Voltaire, le grand homme, avec qui elle vivait dans sa résidence de Cirey, près de Saint-Dizier. Le lien qui les unissait n'était pas ordinaire. S'il avait été rendu possible par la licence de l'époque, il apparaissait surprenant, sérieux, indéfectible.

Attirance amoureuse, certes, mais qui s'était doublée bien vite d'une communauté de pensée, d'une collaboration dans des travaux inattendus de mathématiques et de physique. Le monde avait cru longtemps à une solitude heureuse dans les bois de la Champagne, imaginé Voltaire écrivant *Le Siècle de Louis XIV* ou *La Pucelle*, tandis qu'Emilie lui préparait ses tisanes et veillait à sa quiétude. L'étonnement avait été grand lorsque l'on avait appris que Voltaire, quand 'il en avait fini avec l'histoire et la poésie, retrouvait Emilie pour commenter avec elle les œuvres de Locke et de Newton, s'intéresser aux travaux des physiciens Castel, Mairan et Maupertuis et, pour finir la journée, critiquer les travaux du père Calmet sur la Bible. Mme du Châtelet était une femme savante, et Voltaire la jugeait digne de réfléchir avec lui sur les grands problèmes scientifiques du moment.

Emilie balaya la pièce du regard, et son visage s'éclaira lorsqu'elle constata l'effet produit par son entrée. Elle alla embrasser la vieille dame du couvent des filles Saint-Thomas qui s'était levée avec une agilité surprenante, montrant son contentement de voir qu'une fois encore elle avait réussi ce qu'elle appelait «un bon salon». Demain, ses chères rivales, Mme Geoffrin et Mme de Tencin, sauraient que Mme du Châtelet était venue chez elle. Certes, le succès aurait été plus éclatant si Voltaire avait accompagné la marquise, mais, comme elle le dit elle-même aux beaux habits venus l'entourer, «le maître est en Hollande où il règle avec son imprimeur l'édition de l'ouvrage que nous avons écrit ensemble, *Eléments de la philosophie de Newton*».

«C'est une étonnante symbiose intellectuelle qui s'est établie entre vous», dit Marivaux, que Mme Doublet couvait du regard, car il faisait partie des célébrités qu'elle avait chipées à Mme de Tencin.

La marquise sourit :

«Enfin, nous travaillons à propos de questions scientifiques. Voltaire dit que je suis son guide et son oracle. Il exagère bien sûr. Parfois nous nous chamaillons pour une phrase de Leibniz ou de Newton, mais nous sommes l'un et l'autre aussi curieux des deux. Notre ami s'est même amusé à me faire installer un cabinet de physique !

– Quelle chance elle a ! dit Agnès à Clairaut. Vivre et travailler avec Voltaire, vous vous rendez compte !

– Eh bien ! répondit-il en souriant, voilà votre modèle ! Si vous êtes douée, et j'ai l'impression que vous l'êtes, vous arriverez assez facilement à égaler les connaissances de madame du Châtelet. Mais il n'y a qu'un Voltaire ! Remarquez que dans l'infinité de ses dons, dans la puissance créatrice de son génie, la science ne me paraît pas être son point le plus fort. Comme il s'intéresse à tout, il est attiré par ses aspects les plus faciles d'accès. Son admiration pour Newton s'explique très bien...

– Et madame du Châtelet ? Vous ne semblez pas lui accorder un grand crédit. Il est vrai que c'est une femme, et les femmes, bonnes à tenir salon pour les maîtres, n'ont pas le droit de toucher au savoir scientifique. Passe encore qu'elles écrivent, mais oser s'intéresser à Descartes et vouloir comprendre les liens qui unissent science et métaphysique ne mérite que moqueries !»

Clairaut éclata de rire :

« Vous savez que vous êtes très belle lorsque vous vous mettez colère ? Mais vous avez raison. Entre un savant et une femme savante, le monde fait une sérieuse différence ! Respect pour l'homme, même si le titre est peu mérité, dérision en tout état de cause pour la femme ! Vous voyez que je ne méprise pas celles qui ont bien le droit d'apprendre ce qui leur plaît ! D'ailleurs n'ai-je pas accepté de vous inviter à mes leçons ?

– Admettons, monsieur le savant, mais il faudra confirmer ces bonnes dispositions si vous voulez rester mon ami !

– Vous avez dit "si vous voulez rester mon ami". Le suis-je donc déjà ?

– Oui, enfin… au sens philosophique du terme.

– Songez que nous ne nous connaissons que depuis une demi-heure ! Ne trouvez-vous pas que ce qui se passe entre nous est étrange ? Agréable en tout cas.

– Si, et cela m'inquiète un peu. Pour qui allez-vous me prendre ?

– Pour une fille ravissante, sympathique et intelligente, qui ne ressemble à aucune de celles que j'ai l'habitude de rencontrer. Si j'osais, je vous dirais que vous me plaisez.

– Ne dites rien et aidez-moi plutôt à m'approcher de madame du Châtelet. Ce n'est pas tous les jours que se présente l'occasion de croiser un tel personnage sur son chemin. Vous ne trouvez pas qu'elle est belle ?

– Hum ! Elle a des pieds énormes ! Et ses mains ! A côté des vôtres aux doigts si fins… »

Agnès réussit sans trop de mal à se faufiler jusqu'au premier rang des admirateurs d'Emilie et, après quelque hésitation, osa lui adresser la parole :

« Madame, je vous admire beaucoup. Je suis passionnée de physique et d'astronomie. J'essaie d'étudier dans ces domaines et vous demande conseil. Je sais que je ne vous arriverai jamais à la cheville, mais que puis-je faire pour vous ressembler un tout petit peu ? »

En disant cela, Agnès avait inconsciemment baissé les yeux et constaté que Clairaut avait raison : Mme du Châtelet avait de ces grands pieds ! Emilie regarda avec curiosité la jeune fille en qui elle se reconnaissait à quinze ans de distance, s'avouant honnêtement qu'elle n'était pas alors aussi jolie. Elle lui sourit avec bonté :

« Vous voulez me parler ? Laissons là ces jacasseurs ignorants et venez. »

Elle l'entraîna vers un coin tranquille du salon :

« Si vous me disiez qui vous êtes ?

– Mon père était le baron d'Estreville. Il est mort au service du roi. Petite noblesse, petits moyens, ma mère a tout sacrifié pour mon éducation... Et voilà qu'au lieu de finir tranquillement mes leçons de chant et de maintien, disciplines qui, paraît-il, aident à trouver un mari, je m'entiche de mathématiques et de sciences !

– Diable ! Quelles études avez-vous faites ? Où en êtes-vous aujourd'hui ?

– Je possède très bien le latin, j'ai commencé une traduction de l'*Enéide*, je connais l'italien et l'anglais. J'ai lu encore jeune Locke[1] dans le texte et c'est sans doute lui qui m'a donné le goût de l'abstraction.

1. Philosophe anglais. Son *Essai sur l'entendement humain* a beaucoup contribué à allumer les Lumières du siècle.

– Tout cela est bien mais un peu fouillis. Il faut vous astreindre à plus de rigueur.

– J'ai lu aussi, madame, votre brochure sur la *Nature du feu* et vos *Institutions de Physique* », hasarda Agnès.

La marquise des Sciences en fut visiblement touchée :

« Une jeune fille a lu madame du Châtelet ! Je n'ose le croire ! Eh bien, vous avez raison, il faut lire, toujours lire et relire. Et aussi suivre les leçons d'un bon maître. Mais, sur ce point, j'ai cru remarquer que vous l'aviez trouvé. Monsieur Clairaut, qui fait mine d'écouter parler ce raseur de Sainte-Palaye, mais ne vous quitte pas des yeux, est un prodige. Je me propose d'ailleurs de correspondre avec lui sur ses travaux. Croyez-moi, vous ne trouverez pas un meilleur initiateur aux sciences ! »

Elle regarda Agnès et conclut d'un air entendu :

« Et si le cœur s'ajoute à l'esprit, les portes du bonheur vous sont ouvertes ! Voilà, mademoiselle, le conseil que je puis vous donner. Si votre route vous conduit un jour près de Cirey, arrêtez-vous quelques jours. Voltaire sera heureux d'apprendre et il a toujours quelque chose à enseigner à une jeune personne aussi jolie que vous. Maintenant, veuillez me pardonner. J'ai des choses désagréables à dire à ma cousine de Créqui, qui tient sur moi des propos hargneux en disant que je suis un colosse en toutes proportions, que ma peau est aussi douce qu'une râpe à muscade et que je ne suis qu'un vilain Cent-Suisse[1]. Elle va, croyez-moi, tâter de mon caractère. »

Tandis que la marquise s'élançait au pas de charge vers l'entrée du salon, où elle avait aperçu sa cousine, Agnès demeura

1. Compagnie de gardes suisses – à ne pas confondre avec la garde suisse, faisant partie de la Maison du roi et attachée à sa protection.

assise et ferma les yeux, tentant de mettre un peu d'ordre dans ses idées, bien bousculées depuis son arrivée chez Mme Doublet. En un peu plus d'une heure, elle avait été présentée à des dizaines de personnes qui, à en juger par leur mise recherchée, devaient être importantes, elle avait rencontré Alexis Clairaut, le brillant géomètre, qu'elle trouvait entreprenant mais tellement séduisant et, enfin celle à qui elle n'aurait jamais pensé pouvoir un jour adresser la parole, Mme du Châtelet, qui l'avait même invitée chez elle et chez Voltaire! Décidément, la vie parisienne réservait bien des surprises!

Une main chaude, posée sur son bras, la tira de sa rêverie. Celle d'Alexis, curieux de savoir comment s'était passée son entrevue avec Emilie :

« Alors, la lionne de Cirey n'a pas dévoré la timide fillette?

– Madame du Châtelet m'a parlé avec beaucoup de gentillesse et m'a donné d'utiles conseils, dont un que j'hésiterai à suivre : celui de m'en remettre à vous pour m'enseigner la physique et les mathématiques.

– Elle me connaît?

– Sans doute m'a-t-elle dit cela parce qu'elle nous avait remarqués. Elle m'a tout de même confié qu'elle comptait correspondre avec vous. Moi, elle m'a offert l'hospitalité à Cirey en me disant que Voltaire serait ravi de m'expliquer comment, lors de son exil, les philosophes anglais avaient ouvert son esprit aux vérités nouvelles.

– Parbleu! Le vieux renard ne dédaigne pas la chair fraîche!

– Quelle élégance! Je pensais que vous vous intéressiez à d'autres aspects de ma personne.

– Allons, ne vous mettez pas en colère. Si je vous ai offensée, je vous présente mes excuses. Tenez, regardez plutôt Bachaumont qui referme deux grands registres posés sur la table près de l'entrée.

– Qu'est-ce que c'est ?

– D'abord, cela signifie que la représentation est terminée et que ceux qui ne l'ont pas encore fait peuvent prendre congé de Madame Doublet. Ensuite, il s'agit d'un rite établi par Bachaumont. Chaque intervenant de la journée qui a apporté une nouvelle, raconté une histoire, critiqué une nouvelle pièce, dit du bien ou du mal d'un artiste célèbre ou d'une danseuse, bref, traité d'un fait relatif à la vie mondaine ou intellectuelle de Paris, doit, avant de partir, consigner son apport à la chronique du temps.

– Et que fait Bachaumont de ces déclarations ?

– Il en tire à sa manière une feuille hebdomadaire de nouvelles manuscrites, mise en vente chez son portier. Mais il va être charmé de vous raconter cela lui-même. Vous en serez quitte pour inscrire, si cela vous chante, vos impressions sur votre chère Emilie. Le monde est friand de tout ce qui la concerne. »

Tout se passa comme l'avait annoncé Alexis Clairaut. Bachaumont tendit la plume à Agnès, qui, avec beaucoup d'aplomb, succéda, sur le registre, à l'académicien et auteur léger l'abbé de Voisenon, pour raconter en quinze lignes la rencontre d'une débutante et d'une des dames les plus célèbres du royaume. Et Bachaumont expliqua :

« "Cela sort de chez madame Doublet" est une preuve d'authenticité. Et il se dit chaque semaine beaucoup de choses nouvelles, intéressantes, drôles ou sévères dans ce salon. Plutôt que de les laisser se perdre dans l'oubli, j'ai pensé à les rassembler et à les faire copier pour tous ceux qui voudraient en profiter.

– Sont-ils nombreux ? demanda Agnès.

– Plus que vous ne le pensez ! C'est que cette feuille de nouvelles n'est point un recueil de petits faits secs et sans intérêt. Avec les événements publics que fournit ce qu'on appelle le cours des affaires, je me propose de rapporter les aventures journalières de Paris et des capitales de l'Europe, et d'y joindre quelques réflexions sans malignité et sans partialité. Un recueil suivi de ces feuilles formera proprement l'histoire de notre temps [1]. Je vous sais gré, mademoiselle, d'y avoir apporté votre contribution. Demain, ceux qui comptent à la cour et dans la ville connaîtront votre émotion d'avoir rencontré la marquise du Châtelet chez madame Doublet. »

1. D'après les manuscrits de Bachaumont conservés à la Bibliothèque de l'Arsenal.

CHAPITRE III

Madame d'Etiolles

Parmi tous les noms qu'avait déposés Charles-Guillaume dans sa corbeille de mariage, Reinette aimait celui de Le Normand d'Etiolles. Quand on a peiné durant vingt ans à porter le patronyme peu reluisant de Poisson, s'appeler d'Etiolles, plus que la fortune, constitue un gage éclatant de réussite sociale. L'hôtel rue Croix-des-Petits-Champs, le magnifique château d'Etiolles à proximité de Choisy et des grandes chasses royales permettaient à la filleule de M. de Tournehem de réaliser le premier de ses rêves : jouer un rôle dans la société de son temps.

La jeune madame d'Etiolles avait tout pour réussir à se faire aimer de son mari. A sa beauté, à son charme, elle ajoutait l'habileté d'une coquette de race et encore cette froideur de tempérament qui exacerbe les désirs d'un homme amoureux.

Quelque chose pourtant gênait, dans son irrésistible ascension, celle que personne n'appelait plus Reinette : le salon de Mme Geoffrin lui demeurait fermé. Rien n'y faisait, ni l'entremise de Nattier, le peintre de la famille royale qui venait de faire son portrait, ni l'ambassade de M. de Caylus, vieil ami de M. de Tournehem. « La Geoffrin », comme elle l'appelait dans son courroux, ne voulait pas d'elle et surtout pas de sa mère.

Au moment où Mme d'Etiolles allait raisonnablement renoncer, la mauvaise santé de Mme Poisson, qui la retira du monde, permit enfin un arrangement. Mme de la Ferté-Imbault fit savoir que Mme Geoffrin la recevrait volontiers un mercredi, à sa convenance. Les habitués attendaient, curieux, la fin d'une chicane qui les avait longtemps divertis. S'ils espéraient quelque pique assassine, ils furent déçus. La jeune d'Etiolles fit adroitement allégeance à la reine de la rue Saint-Honoré. Elle lui marqua l'admiration sans bornes que la bonne dame attendait et demanda à la marquise de la Ferté-Imbault de la voir souvent pour prendre de l'esprit et des bonnes manières. Quand elle fut installée dans le carrosse qui la ramenait à son hôtel, elle pensa : « Un nouvel échelon est franchi ! Maintenant, c'est à la cour qu'il me faut être reçue ! »

Mme d'Etiolles sut rapidement se faire une place dans le fameux salon. Séduisante, discrète, attentive aux discours sur l'art que tenaient les amateurs le lundi, empressée auprès des philosophes le mercredi, ses jolies façons charmaient les vieux messieurs, troublaient les plus jeunes et agaçaient les femmes. En dehors des artistes et des philosophes, la filleule de M. Tournehem recherchait chez Mme Geoffrin des personnalités susceptibles de la rapprocher de la cour. Mais ni le duc de Nivernois, ni l'abbé de Bernis ne répondaient à ses invitations. La société de M. de Tournehem, gens de finance pour la plupart, n'avait pas d'attrait pour ces beaux esprits.

Que faire si le salon de Mme Geoffrin n'était pas une bonne marche pour accéder aux escaliers de la cour ? Elle se rappela alors que les terres du château d'Etiolles jouxtaient celles des chasses royales. Louis XV venait souvent dans la forêt de Sénart. De son salon, Mme d'Etiolles entendait le son des cors et il lui suffisait de faire atteler son phaéton et de parcourir moins d'une lieue pour voir passer les équipages du roi sonnant la fanfare de la Reine.

Mme d'Etiolles apprit ainsi que des châtelaines voisines étaient admises à suivre les équipages. Ce fut, pour la subtile et persévérante dame, un jeu d'enfant de les accompagner, de couper à travers bois dans sa voiture haute sur roues et de se retrouver sur le passage de la chasse. Bientôt sa jeunesse hardie, ses robes de mousseline bleue ou rose qui fleurissaient les bosquets firent partie du décor. Les gentilshommes la saluaient, le veneur lui indiquait l'itinéraire, et elle avait l'art, sans que cela parût concerté, d'apparaître parfois devant le Roi à un détour du chemin.

Louis XV aurait bien été le seul à rester indifférent devant la fée qui charmait sa forêt. Jeanne d'Etiolles sut qu'elle avait été remarquée, c'était un premier pas, le jour où elle compta au nombre des dames à qui le Roi faisait envoyer des chevreuils. On plaisantait, au château, de cette attention. Elle-même, en riant, se disait éprise, et disait que Sa Majesté seule pourrait l'éloigner de ses devoirs conjugaux. A part la mère et le parrain, qui savaient à quoi s'en tenir sur les ambitions de Reinette, personne dans son entourage ne prenait cette boutade au sérieux, en tout cas pas le mari, fort honnête homme et très amoureux de sa femme.

D'ailleurs, quelle crainte pouvait-il avoir ? Mme d'Etiolles avait une conduite irréprochable. Après avoir perdu un fils en bas âge, elle avait mis au monde une fille et se montrait aussi bonne mère que fidèle épouse. Qu'elle fût admirée, désirée même, par d'autres hommes flattait plutôt sa vanité. Quant à séduire le Roi, c'était chose tellement improbable que M. d'Etiolles ne pouvait qu'en sourire. Les maîtresses de Louis, depuis qu'il délaissait la Reine, avaient été duchesses. Toutes portaient un grand nom et occupaient une situation importante à la cour. Mme de Mailly, la première d'entre elles, était dame du palais, position étrange qui la faisait servir la Reine. La deuxième maîtresse déclarée avait été Mme de Vintimille, sœur de Mme de Mailly, fixée elle aussi à la cour. La troisième des sœurs, Mme de la Tournelle, que le Roi ferait un jour duchesse de Châteauroux, occupait alors la place. Comment Jeanne-Antoinette, avec sa petite noblesse de finance, aurait-elle pu penser succéder un jour à ces grands noms ?

La vie au château d'Etiolles était simple et de bon ton. Etre invité par la plus belle des femmes dans cette riche demeure ni trop petite ni trop grande, havre de paix familiale niché dans la campagne la plus riante du Parisis, devenait une faveur, et Mme d'Etiolles pouvait enfin compter au nombre de ses invités les célébrités qu'elle rêvait depuis longtemps d'accueillir. L'été précédent, le vieux Fontenelle, doyen honoré des lettres françaises, avait séjourné à Etiolles avec Crébillon et Louis de Cahusac, le parolier de Rameau. Cette année, on attendait Mme du Deffand et le président de Montesquieu. Voltaire lui-même avait promis de venir en compagnie de Mme du Châtelet, curieuse de revoir cette beauté singulière qui, avec un nom de deux sous, s'était hissée en moins de deux ans au rang le plus relevé de la société.

Partout on vantait la gaîté et la qualité des propos échangés sans façon, le soir, sur la terrasse d'Etiolles. Les voisins, qui se mêlaient aux invités, étaient de la meilleure compagnie : M. Bertin de Blagny, maître des requêtes, trésorier des parties casuelles et seigneur de Coudray-sous-Etiolles, le président Rocheret, habitué du salon de Mme Geoffrin et philosophe passionné, le marquis de Valfon, collectionneur de gravures libertines et de jolies femmes.

Un divertissement s'ajoutait depuis peu aux agréments d'Etiolles. M. de Tournehem, passionné de spectacles et désireux de permettre à sa filleule, devenue officiellement sa nièce, de montrer ses talents de chanteuse et de danseuse, avait fait construire derrière le château un théâtre avec une grande scène munie de la machinerie nécessaire aux changements. Rien ne réjouissait autant le fermier général que d'entendre sa Reinette annoncer : « Ce soir il y a comédie » ou « Avant le souper, on chantera l'opéra ». Comme à Versailles ou à Fontainebleau ! C'était bien une cour que Mlle Poisson tenait maintenant, telle une reine, dans son palais champêtre.

Depuis la Régence, la vie de la société mondaine ressemblait à une conversation infinie à laquelle chacun apportait son grain de sel, la parole qui circulait de bouche en bouche faisant boule de neige et prenant sa place dans le répertoire du siècle. Celle de la dame d'Etiolles prit d'autant plus d'importance qu'elle s'enflait, au fil des jours, de l'apport de gens de grande réputation. Ainsi le président de Rocheret l'appelait-il sa « Paméla », racontant qu'il lui avait fait au château la lecture du roman de Richardson ; la duchesse de Chevreuse vantait à Versailles sa jeune beauté ; Voltaire rendait hommage à la « divine d'Etiolles », qu'il jugeait « bien élevée, sage, aimable, remplie de grâce et de talents ». Le président Hénault lui-même, haut personnage, ami de la Reine, décrivait dans une lettre à la marquise du Deffand une des plus jolies femmes qu'il ait vues, « cette Mme d'Etiolles qui sait la musique parfaitement, chante avec toute la gaîté et tout le goût possible, connaît cent chansons et joue la comédie sur un théâtre aussi beau que celui de l'Opéra ». La châtelaine d'Etiolles avait tant impressionné le président que, l'hiver suivant, il l'invita à ses fameux soupers où il réunissait, pour les plaisirs de l'esprit unis à ceux de la table, le meilleur de la ville.

Le temps, ainsi, rapprochait la jeune femme des gens de cour et son nom de l'oreille du Roi. A Chantemerle, chez sa voisine Mme de Villemer, qui possédait aussi un théâtre, elle avait eu l'occasion de jouer la comédie avec le duc de Nivernois et le duc de Duras sous les applaudissements de M. de Richelieu en personne, tous familiers du roi.

Pour l'heure, cependant, la place était prise. Rien n'indiquait que Mme de Châteauroux avait perdu de son pouvoir sur le roi. Bien autrement établie à la cour que ses sœurs, dame du palais de la Reine, duchesse à brevet comblée de pensions et riche d'amis puissants, sa situation était inattaquable. Elle avait même obtenu la permission de rejoindre le Roi, qui, en ce mois d'août 1744, payait vaillamment de sa personne dans la guerre contre les impériaux. Cruelle offense quand la Reine elle-même avait été priée de rester à Trianon.

La nouvelle duchesse de Châteauroux se trouvait donc à Metz, où Louis XV avait installé l'hôtel du gouvernement en attendant l'heure d'attaquer la citadelle de Fribourg. Elle vivait en face l'hôtel du premier président et exigea dès son arrivée la construction par le Génie d'une galerie en planches communiquant directement avec les appartements du Roi. Ce passage, bâti sur la rue, étalait aux yeux de toute la ville le scandale d'amours censées demeurer secrètes.

Le 9 août, l'armée de Noailles dut remettre les premiers travaux du siège de Fribourg : le Roi venait de tomber malade et avait dû s'aliter avec la fièvre et le mal de tête. Son état devint bientôt inquiétant. La fièvre maligne résistait aux saignées et à tous les remèdes. Les nouvelles qui parvenaient à l'armée et à Versailles étaient de moins en moins rassurantes, et l'on parlait sérieusement de le faire confesser, ce que le roi refusa à l'évêque de Soissons venu dire la messe dans sa chambre. Il est vrai que les rares personnes qui, en dehors des domestiques, entraient auprès de lui, le persuadaient que son état était sans gravité.

Les princes et les grands officiers eux-mêmes ne pouvaient qu'approcher la porte, gardée comme une forteresse. L'antichambre où se pressaient en se défiant les partis était le théâtre de scènes souvent vives. Le duc d'Aumont et les aides de camp tenaient pour M. de Richelieu, grand organisateur des plaisirs royaux et intime de Mme de Châteauroux; les «dévots», à la tête desquels M. de la Rochefoucauld, soutenaient que la présence de la maîtresse irritait la ville et de nombreux officiers. La cause de la jeune femme s'aggrava quand le père Pérusseau exigea son renvoi immédiat. «Le viatique, annonça-t-il, ne sera apporté au malade que lorsque sa concubine sera éloignée de la ville.»

Par les courriers qu'elle dépêchait à longueur de journée à Metz grâce aux bons services de son ami le comte d'Argenson, la Reine était tenue au courant de la santé du Roi. Marie vivait dans une prière constante, émue par des sentiments qui se révélaient encore vifs et qu'augmentait le souci de l'âme du Roi. Le 14 août à midi, la Reine reçut des détails rassurants, mais le soir, à neuf heures, un courrier lui apporta une lettre désolante de M. de Bouillon. Le descendant de Turenne lui écrivait que son attachement pour elle et le devoir de sa charge ne lui permettaient pas de lui laisser ignorer l'état où se trouvait le Roi.

« La nuit a été fâcheuse, la matinée peu consolante. Le Roi a eu des agitations si violentes pendant la messe qu'il a aussitôt demandé le père Pérusseau. Il s'est confessé avec beaucoup d'édification et va recevoir le viatique. »

La lettre ne mentionnait pas Mme de Châteauroux, qui, en de telles circonstances, ne pouvait qu'avoir été renvoyée.

« Ma place est maintenant auprès de mon époux, dit la Reine à Mme de Luynes. Sans doute, va-t-il m'appeler ! »

Elle passa la nuit à attendre, le plus souvent agenouillée devant le crucifix. Au matin, tout le château était dans son appartement. Enfin, vers onze heures, on annonça l'arrivée du courrier de M. d'Argenson. Marie se précipita dans son cabinet et ouvrit elle-même, fébrilement, l'enveloppe : le Roi avait été saigné au pied et trouvait bon qu'elle s'avance jusqu'à Lunéville, M. le Dauphin et Mesdames jusqu'à Châlons.

« Je pars aussitôt ! », décréta la Reine.

On eut peine à lui expliquer que deux heures, au moins, étaient nécessaires pour les préparatifs.

« Il faut, Votre Majesté, plus de soixante chevaux au départ, dit le grand écuyer. Et autant par poste que le cavalcadour, déjà sur la route, va commander aux relais. »

On supprima le dîner pour faire les bagages. Les femmes de chambre choisirent les habits et remplirent les coffres. A cinq heures, la Reine entendit la messe et, à sept, monta dans sa berline, protégée par les derniers gardes du corps restés à Versailles. Quelques heures plus tard, on s'occupait du départ de Mesdames. C'est Mme de Tallard qui avait été désignée pour les conduire à Verdun, d'où elles pourraient accourir si la situation s'aggravait davantage. Quant au Dauphin, M. de Châtillon, son précepteur, soucieux d'arriver avant l'issue redoutée, décida de l'emmener directement à Metz.

Marie refaisait à l'envers un chemin qu'elle connaissait bien. Elle coucha à Soissons le premier soir. Le lendemain, les nouvelles qu'on lui apporta étaient si mauvaises qu'elle décida de ne s'arrêter nulle part, ni à Reims, ni à Châlons. Un peu après Vitry, on lui apporta une lettre de M. d'Argenson lui mandant que le Roi trouverait bon qu'elle vienne à Metz aussitôt que possible. Cela ne lui suffisait pas. Loger à Metz sans être admise auprès du Roi ne signifiait rien. Ce qu'elle voulait, c'était voir le mari qu'elle n'avait, elle s'en rendait compte, jamais cessé d'aimer. Une réponse à d'Argenson, griffonnée pendant un changement de chevaux, implora : « Au nom de Dieu, obtenez-moi la consolation de le revoir. » Elle le revit, sinon guéri, du moins hors de danger. Les médecins durent constater, le jour de son arrivée, que le pouls était redevenu normal et que la fièvre était tombée.

Loin de Mme de Châteauroux, dont personne ne prononçait plus le nom et qui avait obéi, mortifiée, à l'ordre du Roi de rentrer à Versailles, Marie Leszczyńska, pour la première fois depuis longtemps, se retrouvait la Reine. Elle recouvrait la joie de vivre tandis que son malade se remettait en buvant du pavot pour dormir, du quinquina trois fois par jour, et mangeait avec appétit des blancs de poularde. Le convalescent recommençait à jouer des parties de quadrille et prenait plaisir à s'entourer de ses enfants. Sa première lettre fut pour Madame Infant, à la cour d'Espagne. Il écrivit ensuite à l'évêque de Metz pour demander un *Te Deum* solennel en sa cathédrale.

Les nouvelles de la guérison du Roi et des succès de la bataille de Flandre coururent le royaume. Partout il y eut des actions de grâces et des réjouissances populaires. La Reine, pour ses bons soins, y fut associée et considérée comme l'ange gardien du Roi, à qui échut, émis par la voix de son peuple, le beau titre de Louis le Bien-Aimé.

L'entourage de la Reine ne cachait plus sa confiance en une réconciliation. Marie, elle, hésitait à partager l'optimisme de ses dames. Elle connaissait mieux que personne les humeurs changeantes du Roi et ne doutait pas que les amis de Mme de Châteauroux, à commencer par son oncle Richelieu, œuvraient déjà à faire revenir cette dernière en grâce. Marie ne pouvait que remarquer des changements significatifs dans les manières du Roi dont la dévotion, réveillée par la maladie, commençait à chanceler. Une partie de son entourage travaillait d'ailleurs perfidement à la détruire en lui suggérant qu'il n'avait pas été en un aussi grand danger que les prêtres l'avaient proclamé, et qu'on l'avait entretenu prématurément de son salut éternel.

Ces insinuations ne pouvaient que complaire au Roi, qui, en même temps que la santé, retrouvait ses penchants libertins. Il ne conversait plus guère avec le père Pérusseau et ne faisait plus aucune prière à genoux, ni le soir ni le matin. S'il priait dans son lit, personne n'en était témoin. Comme l'écrivit le duc de Luynes à sa femme :

« Après l'arrivée de la Reine, il y avait lieu d'espérer que l'indifférence du Roi, trop connue à son égard, pourrait peut-être changer. Non seulement il lui avait demandé pardon, mais il avait paru lui faire amitié. Les choses paraissent bien changées. Et aujourd'hui ? Le froid n'a jamais été aussi grand. »

Quoi qu'il en soit, le temps des illusions était révolu. La Reine, elle le disait à ses dames, n'arrivait pas à connaître les projets du Roi. Il avait fait savoir à un dîner qu'il ne serait à Versailles qu'après la Toussaint, mais, jusque-là, restait impénétrable sur son emploi du temps. Resterait-il en Lorraine ou irait-il à Strasbourg pour suivre de près les opérations du siège de Fribourg, dont devait dépendre le sort de la campagne ?

Louis XV, finalement, s'en fut à Strasbourg. Seulement préoccupé de la guerre, travaillant continuellement avec le ministre M. d'Argenson et les maréchaux de Noailles, de Belle-Isle et de Maillebois, il répondit à peine, et négativement, à la Reine, qui lui demanda en public la permission d'aller à Strasbourg : « Ce n'est pas la peine ! – Puis-je au moins rester à Lunéville près du roi mon père ? » A cela, le Roi avait répondu durement : « Il faut partir trois ou quatre jours après moi. »

C'est dans le plus profond désarroi que la Reine retrouva, tout le long du trajet de retour, la magnificence de l'accueil que les Alsaciens et les Lorrains avaient réservé dix-neuf ans plus tôt à Marie Leszczyńska, fiancée du roi de France. Comment des souvenirs si doux pouvaient-ils aujourd'hui devenir insupportables ? La Reine n'en avait pourtant pas terminé avec l'adversité sur cette route douloureuse. A Lunéville, une triste nouvelle l'attendait : Madame Sixième, l'une de ses huit filles encore en vie, venait de mourir à Fontevrault. C'était celle des princesses qu'on disait ressembler le plus à Stanislas Leszczyński, le père de la Reine.

Malgré tout, la Reine fut soulagée de retrouver Versailles, où une cour brillante lui fit fête, comme si c'était elle, et non MM. de Soubise et de Lowendal, qui avait gagné la bataille de Fribourg et y avait été blessée. Jamais on n'avait compté autant de dames dans sa chambre que le jour de son retour : soixante-quatorze, dirent les chroniqueurs.

Le Roi, lui, arriva le 13 novembre aux Tuileries, où toute la cour l'attendait. La Reine s'avança à sa rencontre jusqu'à la porte du trône avec le Dauphin et Mesdames. Il l'embrassa, ainsi que ses filles, et pénétra dans la galerie pleine de courtisans. Le Roi eut beaucoup de mal à se frayer un passage dans cette foule bruissante de soie et de chuchotements. Lui qui n'avait pas un goût exagéré pour l'apparat trouva agréable d'être honoré pour un exploit guerrier. Souriant, il s'arrêta pour parler à plusieurs personnes, en particulier au prévôt des marchands, et se montra vraiment content que M. de La Roche-sur-Yon lui dît qu'il était le premier souverain, de longtemps, à avoir commandé le siège d'une place du premier au dernier jour. Plusieurs dames firent part à la Reine de leur inquiétude. Bien que fier de sa victoire, le Roi paraissait amaigri, un peu changé. La Reine répondit que la guerre était fatigante et que le Roi avait été très malade. Elle s'avoua alors qu'elle n'aimait plus qu'on lui parlât de son époux.

Louis XV et la Reine restèrent cinq nuits et quatre jours aux Tuileries. Depuis le retour du Roi et de la cour à Versailles, jamais Paris n'avait eu aussi longtemps les souverains dans ses murs. Ce ne furent donc, durant tout ce temps, que réjouissances publiques, audiences solennelles et concerts. La fête principale, la plus fabuleuse du règne sans doute, se déroula entre le Pont-Neuf et le Pont-Royal. Sur le terre-plein du Pont-Neuf, la ville avait fait construire un temple grec, ouvert en forme de péristyle. Quatre rangs de colonnes doriques de quatre pieds et demi de diamètre et de trente-deux pieds de haut soutenaient l'édifice. L'architecte Servandoni n'avait pas lésiné : au-dessus de l'entablement qui couronnait ce premier ordre, il avait posé une balustrade interrompue par des piédestaux qui portaient vingt statues de divinités grecques. Deux escaliers monumentaux permettaient d'accéder à la terrasse de cet édifice de cent pieds, éclairé par des lustres suspendus tout autour du temple.

La Seine, entre le Pont-Neuf et le Pont-Royal, était jalonnée de pyramides lumineuses, de bateaux réunis pour former un grand salon-terrasse bordé de guirlandes et de grosses lanternes. Cent quatre-vingts musiciens dirigés par Rebel et Francœur, directeurs de l'Opéra, occupaient ce salon. Les deux rives, élargies sur pilotis, étaient couvertes de gradins et de loges réservés aux invités et au peuple de Paris. La prévôté attendait trois cent mille spectateurs, il en vint cinq cent mille, qui occupaient les ponts, les gradins, les quais et les toits des maisons.

Vers dix heures du soir, le Roi arriva avec la Reine, le Dauphin et Mesdames. Ils prirent place sur le trône en forme de baldaquin doré tapissé de velours et de damas cramoisis. Les grands officiers, en habit de drap d'or et d'argent, se placèrent derrière leur fauteuil, et le reste des membres de la cour s'installa dans la tribune éclairée, comme la loge royale, par des lustres, des girandoles de cristal et deux rangs de terrines remplies de cire blanche où trempaient de grosses mèches. Même d'assez loin, on pouvait apercevoir, brillant dans la chevelure de la Reine, le Sancy, le fameux diamant de la couronne qui valait mille huit cents livres.

Le peuple avait envahi les berges de la Seine, heureux de venir acclamer le roi vainqueur et d'apercevoir les princesses qu'il n'avait eu de longtemps l'occasion d'admirer, mais aussi pour assister au plus grand feu d'artifice jamais tiré dans la nuit de Paris. Le temple grec du Pont-Neuf, une folie qui avait coûté plus de deux cent mille livres, le quart d'une année des revenus de la ville, spécialement construit pour servir de support au feu d'artifice, était illuminé au point qu'avant même que n'éclate la première fusée le spectacle était complet.

Peu à peu, le salon de musique s'était allumé, suivi de la tribune royale, du temple, de la balustrade, des pyramides et des lustres disséminés sur les berges. Puis le fleuve lui-même, au passage de soixante bateaux descendant deux par deux le courant. Enfin, on mit le feu à une gerbe placée en face du trône, en avant du temple. A ce signal répondirent les détonations de cent boîtes de fonte et une décharge des canons disposés sur le quai des Orfèvres. La fumée inonda un moment le parc des Tuileries avant qu'on ne commence à envoyer les trois cents fusées d'honneur depuis le Pont-Neuf et deux cents caisses de fusées volantes devant le temple. Le chiffre d'artifice du roi s'inscrivit alors, haut de neuf pieds, dans les étoiles. Quand il s'éteignit, le même, en chandelles et pierreries, apparut pour durer toute la nuit entre les colonnes centrales du temple. Du berceau d'étoiles tirées depuis cent mortiers au disque de feu fixé à hauteur de l'entablement du temple, et d'où fusaient des rayons formant un soleil de trente-deux pieds d'étendue, le feu d'artifice déroula sans faiblir son éclatant spectacle. Enfin, cinq mille fusées partirent toutes à la fois du plancher de l'attique du temple. Le spectacle prit fin sur ce bouquet flamboyant, qui s'éteignit sur une dernière décharge d'artillerie.

Durant quatre jours, Paris fut en fête. Malgré le temps maussade de novembre, la foule ne cessa de se porter sur tous les points où passait et repassait le cortège royal, deux grands carrosses à huit chevaux, suivis de ceux de la cour et de la cavalerie de la maison royale. Les Parisiens ne furent privés de ce spectacle qu'un après-midi, quand la Reine alla visiter un couvent de carmélites, tandis que le Roi courait le daim au bois de Boulogne. Tous les soirs, les bourgeois de la capitale se pressèrent aux Tuileries pour assister au souper public de Leurs Majestés et au concert de la Reine. Chacun pouvait entrer voir manger le Roi, à condition d'être vêtu de noir en raison du deuil pour Madame Sixième.

* *
*

La maladie était le lot courant des habitants de Versailles. On se demandait des nouvelles en daubant sur les médecins et sans trop attacher d'importance aux réponses. Il en allait autrement lorsqu'il s'agissait de hauts personnages, et l'annonce que Mme de Châteauroux était tombée subitement malade dans son appartement de la rue du Bac, où elle s'était retirée, se répandit en un clin d'œil dans les couloirs du château. Le danger s'était si vite déclaré que les médecins du roi, réunis à son chevet, avaient laissé appeler le confesseur. Celle qui était redevenue depuis quelques jours la maîtresse du Roi et s'apprêtait à retrouver toutes ses charges à Versailles était aux portes de la mort ! C'était là un de ces événements qui risquaient de bouleverser toute la vie de la cour ! Personne ne le disait, mais beaucoup, devant la promptitude et la violence du mal, pensaient à un châtiment du ciel.

Tous ceux qui avaient pu approcher le Roi avaient observé son profond abattement. Il ne paraissait plus qu'à la messe et au conseil, avait supprimé le grand couvert et ne sortait pas de ses cabinets privés. D'Ayen, le maréchal de Luxembourg et le marquis de Gontaut se relayaient pour lui donner des nouvelles. Il suffisait de lire sur le visage du Roi ses traits, qui s'éclaircissaient ou se rembrunissaient, pour savoir si les bulletins étaient porteurs d'espoir ou réduisaient l'espérance. Une larme perla sur sa joue lorsqu'il apprit que le père Sigaud et le curé de Saint-Sulpice venaient d'apporter le viatique. La Reine elle-même était émue et priait pour sa rivale qui allait mourir. « Par respect pour la douleur et l'inquiétude du Roi », elle refusait d'aller souper hors de chez elle.

Les messes dites pour sa guérison à la chapelle et à la paroisse de Versailles n'eurent pas plus d'effet que la saignée au pied tentée par Vernage après huit autres pratiquées au bras. Le mardi 8 décembre 1744, à huit heures du matin, sa sœur Mme de Mailly, dont elle avait pris la place dans le lit du Roi, recueillit le dernier soupir de Mme de Châteauroux. La veille, le Roi, conduit par Louis de Noailles, était parti pour la Muette, car on voulait le préserver de l'annonce de la mort de Mme de Châteauroux dans le brouhaha de Versailles. C'est donc au petit château de Passy qu'il reçut la nouvelle. Il s'enferma durant quatre jours, entouré seulement du duc, de M. d'Harcourt et de quelques personnes. Ses proches lui cachèrent qu'à Versailles le bruit courait d'un empoisonnement, attribué par ses ennemis à Maurepas, le ministre d'Etat. La cour connaissait régulièrement ces suppositions ordinaires de la haine devant des décès dont la médecine n'avait point défini les causes.

Il devint bientôt convenable de se rapprocher de Versailles, et le Roi rejoignit Trianon préparé en hâte. Il y passa plus d'une semaine, y tint le conseil, mais fit dire à la Reine, par une lettre fort polie et écrite avec amitié, qu'il ne la verrait qu'à Versailles. Versailles où plusieurs événements occupaient le quotidien de la cour : la mort de Mme de Ventadour, la vieille gouvernante du Roi, l'arrivée de Flandre du maréchal de Saxe, le mariage du duc de Penthièvre avec Mlle de Modène, la préparation de celui du Dauphin, les cérémonies de Noël et du Jour de l'an, toutes circonstances propres à distraire le Roi de son accablement.

Une visite de M. de Richelieu, oncle de Mme de Châteauroux, n'était pas passée inaperçue. Le maréchal s'était présenté avant le coucher, et le Roi l'avait reçu durant près d'une heure. La fantaisie libertine du maréchal était suffisamment connue pour faire deviner qu'il ne s'était point appesanti sur la tristesse du Roi et qu'il l'avait au contraire engagé à reprendre des habitudes estimées normales pour un roi de trente-cinq ans, que les scrupules de blesser une reine résignée ne gênaient plus. Le fait qu'il n'ait pas accompli ses dévotions à Noël montra à ceux qui en doutaient encore que le Roi n'allait pas tarder à se consoler de la mort de sa favorite.

La Reine, naturellement, était mise au courant des humeurs du Roi et luttait une fois de plus avec panache contre la désolation, s'installant dans une vie faite d'amitié et de réflexion. C'est l'époque où elle décida de prendre des leçons de peinture afin de mieux pénétrer l'esprit des artistes dont beaucoup lui étaient connus. Elle choisit ainsi pour lui tenir la main et guider son pinceau le vieux Oudry, qu'elle admirait depuis son mariage et qui n'avait cessé d'orner de ses tableaux les murs de Versailles.

Marie Leszczyńska avait été élevée dans le goût des arts, et c'est tout naturellement qu'elle s'activa durant son règne à relever la condition des artistes. Sa grande satisfaction était de participer à leurs travaux. Elle choisissait ceux qui devaient décorer son appartement, imaginait les sujets des œuvres et veillait à leur exécution. Elle avait ainsi donné à Charles Coypel les motifs de tableaux religieux concernant sa famille : *L'Ange gardien qui enlève au ciel Madame Troisième* et *L'Apothéose de Monseigneur le duc d'Anjou*. Natoire avait été chargé des scènes profanes. Il emprunta, pour les bains de la Reine, des scènes aux poésies pastorales de M. de Fontenelle. Joseph Vien, lui, avait reçu commande d'un *Saint François-Xavier débarquant en Chine*.

La Chine, avec ses laques et ses porcelaines, fascinait Marie qui commença, aidée par Oudry, à esquisser ce qu'elle pensait être son travail le plus important : la décoration d'un des petits cabinets de Versailles, le Cabinet des Chinois.

Oudry le maître, le guide, avait introduit auprès de la Reine l'un de ses meilleurs élèves, le jeune Tarandin, officiellement attaché au pinceau royal, qu'il ne laissait pas s'égarer. Il traçait à l'aide d'un crayon le contour des paysages et des personnages de la scène suggérée par la Reine, la laissait ensuite finir le dessin et même commencer à poser les couleurs. Chaque matin, Marie se réfugiait dans son «laboratoire», mot à la mode du temps, où Tarandin avait préparé sa palette et disposé les pinceaux. Touche après touche, le jeune artiste indiquait les endroits où il fallait poser le pinceau, puis arrangeait un résultat convenable. Quand la toile était terminée, Marie disait, toute fière, à ses proches : «Vous savez, mon teinturier – c'est ainsi qu'elle appelait le jeune Turandin – n'a pas tout fait!» Ce qui lui permettait de signer les tableaux qu'elle offrait à ses amis : «Marie reine de France *fecit*», devant la date.

Entre les charges de la représentation royale, qu'elle remplissait fidèlement, la peinture et ses proches, Marie se persuadait qu'elle avait renoncé à l'amour en sacrifiant à l'amitié. Ses petits appartements, qu'elle ne voulait pas nommer «cabinets» à cause du Roi qui en faisait tout autre usage, décorés par le sculpteur Verberckt et vernis par Martin, étaient son refuge, son musée personnel, son sanctuaire de l'amitié et de la causerie.

«En fait, dit-elle à son confident le plus proche, le président Hénault, j'étais faite pour tenir salon, comme madame de Tencin ou madame Geoffrin. Votre grande amie la marquise du Deffand a bien de la chance de réunir chez elle toutes les semaines les plus grandes personnalités des lettres, de la philosophie, des arts…

– Mais, Majesté…

– Je vous en prie, mon ami, ici l'étiquette disparaît. Ne m'appelez pas Majesté. Un homme comme vous, qui sait le plus dans tous les genres, au moins dans les genres agréables et utiles, trouvera bien une manière de nommer autrement sa reine, complice d'une conversation commencée depuis bien longtemps.»

Le président sourit. Ce n'était pas la première fois que Marie lui demandait d'user avec elle, en privé, d'un commerce plus simple.

« Eh bien, permettez-moi de vous appeler Madame. Je voulais vous dire qu'en fait de salon vous réunissez entre cour et ville une élite de gens d'esprit qu'envient toutes les dames qui ont, comme elles le disent, leurs "habitués". Demandez ce qu'elle en pense à madame du Deffand, la plus illustre d'entre elles. Où pourrait-on, ailleurs que chez vous, rencontrer, hors de ses charges gouvernementales, monsieur de Maurepas, dont la verve gaie, pas toujours bienveillante mais brillante, apporte dans votre univers discret les nouvelles auxquelles il est le plus habile à broder, avec toutes les délicatesses de la langue, le détail piquant qui les embellit ?

– Et qui donc encore, cher président, enrichit mes réunions de son talent et de ses connaissances ? »

– Mais le comte de Tressan, qu'a introduit auprès de vous la « sainte duchesse », madame de Villars ! Vos dames l'ont affublé du surnom de « Petit Train », on ne sait trop pourquoi, car c'est un galop qu'il mène entre la cour et l'armée ! Vous lui passez ses hardiesses de langage et jusqu'à ses propos les plus risqués en vertu de son état militaire. Cet être charmant, brillant, cultivé, favori des belles et des moins belles ferait merveille chez madame Geoffrin les jours où perce l'ennui dans le salon jaune.

– Vous n'oubliez pas le "Fauteuil»", j'espère ? Paradis de Moncrif est l'indispensable figure de mon petit ballet. Je connais son histoire, qui est un modèle de réussite, et la petite gloire dont les jaloux le gratifient ne l'empêche pas d'être un philosophe agréable à fréquenter et qui sait se rendre indispensable dans les meilleures compagnies. Je me félicite de l'avoir nommé lecteur. C'est mon plaisir qu'il ait son coin et son fauteuil marqué dans mon salon comme à l'Académie.

– Vous avez raison, Madame. Parmi tous ceux qui font profession d'esprit, et il n'en manque pas dans ce siècle où l'art de la conversation prime tous les autres, Moncrif est l'un des premiers. »

Moncrif venait de mettre en leçons dans un livre les moyens de plaire, lesquels lui avaient permis, malgré ses fâcheuses origines, d'atteindre à la bourgeoisie, puis aux gens de condition et aux princes. Faire métier d'écrire dans la matinée et de venir l'après-midi occuper un fauteuil, « son » fauteuil, chez la Reine, était, il l'admettait volontiers, une vie d'académicien choyé !

Les autres familiers de la Reine avaient moins d'éclat, mais lui étaient autant attachés. Elle avait pleuré à la mort de Nangis, qui l'avait entourée d'un culte passionné. Il lui restait les Broglie, l'abbé et le maréchal, ainsi que la première dame de sa maison, la duchesse de Luynes, chez qui elle allait souvent souper et jouer aux cartes. M. d'Argenson, enfin, l'un des rares politiques en qui elle avait confiance, lui témoignait dévouement et affection. Leur relation remontait à loin. La Reine n'avait pas oublié que le jeune d'Argenson, qu'elle appelait encore familièrement « Cadet », avait été le premier, alors qu'il revenait d'une mission à Bade, à parler à la cour d'une humble jeune fille vivant à Wissembourg, fille d'un Stanislas Leszczyński, éphémère roi de Pologne exilé et pauvre. C'était le moment où l'on recherchait une fiancée acceptable pour Louis, roi de quinze ans. Marie n'avait pas de souvenirs plus chers que ceux de l'époque où le destin avait mis fin à sa pauvreté d'exilée pour la hisser sur le trône de France.

CHAPITRE IV

La marquise de Pompadour

La cour avait beau être revenue à Versailles, les huit ans que le Roi avait passés aux Tuileries tandis que le Régent gouvernait au Palais-Royal avaient fait de Paris une capitale, la tête et le moteur du royaume. Le Versailles de Louis XV n'était plus celui du Grand Roi. La plupart des ministres, les ambassadeurs étrangers, résidaient à Paris, les ducs, les princes, les fermiers généraux y avaient leur hôtel et ne se rendaient plus à Versailles que le temps de leur charge. C'est désormais dans la vieille cité qu'on célébrait, à part le Sacre, les grandes cérémonies de la monarchie. La vie culturelle et mondaine s'était concentrée dans ses théâtres et ses hôtels. Désormais, ni Mme de Tencin, ni Mme du Deffand ni Mme Geoffrin n'auraient imaginé réunir leurs invités ailleurs qu'en la capitale ! Les salons de la vieille Lutèce étaient devenus un centre d'attraction irrésistible. Aucun ministre, diplomate, savant ou écrivain étranger ne passait par la

France sans rendre visite à l'une des grandes dames qui cristallisaient autour d'elles l'esprit de l'élite européenne.

Il n'avait pas fallu longtemps à Agnès d'Estreville pour faire connaître des hôtesses les plus courues sa jolie frimousse, sa timidité, dont elle savait jouer avec adresse, et ses aspirations scientifiques qui étonnaient les vieux académiciens. Elle avait essayé, au début, d'avancer comme une passerelle vers le monde savant son nom d'Estreville, mais il ne disait rien à personne, et, à l'exemple de ses amis Bachaumont et Clairaut, on préférait l'appeler Agnès, ce qui ne manquait pas d'autoriser quelques vieux messieurs à faire allusion à l'ingénue de Molière.

Si elle suivait volontiers Clairaut chez Mme Doublet qui lui avait permis, grâce à Bachaumont, d'approcher Emilie du Châtelet, le salon de Mme Geoffrin répondait mieux à ses goûts. La veuve du riche administrateur de Saint-Gobain[1] avait réussi en peu de temps à imposer rue Saint-Honoré le salon le plus célèbre, le plus stable, le plus éclatant par le nombre et la qualité de ceux qui le fréquentaient. Son hôtel était voisin de celui de Mme de Tencin, qui, malgré les atteintes de l'âge, maintenait la réputation de ses réunions où l'on rencontrait encore Fontenelle, l'abbé Prévost, Marivaux et souvent Montesquieu en compagnie de ses amis étrangers Bolingbroke, Chesterfield ou le comte de Guasco. Mme de Geoffrin, devenue sa rivale, l'allait voir en voisine. Marmontel raconta partout que Mme de Tencin, après l'une de ces visites, demanda, perfide, à ses hôtes du jour : « Savez-vous ce que la Geoffrin vient faire ici ? Elle vient voir ce

1. Célèbre manufacture de glaces fondée par Colbert pour rompre le monopole des fabriques vénitiennes.

qu'elle pourra recueillir de mon inventaire ! Ferez-vous, mes amis, partie de l'héritage ? »

Rares étaient les femmes qui fréquentaient assidûment le salon de Mme Geoffrin. « Ses dîners sont des dîners d'hommes présidés par une gouvernante », disait Greuze, dont elle n'aimait pas la peinture, et qui s'amusa à la représenter en maîtresse d'école, le martinet à la main. Ce n'est donc pas sans surprise, après une leçon de géométrie, qu'Agnès apprit de Clairaut que Mme Geoffrin souhaitait la recevoir à son prochain dîner du mercredi.

« Et pourquoi donc ? demanda-t-elle. On sait que les femmes sont rares à être admises dans le salon jaune, et plus rares encore à être invitées à sa table. Pourquoi moi, qui ne suis rien ? Serait-ce pour vous faire plaisir ? Parce que madame Geoffrin tient à votre présence ?

– Pas du tout, ma chère. Vous avez fait du chemin depuis Bourbon-l'Archambault. Sans vous en apercevoir, vous avez acquis une notoriété qu'envient bien des savants chevronnés et des auteurs incompris. Quant aux peintres, on dit les plus célèbres désireux de faire votre portrait. Voyez, on parle beaucoup de vous ! Et vous voilà souhaitée aujourd'hui dans ces cercles de bonnes manières qu'on nomme salons !

– Si vous vous moquez, mon ami, je serai fâchée pour toujours. »

Clairaut éclata de rire :

« Vous êtes jeune, belle et désirable. Mais cela ne suffit pas. Vous avez eu la grâce de vous intéresser aux sciences et à l'astronomie sans vous prétendre poète. Toutes les filles qui se sont ennuyées dans un couvent croient l'être. Personne n'aurait lu vos vers, mis à part moi – encore que vous n'auriez jamais mis vos pieds mignons chez madame Doublet et que nous ne nous serions pas rencontrés.

– Mais que signifie ce discours, Alexis ? Que me racontez-vous là ?

– Une belle histoire, mademoiselle. Dieu merci, votre ange gardien vous a montré le chemin des étoiles et du paradis des variations algébriques, ce qui m'a permis de croiser par hasard votre ellipse. A propos de cette rencontre, n'avez-vous pas, Agnès chérie, envie de résoudre en calcul intégral nos équations différentielles ?

– Mon pauvre ami, vous êtes devenu fou !

– Quelle folie, mon ange, de vous demander de me permettre de vous aimer ! Quelle folle prière ! Vous n'aurez aucun mal à trouver un marquis, certes un peu vieux, mais fortuné. Marquise, rendez-vous compte ! Et pourquoi pas duchesse, avec un tabouret chez la Reine ? De notre temps, tout est possible et vous êtes si belle… »

Agnès le regarda, stupéfaite :

« Seigneur, vous me faites une déclaration d'amour ! Tout de go !

– Dieu, que faire d'autre ?

– Pourquoi, depuis que nous nous voyons presque quotidiennement, n'avoir fait montre que d'une distance hautaine ? Je présume qu'il existe mille façons, pour un homme, de donner à sentir à une dame qu'elle ne lui est pas indifférente. Vous m'avez parlé d'équations, de calculs, de variations algébriques, mais ne m'avez jamais dit…

– Eh bien, je le dis et le redis : je vous aime, tendre Agnès. J'en prends à témoin le ciel, celui des étoiles que nous découvrons ensemble dans la nuit, notre complice. Mon silence a été ridicule, mon lyrisme ne l'est pas moins, tant pis ! C'est ma façon de vous demander si je puis rendre visite à madame votre mère qui a sans doute rêvé mieux pour sa fille qu'un coureur de planètes.

– Mon ami, je vous présenterai à ma mère si vous en exprimez le désir, mais promettez-moi de ne point lui demander ma main. J'accepte d'être votre amie, plus qui sait, mais je ne veux pas me marier. Vous me dites souvent que la découverte d'une règle géométrique ou mécanique vous demande beaucoup de temps et de patience. Eh bien, l'amour ne se décrète pas non plus sans réflexion. Moi, votre élève ignorante, pauvre, fraîche émoulue du couvent, je m'étonne de l'intérêt que me porte soudain un génie.

– Oh ! un génie ! On a tôt fait aujourd'hui de vous affubler de ce titre qui ne suffira pas, si vous acceptez de partager ma vie, à nous enrichir !

– Nous pouvons envisager de vivre l'un près de l'autre sans nous marier, de voir si nous nous convenons au point de former un couple uni et fidèle. Pour moi, c'est cela le mariage.

– Il est vrai que je n'ai pas osé, durant tout ce temps, vous parler d'amour ! Je me trouvais trop vieux, à peine présentable dans mon habit usé, ennuyeux avec mes méninges farcies de chiffres…

– Arrêtez ! fit Agnès en riant. Il n'en est rien ! Vous que Piron décrit comme un bourreau des cœurs que s'arrachent toutes les maîtresses de salons !

– Balivernes ! Un bourreau des cœurs serait-il timide au point de rester transi devant la plus belle des créatures ?

– Comprenez-moi, mon ami. Bien que l'envie ne m'en ait manqué, je ne pouvais me jeter dans vos bras ! Je puis dire sans mentir que je vous ai aimé dès l'instant où Bachaumont m'a désigné votre silhouette dégingandée dans le troupeau des invités de madame Doublet, vous présentant, "Alexis Clairaut, géomètre prodige".

– Que pensera madame votre mère de notre liaison ?

– Ne vous tracassez pas. Ma mère m'adore et veut avant tout mon bonheur. Elle a d'ailleurs pour elle-même trouvé à Estreville, où elle vit dans un modeste manoir qu'elle appelle château, un voisin veuf et fortuné qui l'a trouvée belle et l'aide à supporter sa solitude. Ancien trésorier de France[1], il vient de transmettre sa charge à son fils. Cet homme cultivé devrait être content que je fréquente un académicien.

– Vous m'aviez un jour parlé de votre tante…

– Oh ! Celle-là va en faire une maladie ! Elle a essayé de me caser quelques beaux et vieux partis que j'ai naturellement refusés. Sa fortune lui permettait, sous prétexte de devoir familial, disait-elle, de prendre ma mère, et moi de surcroît, sous sa coupe. Maintenant que sa sœur a pour ami un homme plus riche que son mari, elle n'a plus à nous aider et devient presque gentille, mais je sais qu'elle ne m'aime pas et je la déteste !

– Qu'allons-nous faire si vous ne voulez pas m'épouser ?

– Mais nous aimer ! Cela se fait, de notre temps… »

Les deux amants se sourirent avec une infinie douceur.

« Une prière, monsieur l'astronome : j'aimerais que ma virginité s'envole vers les étoiles une nuit où le ciel scintillera dans la grosse lunette de l'observatoire du Luxembourg, là où vous m'avez amenée plusieurs fois. Cela n'est-il pas poétique ? »

---

1. Officier de finances chargé de l'administration du domaine et de la répartition des impôts, en particulier de la taille.

Ils s'étreignirent. Il s'en fallut de peu qu'ils ne se laissent emporter par le désir, mais Agnès se dégagea et, un doigt sur les lèvres :

« Chut ! Gardons aux étoiles ce qui leur revient.

– Oui, mon amour, sous la coupole du palais. Nous serons chez nous… c'est une surprise que je voulais vous faire ; j'aurai bientôt la jouissance d'un logement à côté de celui de mon ami Delisle.

– C'est magnifique, le ciel est à nous !

– Et le bonheur aussi ! »

Alexis Clairaut venait de publier son nouvel ouvrage, *Théorie de la figure de la Terre*, qui lui valait un agréable accès de gloire. L'Académie lui avait offert une lunette au Luxembourg, et les plus célèbres salonnières se disputaient sa présence, désireuses d'ajouter une note scientifique à leur répertoire.

Le lendemain du jour où ils s'étaient promis de s'aimer, Alexis et Agnès furent invités à découvrir le nouvel appartement que Mme du Deffand venait de louer au couvent des filles de Saint-Joseph. Au premier étage, qui donnait sur la rue Saint-Dominique, ils gagnèrent une vaste pièce éclairée par deux grandes fenêtres ouvrant sur les jardins. La marquise, souriante, vint à la rencontre des deux jeunes amoureux, parmi les premiers arrivés :

« Mon plaisir est grand, monsieur Clairaut, que vous ayez accepté de venir étrenner ma nouvelle demeure avec mademoiselle d'Estreville. Je succède dans ces murs à madame de Montespan, dont les armes figurent toujours sur l'écusson de la cheminée. Ils y resteront, par respect pour cette grande dame[1]. J'ai aussi conservé les trumeaux de miroirs qui surmontent les deux âtres, disposés en pendant l'un de l'autre.

– Quelle magnifique tapisserie de moire bouton d'or, remarqua Agnès.

– J'ai choisi d'ajuster le reste à mon goût, ma chère, les tentures et tout mon meuble, à commencer par ces fauteuils cabriolets en noyer recouverts de velours d'Utrecht. Les autres, de teinte sombre, sont garnis d'une tapisserie tissée à la main. Ces sièges doivent inviter à l'abandon et à la confidence. On les distribuera dans la pièce selon les besoins de la conversation, de la lecture à haute voix ou du jeu – chez moi, le piquet et l'écarté. Dieu, quand je parle de ma nouvelle maison je suis incapable de m'arrêter! Excusez, je vous prie, cette péroraison!

– Madame, dit Alexis, vous êtes captivante lorsque vous faites les honneurs de votre demeure…

– … de votre magnifique demeure, enchérit Agnès. Cette salle est tout simplement divine!

– Alors, monsieur Clairaut, vous, le héros de la journée, êtes-vous prêt à nous parler de la figure de notre Terre?

– J'essaierai, madame, de la peindre aussi claire que possible, bien que je n'aie pas, hélas, le talent de monsieur de Fontenelle qui sait rendre accessibles les sciences les plus sérieuses.

– Fontenelle ne viendra pas aujourd'hui. Il m'a fait porter un billet pour dire qu'il avait pris froid. Mais mon cher d'Alembert sera là.

1. Mme de Montespan s'était retirée dans le couvent des filles de Saint-Joseph après avoir quitté la cour en 1687, supplantée par Mme de Maintenon.

– Lui au moins me comprendra. Quoique guère plus âgé que lui, j'ai eu le plaisir de lui donner des leçons de physique et d'astronomie. Aujourd'hui l'élève dépasse le maître. Son *Traité de Dynamique* est une œuvre magistrale.

– Je sais. Il est mon protégé. Mais voilà madame de Boufflers qui arrive avec le prince de Conti. Pardonnez-moi de vous abandonner un instant. Je vous laisse découvrir la chambre », ajouta-t-elle en désignant une double porte ouverte sur une autre salle tapissée de la même étoffe et enrichie de baguettes dorées.

Des fauteuils cabriolets et « à la reine », deux ottomanes, des candélabres, des guéridons, des tables à écrire meublaient la chambre, dont le fond était occupé par un lit « à la polonaise ». Ici comme dans l'autre salle, à l'exception de quelques touches vertes sur les sièges, le rouge et le jaune dominaient[1].

« Se retirer dans un tel couvent ne doit pas être une épreuve trop pénible, dit Agnès. Si un jour je...

– Attention ! l'interrompit Alexis en riant. Ce sont les veuves qui choisissent de vieillir sous un toit de Dieu ! »

De nouveaux arrivants entraient maintenant nombreux dans les deux salles, et le géomètre désignait à Agnès les plus importants. Elle connaissait le nom de certains, d'autres lui étaient inconnus.

« Tenez, voici le comte de Pont de Veyle, ami de Voltaire et vieux complice de madame du Deffand. Sa seule passion

---

1. Au XVIIIe siècle, le mot « salon » était usité pour désigner une pièce de réception que les notaires et les architectes appelleront « salle à manger » tout au long du siècle – dénomination toute théorique en l'absence de table. La chambre communiquait avec la pièce de réception dont elle était traditionnellement le prolongement.

est la littérature, surtout le théâtre. Il a fait jouer avec succès trois comédies sous le voile de l'anonymat. Le président Hénault est là, naturellement. Et Nicolas de Froment, un curieux philosophe capable de contribuer avec brio à la conversation, puis, son rôle joué, de se coucher au fond d'un fauteuil et de demeurer triste et muet jusqu'à ce qu'un mot le réveille et le fasse brusquement rentrer en scène.

– Qui est cet homme qui porte une petite perruque à l'anglaise ?

– Oh, je le connais bien. Il s'agit de Maupertuis, qui a dirigé, en Laponie, une expédition à laquelle j'ai pris part, et qui avait pour objectif de mesurer un degré du méridien. Il s'est attribué au retour la gloire de mes calculs, ce qui n'est pas grave. C'est un homme inquiet et envieux. Il est détesté par Diderot et surtout par Voltaire, qui le poursuit de ses sarcasmes. Intrigant, il se loue lui-même et fait chanter ses louanges par des grimauds ou des femmes de qualité, telle madame d'Aiguillon. Madame du Deffand n'en ignore rien, et je pense qu'il ne lui déplaît pas de mêler quelques vilains canards à sa basse-cour.

– Cher Alexis, non seulement vous m'initiez aux secrets de l'astronomie, mais vous faites mon éducation mondaine ! Vous êtes vraiment l'homme exquis auquel a rêvé durant des années la pensionnaire de madame de Sainte-Perpétue aux Ursulines. Mais qui passe à l'instant la porte ? Je connais cette dame. Grand Dieu, mais c'est Reinette ! Elle était avec moi au couvent et nous nous sommes retrouvées à Bourbon-l'Archambault.

– Elle s'appelle aujourd'hui madame d'Etiolles. Son mariage avec le neveu d'un riche financier, Tournehem…

– Je le connais aussi. C'est un monsieur charmant qui accompagnait aux eaux la mère de Reinette, une certaine madame Poisson. Mais nous papotons comme de vieux piliers de salons. Cela, monsieur l'académicien, n'est pas très scientifique, ni philosophique !

– Que voulez-vous très chère, nous vivons dans un siècle où tout jeune poète, auteur, écrivain, peintre ou futur savant sans fortune doit se plier, pour faire connaître son talent, aux règles de ces cours où trônent quelques dames de caractère.

– Remarquez qu'il serait malséant, quand on voit quels noms illustres sont attachés à la vie des salons parisiens, d'avoir honte de répondre à l'invitation d'une de ces grandes prêtresses…

– On peut sourire de leur préciosité, de la rivalité qui les oppose en coulisse ou de l'autorité qu'elles s'attribuent, mais c'est grâce à elles que se fait le métissage des pensées, le mélange des arts, la confrontation des idées, grâce à elles que le savoir s'étend si promptement sur le monde. J'ignore si Diderot réussira à illustrer et à glorifier, dans le grand dictionnaire qu'il se propose de publier, toutes les connaissances du siècle, mais son projet encyclopédique couve dans les salons de Paris.

– Bon, maintenant je vous quitte un moment : il faut absolument que j'aille voir ma Reinette bourbonnaise. »

Agnès trouva Madame d'Etiolles dans la chambre, près d'une fenêtre, en train de parler avec animation à un ecclésiastique dont la soutane élégante rehaussait encore la prestance. Elle l'observa un instant et demeura perplexe. Elle avait quitté trois ans auparavant une Reinette Poisson à peine sortie de l'adolescence, enjouée, éclatante de vie, et, aujourd'hui, reconnaissait à peine la dame richement parée, un peu trop, pensa-t-elle, qui causait avec sérieux et jouait d'un sourire parcimonieux comme si elle craignait par un abandon involontaire de déranger l'ordonnance de sa coiffure. Son visage s'épanouit pourtant en apercevant Agnès :

« Ma chérie, ma sœur, quel plaisir de vous retrouver ! Ainsi vous fréquentez le salon de madame du Deffand ? »

« Cela a vraiment l'air de te surprendre, Reinette », pensa Agnès qui répondit, un brin satisfaite :

« Oui, comme vous le voyez, ma chère amie. Et, à l'occasion, ceux de madame Geoffrin et de madame Doublet. Vous aussi, sûrement ? »

Sans répondre, Jeanne-Antoinette d'Etiolles poursuivit :

« Permettez-moi de vous présenter monsieur de Bernis dont la poésie fait le bonheur de tous et qui doit entrer bientôt à l'Académie française. Monsieur l'abbé, Agnès est mon amie la plus jolie et la plus instruite. Elle se nourrit depuis le couvent d'astronomie et de mathématiques.

– Félicitations, mademoiselle. Je suis soulagé de savoir la succession de madame du Châtelet assurée... Voltaire vous donnerait-il des leçons par hasard ? ajouta-t-il avec un sourire malicieux.

– Non, monsieur l'abbé. Je suis l'élève d'Alexis Clairaut, qui m'honore de son savoir et, je puis bien l'avouer, de son affection. »

Bernis s'éclipsa de son pas nonchalant vers d'autres invités, et Jeanne-Antoinette invita son amie à prendre place avec elle sur l'ottomane de moire jaune où leurs robes s'épanouirent. Bien des regards s'attardèrent sur les deux jeunes femmes, qui, sans être des habituées, étaient sans conteste les plus belles de l'assistance.

« En somme, vous réalisez vos rêves ! dit Jeanne-Antoinette. Que de fois ne m'avez-vous parlé de votre désir d'accéder au domaine de la science ! Ce monsieur Clairaut est connu. N'est-ce pas lui qui va nous entretenir tout à l'heure des mystères de notre planète ?

– Si. Et vous verrez qu'il est plutôt bel homme. J'en suis amoureuse et crois être payée de retour.

– Comme j'en suis heureuse ! Moi, j'ai épousé il y a deux ans monsieur Le Normand d'Etiolles, qui m'assure, grâce à la fortune de son oncle, la vie brillante à laquelle j'ai toujours aspiré. Vous vous rappelez monsieur de Tournehem, qui accompagnait ma mère à Bourbon-l'Archambault et me considérait comme sa filleule ? Je lui dois tout, mon éducation et mon mariage.

– Mais votre époux ? Etes-vous heureuse ?

– Monsieur d'Etiolles m'aime et j'apprécie les soins qu'il me prodigue. Un peu trop sérieux peut-être, mais ce sont les affaires de finances auxquelles il se consacre qui veulent cela. En fait, j'ai épousé le mari que ma mère a toujours rêvé pour moi.

– Et vous ?

– De quoi me plaindrais-je ? Nous avons un château près de Choisy où le roi vient d'établir une chasse. Sa Majesté me reconnaît et me salue quand son équipage passe en lisière de ma propriété. Au dire de tout le monde, le château d'Etiolles est un lieu merveilleux où l'on s'amuse, échange des idées comme chez madame Geoffrin, et joue la comédie comme naguère à Sceaux chez la duchesse du Maine. Rendez-nous visite tous les deux quand il vous plaira. Vous rencontrerez les gens les plus célèbres… Voltaire est venu ! », conclut-elle avec une satisfaction qui agaça un peu son amie.

Après avoir promis à la châtelaine d'Etiolles de venir découvrir son théâtre, Agnès s'en retourna vers Clairaut, alors en conversation avec un homme mince, séduisant, au visage pâle, dont les traits s'animaient à mesure.

« Ma tendre aimée, je vous présente mon ami Jean-Baptiste d'Alembert, dit Clairaut. Nous marchons dans la même lumière, mais il est le plus fort, c'est le plus doué de notre génération. Son traité de dynamique est un chef-d'œuvre.

– Je le sais, monsieur d'Alembert. Alexis m'a prêté votre ouvrage et, si je n'ai pas tout compris, j'ai retenu que toutes les lois du mouvement peuvent être ramenées à trois : la force d'inertie, le mouvement composé et l'équilibre[1].

– Surprise ! Je pensais n'être lu que de savants austères et d'amateurs studieux ! Et voilà qu'une jeune et jolie femme s'intéresse à mes recherches !

– Il faut vous dire, mon ami, que mademoiselle d'Estreville, qui m'est chère, est passionnée d'astronomie. Je lui ai enseigné beaucoup de choses, mais je suis certain, si vous l'invitiez, qu'elle tirerait grand profit d'une visite à l'observatoire où je ne dispose que d'une modeste lunette qui doit dater de Galilée.

– C'est l'observatoire du roi, mademoiselle, et les Cassini le dirigent[2]. Mais j'y utilise grâce à leur bienveillance le meilleur télescope du royaume. Venez donc tous les deux une nuit où le ciel sera favorable aux chasseurs d'étoiles. Sachez pourtant, mademoiselle, que le ciel n'est qu'un de nos

1. Ce principe immortalisera le nom de d'Alembert. Il offre une méthode générale permettant de résoudre ou de mettre en équation toutes les questions de dynamique.

2. Louis XIV, à l'instigation de Colbert, fit construire non loin l'Observatoire.

domaines communs. Clairaut est généreux de dire que je suis le plus doué. Il a peut-être raison en ce qui concerne les problèmes de dynamique, mais il m'est nettement supérieur comme mathématicien.

– C'est avec joie, monsieur d'Alembert, que je répondrai à votre invitation. J'apprendrai sûrement beaucoup de choses à regarder les étoiles en vous écoutant.

– Vous avez raison, mademoiselle, de vous intéresser au monde céleste. Des moments inoubliables vous attendent. Il faut hélas, quand on quitte l'œilleton magique de la lunette, supporter les discours de ses amis ! »

Il rit de bon cœur avec Alexis que Mme du Deffand appelait auprès d'elle pour ouvrir la grande conversation du jour sur la figure de la Terre.

« Puis-je vous poser une question, monsieur d'Alembert ?

– C'est avec plaisir que j'y répondrai, si j'en suis capable.

– Que pensez-vous de cette confrontation de salon entre gens de lettres, de science et aristocrates ? Ne trouvez-vous pas cela un peu gênant ? Le savoir…

– Le savoir est le bien de tout le monde. Je crois sincèrement que l'on gagne de part et d'autre à cette liaison. Regardez ici : les uns portent le savoir et les lumières, les autres cette politesse et cette urbanité que le mérite même a besoin d'acquérir. Les gens du monde sortiront de chez madame du Deffand plus instruits, et nous-mêmes plus aimables. »

La marquise coupa court aux conversations en annonçant qu'Alexis Clairaut, « le plus jeune académicien que le monde ait connu », allait prendre la parole.

Agnès n'avait jamais entendu son ami parler en public. Elle fut étonnée par l'extrême facilité avec laquelle il improvisait dans des termes simples et imagés des notions d'un accès *a priori* difficile. Lui qui, dans la conversation courante, butait souvent sur certains mots, se mouvait avec agilité dans l'univers de Newton. L'assistance suivit avec un intérêt où la politesse tenait peu de place le discours de Clairaut. D'Alembert lui posa quelques questions pour l'aider à finir brillamment et un autre jeune astronome, appelé par Mme du Deffand, rafraîchit l'atmosphère en faisant souffler le vent de la mer sur les perruques. C'était Pierre Le Monnier, un nouveau prodige, admis à l'Académie des sciences à l'âge de vingt et un ans, et qui expliqua comment l'étude rationnelle du ciel pouvait perfectionner la navigation. La Royale utilisait ses talents et il se présenta comme un marin astronome pressé d'unir le ciel et l'océan.

L'hôtesse remercia ses invités, fit remarquer que les trois intervenants, qui faisaient tous autorité dans l'Europe savante, appartenaient à la même génération et étaient âgés d'à peine trente ans. Quand les applaudissements cessèrent, la marquise annonça qu'il était permis de jouer en attendant l'heure du souper. Clairaut, d'Alembert et Le Monnier, auxquels s'était jointe Agnès, délaissèrent les tables de piquet et continuèrent dans un coin tranquille de la chambre à parler des étoiles, de la mécanique newtonienne et des satellites de Jupiter.

Un peu avant dix heures, les valets prièrent les invités de se tenir dans la chambre tandis qu'ils installaient les tréteaux, dressaient les tables du souper et allumaient les chandelles. Il leur fallut à peine un quart d'heure pour changer le décor et transformer la pièce de réception en salle à manger.

Mme du Deffand avait réussi à façonner son salon, à le gouverner autrement que ses rivales qui dirigeaient des cercles prestigieux. Là où celles-ci s'employaient à être discrètes, à ménager la vanité de chacun de leurs hôtes pour les mettre en valeur, la marquise jouait son propre rôle dans une compagnie venue souvent pour l'admirer et pour l'entendre. Son jeu, très conscient, était fondé sur un naturel qui séduisait son public habitué à l'artifice. C'était le cas des aristocrates qui constituaient le fond de sa clientèle et qui aimaient se retrouver dans une atmosphère plus libre et moins solennelle que celle de leur maison, au milieu de philosophes, d'artistes, de savants, d'étrangers de passage et de gens de diverse extraction.

A Saint-Joseph, le ton était ironique et léger. Mme du Deffand le montra une fois encore en « faisant ses tables », sans avoir l'air d'accorder la plus quelconque importance aux uns ni aux autres, si ce n'est à ses savants du jour, qui prirent le pas dans une humeur d'esprit et de grâce sur des gens aussi considérables que Mme de Boufflers, le prince de Conti ou la maréchale de Mirepoix. Mme du Deffand prit à sa table les astronomes, l'abbé de Bernis et Agnès. Puis, après avoir joué comme dans une comédie bien troussée la dame qui s'embrouille dans les noms et les titres, elle conseilla à ses hôtes, dans un malicieux sourire, de se placer selon leur goût ou de s'en remettre aux bons soins du très cher Hénault.

Le président, comme on continuait de l'appeler[1], restait le maître des cérémonies, affable et brillant, du salon de la marquise, dont il avait été l'amant. Le bruit courait que l'aménagement de l'appartement du couvent de Saint-Joseph

1. Charles Hénault avait démissionné de sa charge de président de la première chambre des enquêtes en 1731 pour se consacrer à la littérature. Membre de l'Académie française, ses ouvrages avaient beaucoup de succès, surtout auprès des femmes, qui aimaient sa gentillesse et son esprit.

avait été le cadeau de rupture d'une liaison qui avait duré plus de dix ans et s'était transformée en affection complice. Comme à l'habitude chez Mme du Deffand, la chère fut médiocre et la conversation pétillante. A sa table, elle accapara sans tarder le devant de la scène, non par désir de montrer des qualités d'hôtesse attentive, mais pour être l'actrice admirée de la pièce qu'elle avait entièrement conçue, du décor au choix des acteurs.

Hommage ayant été rendu à la science, il ne fut plus question d'astres et de géométrie. La maîtresse de maison, tour à tour naïve, vive, spirituelle et sérieuse, entreprit de faire participer chacun de ses voisins de table à l'ébauche de son propre portrait. D'Alembert, qu'elle connaissait parfaitement puisqu'il lui rendait visite presque tous les jours, fut mis sur le gril comme les autres et dut raconter comment il avait rencontré la marquise à Sceaux lors d'une de ses rares sorties dans le monde :

« Ce monde qui ne me plaît pas et dont je n'ai jamais réussi à apprendre la langue ni les ruses. Vous pouvez penser qu'une vanité peu flatteuse me pousse à le mépriser, mais je ne crois pas que cela soit vrai.

– J'atteste que d'Alembert, mon génie préféré, est le plus honnête homme du monde, approuva la marquise. Quand il dit des choses obligeantes, c'est uniquement parce qu'il les pense et que ceux à qui il les dit lui plaisent. En cela il me ressemble et c'est sans doute pourquoi je l'aime. »

Mme du Deffand avait une curiosité à satisfaire :

« Je connais à peine cette madame Normand d'Etiolles que je ne sais trop pourquoi le président m'a demandé d'inviter. Vous, l'abbé, et vous, Agnès, semblez être au mieux avec elle…

– C'est beaucoup dire, répondit M. de Bernis. Je l'ai rencontrée chez sa cousine par alliance, la comtesse d'Estrade. Sa mère, madame Poisson, n'avait pas le ton du monde, mais de l'esprit et de l'ambition pour sa fille qui a toutes les grâces, toute la fraîcheur et toute la gaîté de la jeunesse. Elles m'ont souvent prié d'aller chez elles, dans l'hôtel de monsieur de Tournehem, l'oncle très riche du jeune mari Lenormant d'Etiolles. J'ai constamment résisté parce que la compagnie qu'elles voyaient ne me convenait pas.

– Et vous, Agnès ? Vous vous êtes sautées au cou !

– Jeanne est une amie de couvent que j'ai revue par hasard aux eaux de Bourbon-l'Archambault. Je peux ajouter au portrait de monsieur de Bernis qu'elle est intelligente, sensible et généreuse. Son mariage lui a permis de réaliser son rêve : porter un nom plus prestigieux que celui de Poisson et devenir une dame riche.

– Et son mari ? Il n'est pas là ? demanda d'Alembert.

– Elle m'a laissé entendre que ses occupations de finances ne lui permettaient pas de partager les frivolités de sa femme, qui, d'ailleurs, semble très bien se passer de lui. »

Tous les regards se tournèrent vers la table de Mme d'Etiolles, laquelle paraissait s'ennuyer à écouter pérorer son voisin.

« La pauvre, dit la marquise. Elle n'a pas tiré le bon numéro. Le marquis de Lévis est un soldat magnifique, un homme généreux, un bon diplomate, mais il a une manie, les inventions singulières, qu'il veut faire partager à tout le monde. Il doit être en train de raconter à sa belle voisine que la maréchale de Luxembourg a fait monter pour l'hiver sa chaise à porteurs dans sa chambre, que les Anglais ont des chaises closes, montées sur roulettes, destinées aux personnes âgées et délicates, mais que, pour sa part, il regrette sincèrement les bons vieux fauteuils à oreilles.

– Peut-être parce qu'il entend mal», hasarda Bernis.

On parla encore d'un bal qui devait rassembler à Versailles toutes les beautés de la ville et de la cour, de la foule des prétendantes qui se jugeaient les plus aptes à consoler le roi de la mort de Mme de Châteauroux et enfin du projet de Diderot, son *Encyclopédie*, qui prenait tournure et sur lequel d'Alembert fournit les dernières informations :

«Beaucoup d'articles sont déjà parvenus, dont ceux de Blondel pour l'architecture, de Daubenton pour l'histoire naturelle, de Bourgelat pour la maréchalerie et le manège. Sans oublier Clairaut et Lemonnier. Moi-même, je travaille à la rédaction du discours préliminaire qui ouvrira le premier tome de l'ouvrage.»

Comme toujours, c'est à contrecœur que, vers deux heures, il fallut rompre le cercle de la conversation. Ceux qui connaissaient bien Mme du Deffand virent son visage s'assombrir, ses paupières s'alourdir, sa lèvre inférieure se plisser, comme si un rideau venait de tomber entre elle et le reste du monde. Elle chercha le regard de d'Alembert et lui dit, suffisamment haut pour être entendue de tous :

«Et voilà venue l'heure de l'ennui! J'ai été tout ce soir entourée des esprits les plus vifs, les plus amusants, et je vais me retrouver seule, face au vide béant que je sens monter en moi. C'est terrible, mais j'ai l'impression de consumer tout mon temps en regrets ou en désirs.»

Elle se ressaisit lorsque ses invités commencèrent à défiler devant elle pour la saluer, la remercier, lui dire combien la soirée avait été réussie. Elle eut un mot gentil pour chacun, s'attarda un peu plus auprès des savants, d'Agnès, à qui elle souhaita bonne chance, et écouta, effrayée, le bruit des derniers talons claquer dans l'escalier.

«Madame du Deffand, que nous avons vu si prompte à rire il y a un instant, est en ce moment la femme la plus malheureuse qui soit, dit d'Alembert à Clairaut et à Agnès lorsqu'ils furent dans la rue.

– Pourquoi ? demanda la jeune fille.

– La marquise a de toujours un ennemi aux aguets, prêt à prendre possession d'elle : l'ennui. Cette maladie de l'âme la poursuit depuis sa jeunesse. Elle a appris à vivre avec elle, réussit parfois à l'oublier, mais le monstre resurgit. Elle m'a dit l'autre jour : "Ce qui s'oppose à mon bonheur, c'est un ennui qui ressemble au ver solitaire, qui consomme tout ce qui pourrait me rendre heureuse."

– Pauvre femme ! dit Agnès en prenant d'un côté le bras de Clairaut et de l'autre celui de d'Alembert.

– Où allez-vous ? demanda le physicien. Moi, j'habite à deux pas derrière le Palais-Royal.

– Nous allons chez mon maître, rue Mauconseil, dit Agnès sans hésiter. Nous y chercherons sans lunette ni télescope notre bonne étoile.»

En même temps, elle avait pressé très fort le bras de Clairaut. D'Alembert sourit. Il les regarda poursuivre leur chemin et ne put s'empêcher d'envier son ami. Agnès était vraiment très jolie et son amour pour Marie, une jeune voisine de Mme Rousseau, sa mère adoptive, commençait à lui peser.

Quand, arrivés rue Mauconseil, serrés l'un contre l'autre, ils poussèrent au deuxième étage la porte du logement de Clairaut, celui-ci s'écria d'un air un peu emphatique qui fit sourire Agnès :

« Ma chérie, cette maison est la vôtre. Si vous y êtes heureuse, je serai comblé. Entrez que je vous la présente, car vous n'en connaissez qu'une pièce, celle où je donne mes leçons. Mon appartement n'est qu'une partie de celui que j'occupais avec mes parents et mes vingt et un frères et sœurs.

– Vingt et un ! s'exclama Agnès. Vous ne confondez pas avec les étoiles de la Grande Ourse ?

– Non. J'étais le deuxième de cette grande famille. Mais n'ayez crainte, nous ne sommes plus que onze. Mon père était maître de mathématiques et j'ai bu le lait de la géométrie avec mes premières tétées. Il m'a enseigné les lettres de l'alphabet sur les figures des *Eléments* d'Euclide. La plupart des livres qui sont ici lui appartenaient. Les autres, je les ai achetés. Il me faut vous avouer que je me ruine chez les libraires ! Mais venez visiter ces lieux où souffle l'esprit exponentiel de la fonction logarithme. »

Le logement du mathématicien n'était pas somptueux. Ses quatre pièces donnant sur le jardin du Palais-Royal ne manquaient pourtant pas de charme. Dans la première, que connaissait Agnès, un mur entier, couvert de peinture blanche, était transformé en carte du ciel. On y distinguait, marqués d'un point et d'un numéro, les étoiles, les planètes et aussi le nom des constellations.

Empilés sur le sol ou rangés sur des étagères, les livres semblaient occuper le reste de l'appartement. Les meubles étaient rares et évoquaient la ferme plus que le nouveau style en vogue depuis la Régence. Dans la chambre, un lit, une grande armoire paysanne, deux fauteuils et des tableaux, beaucoup de tableaux, dont certains portaient des signatures connues.

« J'aime aussi la peinture, dit Clairaut. La plupart de ces toiles m'ont été données par les artistes. Je compte beaucoup d'amis parmi eux. Je suis sûr que, quand ils vous auront vue, ils voudront faire votre portrait ! Mais attention, je sens que je serai facilement jaloux ! »

Le géomètre parlait, passait d'une pièce à l'autre, expliquait, s'attardait à raconter l'histoire d'un dessin le représentant devant le dôme de l'Observatoire, montrait attendri le chef-d'œuvre de sa collection, un charmant petit tableau que Lancret lui avait donné peu avant sa mort[1]. Agnès, amusée de le voir s'agiter, surprise de découvrir un timide sous ses airs supérieurs de savant, dénoua la situation en lui faisant remarquer qu'il devait être plus de trois heures et qu'il faudrait songer à se reposer. Elle ajouta à son propos un geste tendre, lui caressant la joue, où sa paume légère découvrit au toucher une barbe croissante délicieusement rugueuse, un contact troublant, provocant. La sensation fut si soudaine qu'elle crut défaillir et s'accrocha au cou de Clairaut, qui l'enlaça et la poussa doucement vers le lit.

* *
*

Tandis qu'Agnès trouvait sa place dans le cercle des savants, des hommes de lettres et des artistes que fréquentait Alexis

1. Nicolas Lancret était mort en 1743 après avoir peint un œuvre riche et abondant pour l'Etat et les grands collectionneurs. Il reste l'un des témoins les plus brillants du goût de la société du XVIIIe siècle.

Clairaut, alors qu'elle apportait au logement de la rue Mauconseil la note féminine qui lui faisait défaut et vivait avec son « homme du ciel », comme elle l'appelait, l'amour raisonnable qui convenait à leur tempérament, Jeanne-Antoinette ne pensait dans son château d'Etiolles qu'à créer des occasions de se rapprocher de Versailles et du Roi. Sa mère et Tournehem, loin de la détourner de son ambitieuse folie, la persuadaient que sa destinée s'accomplirait à la cour.

Un sentiment complexe, d'orgueil plus que d'intérêt, finit par prendre la forme d'un amour pour Louis le Bien-Aimé, aussi sincère que celui éveillé en d'innombrables cœurs. Faute de pouvoir passer par l'intermédiaire de M. de Richelieu, conseiller habituel de Sa Majesté pour les affaires de son caprice, on se tourna vers un lointain cousin, le sieur Binet, qui remplissait à Versailles l'importante fonction de valet de chambre du roi. Il accepta de rendre service au riche M. de Tournehem et à la belle Mme d'Etiolles, en introduisant cette dernière dans les intérieurs de Versailles sous le prétexte avouable de solliciter pour son mari une situation de fermier général.

Nul ne sut comment les choses se passèrent, pas même Voltaire, à qui Mme d'Etiolles ferait un jour confidence de la « violente inclination » qui la poussait alors et du secret pressentiment qu'elle finirait par être aimée. Le fait est qu'elle fut admise aux bals masqués de la cour organisés à l'occasion du carnaval et qu'à partir de ce moment le nom de Mme d'Etiolles fut cité de plus en plus fréquemment à Versailles. Ainsi, Mme du Deffand surprit un soir avec gourmandise une conversation entre le duc de Luynes et le président Hénault :

« Monsieur le président, vous connaissez madame d'Etiolles, je crois ? Moi pas, mais tous les bals en masque de ces dernières semaines ont été l'occasion de parler des nouvelles amours du Roi, et principalement avec cette dame. Il paraît qu'elle est constamment à Versailles et que c'est le choix qu'en a fait le Roi.

– Si le fait est vrai, monsieur le duc, ce ne pourrait être qu'une galanterie et non pas une liaison affichée.

– Il est vrai qu'une bourgeoise, quoi qu'il advienne, ne saurait être à craindre pour longtemps. »

A la cour, tout se savait ou se devinait. La présence de Mme d'Etiolles dans les petits appartements avait vite été remarquée. Elle ne pouvait que ranimer la vieille lutte entre ceux qui voulaient que le Roi renonçât à une vie coupable, comme il en avait été question lors de sa maladie, et les amis de Richelieu, le mauvais génie que Louis XV venait de nommer premier gentilhomme de sa chambre. Le monde de la cour eut bientôt la certitude que le Roi, agacé qu'on se mêle de sa vie privée, avait choisi : Mme d'Etiolles venait à Versailles quand elle le voulait et y demeurait tant qu'il lui plaisait. Quant au mari, Tournehem l'avait envoyé prudemment en province pour des affaires de sous-fermes.

A la cour, on comptait les fois où Mme d'Etiolles avait été remarquée : dans un cabinet du Roi où un souper avait été décommandé à la dernière minute, à la représentation d'un ballet comique de Rameau sur la scène du Manège où les places avaient été fort disputées, à la Comédie-Italienne du château où elle occupait une loge proche de celle du monarque. A beaucoup, en particulier à Mme de Lauraguais, elle parut « très bien mise et fort jolie ». De son côté, l'avocat Barbier, connu pour ses propos souvent malveillants, exprimait un avis inattendu : « Cette madame d'Etiolles, écrivit-il dans sa feuille hebdomadaire, est bien faite et extrêmement jolie. Elle chante, dit-on, parfaitement et sait cent petites chansons amusantes, monte à cheval à merveille et a reçu toute l'éducation possible. » Barbier, il est vrai, n'était pas noble et voyait peut-être avec contentement une bourgeoise accéder aux sphères royales.

Le doute n'était plus de mise : la fille Poisson était bel et bien devenue la maîtresse du Roi. Maintenant, la question qu'on se posait dans la Grande Galerie et à l'Œil-de-Bœuf était de savoir à quel endroit du château le Roi la recevait en privé. Personne n'y pouvait répondre car les intérieurs, les Petits et Grands Cabinets, étaient la discrétion même. Les mieux informés assuraient que les rencontres avaient lieu dans le petit appartement qu'avait occupé naguère Mme de Mailly, mais Binet, le premier valet de chambre, le seul probablement à être au courant, restait de marbre.

Ces séjours à Versailles, furtifs, dissimulés, marquaient la première étape de l'irrésistible ascension de Reinette. La deuxième eut pour cadre la voiture qui ramenait le mari vers Paris. M. de Tournehem avait été chercher son neveu à Magnanville, près d'Etampes, où il l'avait retenu en dernier lieu. Sur le point d'arriver, il révéla à M. d'Etiolles la nouvelle destinée de sa femme et lui dit qu'il n'avait d'autre parti à prendre que de s'en séparer. On raconta beaucoup de choses à Paris sur cet événement, et Piron rima une scène à la manière de Molière. M. d'Etiolles se montra au désespoir, cria vengeance, et l'on dut lui retirer les armes. Cette crise, dont le bon oncle ne cacha rien, servit à merveille les desseins de Mme d'Etiolles qui supplia le Roi de la protéger, de changer un état et un nom désormais proscrits à la cour. Une semaine plus tard, Louis acquérait pour elle le marquisat de Pompadour, une terre de douze mille livres de rente dont elle porterait le nom. Il lui restait à faire de ce que beaucoup pensaient être une fantaisie passagère une vérité constante, à se défendre contre des rivalités qu'elle savait nombreuses et contre l'hostilité du parti dévot. N'importe, Jeanne-Antoinette touchait au but : elle serait bientôt maîtresse déclarée et n'aurait plus à se cacher quand elle irait à Versailles.

**
*

Bon gré mal gré, M. d'Etiolles avait compris qu'on ne résiste pas à la volonté du prince et accepté la séparation, ce qui permettait à la nouvelle Mme de Pompadour d'attendre tranquillement dans son cher château d'Etiolles que le Roi fût revenu de la guerre. Car Louis XV n'avait point cédé au plaisir de son nouvel engagement et était parti aux frontières afin d'obéir à son devoir royal et à la promesse qu'il avait faite au maréchal Maurice de Saxe en lui confiant l'armée des Flandres. Il avait décidé de se porter en personne à la tête de l'armée dès que la tranchée serait ouverte devant Tournay et de se faire accompagner du Dauphin, qu'il voulait initier de bonne heure aux affaires militaires[1]. Le Roi avait gagné Compiègne avec des relais et continué le voyage en poste jusqu'à Douai, où des nouvelles alarmantes l'attendaient : une armée composée de troupes anglaises, hollandaises, autrichiennes et hanovriennes menaçait les assiégeants.

1. Lui-même n'avait connu directement la guerre que l'année précédente aux sièges de Menin, d'Ypres et de Fribourg.

Le matin du 11 mai, Louis était en selle avec son fils. Ils se préparaient à inspecter leurs troupes. Ils étaient à peine arrivés sur une éminence d'où ils pouvaient découvrir la largeur du terrain, que l'ennemi attaqua au canon. La position était dangereuse parce que exposée aux boulets, mais idéale pour voir l'inquiétant mouvement de l'infanterie anglaise et hanovrienne forcer le centre des lignes françaises. Rien ne semblait pouvoir résister à la tranquille assurance de la colonne ennemie, avançant et foudroyant les régiments qui se présentaient pour tenter de l'arrêter. Gendarmes, carabiniers, Normandie, Hainaut, brigade irlandaise furent ainsi successivement repoussés avec des pertes énormes. Tout sembla perdu lorsque les gardes françaises lâchèrent pied à leur tour malgré la bravoure de leurs officiers.

Les émissaires envoyés au Roi étaient tous porteurs de mauvaises nouvelles. Les redoutes tenaient encore, mais celle de Fontenoy n'avait plus de boulets et ses canons restaient muets. La retraite risquait à tout moment d'être coupée, même au Roi, qui calmait son fils volontaire pour charger à la tête de la Maison du roi. Passant, sans souci du danger, au front de la colonne anglaise, une chaise d'osier tirée par quatre chevaux fit halte près d'eux. C'était le célèbre «berceau» qui avait porté le maréchal sur tous les champs de bataille. Saxe pouvait-il encore une fois sauver la situation? Sans descendre de sa nacelle roulante, ce dernier, qui, malgré la maladie et sa faiblesse, n'avait rien perdu de son sang-froid légendaire, salua le roi et l'exhorta à se mettre à l'abri, puis dirigea sa lorgnette vers la colonne victorieuse. Celle-ci, maîtresse du terrain, était maintenant immobile.

«Sire, dit alors Maurice de Saxe, nous allons tenter le tout pour le tout : engager une seconde bataille et ébranler les forces ennemies, qui ont tout de même souffert, avant que n'arrivent les renforts hollandais. »

Le vieux maréchal se redressa un peu sur sa malle d'osier, appela les estafettes, changea les dispositions de l'artillerie, distribua des ordres à tous les escadrons et s'écria : « Que Dieu nous aide ! », avant de repartir dans un nuage de poussière vers la bataille. Du côté du Roi, l'attente commença, interminable. Tout à coup, les canons tonnèrent à nouveau.

« Ce sont les nôtres, assura le Roi qui ne quittait pas sa lorgnette. Les Anglais, surpris, ne sont pas en position. »

Enfin, un courrier du maréchal arriva, porteur d'une phrase tracée à la hâte : « Richelieu à la tête de la Maison du roi, Brionne, Penthièvre, Aubeterre, Noailles chargent ensemble. Combat indécis. »

Ce n'est qu'à une heure de l'après-midi que le jeune marquis d'Harcourt accourut ventre à terre annoncer que la masse ennemie avait été forcée de reculer, de céder le terrain et la victoire.

« Merci, Sire, de m'avoir accordé l'honneur de vous accompagner, dit le Dauphin. Votre victoire va resplendir comme un soleil sur votre règne. »

Le Roi, qui avait retrouvé des couleurs, sourit :

« C'est le maréchal – tenez, il arrive justement – qu'il faut complimenter. »

Maurice de Saxe, cette fois, demanda qu'on l'aide à sortir de sa voiture et, à bout de force, voulut baiser les genoux du Roi, qui le releva et l'embrassa.

« Monsieur le maréchal, le royaume, une fois de plus, vous est redevable. Aucun des rois de France n'avait, depuis saint Louis, gagné de bataille signalée contre les Anglais ! Que Dieu vous ait en Sa sainte garde. »

A deux heures, un page partait pour Paris porteur de billets pour la Reine. Le premier, du Roi, baptisait la victoire en la datant « du champ de bataille de Fontenoy » : « Les ennemis nous ont attaqués ce matin. Ils ont été bien battus. Je me porte bien et mon fils aussi. Je n'ai pas le temps de vous en dire davantage. Il est bon, je crois, de rassurer Versailles et Paris. Le plus tôt que je pourrai, je vous enverrai le détail. » Le Dauphin avait écrit avec plus de tendresse en demandant à sa mère de bien embrasser sa femme et ses sœurs.

Dans l'allégresse de la victoire, on oublia les pertes, qui avaient été cruelles, mais, dès le lendemain, M. d'Argenson faisait parvenir à la Reine la liste des morts. La noblesse avait chèrement payé le succès de son roi. Soixante-treize officiers avaient été tués, cinquante-cinq étaient en grand danger, et soixante-quatre, blessés. Mille six cents soldats étaient morts, et trois mille, blessés. Le duc de Gramont avait été tué par l'un des premiers boulets !

La guerre, d'ailleurs, n'était pas finie. Restaient à prendre Tournai qui tenait toujours, Gand et Bruges, ce qui ne tarda pas. Louis XV, avant de rentrer à Paris, parcourut en triomphateur la Flandre conquise, rappelant ainsi aux Français l'une des plus belles campagnes de Louis XIV.

A Versailles, où les nouvelles de l'armée parvenaient quotidiennement, on disait qu'il en arrivait autant à Etiolles et, plus précisément, que le Roi écrivait chaque jour, sous le couvert de M. Montmartel, une lettre adressée à « Madame de Pompadour », laquelle répondait par la même voie.

Mme d'Etiolles, qui n'avait pas encore le brevet de son titre mais qu'on appelait déjà madame la marquise, vivait à la campagne une existence retirée. Ainsi l'avait voulu le Roi, qui l'avait priée de ne recevoir qu'un petit nombre d'amis éprouvés. Parmi eux, Voltaire, qui séjournait fréquemment à Etiolles et ne manquait pas de le faire savoir. Courtisan rusé, il pensait à l'avenir et escomptait la fortune naissante de la nouvelle favorite. C'est en son château qu'il donna la première lecture de son poème *La Bataille de Fontenoy*. Ce n'était pas un chef-d'œuvre. Voltaire y reprenait les mouvements, les épithètes et même des hémistiches de l'*Ode sur la prise de Namur* ou de l'*Epître sur le passage du Rhin*. Personne ne s'aperçut qu'il flagornait le Bien-Aimé avec les mêmes mots, les mêmes phrases qu'avait employés Boileau pour flatter le Grand Roi.

Voltaire ne s'arrêtait ni au Roi ni à Mme de Pompadour, à qui il promettait « le prix de la vertu par les mains de l'Amour ». Grand dispensateur de renommées, il multipliait dans ses vers les éloges aux héros de Fontenoy, y entassait les noms de ceux qu'il vouait à l'immortalité, sans cesse publiait de nouveaux écrits. On disait que dix mille exemplaires avaient été vendus en dix jours. Cela grisait le poète, qui écrivait à d'Argenson, chargé de distribuer ses œuvres à l'armée : « La tête me tourne, je ne sais comment faire avec les dames qui veulent que je loue leurs cousins ou leurs greluchons. Je fais des mécontents ! »

En dehors de compliments voués à l'imprimerie, Voltaire écrivait des lettres, donnait à tous des nouvelles d'Etiolles, adressait au duc de Richelieu, chargé d'organiser les fêtes du retour, des idées de ballets, des sujets de livrets à Rameau. Sous l'œil surpris et ravi de la châtelaine, le petit homme échauffait le château dans le tumulte de son verbe, le foisonnement de son imagination et, souvent, la musique de beaux vers. Il entretenait la fièvre de celle qui attendait dans une délicieuse impatience sa promotion dans l'amour et la gloire. Il l'encensait, lui soufflait ses propres ambitions, lui expliquait ses grands desseins et la persuadait qu'il était le mieux apte à la célébrer, à la conseiller, à la servir dans le monde.

C'est que Mme de Pompadour avait auprès d'elle un nouveau familier : l'abbé de Bernis, qui venait chaque semaine passer quelques jours à Etiolles. Ce cadet de bonne famille, qui avait pris le petit collet sans vouloir la prêtrise, était un homme de bonne réputation. Trop honnête pour pouvoir être vraiment ambitieux, il écrivait, versifiait et faisait le bonheur des salons. Parce qu'il était frais, un peu poupin, très soigné de sa personne, Voltaire, bien que se toquant de l'appeler « Babet la bouquetière », le ménageait.

Bernis était apprécié des femmes, qui lui faisaient leurs confidences et qu'il conseillait. Il ne risquait pourtant pas son habit en tous lieux et l'avoir à sa table était un honneur. Mme d'Etiolles prenait maintenant le malin plaisir de lui rappeler la manière dont il s'était souvent dérobé, à l'époque où sa mère et elle le priaient à souper. Il avait fallu qu'il les rencontrât chez la comtesse d'Estrades, nièce de M. de Tournehem, pour qu'il acceptât de répondre à leur invitation. C'est d'ailleurs la comtesse qui lui avait appris que Mme d'Etiolles était la maîtresse du roi, qu'elle le désirait pour ami et que Sa Majesté l'approuvait. Il avait hésité à se prêter à cet arrangement, qu'il ne jugeait pas convenable, et n'avait accepté qu'après avoir pris l'avis de quelques honnêtes gens. Mme de la Ferté-Imbault, dont la franchise était connue, lui avait donné le sien crûment : « Puisque vous passez votre vie chez des femmes galantes et que vous êtes vous-même fort galant, vous aurez plus à gagner à être le confident du Roi et de sa maîtresse que de tous les beaux messieurs et de toutes les belles dames à la mode[1]. »

Un troisième homme avait été choisi par le Roi pour agrémenter la solitude de la marquise et la conseiller : M. de Gontaut, qui, après une belle carrière dans les armes, avait su gagner l'amitié du Roi et de Mme de Châteauroux. Personne ne pouvait, mieux que lui, faire découvrir à la jeune femme éduquée dans la bourgeoisie et la finance la vie qui l'attendait dans un monde dont elle ignorait les mœurs, le langage, les traditions.

Ainsi se passa l'été de 1745 sous les ombrages du parc d'Etiolles, avec un gentilhomme qui éduquait la châtelaine et deux autres qui célébraient dans leurs vers sa beauté et sa fortune. M. de Bernis, plus poète qu'abbé, était vite tombé sous le charme de la femme d'esprit qu'il devait distraire et rimait pour elle d'une manière bien différente de Voltaire dans ses madrigaux, en tout cas plus familièrement. Mme de Pompadour garderait longtemps dans sa cassette à souvenirs le conte des « petits trous » qui célébrait ses fossettes :

Ainsi qu'Hébé la jeune Pompadour
A deux jolis trous sur sa joue,
Deux trous charmants où le plaisir se joue,
Qui furent faits par la main de l'Amour.
L'enfant ailé sous un rideau de gaze
La vit dormir et la prit pour Psyché.

Cette littérature de boudoir rompait la monotonie de l'isolement. En dehors de ses trois chevaliers servants, qui se

1. In *Souvenirs de Madame de la Ferté-Imbault* (archives de la famille d'Estampes).

succédaient en évitant autant que possible de se rencontrer, la châtelaine d'Etiolles était entourée des siens : sa mère, l'oncle Tournehem, son jeune frère, le cousin Ferrand, secrétaire général du Commerce, et la jeune cousine d'Estrades. La petite Alexandrine, la fille qu'elle avait eue avec son mari d'Etiolles, encore en nourrice, ne paraissait pas au château, où les incidents étaient rares.

Seuls trois faits marquèrent l'été. Le 16 juin, le procureur Collin arriva porteur de l'arrêt qui ordonnait la séparation des époux et la restitution de la dot. Le mois suivant, une violente explosion fit éclater les vitres du château : le magasin des poudres d'Essonnes, à une lieue de là, venait d'exploser. Enfin, la troisième nouvelle était un bonheur : un courrier des Flandres apportait à Etiolles le brevet de marquise. Louis XV l'avait envoyé de Gand, le jour où la ville venait d'être prise par le comte de Lowendal, ce qui permit à Voltaire, présent ce jour-là, de célébrer en quatrains cette merveilleuse coïncidence. Le poète avait-il épuisé son inspiration dans les louanges dont il avait inondé Paris ? Pour chanter l'événement, il ne trouva que de pauvres vers indignes de sa renommée :

Il sait aimer, il sait combattre :
Il envoie en ce beau séjour
Un brevet digne d'Henri quatre,
Signé Louis, Mars et l'Amour.

La suite n'était pas meilleure mais, en un aussi beau jour, qui aurait pensé les lui reprocher ?

Louis XV et le Dauphin rentrèrent à Paris le 7 septembre par la Villette, vers quatre heures de relevée. Ils étaient attendus par les gardes du corps, les gendarmes, les chevau-légers, les mousquetaires gris et noirs. Une foule énorme de gens et de voitures couvraient le chemin, et le Roi eut beaucoup de peine à rejoindre la porte Saint-Martin où il s'arrêta pour recevoir les clefs présentées par le gouverneur de Paris, le prévôt des marchands, les échevins, les quarteniers de la ville, tous à genoux.

Les rues étaient tendues et pavoisées jusqu'au Carrousel, pleines de Parisiens qui acclamaient leur Roi. Sur le grand perron du château des Tuileries, la Reine, la Dauphine, les princesses et toute la cour attendaient le vainqueur. Les retrouvailles furent émouvantes. Le Roi embrassa la Reine, le Dauphin embrassa tout le monde, même sa gouvernante. Le Roi demeura presque une heure dans la galerie, parla à chacun, s'attardant un moment avec le duc de Richelieu, et alla se déshabiller. Il ne reparut pas de la soirée.

Le lendemain matin commencèrent les festivités, les mêmes à peu de choses près que celles qui avaient marqué, l'année précédente, le retour de Namur : visite à Notre-Dame tendue des drapeaux pris à l'ennemi, messe et *Te Deum*, félicitations de la Ville, compliment des Dames de la Halle. Le soir tombait quand les carrosses du Roi et de sa suite arrivèrent à l'Hôtel de Ville où Paris recevait la famille royale. Celle-ci regarda depuis le balcon du premier étage le feu d'artifice de la place de Grève et écouta un concert d'une demi-heure donné par la musique des Petits Violons. Toute la ville était encore dans les rues quand le souper fut servi à dix heures dans le grand salon. Le Roi et la Reine présidaient une table de cinquante couverts. En face se trouvaient le Dauphin et la Dauphine, le reste des sièges étant, selon la tradition, occupés par des dames.

Les Violons du roi accompagnèrent les cent plats présentés au souper, qui sembla pesant, interminable, à tous les convives. Le reste de la cour était servi dans les autres salons, d'où s'échappaient parfois de hauts personnages qui empruntaient discrètement l'escalier menant au deuxième étage.

Vers le milieu du repas, un bruit courut de table en table : Mme de Pompadour recevait à souper sa famille dans un salon du haut. On connut bien vite le nom des invités. La marquise avait auprès d'elle Mme de Sassenage, Mme d'Estrade, son frère Abel et M. de Tournehem. C'était le roi qui avait fait arranger l'affaire par le duc de Gesvres, gouverneur de Paris. On vit plusieurs fois ce dernier prendre l'escalier, ainsi que MM. de Richelieu et de Bouillon. Le prévôt des marchands lui-même vint rendre ses devoirs à la marquise, qu'une petite heure de carrosse séparait maintenant de Versailles, où les ouvriers des ateliers du roi mettaient la dernière main aux réchampis du bel appartement de Mme de Châteauroux. La fortune de Mme de Pompadour eût été complète sans l'appréhension de sa présentation à la cour et surtout à la Reine, deux cérémonies qui marqueraient son entrée dans un monde qu'elle connaissait si mal.

Le 10 septembre, une heure après que la famille royale, fatiguée de fêtes, de musiques et de harangues eut pris le chemin de Versailles sous l'escorte de la Maison du roi, un carrosse des Ecuries prenait à son tour la route du château. Personne ne remarqua les deux femmes qui se trouvaient à l'intérieur : la comtesse d'Estrades et la marquise de Pompadour. L'arrivée à Versailles fut aussi discrète que le départ, et Mme de Pompadour fut tout de suite conduite dans l'appartement qui, désormais, serait le sien. Elle n'en devait pas sortir jusqu'à la cérémonie de la présentation, le Roi vint y souper en tête à tête sans que le chaperonnage de Mme d'Estrades ait paru nécessaire.

Arriva enfin le jour tant désiré et redouté. Dans l'après-dîner du mardi 14 juin, on apprit que la marquise avait été conduite chez la duchesse de Luynes, dame d'honneur de la Reine, et la cour commença à se masser dans la Galerie, l'Œil-de-Bœuf et la chambre de parade pour ne rien manquer de la présentation, fixée à six heures. L'assistance, moqueuse, curieuse de voir comment la « nouvelle », la roturière, allait se comporter, n'échangeait que des propos malveillants. Tous se bousculaient pour être proches de la porte du Cabinet du roi et découvrir d'abord quelles dames avaient été désignées pour patronner l'impétrante. Le choix de Mme d'Estrades ne surprit personne mais la présence de la princesse de Conti suscita des murmures. Comment l'illustre douairière pouvait-elle se prêter à une telle comédie ? C'est pourtant bien elle qui parut la première et fendit la foule avec sa dame d'honneur pour faire entrer Mmes d'Estrades et de Pompadour dans le cabinet royal[1].

Le roi releva avec quelque gêne sa maîtresse après les trois révérences rituelles, et l'embarras n'avait pas paru moins grand chez la nouvelle marquise. Après une courte conversation, les dames se rendirent chez la Reine. La grande question, à la cour mais aussi à Paris, était de deviner ce que les deux femmes se diraient lors de leur singulière rencontre. « De quoi peuvent parler deux femmes qui n'ont rien à se

---

1. La princesse de Conti, fille de Louis, prince de Condé et de Mlle de Nantes, fille légitimée de Louis XIV, avait accédé à la demande du roi de patronner la nouvelle favorite en échange de la promesse que ses dettes seraient acquittées.

dire, sinon de robes et de chiffons ? » La Reine, dit-on, avait appris que la rue prévoyait déjà sa conversation et trouva l'occasion de parler d'autre chose. Elle avait en effet été prévenue que la marquise connaissait Mme de Saissac. Elle confia donc qu'elle avait été fort heureuse de rencontrer cette dame à Paris. Mme de Pompadour l'assura de son respect et du désir qu'elle avait de lui plaire. Tout cela en dix phrases et deux sourires contraints. Un seul incident marqua ce curieux tête-à-tête : en ôtant son gant pour saisir et baiser le bas de la robe de la Reine, la marquise, émue, brisa son bracelet, qui tomba sur le tapis.

Le lendemain, les courtisans se gaussèrent de cette anicroche, dirent des horreurs sur la famille de l'intruse et, jouant sur son patronyme d'Etiolles, la surnommèrent « la Bestiole ». Mais que pesaient ces pauvres plaisanteries devant la toute-puissance du roi ? Les mécontents et les envieuses savaient bien qu'ils devraient s'incliner et accepter de voir une roturière jouer le rôle de favorite, rôle jusque-là réservé à des dames de haute naissance.

Chapitre V

Agnès dans les étoiles

Dans les Petits Cabinets, le roi était chez lui autant qu'un particulier peut l'être dans son logement. Il s'était réservé cette toute petite partie du château, l'avait aménagée, transformée à sa guise ; il aimait y vivre parmi des curiosités, dont il faisait collection. Le Cabinet vert servait maintenant de salon de jeux. Il rappelait au roi les soupers de chasse du temps où Mme de Mailly logeait dans le petit appartement voisin. De cette époque, Louis XV avait gardé deux tableaux, l'un de Lancret, l'autre de Trôy : le *Déjeuner d'huîtres* et le *Déjeuner de jambon*[1]. Si ni l'une ni l'autre de ces toiles consacrées à des scènes de repas ne tenaient des élégants soupers de Versailles ou de Trianon, elles paraissaient bien à la mode du temps où la sensualité gastronomique gagnait, depuis la Régence, la cour et les sphères éclairées.

1. Ces deux toiles célèbres sont aujourd'hui au château de Chantilly.

Ce soir-là, c'était à Versailles un souper de chasse comme il y en avait eu tant déjà et comme Louis XV en tiendrait tant d'autres encore. Les convives ? Quelques seigneurs qui avaient chassé à l'ordinaire et que le roi avait fait marquer sur la liste de ceux avec qui il souhaitait partager son souper. Tous étaient des habitués. Seul Emmanuel de Croÿ, un jeune militaire qui avait débuté dans les mousquetaires à dix-huit ans et fait depuis toutes les campagnes de l'est, entrait pour la première fois dans le particulier du roi. Intimidé, décontenancé par le labyrinthe des escaliers en limaçon qu'il fallait emprunter, il arriva en même temps que M. de Coigny et le comte de Noailles dans le salon, petit comme toutes les pièces, qui servait de salle à manger. Le fait d'être l'invité du roi mettait d'emblée le jeune homme au niveau de tous les autres convives, tous gens de la haute société. Ses exploits de grand fusil qui avaient illustré la chasse lui donnaient d'autre part un droit particulier à l'estime des convives. Le Roi n'arriva que pour se mettre à table, accompagné des dames. Mme de Pompadour, Mme de Brancas, Mme d'Estrades, et deux autres aussi magnifiquement parées, prirent place à son invitation, et l'on se serra autour de la table.

Seuls trois valets de la Garde-robe étaient préposés au service. Ombres discrètes, ils se glissaient, presque invisibles, et sortaient dès qu'ils avaient déposé les mets sur la nappe. Le Roi était très détendu. Il se divertissait beaucoup et semblait fort amoureux de Mme de Pompadour, qui ne le quittait pas des yeux. La marquise avait fait depuis trop peu de temps ses premiers pas dans l'intimité de Louis XV pour être tout à fait à son aise parmi les commensaux habituels de ce dernier, bons chasseurs, amateurs de bonne chère. Le Roi lui-même tenait de son oncle le Régent un penchant pour la gastronomie, inclination qu'avait développée la reine Marie Leszczyńska, elle-même fort gourmande. Curieuse de prendre part aux projets du maître queux de la Maison de France, Vincent de la Chapelle, elle mettait parfois la main à l'œuvre. C'est depuis ce temps qu'on servait chez le roi le « consommé à la reine », le « poulet à la reine », le « filet d'aloyau braisé à la royale » et les « bouchées à la reine ».

Mme de Pompadour appréciait les mets fins et prit une part active à la conversation qui passa tout naturellement des histoires de chasse aux plaisirs de la table, ce que le Roi parut apprécier.

« Sa Majesté nous fera-t-elle ce soir l'honneur de préparer le café ? demanda-t-elle dans un sourire complice.

– Oui, madame, je passerai le café pour vous plaire. Et parce que je le réussis mieux que tout le monde ! » ajouta-t-il en riant.

C'était presque vrai. Louis le quinzième aimait verser doucement l'eau bouillante sur la poudre de café disposée dans la chaussette[1], puis servir lui-même les dames qui l'entouraient. Mais on n'en était pas pour l'heure au café. Les valets venaient d'apporter des plats de poulets et de perdrix, et le silence se fit, chacun prêtant une attention accrue aux perfides petits os que cachent les chairs d'oiseaux. Tout le monde avait en tête la mésaventure du gros lieutenant général de Courtanvaux, l'un des héros de Fontenoy, qui avait failli, la semaine précédente, s'étrangler à cette même table en croquant un pigeonneau. Coigny glissa pourtant à Emmanuel de Cröy, son voisin :

1. Poche d'étamine posée sur la cafetière.

« Le roi ne fait pas que le café. Il sait aussi préparer les omelettes et n'a pas son pareil pour décalotter d'un coup de fourchette son œuf à la coque. Il est grand amateur d'œufs. Combien de fois l'ai-je vu en campagne laisser les pièces de viande qu'on lui servait et demander qu'on lui prépare des œufs sur une tranche de jambon ! »

Jusqu'à la fin du souper, on parla de chère exquise, de canes à la Duxelle, de jambon d'Espagne, et quelqu'un lâcha le mot-scie de l'époque : la « nouvelle cuisine ». C'était la grande affaire dans les nobles maisons, où des maîtres cuisiniers remplaçaient maintenant les cuisinières au savoir-faire pratique, formé dans les familles.

« Finie l'ancienne cuisine si compliquée de mille détails, dit le comte de Noailles. Marin, mon cuisinier, m'a dit, pas plus tard que ce matin, que la nouvelle va révolutionner nos habitudes.

– Qu'a-t-elle donc de si extraordinaire, cette nouvelle cuisine dont on nous rebat les oreilles ? demanda Mme d'Estrades.

– C'est une espèce de chimie, répondit le comte. Jusqu'à maintenant, le goût des mets relevait des épices, des ingrédients ajoutés. Aujourd'hui, le cuisinier inventif ne tire plus seulement parti de ces condiments divers. Il donne de la saveur à sa cuisine en utilisant des fumets, des sublimés odoriférants de produits naturels : coulis de crustacés, jus de truffes, purée de champignons… »

L'assistance écoutait bouche bée Noailles tartiner avec gourmandise sa science nouvelle. Même si la leçon du sieur Marin y était pour quelque chose, le comte connaissait son sujet et était persuasif. Le Roi lui-même semblait intéressé.

« Monsieur le comte, dit-il, éclairez-nous sur cette chimie qui doit modifier la teneur de nos repas. »

Noailles, qui avait dit tout ce qu'il savait sur le sujet, passa la parole à un autre fin gourmet, le comte de Vaudreuil. Lui aussi, avait remplacé la vieille cuisinière de la famille par un cuisinier, un nommé Héron, enlevé à prix d'or à un financier.

« Sire, la science du cuisinier consiste à tirer des viandes des sucs nourrissants mais légers, à les mêler, à les confondre. Ces sucs sont obtenus en faisant bouillir longuement les viandes dans très peu de bouillon. Bien employés, ils apportent aux sauces leur fumet. »

Et Mme de Brancas d'ajouter :

« J'ai mangé l'autre jour chez Soubise un rôt déglacé avec un fond de ce genre. C'était délicieux. La sauce, préparée à l'aide d'essences de champignons, de jambon et de vin de Champagne, était admirable. Si c'est cela, la nouvelle cuisine, je suis pour !

– En somme, le nouveau maître queux épure, sublime, donne une âme aux aliments vulgaires, se moqua de Croÿ. Avouez, mesdames, que le fait est étrange. Au moment où la philosophie a tendance à devenir matérialiste, c'est la cuisine qui se spiritualise ! »

Sur ce mot qui amusa, Louis XV pria son monde de gagner le Cabinet vert, où il prépara le café dans le service en argent apporté par un valet attentif. Le breuvage nouveau, qui enrichissait la Compagnie des Indes et dont l'abus empoisonnait les gens de qualité, fut dégusté avec le recueillement dû à son auguste auteur, et Louis demanda à chacun de prendre place pour jouer. Le Roi entama une partie de comète avec Mme de Pompadour, Mme de Brancas, M. de Coigny et le comte de Noailles. Les autres jouèrent petit jeu et, vers une heure, Mme de Pompadour, sur le point de s'endormir, pressa le Roi de se retirer. Il ne la fit pas languir et dit gaiement : « Allons, allons nous coucher ! »

Les dames firent la révérence et chacun quitta le salon par le petit escalier, puis revint par les Grands Appartements assister au coucher public à l'ordinaire, qui se déroula sans attendre.

**
*

Tandis qu'à Versailles Jeanne-Antoinette apprenait son rôle de dame de la cour de France, à Paris, Agnès augmentait chaque jour son crédit dans le milieu des gens de lettres[1]. Depuis Bourbon-l'Archambault, les deux anciennes élèves du couvent des Ursulines tiraient de leur jeu les mêmes atouts : la jeunesse et la beauté. Que ce soit dans le « petit tourbillon » de Mme du Deffand, qui, malgré son aversion pour les femmes jeunes, l'avait adoptée comme une mascotte, ou dans le royaume de la rue Saint-Honoré de Mme Geoffrin, le charme d'Agnès triomphait auprès des vieux messieurs de l'aristocratie et des grandes dames, qu'elle amusait. M. d'Argentan, le prince de Beauvau et la duchesse de Boufflers l'appelaient par son prénom et elle pouvait dire en riant à son astronome de Clairaut qu'elle connaissait autant de grands noms que la marquise de Pompadour.

Les salons ne représentaient cependant pour Agnès qu'une aimable distraction. Sa vraie vie, c'étaient les amis d'Alexis Clairaut et les siens propres qu'elle se faisait au hasard des

1. Les lettres rassemblaient encore toutes les activités de l'esprit. Le mot « intellectuel » n'apparaîtra qu'à l'aube du XXe siècle.

rencontres. Finalement, le cercle parisien des philosophes, des gens de sciences et des artistes n'était pas si important, et Agnès n'avait pas eu de peine à le pénétrer. Elle poursuivait avec un acharnement qui étonnait tout le monde ses études de mathématiques et d'astronomie et n'hésitait pas à mettre son grain de sel dans les interminables discussions sur les planètes qui opposaient Clairaut à d'Alembert. Elle se distrayait de ces austères occupations en s'intéressant aux peintres et à leurs œuvres. C'est Diderot, dont les critiques faisaient trembler tous les artistes, qui lui avait fait découvrir la subtilité des œuvres de Boucher. Cela se fit par hasard. Un jour, elle avait croisé Diderot place Saint-Sulpice et le philosophe lui avait proposé de l'accompagner :

« Je vais rendre visite à Boucher qui est malade, voulez-vous venir avec moi ? C'est un homme que j'aime bien. Il disperse un peu son génie, mais c'est l'un des grands peintres du siècle.

– Mais je le connais, il a fait mon portrait naguère à Bourbon-l'Archambault ! En même temps, d'ailleurs, que celui de Mme de Pompadour, qui s'appelait alors Mlle Poisson. Je le reverrais avec plaisir !

– Boucher vous a peinte ? Racontez-moi cela en marchant. La rue de Grenelle-Saint-Honoré est à deux pas. »

Agnès raconta et ils arrivèrent bientôt à la porte de l'atelier. François Boucher semblait en effet souffrant. Il était emmitouflé dans une vieille robe de chambre et portait une sorte de bonnet de nuit.

« Je devrais être au lit, dit-il, mais madame Boucher est sortie et j'en profite pour rectifier quelques bricoles dans ce tableau qui ne me plaît pas beaucoup.

– Moi, je le trouve très beau», dit Agnès.

Le peintre leva alors les yeux sur la jeune femme et s'écria :

«Mais je vous connais! Je vous ai peinte près du lac, à Bourbon, il y a quelques années.

– Vous vous rappelez?

– Comment un peintre qui a eu devant lui pendant deux ou trois heures un aussi beau visage pourrait-il l'oublier? Je serais capable, je crois, de refaire votre portrait de mémoire. L'œil et la main se souviennent. C'est également vrai de votre compagne. Elle avait raison quand elle m'a dit quelque chose comme : "Si vous refaites un jour mon portrait, ce sera à Versailles." Et vous, mademoiselle…

– D'Estreville. Agnès d'Estreville.

– Que devenez-vous? Allez-vous aussi fréquenter la cour?

– Sûrement pas. C'est d'un autre observatoire que je veux contempler le monde.

– Mademoiselle d'Estreville est déjà une excellente astronome, continua Diderot. Figurez-vous qu'elle dispute avec d'Alembert sur les mouvements de la lune et que Clairaut n'a pas de meilleure élève.»

Boucher, pensif, après avoir posé une infime touche de lumière sur la bulle de savon qu'envoyait dans l'air une espiègle jeune personne, délaissa son tableau et dit de sa voix douce :

«C'est une merveilleuse chose que de vivre dans les étoiles. Si je n'étais pas peintre, j'aurais aimé perdre mon regard dans le ciel et m'y perdre moi-même. Aujourd'hui, si j'égare mon regard, c'est dans le bleu du ciel que je viens de peindre.

– Mais vous peuplez vos nuages d'Amours joufflus et charmants!

– Oui, on me dit même que j'abuse de ce gracieux motif. Ce ne sont pourtant pas des accessoires propres à satisfaire le public. Depuis que je suis père, je me plais à peindre la fraîcheur de ces petits êtres, leurs rondeurs potelées, la roseur brillante de leur chair. J'ai beaucoup travaillé pour réussir à marier la jolie lourdeur, la finesse nacrée et l'agilité cabrioleuse de l'enfant. Cela a même été l'une de mes préoccupations principales... Mais les artistes sont terribles. On leur pose une question et les voilà partis dans des discours interminables. Pardonnez-moi.

– Je venais prendre de vos nouvelles, dit Diderot, et me voilà rassuré. Montrez-moi donc quelque chose de nouveau, autre que vos adorables angelots.

– Eh bien, dites-moi ce que vous pensez d'un carton de tapisserie que je viens de terminer pour la manufacture de Beauvais à la demande de mon ami Oudry. C'est un genre qui m'intéresse et j'ai envie de l'aider à orienter cet art vers une plus grande qualité du dessin original et son respect par les tapissiers.»

Boucher alla chercher une grande et épaisse feuille de papier teinté, qu'il déroula et suspendit au mur. Ce n'était pas une pochade, comme à l'habitude les modèles de tapisserie, mais un véritable tableau traité à l'huile et à la gouache :

«C'est l'histoire de Psyché. Je prévois quatorze pièces. Celle-ci représente Psyché recevant les honneurs divins.

– C'est magnifique !», s'écria Agnès.

Plus posé, Diderot regarda longuement l'œuvre avant de rendre son verdict de critique :

«C'est très bien, mon cher Boucher. Vous avez raison de vouloir affiner le métier de la tapisserie. Votre manière de jouer sur les perspectives et vos coloris pâles nous changent de l'art grandiose de Lebrun. »

Agnès trouva que Diderot mettait peu d'empressement à louer l'œuvre de Boucher, mais elle n'ignorait pas que le critique était plus porté à la sévérité qu'à la louange. C'est alors qu'une dame entra dans l'atelier, élancée, élégante dans un manteau de soie bleue, son beau visage cerné par un foulard de soie grège, qui s'écria d'un ton joyeux :

« Tiens, monsieur Diderot ! Je salue humblement l'illustre philosophe et le critique influent. Et bonjour, mademoiselle, que je ne connais pas. »

Boucher présenta Agnès à sa femme et, du même coup, à un jeune homme déluré qui venait d'entrer à la suite de Madame Boucher :

« Voilà monsieur Fragonard, qu'on appelle Frago et qui a quitté sa Provence natale pour venir peindre à Paris. Il se dit mon élève, mais n'a que faire de mes conseils, comme de ceux de Chardin qui l'a eu un moment sous sa coupe. Il fait comme Watteau et comme Chardin avant lui : il travaille seul. Je ne suis pas sûr, cependant, qu'il tire aucune leçon de mes remarques et je trouve très bien qu'il conserve une originalité qui m'émeut et me surprend. Diderot, vous aurez bientôt un nouvel artiste à vous mettre sous la dent. Ne l'ayez pas trop dure, car il est doué comme aucun autre de mes élèves ! Tiens, Frago, montre-nous ton dernier essai. »

Le jeune homme rougit et revint de la pièce voisine, où il avait son chevalet, porteur d'une petite toile représentant trois nymphes folâtrant dans un bois.

« Ce jeune homme est un peintre ! décréta Diderot après avoir examiné la scène champêtre sous tous les angles. Mais votre influence est indéniable, Boucher, et il doit prendre garde s'il veut conserver sa fraîcheur. Que pensez-vous en faire ?

– Je veux qu'il concoure le plus tôt possible, l'année prochaine peut-être, pour le prix de Rome. »

**
*

C'était à la cour, comme dans les salons, l'époque où Voltaire revenait au fait des conversations. On l'avait suivi dans toutes les parties de sa vie, découpée en tranches d'aventures invraisemblables, de passions, de lubies, de triomphe, de déceptions, de génie. Il avait quitté, avec la marquise du Châtelet, le paradis de Cirey, sa belle chambre où il avait tant écrit, le cabinet scientifique où il avait tâté de la chimie et de la physique, et où il avait aimé, durant les longues périodes où le marquis, hôte courtois et compréhensif, était aux armées. Au faîte de sa gloire, le philosophe était réclamé par les cours étrangères et comblé d'honneurs officiels. Grâce à Mme de Pompadour et au marquis d'Argenson, il avait été nommé gentilhomme ordinaire de la Chambre et historiographe du roi, mais Louis XV ne l'aimait pas et, très vite, sa faveur avait décliné.

Pour l'heure, Voltaire et Mme du Châtelet étaient les hôtes de Stanislas Leszczyński, à Lunéville, et c'est de là qu'arrivèrent les nouvelles les plus extraordinaires de ce couple singulier. On apprit successivement que Voltaire avait surpris Emilie en galante compagnie du marquis de Saint-Lambert, fier cavalier qui se croyait poète, qu'il avait prudemment évité le duel proposé par son rival et que, sur la douce insistance de Mme du Châtelet, il s'était réconcilié. Le drame s'était conclu par un agréable souper à trois. « Mon fils, avait déclaré Voltaire, j'ai tout oublié. Vous êtes dans l'âge heureux où l'on aime, où l'on plaît. Jouissez de ces instants trop courts. »

On en était là de la comédie quand on apprit un peu plus tard que la pièce avait tourné au drame. Emilie, à quarante-trois ans, s'était retrouvée enceinte et le bon marquis du Châtelet avait apprécié comme un heureux événement cette maternité dont il ne doutait pas être l'artisan. Des bruits, souvent malveillants, couraient Paris, et l'on rapporta chez Mme du Deffand que Voltaire, ne sachant, comme d'habitude, renoncer à un bon mot, avait accueilli la nouvelle en disant que « l'enfant pourrait être catalogué dans les "mélanges" de madame du Châtelet ».

Hélas ! La marquise ne survécut pas à son accouchement. L'annonce de sa mort provoqua un grand émoi dans le monde et plongea Voltaire dans le désespoir. Madame du Châtelet avait été une savante reconnue en Europe, elle avait tenu une place considérable dans la vie intellectuelle de l'époque. Elle n'avait certes rien découvert, mais, comme l'écrivit Voltaire dans la préface des *Principes mathématiques* parus dix ans après sa mort : « On a vu deux prodiges : l'un que Newton ait fait cet ouvrage, l'autre qu'une dame l'ait traduit et éclairé. »

**
*

C'était un jour glorieux pour Mme Geoffrin. Brouillée avec sa fille, la duchesse, qui l'agaçait par ses sautes d'humeur, elle était seule à recevoir l'hommage de ses invités, dont le lot était particulièrement relevé. Diderot et son ami d'Alembert étaient là. Ils avaient, laissait entendre le chevalier de Jaucourt, de bonnes raisons de s'asseoir aujourd'hui face au buste de Racine dans les fauteuils de Mme Geoffrin. Grimm était lui aussi dans le courant du moment : il arbitrait, dans la *Correspondance littéraire*, la guerre ouverte entre Lully et Rameau, et la « Querelle des Bouffons » qui opposait les tenants de l'opéra italien aux défenseurs de la musique française.

Il y avait encore ce soir-là d'autre grain à moudre, comme disait plaisamment l'hôtesse de la rue Saint-Honoré. Elle attendait en effet le richissime baron d'Holbach, ami des philosophes, auteur d'ouvrages matérialistes qu'il ne signait pas de son nom et Clairaut, accompagné de la jolie Agnès dont Mme Geoffrin disait qu'elle l'aurait voulue pour fille. Enfin, autre événement de la soirée, la Clairon était espérée. La tragédienne venait de remporter un succès inouï au Français, dans *Tancrède*, la pièce de Voltaire, et l'on attendait de la célèbre tragédienne qu'elle raconte comment le succès avait eu raison des chicanes qui l'avaient opposée à l'auteur. Avant son arrivée, Diderot avait alléché l'assistance :

« Ah ! il faut voir la Clairon traverser la scène, à demi renversée sur les bourreaux qui l'environnent, ses genoux se dérobant sous elle, les yeux fermés, les bras tombant comme une morte ! »

Marmontel arriva l'un des derniers et se fit réprimander. Il n'avait en effet qu'un étage à descendre pour rejoindre le salon. La maîtresse de maison hébergeait le jeune écrivain sans le sou, venu chercher la gloire littéraire à Paris. C'est ce jour-là également que le comte Talmieri, l'ambassadeur de Parme qui avait été durant des mois absent de Paris, demanda ce qu'était devenu le vieux monsieur du bout de table qui ne parlait jamais. Mme Geoffrin répondit simplement : « C'était mon mari. Il est mort. »

Mlle Clairon, d'une voix qu'elle modulait exquisément de la scène à la ville, amusa le salon en imitant la colère de Voltaire lorsqu'il s'était aperçu qu'à la fin de l'acte II, au moment où elle était encadrée de gardes, elle avait supprimé cinq vers pour sortir plus dignement. « Aménaïde sort de scène comme une muette qu'on va pendre ! », avait-il fulminé[1]. Ce n'est pourtant pas la tragédienne qui obtint la médaille. Diderot lui dama le pion en demandant à son compère d'Alembert de sortir les « prospectus » qu'il tenait dans ses basques et de les distribuer. Lorsque chacun eut le sien, Denis Diderot demanda à Mme Geoffrin la permission de commenter le texte qui, sous le titre d'*Encyclopédie ou dictionnaire raisonné des sciences, des arts et des métiers par une société de gens de lettres*, couvrait le recto et le verso des feuillets. De sa voix nette et coupante, il commença :

« Nous avons, d'Alembert et moi, choisi le lieu le plus policé de Paris, le salon de la chère madame Geoffrin, pour annoncer l'édition, dans un temps prochain, de l'*Encyclopédie*. Le temps est venu de révéler la teneur de cet ouvrage sur lequel nous œuvrons discrètement depuis des années. Le but d'une encyclopédie est de rassembler les connaissances éparses sur la surface de la Terre, d'en exposer le système général aux hommes avec qui nous vivons, et de le transmettre à ceux qui viendront après nous. L'entreprise est donc une vulgarisation des connaissances, mais, dans la réalité, elle est plus que cela. »

---

1. Cité par Jacques Jaubert, *Mademoiselle Clairon*, Paris, Fayard, 2003.

Il laissa un instant son auditoire respirer et continua :

« C'est une œuvre de combat qui doit marquer le triomphe de l'esprit philosophique dans une lutte difficile et dangereuse contre la tradition, l'autorité et ses abus. Ce sera, en dehors de son caractère pratique, un hymne optimiste au progrès de la civilisation et du savoir. Avant de répondre à vos questions, je vous précise que vous trouverez dans le "prospectus" les conditions de souscription, car vous vous doutez bien que l'impression de l'*Encyclopédie* coûtera cher.

– Vous aviez bien voulu, monsieur Diderot, m'entretenir personnellement dès le début de votre projet, dit Mme Geoffrin. Je vous remercie aujourd'hui d'avoir réservé sa divulgation publique à nos amis de la rue Saint-Honoré qui, tous, j'en suis sûre, vous soutiendront. Mais ne craignez-vous pas de déchaîner la colère de l'Eglise et des pouvoirs ? N'avez-vous pas peur d'être interdit, saisi, emprisonné ? Déjà que votre *Lettre sur les aveugles* vous a valu quelques mois d'internement à Vincennes[1] !

– Oui, madame, nous sommes conscients que la maison pourra à tout moment nous tomber sur la tête, mais nous la défendrons. Et serons prudents dans l'exposé de nos opinions. Je fais appel aux ingénieurs, aux magistrats, à tous les gens de lettres, aux savants, aux travailleurs et, bien sûr, aux souscripteurs pour mettre la main à l'œuvre. Il va falloir beaucoup de courage et beaucoup de patience, mais la tâche est noble et passionnante.

1. Dans sa *Lettre sur les aveugles*, Diderot avait critiqué les preuves de l'existence de Dieu. Emprisonné sur dénonciation, il passa trois mois à Vincennes, d'abord au donjon, puis logé dans la maison du gouverneur, où il put recevoir sa famille, ses amis et même travailler aux premiers articles de l'*Encyclopédie*. Ce sont les libraires qui demandèrent sa libération au chancelier d'Argenson.

– Pouvez-vous, monsieur Diderot, nous donner le nom de ceux qui, dès maintenant, collaborent à votre dictionnaire ? demanda Marivaux qui accompagnait Mlle Clairon.

– Ils sont connus de tous : Jean-Jacques Rousseau, Condillac, l'abbé de Prades, l'abbé Sallier, Daubenton, Dumarsais, Helvétius, Buffon, l'abbé Morelet, Marmontel… travaillent avec nous depuis longtemps. Voltaire est en train d'écrire les articles "Elégance", "Histoire", "Esprit", "Imagination", Montesquieu a accepté de rédiger l'article sur le goût. Mais, maintenant que l'œuvre est annoncée, le nombre de ses collaborateurs va augmenter considérablement. Songez qu'il va falloir imaginer, écrire, corriger, classer des milliers d'articles ! »

Diderot trouva même ce jour-là un collaborateur qui devait jouer un rôle important dans l'entreprise : le chevalier de Jaucourt se proposa pour le secrétariat et pour écrire tous les articles que l'on voudrait bien lui demander.

A table, en mangeant l'omelette traditionnelle, on ne parla que de l'*Encyclopédie*. Avec malice, Agnès, qui jusque-là, était restée silencieusement attentive, demanda :

« Monsieur Diderot, je n'ai remarqué aucun nom de femme dans la liste de vos collaborateurs. Est-ce voulu ou aucune femme n'a-t-elle été jugée digne d'écrire pour l'*Encyclopédie* ? »

Diderot la regarda, étonné, comme irrité :

« C'est, madame, que la question ne nous a jamais effleuré l'esprit. Il est vrai qu'aucune femme ne s'est jusqu'à maintenant imposée à nos yeux pour écrire sur la théologie, l'histoire naturelle ou les sciences mathématiques. Mais je connais vos dons pour l'astronomie. Eh bien, si le cœur vous en dit, écrivez-nous un article. Sur la comète de Halley par exemple ! »

La proposition était perfide : tout le monde savait que Clairaut avait entrepris de grands calculs sur le retour de la comète portant le nom de l'astronome anglais qui l'avait observée en 1681, et avait prédit son retour pour 1758[1]. Agnès rougit, Clairaut blêmit :

« Ni elle, ni moi, dit-il, n'écrirons pour l'*Encyclopédie*[2]. »

Mme Geoffrin avait raison. L'entreprise courageuse de Diderot ne pouvait laisser sans réaction le clergé, le Parlement ni tous les ennemis des philosophes. Les ennuis commencèrent à fondre sur l'*Encyclopédie* bien avant que ne parût le premier tome. Dès la sortie du « prospectus », le *Journal de Trévoux*, organe des jésuites, dénonçait le chimérique dessein du dictionnaire, tandis que les jansénistes demandaient qu'on empêchât purement et simplement son impression.

Le public des lettrés, lui, n'avait pas attendu pour manifester son intérêt : un mois après la sortie du « prospectus », deux mille souscripteurs s'étaient fait connaître, le financement des premiers numéros était assuré. Diderot, méprisant les attaques dont il était l'objet, pouvait poursuivre l'œuvre qui devait bouleverser son temps en avançant des idées neuves : la liberté de pensée et d'écrire, la souveraineté des peuples et la puissance de l'industrie. Le prix de la souscription, 980 livres, mettait l'*Encyclopédie* hors de portée des bourses moyennes, mais n'étaient-ce pas les nobles, les gens aisés, qui monopolisaient la culture et s'intéressaient à la nouvelle philosophie ?

---

1. Clairaut venait d'annoncer le retour de la comète de Halley pour le milieu d'avril 1758. Il ne se trompa que d'un mois.
2. Malgré les efforts de d'Alembert, Diderot et Clairaut resteront en froid.

**
*

Mme de Pompadour coulait avec intelligence sa personne gracieuse et son esprit sagace dans le moule de la cour. Elégante mais pas trop, de l'esprit sans excès, elle laissait sagement les femmes de haute naissance, qui maintenant l'entouraient, s'habituer au fait que par la volonté du Roi elle était marquise authentique, liée à lui par le logement accordé dans les châteaux, dissociée de ses origines par le brevet qui lui donnait une nouvelle condition légale.

Pour oublier les fatigues d'une longue campagne et trouver une intimité propice à son nouvel amour, le Roi avait décidé de se rendre avec ses proches à Choisy. Il avait naguère acheté ce château pour y retrouver Mme de Vintimille. Mme de Châteauroux y avait triomphé. Ces souvenances ne gênaient pas le roi, et la marquise y trouvait l'affirmation de sa condition. Le château, il est vrai, avait été complètement transformé durant l'été, l'appartement royal agrandi et la terrasse sur la Seine prolongée par Gabriel, premier architecte de la cour. Quand le carrosse royal déposa Louis XV et Mme de Pompadour à Choisy, Joseph-François Parocel, dernier représentant d'une grande famille de peintres de batailles, travaillait encore à illustrer la galerie d'une suite rappelant les conquêtes de Louis XV en Flandre. Le reste des travaux était achevé, tout avait été fait pour plaire à la marquise.

Le Roi avait choisi les privilégiés invités à Choisy parmi les courtisans de son cercle intime, afin de leur faire mieux connaître Mme de Pompadour et de permettre à celle-ci de se lier avec eux au cours d'un séjour où l'étiquette était plus simple qu'à Versailles ou lors des grands déplacements de la cour. Dans la journée sur la terrasse, au dîner dans le jardin d'hiver, le soir devant la cheminée du grand salon, elle y côtoyait le duc de Richelieu, MM. d'Ayen, de Duras, de Meuse et quelques officiers qui s'étaient illustrés à l'armée et méritaient une récompense personnelle. Pour plaire à la marquise, le Roi lui avait permis d'appeler à Choisy quelques gens de lettres. C'est ainsi que Voltaire, Moncrif, l'abbé Prévost, Duclos, Jean-Jacques Rousseau et quelquefois Bernis dormaient au château et dînaient le plus souvent dans l'appartement du comte de Tressan, où une table était servie par ordre du Roi. Les femmes étaient rares dans le cercle privé de Louis XV qui n'avait pourtant pas voulu que Mme de Pompadour se retrouvât seule parmi les hommes. Mesdames de Lauraguais, de Sassenage, de Bellefonds et d'Estrades avaient ainsi été invitées à tenir compagnie à la favorite.

Les compagnies qu'avait réunies dans son château Mme d'Etiolles au cours de l'été étaient certes plus jeunes et plus distrayantes, mais être maîtresse désignée du Roi valait bien de s'accommoder à cette vie un peu terne dont un événement imprévu vint d'ailleurs modifier le cours. Une semaine après l'arrivée, le Roi ressentit une forte fièvre et se fit saigner par La Peyronie, son médecin habituel. Aussitôt informée, la Reine, dont la présence à Choisy n'était pas prévue, demanda à voir son mari. Bien qu'il fût presque rétabli, Louis ne fit pas d'objection et l'accueillit avec beaucoup de prévenances, sans doute pour adoucir son amertume de devoir dîner à la même table que la marquise de Pompadour.

L'apprentissage de la favorite, commencé à Choisy, se poursuivit bientôt à Fontainebleau au cours du séjour traditionnel de la cour. Encore mieux qu'à Choisy, la Pompadour n'eut qu'à marcher dans les pas de celle qui l'avait précédée. Il lui fut attribué au rez-de-chaussée l'appartement qui avait été au dernier voyage celui de Mme de Châteauroux. Il communiquait par un escalier particulier à la chambre du roi et personne ne s'en offusqua. Dès les premiers jours, les habitudes s'installèrent, des soupers à la table royale aux petits repas organisés parfois chez elle par Mme de Pompadour. C'est là qu'on mangeait le mieux et les hommes ne tardèrent pas à s'y presser. Les plus grands seigneurs firent bientôt des pieds et des mains pour venir partager avec Voltaire, Moncrif et l'abbé de Bernis les « rissolettes à la Pompadour ». Les femmes mirent plus longtemps à se faire inviter chez la marquise, mais, à la fin du séjour, la grosse Lauraguais et la maréchale Duras étaient devenues des habituées.

C'est l'époque où commencèrent à se dessiner amitiés et inimitiés qui devaient entourer sa vie durant Mme de Pompadour. La princesse de Conti s'était vite rapprochée d'elle, tout comme la maréchale de Duras. Chez les hommes, pour son grand bonheur, elle compta vite au nombre de ses amis l'homme de la cour le plus spirituel et le plus mordant, le duc d'Ayen, qu'il était bon d'avoir de son côté. Il avait commencé à défendre la marquise pour faire pièce à la princesse de Rohan, qu'il détestait, puis était devenu son ami sincère, comme le prince de Soubise, un peu fatigant par ses interminables récits militaires, mais fidèle à ceux qu'il aimait.

Le Roi ne quittait guère Mme de Pompadour. Dès qu'il était levé et habillé, il descendait chez elle et y restait jusqu'à l'heure de la messe. Puis il revenait en sa compagnie et mangeait un potage, des œufs ou deux côtelettes. C'était son dîner. Après il causait et se promenait avec elle jusqu'à cinq heures, moment où il travaillait avec ses ministres. Même quand il allait courre le cerf dans la forêt, elle l'accompagnait habillée en amazone, dans son carrosse, jusqu'au rendez-vous. Là, elle montait à cheval et suivait Mesdames, tout aussi passionnées par la chasse que leur auguste père. Les jours de comédie ou d'opéra, le Roi quittait sa place dès le début du spectacle et allait rejoindre la marquise dans sa loge grillagée à l'étage du théâtre.

La marquise savait qu'elle devait jouer un jeu serré. Elle sortait peu et ne se montrait qu'à bon escient. Elle ne manquait jamais, par exemple, de paraître à l'heure exacte au cercle de la Reine avec les autres dames. Un moyen de se faire petit à petit accepter. Et elle y réussissait. Ceux qui guettaient ses maladresses étaient bien obligés de convenir qu'elle ne disait de mal de personne et ne souffrait pas qu'on en dît chez elle. Sa clairvoyance la poussait à se distinguer des favorites venues avant elle. Toutes, sous des égards affectés envers la Reine, n'avaient pu s'empêcher de laisser éclater leur triomphe insolent. La pauvre Marie en avait souffert, et l'attitude de Mme de Pompadour ne pouvait que lui être sensible. Un respect délicat, ni trop empressé, ni obséquieux, mais sincère, touchait la Reine, heureuse de recevoir en place de blessures insupportables des beaux bouquets de ses fleurs préférées.

Cette délicatesse instinctive qui avait favorisé son ascension lui permettait de gagner progressivement l'estime de la Reine. Mme de Pompadour allait même plus loin dans son désir de plaire. Elle suggérait habilement au Roi d'avoir pour son épouse des attentions dont il l'avait depuis longtemps privée. Elle obtint ainsi qu'il ordonnât le départ de Fontainebleau à la convenance de la Reine, celle-ci devant avoir la surprise de trouver à Versailles une chambre embellie, tapissée d'une nouvelle étoffe couleur de feu qu'un jour elle avait dit préférer. Un peu plus tard, son influence jouerait dans un registre plus personnel : elle obtiendrait du roi qu'il paye les dettes de la Reine, dettes dues plus à ses charités qu'au jeu, où elle perdait, il est vrai, souvent.

**
*

Ce lundi-là, les artistes étaient venus plus nombreux qu'à l'habitude chez Mme Geoffrin. Bien que ce ne fût pas le jour des écrivains, deux grandes plumes s'étaient jointes à la palette habituelle des peintres du lundi. Il s'agissait de Diderot, très assidu depuis que la souscription pour l'*Encyclopédie* était ouverte – sans doute savait-il que l'appui et la générosité de Mme Geoffrin lui seraient utiles pour mener à bien son entreprise –; l'autre visiteur était plus inattendu : c'était Montesquieu. Le baron de La Brède partageait son temps et sa gloire entre la Guyenne et Paris. Il avait depuis sa jeunesse fréquenté les salons, à commencer par le celui de Mme de Lambert, le premier en date du XVIIIe siècle et modèle de tous ceux qui suivirent. La marquise avait soutenu ses *Lettres persanes* et avait réussi à le faire entrer, bien que tout jeune, à l'Académie française.

Celui qui, avec Voltaire, tenait le haut du pavé de la littérature venait parfois chez Mme Geoffrin, tout en étant demeuré fidèle aux réunions de Mme de Tencin. Mais celle-ci venait de mourir. Après une vie tumultueuse, perdue de mœurs et gagnée d'intrigues, au cours de laquelle elle avait fasciné par son intelligence les plus grands écrivains de son temps, Claudine de Tencin s'était éteinte dans la plus grande discrétion.

Cette disparition n'était pas étrangère à l'afflux d'invités dans le salon de la rue Saint-Honoré. Comme Mme de Tencin avait jadis recueilli les amis de la marquise de Lambert, Mme Geoffrin héritait de ceux de sa voisine. Les deux femmes ne s'étaient guère aimées, mais Mme Geoffrin ne pouvait éviter de dire quelques mots de regrets. Elle le fit avec simplicité, gardant pour elle les piques qui lui venaient à l'esprit : «Je perds une bonne voisine et une amie. Elle a su avant moi créer un grand salon et succéder dignement à la marquise de Lambert. Son vœu, elle me l'a dit, était que ses hôtes deviennent les miens. Il est inutile de vous dire qu'ils seront les bienvenus.»

Mme de Tencin n'avait rien dit, tout le monde le savait, mais on applaudit. Montesquieu, qui lui devait tant, rappela qu'elle avait écrit des romans qui, de l'avis de critiques, supportaient la comparaison avec *La Princesse de Clèves* et ajouta, pour clore l'adieu à l'une des femmes les plus célèbres de son siècle : « Elle ne songeait à avoir aucune sorte d'esprit, mais elle avait l'esprit de toutes les sortes suivant que le hasard l'exige.»

L'esprit sortait de la bouche de Montesquieu comme le vin des tonneaux de ses vignobles, du blanc à La Brède, du rouge en Entre-deux-Mers. Il avait fusé dans les *Lettres persanes*, récit des surprises de plusieurs Orientaux imaginaires séjournant en France, il perçait souvent dans *De l'Esprit des lois*, ouvrage sérieux s'il en est, qui venait de paraître et remportait un énorme succès en France et à l'Etranger.

« Est-il vrai, monsieur, que le roi Frédéric II fait son livre de chevet de votre *Esprit des lois* ? demanda le jeune peintre Joseph Vien, qui venait de rentrer de Rome où il avait séjourné cinq ans à l'Académie de France.

– Cela m'a été rapporté. Mais il paraît que le Roi se déclare en désaccord sur plusieurs points. Je devine aisément lesquels ! En tout cas, le livre est lu, vanté, attaqué hors de France. Il a été cité au parlement de Londres, et Catherine II y découvre, paraît-il, des arguments pour renforcer son autorité. Tant mieux si chacun trouve son bien dans mes analyses qui n'ont d'autre but que d'éclairer le monde sur le mécanisme et les conséquences des divers régimes politiques.

– Et en France ?

– Le livre y est sans cesse réimprimé malgré les jésuites et les jansénistes, pour une fois d'accord sur mon dos. Ils m'attaquent avec violence et je vais publier une *Défense de l'"Esprit des lois"*[1].

– Mais je suis sûre que vous n'attaquez pas Dieu ! s'exclama Madame Geoffrin qui, tout en fréquentant les philosophes, était restée pieuse.

– Non, mais mes détracteurs m'accusent de traiter la religion comme un rouage politique créé ou manié par le législateur. Je ménage le christianisme pour ne pas trop déplaire. En fait, j'en parle peu, me prononce contre les persécutions religieuses et me fais évidemment l'avocat de la tolérance. »

Mme Geoffrin n'insista pas. Compter Montesquieu parmi ses fidèles était un trop grand honneur.

1. Malgré ses promesses et des corrections consenties, le livre, déjà condamné par la Sorbonne, sera mis à l'index l'année suivante. Malesherbes lèvera la défense.

« Vos difficultés seront les nôtres quand l'*Encyclopédie* paraîtra ! dit Diderot.

– Bah ! vous ferez comme moi, vous imprimerez à Genève chez l'éditeur Barillot ! Vous savez, lorsqu'un ouvrage répond à un besoin du public, il est bien difficile d'arrêter sa circulation. Sans compter que la polémique fait acheter ! »

C'était tout de même lundi, le jour des artistes, et Mme Geoffrin demanda à Vien de parler de son séjour à Rome et des autres pensionnaires du palais Mancini. Le jeune homme ne se fit pas prier. Il raconta son émotion lorsqu'il avait franchi le portail de l'imposant édifice avec sa colonnade et son large balcon anobli par l'écusson royal fleurdelisé. Il dit sa surprise de rencontrer Abel dans la Ville éternelle, le frère de la marquise de Pompadour, qui effectuait un voyage d'étude en compagnie du graveur Cochin, de l'architecte Soufflot et de l'abbé Leblanc.

« Il est marquis de Vandières, annonce sans gêne qu'il sera bientôt marquis de Marigny, et que sa sœur lui a fait attribuer la survivance de la charge de directeur des Bâtiments, détenue actuellement par son oncle Le Normand de Tournehem. Au demeurant, c'est un jeune homme agréable et intelligent qui, d'Herculanum à Venise, se familiarise avec les choses de l'art sur lesquelles il est appelé à régner. »

On parla un moment de la favorite qui, en cinq ans, avait pris une place très importante dans les affaires de l'Etat. Le fait que son frère allait assurer la surintendance des Bâtiments et régir les manufactures montrait combien elle allait compter pour les artistes.

« La marquise est, comme le Roi, passionnée d'architecture, dit Jean Chalgrin. Bien conseillée par Soufflot, son influence sera productive[1].

– Puisse notre Le Brun féminin nous aider à nous débarrasser des extravagances de la rocaille et des italianismes du rococo ! »

C'est Pierre Mollet, le fils du célèbre Armand Claude Mollet, l'architecte de l'Hôtel d'Evreux[2], qui venait de manifester ses goûts novateurs avec son enthousiasme habituel. On parla de la nouvelle architecture française, qui commençait à poindre. Ainsi, à Versailles, le remaniement de l'aile nord était-il inspiré de la modernité :

« Il est question de démolir le fameux escalier des Ambassadeurs, dit Mollet qui semblait au courant de tout.

– Tant mieux ! insista Diderot. Versailles n'est pas un musée. La "grande manière" de Le Vau et de Le Brun est passée de mode !

– A propos de Versailles, dit Joseph Vien, j'ai été heureux d'apprendre qu'on avait accroché sur le mur nord du salon d'Hercule *Eliezer et Rebecca*. Il va bien falloir que les peintres de notre temps s'aperçoivent qu'au siècle précédent il y avait un génie qui s'appelait Nicolas Poussin. Il fut certes respecté par les artistes, mais on ne l'aimait pas, on refusait de croire qu'il était un précurseur qu'il fallait suivre sinon imiter. Au lieu de cela, Vouet, Lemercier et les autres

---

1. Chalgrin était un jeune architecte, élève de Servandoni, que choyait Mme Geoffrin depuis qu'il l'avait aidée à redistribuer les pièces du premier étage de son hôtel pour le rendre plus propre à ses réceptions du lundi et du mercredi.

2. Cet hôtel, construit pour Henri de La Tour-d'Auvergne, sera racheté par Mme de Pompadour. Lorsque la marquise mourut à Versailles le 15 avril 1764, son corps y fut amené avant d'être inhumé dans la chapelle du couvent des Capucines.

l'ont jalousé, critiqué, éreinté, si bien qu'il a préféré finir ses jours en Italie.

– Vous semblez tout connaître de cet artiste mort il y a cent ans ! constata Doyen, un autre jeune peintre protégé de Mme Geoffrin.

– Mon maître Carl Van Loo m'en a si souvent parlé ! Il possède – je crois que c'est un cadeau du marchand Gersaint – un carnet sur lequel Poussin a noté toute une série de remarques sur sa vie, sur ses confrères, et décrit ses méthodes de travail.

– Allez, dit Mme Geoffrin, parlez-nous de Poussin. Vous en mourez d'envie !

– Je vais simplement vous raconter comment il entendait exécuter un tableau. Vous devriez en être étonnés. Le sujet choisi, il s'essayait, pour l'accord général des formes et des valeurs, en dessins de petites dimensions. Il ne procédait pas par fragments, sauf pour les paysages. Ensuite, sur une planchette, il réalisait sa composition en cire, séparant les plans par des fils, précisant les valeurs, les volumes et la perspective. Puis il modelait sa scène en plus grande dimension, probablement celle du tableau projeté.

– Je n'ai jamais entendu rien de tel ! observa Diderot. Vous m'intéressez beaucoup.

– Merci. Cela fait, il habillait ses personnages en les drapant d'étoffes de couleur et enfermait ce modèle sculpté dans une boîte qu'il transportait à l'endroit où devait être exposée son œuvre. Là, il étudiait l'éclairage et pratiquait dans sa boîte des trous correspondant aux fenêtres de la pièce. »

Mme Geoffrin, qui n'était pas peintre elle-même, ne voyait pas bien où Vien voulait en venir avec sa boîte percée.

« Et alors ? demanda-t-elle.

– Eh bien, sa sculpture recevait à peu près la même lumière que le tableau lorsqu'il serait en place. Il opérait alors une ouverture sur le devant de la boîte et, clignant de l'œil, considérait la figuration de sa toile avec la perspective, les ombres et les reflets des draperies. Personne avant lui n'avait préparé ainsi son travail. Personne après lui, d'ailleurs, n'a repris ses recherches plastiques.

– N'avez-vous pas essayé d'utiliser l'étrange procédé de Poussin ? demanda Doyen.

– Non. D'ailleurs, il n'a pas utilisé des maquettes pour toutes ses œuvres. C'est davantage de leur ensemble magistral que je veux m'inspirer [1]. »

* *
*

Ce matin-là, Agnès était d'humeur morose. Elle aurait pourtant dû respirer la joie, avec l'air printanier qui agitait doucement les grands tilleuls des jardins de l'Observatoire. Le soleil lissait les pommettes de son visage et faisait briller les prunelles de ses yeux dont Clairaut, qui savait si bien scruter les étoiles, n'avait jamais pu discerner la vraie nuance. Verte ou bleue ? Après une liaison de sept années, la question n'était pas tranchée. Elle risquait de ne l'être jamais, car Agnès avait décidé de rompre avec son géomètre. Longtemps, le génie du mathématicien avait nourri l'amour. Et puis, au fil du temps, la soif d'apprendre s'était tarie chez la

1. Après la période dominée par Boucher et Fragonard, la fortune tourna, et l'œuvre de Poussin fut admirée par David et par Ingres. Delacroix, Degas, Cézanne subiront plus tard l'influence féconde de Nicolas Poussin.

jeune femme. Elle calculait presque aussi vite que Clairaut, qui se déchargeait sur elle des opérations mathématiques les plus ingrates de ses recherches. Il lui demandait d'aligner des journées de chiffres en lui affirmant que c'était pour elle la seule chance de progresser.

Elle avait longtemps été flattée d'être associée aux travaux du maître, puis s'était aperçue que cette tâche matérielle, qui permettait à Clairaut d'avancer dans le calcul des irrégularités lunaires, ne lui apportait plus que de lancinants maux de tête. Lassée, elle s'était confiée à d'Alembert, qui avait hésité avant de répondre :

« Clairaut est un savant égoïste, comme nous le sommes tous. Tu l'as admiré, il t'a aimée et il est vrai qu'il t'a beaucoup appris. Cela ne m'étonne pas qu'aujourd'hui, repris entièrement par sa passion scientifique, il trouve pratique de se servir de ta virtuosité. Mais c'est à toi, si tel est ton désir, de ne pas te laisser exploiter. A moins que les liens qui vous unissent soient encore si forts que…

– Non. L'habitude n'est plus l'amour et je vais quitter Clairaut. Il cherche d'ailleurs des fonds pour repartir en Laponie et il n'est pas question que j'aille vérifier avec lui si Maupertuis s'est trompé dans le calcul du méridien. »

C'est donc à la fois triste et soulagée qu'elle marchait dans les allées de l'Observatoire. Il ne lui avait pas été facile de prendre une décision, mais Agnès ne songeait désormais qu'à l'avenir, à cette nouvelle liberté qui l'attendait. Par chance, un frère de son père, commissaire départi des Ponts et Chaussées dans le Beauvaisis, venait de lui léguer en mourant un domaine important qu'elle comptait vendre et une rente appréciable. La jeune fille pauvre de Bourbon-l'Archambault était désormais aisée, sinon fortunée. Elle allait pouvoir se loger dans un confortable appartement où elle se réserverait un laboratoire avec, s'il était à un étage suffisamment élevé, une lunette pour observer les satellites de Jupiter qui la turlupinaient depuis que Clairaut lui avait fait découvrir, par une nuit claire, Io, Europe et Ganymède.

Pour l'heure, elle avait décidé d'aller boire un café chez Procope, rue des Fossés-Saint-Germain[1]. C'était le plus ancien café de Paris, fondé en 1686 par Francesco Procopio dei Coltelli, venu chercher fortune à Paris. Le noble Sicilien avait beaucoup contribué à donner le goût aux Parisiens de ce breuvage nouveau qu'il vendait trois sous la tasse, philtre exotique qui, disait Piron, « manquait à Virgile et qu'adore Voltaire ».

Agnès était sûre de rencontrer des visages amis dans ce lieu, voisin du théâtre des comédiens-français, où se colportaient les épigrammes, les potins de coulisses, les derniers bruits relatifs aux rivalités des artistes. Les critiques s'y affrontaient, les réputations s'y faisaient, s'y défaisaient. A la clientèle des gens de théâtre s'ajoutait depuis peu celle des encyclopédistes. Avant qu'il ne parte pour Potsdam chez Frédéric le Grand, Voltaire avait écrit sur le marbre d'une table du Procope le quatrain qui avait failli étouffer de colère son vieil ennemi Fréron :

L'autre jour au fond d'un vallon
Un serpent mordit Jean Fréron.
Que pensez-vous qu'il arriva ?
Ce fut le serpent qui creva.

1. La rue des Fossés-Saint-Germain a pris, en 1834, le nom de rue de l'Ancienne-Comédie. Le café Procope existe toujours, au n° 13.

Quand Agnès poussa la porte, Rousseau, Diderot, Marmontel, d'Alembert et Piron étaient attablés au fond, à leur place habituelle. Ils échangeaient quelques propos avec le fils Procopio, qui venait de succéder à son père, et se levèrent tous ensemble à l'arrivée d'Agnès :

« Honneur à la plus belle des savantes ! proclama d'Alembert.

– Bienvenue à la plus savantes des belles ! continua Marmontel, que la charge de secrétaire des Bâtiments, obtenue grâce à Mme de Pompadour, mettait enfin hors du besoin.

– Je bénis les progrès de notre société, qui permettent aujourd'hui aux dames de fréquenter ces lieux hautement civilisés que sont les cafés, dit Diderot. Quand je pense que, l'an passé encore, les femmes les plus titrées du royaume faisaient arrêter leur carrosse devant cette porte ou celle de la Régence, et envoyaient le cocher leur chercher une tasse de café !

– Nous nous sommes assez attachées à ce qu'aucun domaine ne nous soit refusé ! dit Agnès.

– Même pas l'*Encyclopédie* ! affirma Diderot en souriant. Je me rappelle un petit malentendu qui me peine encore. Chère Agnès, dix articles vous attendent si vous acceptez d'ajouter votre nom à la liste de nos amis. Je serais tellement heureux qu'il figurât dans le premier tome. Je pense que Clairaut, avec qui j'ai renoué de bons rapports, n'y verra pas d'inconvénient.

– Je n'ai d'autorisation à demander à quiconque, monsieur Diderot. Si vous me proposez un sujet qui convienne à mes modestes connaissances, je travaillerai volontiers pour vous… Afin qu'au moins une femme participe à l'*Encyclopédie* ! », ajouta-t-elle en riant.

On en vint naturellement à parler de l'inégalité entre les hommes et les femmes, de la place qu'avaient prise celles-ci depuis quelques décennies dans la vie du royaume.

« Montesquieu, s'il était parmi nous, dit d'Alembert, ne manquerait pas de rappeler, comme l'un de ses Persans, que les femmes sont partout présentes, qu'elles ont toutes les relations les unes avec les autres et forment une espèce de république dont les membres, toujours actifs, se secourent et se servent mutuellement.

– Personne ne conteste aujourd'hui leur rôle et leur importance, dit Piron. Tout le monde admet que chacun doit compter avec les femmes !

– Est-ce parce que je suis là, messieurs, que vous faites la part belle au sexe qu'on qualifie toujours de faible ?

– Mais non, chère Agnès, répondit Piron. Même si certains s'en plaignent, force est de constater que notre société est désormais mixte. Mixte est le Procope, mixtes sont heureusement l'Opéra, les théâtres, la chasse, la promenade, le jeu, les soupers, les salons. La pensée des Lumières ne fait pas que les effleurer, elle s'épanouit chez une quantité de femmes exceptionnelles, telles qu'hier madame du Châtelet, que vous aujourd'hui, belle Agnès, que la marquise de Pompadour, madame Geoffrin, madame du Deffand et combien d'autres, moins connues, qui sont habituées des académies, des cercles, des cabinets de lecture et assistent aux conférences du Collège de France.

– Aussi beaucoup de dames, et parmi les plus grandes, sollicitent-elles leur initiation auprès de loges maçonniques, dit Marmontel. Vous-même, Agnès, n'êtes-vous pas franc-maçonne ?

– J'ai été tentée, mais Clairaut n'a pas été enthousiaste et j'ai su que si les femmes étaient admises dans des loges dites « d'adoption », c'était avec condescendance. Maçonnes de second ordre, elles ne sont, paraît-il, pas jugées aptes à partager toutes les cachotteries du rite maçonnique ni à assister à certaines réunions. Cela ne me plaît pas. Au fait, Diderot, y aura-t-il dans l'*Encyclopédie* un article sur la franc-maçonnerie ?

– Ce n'est pas sûr, mais si l'engouement persiste, il faudra bien que nous parlions de cette organisation et de ses rapports avec les femmes.

– Au fait, comment donc est née la franc-maçonnerie ? demanda Agnès.

– Ses débuts son mal connus, dit Piron. On sait pourtant que ce sont des Anglais qui ont fondé la première loge française. Montesquieu et quelques grands seigneurs ont été initiés à Londres, quand des émissaires de la Grande Loge britannique, le duc de Richemond et un Ecossais, le chevalier de Ramsay, sont venus fonder les premières loges françaises, dont les femmes étaient exclues, comme en Angleterre. Sous Fleury, bien que le duc d'Antin ait occupé la charge de grand-maître, la maçonnerie était tenue pour suspecte et surveillée. Maintenant, c'est le comte de Clermont qui dirige le Grand Orient de France. Un prince du sang ! C'est la preuve que le gouvernement du roi ne s'oppose plus aux loges maçonniques qui fleurissent en province comme à Paris.

– Décidément, j'apprends beaucoup de choses aujourd'hui, dit Agnès. Mais j'ai l'impression qu'un certain mystère plane…

– Dame, c'est une société secrète ! Personne n'ignore pourtant que notre ami Lalande a fondé l'atelier des Neuf-

Sœurs, qui compte parmi ses frères de nombreux scientifiques et artistes, ni que la loge d'adoption du Contrat-Social groupe les dames autour de la princesse de Lamballe, nommée grande maîtresse particulière. La loge La Candeur est, quant à elle, l'affaire de madame Helvétius. Voyez, Agnès, vous rejoindriez du beau monde en venant chez nous.

– Ah ! Parce que vous êtes francs-maçons ?

– Comme tous ceux qui sont autour de cette table ! conclut Piron en éclatant de rire. C'est que la maçonnerie est parfaitement représentative de l'esprit des Lumières. Vous avez donc toutes les raisons de venir l'enrichir de vos connaissances et de votre grâce. »

CHAPITRE VI

L'Italie de Fragonard

« Quelle chance nous avons de vivre une aussi belle époque ! », dit Bachaumont en poussant son cheval sur l'échiquier.

Assis en face de lui dans la grande salle du café de la Régence, où les joueurs d'échecs, nombreux, imposaient un silence relatif, un homme réfléchissait, l'index posé sur sa tour, qu'il hésitait à bouger. Il finit par l'avancer de deux cases et répondit :

« Vraiment ? Cette époque m'indiffère, car j'éprouve un invincible dégoût dans le commerce des hommes. La cause en est cet indomptable esprit de liberté que rien, jusqu'à présent, n'a pu vaincre. Devant la liberté, les honneurs, la fortune et la réputation ne sont rien !

– Diable ! Rousseau, votre position sur l'échiquier – je vous annonce "échec et mat" – ne va pas vous réconcilier avec l'existence. Je vous ai connu plus gai.

– Cher ami, il me faut le grand air et le ciel libre, les courses à l'aventure et la surprise d'un coucher de soleil. J'enrage de voir mes amis musiciens et philosophes se réveiller tard et vivre la nuit aux bougies dans un Paris fiévreux, assourdissant et asservissant.

– Pourtant vous êtes déjà célèbre, adulé même. Vous écrivez des articles sur la musique pour l'*Encyclopédie* et Diderot me dit qu'ils sont remarquables. Vous avez vécu un an à Venise comme secrétaire de l'ambassadeur Montaigu, on dit qu'un fermier général veut vous prendre comme caissier. Les sympathies vont à vous ! N'êtes-vous pas l'ami de Marivaux, de Condillac et des philosophes de l'*Encyclopédie* ?

– Oui, mais je gagne ma vie en copiant de la musique ou en adaptant pour la cour une pièce ratée de Voltaire. Mon système nouveau de notation musicale a fait rire l'Académie et je me suis fâché avec presque tous ceux qui m'ont aidé dans mon existence errante et orgueilleuse.

– Bon. Avant de retrouver votre vie bucolique, vous allez venir avec moi. Je me rends de ce pas chez madame du Deffand.

– Cette vieille dame qui nourrit les gens de lettres ! Vous connaissez, Bachaumont, mon aversion pour ces salons mondains qui se donnent des airs intelligents en attirant les hommes de plume avec un morceau de jambon.

– Vous avez tort. Madame du Deffand est une femme de haute réflexion qui a toujours su attirer chez elle et protéger les jeunes talents. Elle porte une amitié véritable à notre ami d'Alembert. Et puis, si vous ne l'aimez pas, vous rencontrerez des gens intéressants chez la marquise, qui, vous le savez, est presque aveugle. »

Mme du Deffand avait ressenti cinq ans auparavant les premiers signes d'une insidieuse maladie des yeux, qui ajoutait la peur à son ennui existentiel. « Vois-je autant qu'hier ? », se demandait-elle chaque matin en se réveillant. « Qu'hier oui, mais un peu moins que le mois précédent et nettement moins si on remontait plus loin dans le temps de ma descente au fond de la nuit. »

Elle s'était retirée quelque temps chez son frère, au château familial de Champrond, pour essayer de retrouver, sinon la vue, du moins les ombres, les odeurs et les bruits de sa jeunesse. Avec ses tours carrées, ses fossés profonds et son pont-levis, la demeure de famille faisait plutôt penser à un château fort qu'à une maison de plaisance. Seules une terrasse fleurie, une volière et une allée de charmille menant à une antique chapelle atténuaient la sévérité du lieu.

Mme du Deffand ne pouvait imaginer un traitement plus radical pour tenter de conjurer la cécité. Espoir vain, hélas ! Il ne fallut pas longtemps pour qu'elle se rende compte que la nature, même estompée par le voile sombre qui lui permettait à peine de distinguer les grands chênes du parc, ne lui serait d'aucun secours. Seule éclaircie dans sa vie morne, au milieu d'une famille à laquelle elle n'avait rien à dire : une jeune fille de vingt ans, Julie de Lespinasse, fille illégitime de son frère aîné, et dont le tempérament passionné et les exceptionnelles qualités intellectuelles surprenaient la marquise. Bientôt, celle-ci décida d'en finir avec la vie champêtre et de retrouver le monde fermé de son salon, le seul encore capable d'éveiller un peu de curiosité dans son âme et son corps malades.

Le destin de Julie, la bâtarde de la famille, pauvre, méprisée, tenue en état de dépendance, était sans espoir. Elle n'aspirait plus qu'au cloître comme seule délivrance et, malgré les efforts de Mme du Deffand pour l'en dissuader, entra dans un couvent de Lyon. La marquise, qui souhaitait s'attacher une compagnie, ne s'avoua pas vaincue. En remontant à Paris, elle passa voir sa nièce, qui s'étiolait dans son couvent, et lui demanda de réfléchir à sa proposition de vivre auprès d'elle en qualité de dame de compagnie :

« Je me sens vieillie avant l'âge et suis presque aveugle. Je suis sûre que votre présence, votre vitalité, votre enthousiasme, votre naturel me permettraient d'affronter l'ennui qui me submerge depuis des années. Je sais bien qu'approche le moment où je ne verrai plus ni les gens ni les objets qui m'entourent. Si vous le voulez, vous serez mes yeux, vous serez la main qui écrira mes pensées. En échange, je vous promets de rencontrer chez moi les personnages les plus savants, les meilleurs gens de plume, les causeurs les plus brillants. Tenez, relisez-moi la lettre de mon cher d'Alembert qui est arrivée juste avant mon départ de Champrond et que je n'ai pu comprendre qu'en devinant la moitié des mots. D'Alembert est la personne qui m'a inspiré le plus d'admiration et d'indulgence. Je me dois de le faire entrer à l'Académie ! »

Julie prit la lettre et déchiffra sans peine l'écriture fine et régulière du physicien philosophe :

« "Je serais bien fâché, Madame, que vous crussiez m'avoir perdu. J'ai été fort occupé à différents ouvrages. J'ai achevé une diablerie de géométrie sur le système du monde, j'ai fait des articles de mathématiques pour l'*Encyclopédie*, j'ai répondu à un homme qui avait attaqué mes *Eléments de musique* et ma réponse est sous presse. Cela vous ennuiera. Ce qui vous ennuiera peut-être moins, mais dont je vous supplie très instamment de ne parler à personne, ce sont deux volumes de *Mélanges de littérature, d'histoire et de philosophie* que je fais imprimer et qui paraîtront à la fin de ce mois.

» "Des nouvelles de Paris ? Nous n'aurons point Maupertuis cet hiver[1]. Il est malade et accablé de brochures que l'on fait contre lui en Allemagne et en Hollande. Le roi de Prusse est fort occupé à lui chercher un successeur dans la place de président de l'Académie. Il m'a fait écrire par le marquis d'Argens pour m'offrir cette place de la manière la plus gracieuse. J'ai répondu en remerciant le roi de ses bontés et de son offre. Voltaire vient d'écrire encore pour cela, mais je persiste et persisterai dans ma résolution. Je resterai à Paris. J'y mangerai du pain et des noix, j'y mourrai pauvre, mais aussi j'y vivrai libre. Je vis de jour en jour plus retiré. Je soupe chez moi, je me couche à neuf heures et je travaille avec plaisir quoique sans espérance. Je vous prie instamment de ne rien écrire au président[2], qui décidément ne m'aime pas, je ne sais pourquoi, ni à personne. Je suis trop reconnaissant des bontés du roi Frédéric pour me parer de cette petite vanité[3]." Que voilà une bonne lettre, ma chère tante ! Elle donne envie de connaître ce monsieur d'Alembert !

– Vous le connaîtrez, c'est un de mes amis les plus chers ! »

---

1. Physicien et philosophe, Maupertuis, de l'Académie française et de l'Académie des sciences, avait dirigé l'expédition en Laponie à laquelle avait participé Clairaut. Président depuis 1746 de l'Académie de Berlin, il était très attaqué en France par Voltaire, sans doute jaloux de la confiance que lui accordait le roi Frédéric II, et par Diderot, qui le trouvait trop arriviste et ne lui avait jamais demandé de collaborer à l'*Encyclopédie*.

2. Il s'agit du président Hénault.

3. Malgré le refus de d'Alembert, Frédéric II accordera une pension de mille deux cents livres au philosophe.

Quand la marquise prit la route de Paris, Julie de Lespinasse était décidée à abandonner ses illusions d'indépendance et à aller vivre avec sa tante. Encore lui fallait-il obtenir l'autorisation de son frère, M. d'Albon. Celui-ci trouvait commode la solution du couvent, qui préservait la famille des confidences de Julie sur sa naissance et de l'exigence d'une fortune qui était sienne. Julie obtint finalement la permission d'être libre en abandonnant ses droits, mais cela demanda une année.

Une année qui permit à Mme du Deffand de reprendre à Paris la routine de sa vie mondaine et intellectuelle. Presque complètement aveugle, elle avait décidé que sa cécité ne devait pas modifier ses habitudes. A peine revenue, elle avait rouvert son salon, dînait en ville, échangeait des visites et se faisait conduire à l'Opéra et à la Comédie-Française. Ses amis, qui avaient retrouvé le chemin de Saint-Joseph, à commencer par Montesquieu lorsqu'il était à Paris, admiraient les efforts surhumains qu'elle devait s'imposer pour paraître vivre comme tout le monde, mettre en avant chaque fois qu'il le fallait sa vivacité d'esprit, dicter, les yeux fermés sur ses pensées, des lettres à Voltaire ou à son cher d'Alembert.

Un lien qui n'était ni de convenance ni d'intérêt unissait Montesquieu à Mme du Deffand. Comme elle, l'écrivain devenait aveugle, et lorsqu'il était trop loin pour venir l'encourager il lui écrivait : « Vous dites, mon amie, que vous êtes aveugle, ne croyez-vous pas que nous étions autrefois, vous et moi, de petits esprits réels qui furent condamnés aux ténèbres ? Ce qui doit nous consoler, c'est que ceux qui voient clair ne sont pas pour cela lumineux. En ce qui concerne d'Alembert, je ferai sur la place de l'Académie ce que vous désirerez. »

La marquise se passionnait en effet maintenant pour l'élection de son protégé à l'Académie française, d'abord en raison de l'affection maternelle qu'elle lui portait, ensuite pour vérifier que l'enjeu était encore à portée de son influence. De grandes dames, telles la duchesse du Maine et la marquise de Lambert, avaient naguère favorisé bien des élections. Les animatrices des salons d'aujourd'hui avaient-elles encore ce pouvoir ? Cela n'était pas sûr. On disait partout que l'Académie était le domaine de l'intrigue et de la vanité. Chaque élection déchaînait une insupportable frénésie. Voltaire, toujours prêt à s'emporter contre les travers de son époque écrivait : « A peine un des quarante a-t-il rendu le dernier soupir que dix concurrents se présentent. On court en poste à Versailles, on fait parler toutes les femmes, on fait agir tous les intrigants, on fait mouvoir tous les ressorts. »

Ces tumultes mettaient d'Alembert dans une position difficile. Un succès ne lui aurait pas déplu, mais il lui était impossible de renier son mépris des vanités ni son attitude sur l'intégrité dont il avait toujours fait étalage. Le principal obstacle à l'élection de d'Alembert était donc d'Alembert lui-même. Parce qu'il voulait que l'Académie fût presque entièrement composée des meilleurs écrivains de la nation et que les grands seigneurs n'y figurent, en petit nombre, que comme décoration pour le public, d'Alembert s'était aliéné beaucoup d'électeurs, ces seigneurs flattés d'avoir une clientèle littéraire qu'ils payaient par de multiples services. Sa candidature prenait l'allure d'un défi que Mme du Deffand relevait avec une énergie farouche, trouvant dans cette bataille un excitant remède à ses maux.

A trois reprises, un siège se trouva vacant, et d'Alembert se vit préférer des personnages insignifiants tels que Clermont, un aristocrate qui n'avait jamais écrit une ligne, Bougainville, un historien médiocre et bigot, et Boissy, homme du monde et auteur dramatique dont Voltaire disait qu'il ignorait l'orthographe. Enfin, Mme du Deffand recueillit le fruit d'une année de négociations, et d'Alembert, un fauteuil qu'il n'avait jamais déclaré briguer. Qu'elle fut heureuse, pourtant, la marquise, le jour où son protégé prononça son discours de réception ! Elle n'y assista pas, mais des amis lui en rapportèrent l'éloquence : « Comme un antique tribun, à la face du public et de la cour, il prêcha la tolérance et contre les inquisiteurs le respect des incrédules. Il parla contre les procédés lâches et les basses intrigues des gens de lettres [1]. »

L'affaire de l'Académie réglée, Mme du Deffand s'occupa de la venue à Paris de Julie de Lespinasse. Le temps ayant passé, elle put lui écrire le 8 avril 1754 : « Ma reine, votre famille et en particulier Monsieur d'Albon votre frère, ne peut plus vous empêcher de quitter le couvent. Faites vos paquets et venez faire le bonheur et la consolation de ma vie. Il ne tiendra pas à moi que cela ne soit réciproque. »

**
*

Depuis la partie d'échecs du café de la Régence, Jean-Jacques Rousseau s'était réconcilié avec la société parisienne. Celle-ci, il est vrai, ne lui ménageait pas ses faveurs. Il s'était

1. Lettre de félicitations à Mme du Deffand de son ami Jean-Baptiste Formont, proche de Voltaire et hôte régulier de Saint-Joseph.

fait connaître par la musique en publiant son projet de remplacer les notes par des chiffres. L'idée n'avait jamais été exploitée, mais elle avait révélé l'existence de ce fils d'horloger genevois, qui avait, au cours de longues années vagabondes, exercé plus de dix métiers. Que ne racontait-on pas dans les cafés et les salons ! Il avait été laquais, séminariste, pensionnaire à la maîtrise de la cathédrale d'Annecy, interprète d'un archimandrite-quêteur et employé au cadastre. Tout cela était vrai, mais, le plus étonnant, c'est qu'à vingt-cinq ans il s'était mis à lire, seul, tout ce que les écrivains les plus lettrés mettaient une vie à découvrir ! Il avait ainsi acquis en quelques années une érudition qui lui permettait, lui qui n'avait jamais fréquenté un collège, de parler d'égal à égal avec Diderot ou d'Alembert.

Et puis, il était entré en littérature d'une manière fracassante avec la publication de son *Discours sur les sciences et les arts*, où il répondait négativement à la question de savoir si le progrès des sciences et des arts avait contribué à corrompre ou à épurer les mœurs.

Son avis sur les salons était changé : il en était l'idole et acceptait de manger les « morceaux d'omelette » de Mme du Deffand en compagnie de Mmes de Mirepoix et de Boufflers ou du président Hénault. Mieux, la marquise aveugle le fascinait. Pâle, menue, habillée d'une robe monacale mais raffinée, ses yeux naguère si beaux, toujours grands ouverts comme s'ils espéraient d'un signe céleste l'ordre de voir à nouveau, elle attendait dans son fauteuil à oreilles que ses invités viennent lui faire révérence. Rousseau guettait particulièrement l'instant où, lorsqu'un nouveau venu lui était présenté, elle effleurait, tâtait, palpait son visage de ses doigts, lesquels avaient acquis un tact, une délicatesse presque immatériels depuis que le sens de la vue lui avait échappé.

« Maintenant je vous connais, disait-elle. Ce toucher, qui, je pense, ne vous a pas choqué, m'a permis de me faire une idée de votre caractère et de votre esprit. Soyez bienvenu à Saint-Joseph. »

Les visiteurs s'habituèrent rapidement à la jeune inconnue, venue de la campagne, qui les accueillait et les conduisait désormais là où trônait la marquise, le plus souvent dans sa chambre. Ils ne tardèrent pas à s'apercevoir que la présence de Julie modifiait l'atmosphère du salon. Ils continuaient de venir chez Mme du Deffand pour jouir de son esprit, apprécier ses jugements, admirer l'enchaînement cursif de ses bons mots, mais ils ne pouvaient abstraire de la scène de son petit théâtre le rôle nouveau que jouait tous les soirs, à partir de six heures et plus tôt le mercredi, Julie de Lespinasse. A côté de la comédienne aux yeux figés, la jeune fille au port élégant, mince, active, éclatait de vie, de couleur, de chaleur. Elle faisait virevolter dans le salon ses longs cheveux bruns, dégageant un visage un peu irrégulier mais transparent, aux expressions changeantes.

Le contraste entre les deux femmes était saisissant. Rien, ni le physique ni l'âge, ne les rapprochait, mais elles formaient un duo parfaitement accordé d'où émergeait une musique qui faisait de Saint-Joseph le modèle des salons. Les encyclopédistes, qui, à part d'Alembert, ne fréquentaient pas le lieu, venaient maintenant souvent s'asseoir sur les canapés de la chambre « moire bouton d'or ». Mme du Deffand ne les aimait pas, mais elle savait que, au moment où paraissaient les premiers tomes du dictionnaire, la présence de cette vague philosophique était une sorte de consécration pour son œuvre. Elle savait devoir cette vogue à sa nièce et à d'Alembert, et son amour-propre n'en semblait pas blessé.

Tout cela n'était pas pour plaire à Mme Geoffrin. Le salon de la rue Saint-Honoré n'était certes pas délaissé. Si les philosophes l'abandonnaient parfois au profit de Saint-Joseph, les artistes ne manquaient pas un lundi, et les étrangers résidant ou de passage à Paris, tels le prince de Kaunitz, le comte de Hessenstein, fils naturel du roi de Suède, le comte Poniatowski, son fils Stanislas-Auguste s'y considéraient chez eux. Pourtant l'efficacité de l'attelage Deffand-Lespinasse l'agaçait. Elle voyait là un danger qu'elle essayait d'endiguer, ne manquant jamais une occasion de plaindre avec perfidie « cette pauvre madame du Deffand, complètement aveugle, qu'on ne vient plus visiter que par charité ». D'autres fois, elle disait : « Mademoiselle de Lespinasse en aura bientôt assez de jouer les faire-valoir et elle abandonnera la malheureuse marquise à son infirmité. Et puis mon omelette est meilleure »

Mme du Deffand et sa demoiselle de compagnie assuraient donc par leurs différences le triomphe du salon de Saint-Joseph. La marquise était une sceptique sans illusions, hostile à son époque, qui, derrière ses yeux morts, ne pensait qu'au passé. Julie, au contraire, était, par son tempérament impétueux, tournée vers l'avenir. Le présent ennuyait la marquise, qui le trouvait ordinaire, sans grâce ni élégance. Il scandalisait Mlle de Lespinasse parce que injuste et immoral.

Attirés par le charme de Julie, les hussards de l'*Encyclopédie* avaient donc vite fait de prendre leurs aises chez la marquise. Tandis que les amis de toujours, nobles habitués, lettrés, vieux savants, entretenaient la maîtresse de maison, dans un coin du salon, autour de Julie, on parlait de philosophie, de liberté, de tolérance. Les nouveaux venus s'appelaient Turgot, Marmontel, Chastellux, La Harpe, Grimm. Contrairement aux préjugés de Mme du Deffand, on restait en bonne compagnie. La cohabitation se déroulait sans accrocs, les anciens, à peine choqués, écoutaient les jeunes rebelles et, curieusement, cet équilibre que Mme du Deffand n'avait pas souhaité confirmait le triomphe de son salon. Il favorisait aussi le rapprochement entre Julie et d'Alembert, deux âmes qui se découvraient des affinités communes : l'un et l'autre étaient des enfants naturels, sensibles, blessés. Le philosophe, touché par la grâce de Julie, surpris par son savoir et la justesse de ses raisonnements, attendri aussi par la sévérité de sa condition, se montrait affectueux et attentif. Il ne fallait pas moins qu'un tel ami pour rendre supportables les exigences d'une assiduité perpétuelle auprès d'une femme aveugle et autoritaire qu'il fallait veiller jour et nuit et endormir en lui faisant la lecture.

L'intimité entre Julie et d'Alembert n'avait pas inquiété Mme du Deffand à qui bien d'autres réalités quotidiennes échappaient, jusqu'au moment où elle s'était rendu compte de la froideur que lui manifestait maintenant d'Alembert. Après les longues années d'une amitié sans faille, le philosophe n'avait plus d'yeux que pour Julie, et son désintérêt désespérait la marquise. A l'admiration passée succédait chez elle une intolérance idéologique croissante envers le savant, et une détestation des philosophes, qui avaient, selon elle, pollué son salon et perverti sa demoiselle de compagnie. Un moment, d'Alembert avait pensé à déserter Saint-Joseph, mais s'était ravisé, ne voulant pas abandonner Julie. Fâché, puis raccommodé vaille que vaille avec sa protectrice, il partit finalement pour Potsdam à l'invitation de Frédéric II, le roi philosophe. Ce « pèlerinage aux sources d'un despotisme éclairé », comme il disait, dura trois mois, au cours desquels il ne laissa pas partir un courrier pour Paris sans une lettre destinée à Julie. Une seule, simplement courtoise, parviendrait pendant ce séjour à Mme du Deffand.

Cette attitude distante ne changea pas lorsqu'il revint à Paris, et la marquise dut se résoudre à admettre qu'il lui fallait renoncer à l'amitié passionnelle qui la liait à d'Alembert. Elle s'en voulait de ne s'être pas aperçue qu'une révolution avait secoué son petit royaume par la faute de cette fille qu'elle avait arrachée à la pauvreté et à une famille indigne. Non seulement, pensait-elle, Julie avait pris sa place dans le cœur de d'Alembert, mais elle avait tenté de la dépouiller de ce qu'elle avait de plus cher : sa souveraineté. « Je ne suis plus, pensait Mme du Deffand dans ses insomnies, qu'une statue aux yeux vides qu'on respecte comme un monument, qu'on regarde avec curiosité, qu'on admire peut-être, mais qui appartient au passé. Pourquoi devrais-je permettre à mademoiselle de Lespinasse de régner à ma place sur Saint-Joseph ? »

Gagnée par la rancune, poussée par le besoin de se venger de ce qu'elle croyait être une misérable ingratitude, la marquise allait désormais traiter sa nièce comme un être vil à qui elle aurait eu la faiblesse d'accorder sa confiance, et qu'il fallait remettre à sa place sans pour autant la renvoyer chez elle, car elle avait besoin de sa compagnie.

D'Alembert était rentré de Potsdam depuis six mois quand le conflit, qui avait mûri lentement, trouva son épilogue. Mme du Deffand ne s'endormait qu'au matin, après avoir veillé toute la nuit, chez elle ou chez sa voisine, Mme de Luxembourg. Elle donnait tout le jour au sommeil et n'était visible qu'à six heures, moment où arrivaient ses premiers visiteurs. Julie, retirée dans sa petite chambre sur la cour même du couvent, vivait au rythme de la marquise et ne se levait guère qu'une ou deux heures avant elle. C'était son intermède de liberté, le seul moment où elle pouvait échapper à l'autorité de sa maîtresse et parler librement avec ses amis, les hôtes de Mme du Deffand avec lesquels elle était le plus liée. D'Alembert, Turgot, Marmontel et d'autres familiers avaient ainsi pris l'habitude de venir se rencontrer dans le petit appartement de Julie avant de rejoindre le salon de Mme du Deffand, qui ignorait l'existence de ces réunions dont on faisait mystère, sachant qu'elle en serait jalouse. Mais plusieurs fois, pris dans le feu de la conversation, Mlle de Lespinasse et ses amis s'oublièrent et arrivèrent en retard chez la marquise, impatiente et soupçonneuse au fond de son « tonneau[1] ». Mme du Deffand ne voyait rien, mais sentait tout. Lorsqu'elle découvrit l'innocente habitude, elle laissa éclater une colère qu'elle retenait depuis longtemps. Elle accusa sa nièce de trahison, d'agissements indignes, destinés à lui soustraire ses amis, et la chassa sans pitié.

Mais des années avaient passé, la pauvre bâtarde de la noble famille de Saint-Forgeux n'était plus seule. D'Alembert, d'abord, était là et, au grand dam de la marquise, aucun de ses amis ne se montra disposé à prendre parti contre la prétendue

1. Fauteuil à oreillettes latérales et à écran rabattable mis en pratique le siècle précédent par Mme de Maintenon pour se protéger du froid et des courants d'air, insupportables à Versailles.

coupable. Le président Hénault lui-même, qui n'aimait pas d'Alembert, se déclara pour Julie, comme Mme de Luxembourg, qui fit cadeau à la jeune femme d'un meuble complet dans un logement de la rue de Bellechasse, à quelques pas de Saint-Joseph. On apprit avec un peu d'étonnement que Mme Geoffrin, qui la connaissait à peine, mais avait suivi avec vigilance ses difficultés, lui assurait avec cette délicatesse qui double le bienfait une pension de mille écus. C'était à croire que des philosophes au duc de Choiseul, Paris tout entier adoptait l'orpheline de Champrond.

A l'association du Deffand-Lespinasse succéda donc celle de d'Alembert et de Julie. On ne tarda pas à s'apercevoir qu'un salon philosophique était né, différent de tous ceux qui se partageaient les têtes pensantes de Paris. De graves lectures allaient remplacer les dîners et les soupers, des discussions économiques et politiques prendraient le pas sur les conversations divertissantes. On y ferait comme chez Mme Geoffrin les académiciens, les mêmes le plus souvent, car il n'était pas question que Julie et la reine du faubourg Saint-Honoré usassent leur crédit dans une vaine compétition. La jeune femme avait de la reconnaissance et Mme Geoffrin s'était prise pour elle d'une maternelle affection. On voyait souvent l'une chez l'autre les jours de réunion. Diderot, Condorcet, Condilllac, le beau Napolitain Galiani, Grimm, La Harpe, Marmontel et bien d'autres pensaient qu'on pouvait un soir manger l'en-cas de Mme Geoffrin et le lendemain analyser doctement les idées de Rousseau chez celle qui « donnait simplement à causer ».

Rousseau justement, l'ami de Voltaire, Diderot et Grimm, après avoir été adulé, s'était brusquement retiré du monde, lançant en guise d'adieu : « Je choisis de passer dans l'indépendance et la pauvreté le peu de temps qui me reste à vivre[1].» L'incontrôlable Jean-Jacques avait un moment logé chez son amie et admiratrice Mme d'Epinay qui l'avait hébergé près du château de la Chevrette, en bordure de la forêt de Montmorency, dans une maison baptisée L'Ermitage. Fâché avec son égérie, il avait trouvé une autre maison de campagne accueillante à Montlouis, chez le maréchal de Luxembourg. Ses amis suivaient de loin cette vie sylvestre, agreste, idyllique, qui était aussi le temps de sa passion pour Mme d'Houdetot, une passion qui aurait pu demeurer secrète sous les ombrages de Montlouis si Jean-Jacques Rousseau ne l'avait pas transposée en l'un des plus émouvants poèmes d'amour de l'histoire, poème des souvenirs et des regrets, qui devait remuer dans leur tréfonds les âmes de son siècle[2].

La Nouvelle Héloïse n'était encore sortie qu'en Hollande mais, en France, on ne parlait que du livre. Les femmes se l'arrachaient. Durant des mois, on ne parla que de poésie en prose dans les salons. Chez Mlle de Lespinasse, on se demanda pourquoi Rousseau avait appelé son héroïne Julie. «Jean-Jacques n'écrit jamais rien sans raison», répondit Grimm. Julie, c'était naturellement Mme d'Houdetot, et Saint-Preux, Rousseau lui-même.

Depuis qu'elle vivait à la cour, Mme de Pompadour pouvait satisfaire pleinement son goût pour les lettres et les arts. Encourager la création sous toutes ses formes était sa préoccupation constante. Lorsque la publication de l'*Ency-*

1. In *Les Confessions*.
2. Dont, de 1761 à 1800, soixante-dix éditions se succéderont en Europe.

clopédie avait été arrêtée sur l'ordre du roi, Diderot, qui avait naguère rencontré la marquise chez son médecin, le docteur-philosophe Quesnay, s'était tourné vers celle qui avait jusque-là soutenu l'entreprise. Elle lui répondit que la proscription de l'*Encyclopédie* était le fait de l'Eglise, du parti des dévots, et qu'elle ne pouvait, hélas, intervenir. Ce fut pourtant sur sa demande que Malesherbes, alors directeur de la librairie, sauva l'avenir de l'œuvre en conservant chez lui les manuscrits condamnés à être saisis et détruits[1].

En même temps, la marquise essayait prudemment de faire rentrer en grâce son vieil ami Voltaire. Le roi avait très mal pris le long séjour en Prusse du philosophe. Il détestait Frédéric, dont on lui avait rapporté qu'il se gaussait de sa vie personnelle. Un jour que Mme de Pompadour vantait le génie de Voltaire, le roi dit, méprisant :

« Est-ce ma faute si votre ami fait des sottises, a la prétention ridicule d'être chambellan en Prusse, veut avoir une croix et souper avec un roi ? Ce n'est pas la mode en France ! Je l'ai d'ailleurs traité aussi bien que Louis XIV Racine et Boileau. Je lui ai donné une charge de gentilhomme ordinaire et une pension[2]. D'ailleurs, comme il y a chez nous beaucoup plus de grands esprits qu'en Prusse, il me faudrait une bien grande table pour les convier tous. » Et il compta sur ses doigts : « Maupertuis, Fontenelle, La Motte, Voltaire, Piron, Destouches, Montesquieu.

---

1. Mme de Pompadour ne s'avoua pas vaincue. Elle obtint un peu plus tard du Roi que la publication se poursuive, ce qui n'atténua pas la suspicion de Louis XV envers les encyclopédistes et les philosophes.

2. En butte à l'hostilité du clan dévot de la cour, Voltaire, avant de partir pour Potsdam, revendit soixante mille livres le brevet de gentilhomme qu'il n'avait pas payé.

– Votre Majesté oublie Diderot, d'Alembert et Clairaut», dit quelqu'un.

Le roi ne répondit pas et, regardant le portrait de Mme de Pompadour accroché au mur :

«J'aime beaucoup ce pastel de Quentin de La Tour. On sait presque tout de vous, madame, quand on prend soin d'en découvrir les détails.»

Tout le monde s'approcha pour admirer la marquise, superbe et élégante dans un habit de cour bleu et or, surprise en train de terminer sa toilette. On voit que ses pensées vont vers une table où des livres sont posés. Chacun en distingue les titres : *De l'Esprit des lois* de Montesquieu, l'*Histoire naturelle* de Buffon, *La Henriade* de Voltaire, et un tome de planches de l'*Encyclopédie* illustrant l'art du menuisier.

Depuis son premier portrait par Boucher aux eaux de Bourbon, Jeanne-Antoinette avait posé pour les plus grands artistes du siècle; Boucher, d'abord, qui l'avait représentée dans tous les costumes et toutes les attitudes; Nattier, qui en avait fait Diane sur fond du lac de Nemi; François-Hubert Drouais, qui l'avait souvent drapée de velours somptueux.

Ce matin-là, la marquise avait réussi à se ménager deux heures de liberté, volées à ses rendez-vous politiques, à ses charités, à ses obligations de cour. Elle se sentait légère en descendant les escaliers de ses appartements. Arrivée au rez-de-chaussée, elle traversa la cour de Marbre et se dirigea vers la petite porte qui jouxtait celle des appartements du Dauphin. C'était «sa» pièce, où n'entrait avec elle qu'une personne, Jacques Guay, un ancien élève de Boucher, graveur du Cabinet du roi et qui conseillait Mme de Pompadour dans ses travaux personnels. Lasse d'apprendre des rôles et de répéter, elle venait de renoncer au théâtre et s'adonnait, à ses heures perdues, à la gravure. Elle avait fait aménager à cet effet un atelier qui contenait tous les outils nécessaires à un professionnel : tour pour graver les pierres fines, burins, presse pour la taille douce. Une seule fois, elle avait invité le Roi à pénétrer dans sa retraite et Louis était resté ébahi :

« Voilà qui vous change de vos appartements ! Mais que fabriquent donc ici vos adorables mains ? N'allez-vous pas les blesser en maniant ces outils ? »

Mme de Pompadour avait éclaté de rire :

« Rassurez-vous, Sire. Pour les eaux-fortes je mets des gants, mais le burin ne saurait être manié que par une main nue. D'ailleurs, tout le plaisir est là : tenir, diriger l'outil, le sentir mordre le cuivre et le relever au moment où il entame trop la matière…

– Madame, votre enthousiasme me charme et me surprend. Tout à l'heure, sur un ton de ministre, vous vous entreteniez avec Bernis de son ambassade à Venise, et vous voilà maintenant à m'entretenir de burin et de marteau comme le ferait Cochin ou Moreau le Jeune. Auriez-vous la bonté de me faire admirer l'une de vos œuvres ?

– Sire, je ne suis encore qu'une modeste apprentie. Si vous me promettez d'être indulgent, je vous montrerai des pierres gravées et quelques estampes qui, figurez-vous, exaltent vos exploits guerriers. Tenez, je ne suis pas mécontente de celle-ci, qui vous représente chevauchant à la tête de vos armées.

– C'est très réussi. Voulez-vous m'en faire cadeau pour ma collection ?

– Quel honneur, Sire. Je suis la plus heureuse des dames de la cour.

– Je l'espère bien ! Marquise, votre roi n'a qu'une prière à vous faire : continuez longtemps de l'étonner. »

Le soir, au souper, la marquise au burin trouva sur son couvert un paquet noué de faveurs bleues : il contenait un petit marteau d'argent à manche d'ivoire que le roi avait fait confectionner dans la journée par Martindi, l'orfèvre de la couronne[1].

Depuis qu'elle occupait la situation enviée de favorite, la marquise de Pompadour n'avait cessé d'aider ceux qui lui étaient chers, ceux qui entraient dans sa stratégie de pouvoir, ceux dont elle admirait le talent, et d'autres qui touchaient son âme naturellement charitable. Elle avait ainsi fait nommer l'oncle Le Normand de Tournehem directeur des Monuments, Arts et Manufactures, une sorte de ministre de la Culture, et l'avait remplacé à sa mort par son frère Abel, promu pour la circonstance marquis de Marigny. Avec le « frérot », Jeanne-Antoinette avait fait œuvre de mécénat, défendant tant qu'elle l'avait pu Voltaire et les encyclopédistes, poussant le Roi à créer la manufacture de Sèvres, stimulant par ses commandes le génie des grands peintres, des sculpteurs, des ébénistes et de tout un artisanat d'art qui ne fut jamais aussi brillant que de son temps.

Habituée à être sollicitée, elle fut étonnée le jour où elle reçut sur sa demande sa vieille compagne de couvent, Agnès d'Estreville, qui lui dit d'entrée :

« Je n'ai rien à vous demander, ni pour moi ni pour personne.

1. Mme de Pompadour a laissé soixante-trois estampes cataloguées à la bibliothèque de l'Arsenal.

– Que vous me faites du bien, ma chère Agnès ! Sauf quelques amis proches, ceux qui viennent me voir le font dans un but intéressé. Pas vous ?

– Non. Et j'ai mis longtemps à me décider à solliciter cette entrevue. Votre hauteur est maintenant si grande !

– Je ne vous ai pas non plus fait signe et je le regrette. Ma vie est publique et vous savez à peu près tout de moi. Mais vous ? La dernière fois que nous nous sommes vues, il y a longtemps, c'était, je crois me souvenir, chez la bonne madame Geoffrin, vous deviez épouser Clairaut, un savant.

– Oui, mais je ne l'ai pas fait. J'ai vécu longtemps avec lui et l'ai laissé partir mesurer son degré de méridien avec une nullité qui a de beaux yeux, mais compte sur ses doigts. J'exagère à peine.

– Vous avez abandonné les études scientifiques qui vous tenaient tant à cœur ?

– Non, mais maintenant je calcule pour moi, je regarde les étoiles pour moi, je fréquente qui je veux, en particulier Nicole Reine Etable de la Brière, la fée de l'astronomie. Elle est mariée au grand horloger Jean-André Lepaute…

– Je le connais. Il a présenté au Roi, il n'y a pas si longtemps, une pendule dont le mécanisme tient d'une roue unique. Je sais qu'il invente tout le temps de nouveaux systèmes.

– Eh bien, je vis maintenant plongée dans ces prodigieuses mécaniques qui sont liées aux observations astronomiques, lesquelles s'appuient sur des connaissances mathématiques très avancées. Vous voyez que je suis à mon affaire avec ce couple ami qui m'a obtenu une lunette à l'Observatoire.

– Vous semblez heureuse et j'en suis contente. Etes-vous mariée ?

– Non, bientôt peut-être... L'homme de ma vie n'est pas un inconnu. Il s'agit de Lalande, un intime des Lepaute. L'Académie, le Collège de France... C'est un deuxième Clairaut, aussi beau, mais l'ennui en moins. Il m'a emmenée en Italie et je vais l'aider à écrire un livre sur ce voyage merveilleux.

– Agnès, je vous envie ! Rappelez-vous : je voulais tout et j'ai tout eu : le grand amour avec le plus grand des amants, la puissance, les honneurs. J'ai eu à mes pieds les grands seigneurs, qui pensaient se rapprocher du Roi en me faisant leur cour, et les plus grands artistes, qui m'ont magnifiée dans leurs œuvres. J'ai eu des amis fidèles et beaucoup d'ennemis. Tout cela, je l'ai encore. Il ne me manque que ma fille Alexandrine, qui est morte l'an passé.

– Oui. C'est à ce moment que j'aurais dû demander à vous voir. Je n'ai pas osé, mais je vous ai plainte.

– J'essaie d'oublier. Comme j'essaie d'oublier, à vous je peux bien le dire, l'infidélité du Roi ! Nombreux à la cour sont ceux qui savent qu'il me trompe et que rien ne demeure, ou presque, de nos relations passionnelles, mais tout le monde sait que je reste son amie la plus sûre et qu'il recherchera toujours auprès de moi les conseils et les douces paroles de réconfort dont son âme inquiète a besoin. »

Une larme coula sur la joue de Mme de Pompadour, qui l'essuya de son mouchoir et se reprit vite :

« Veuillez excuser, Agnès, ce moment de faiblesse. Cela ne me ressemble pas. Je ne sais pourquoi je vous raconte cela...

– Je crois, Jeanne-Antoinette, que c'est à votre jeunesse que vous venez de parler. Cette jeunesse qui, en me retrouvant, vous saute au cou. Et peut-être aussi parce que je suis venue vers vous sincère et désintéressée.

– Vous avez raison et je vous remercie de cette bienfaisante visite, que je vous demande, s'il vous plaît, de renouveler. Je ne vous propose pas de vous inviter à Choisy ou à Bellevue, car je sais que vous ne vous y plairiez pas. De votre bonne étoile, glissez dans les bras de Lalande et pensez quelquefois au destin peu banal de votre vieille amie, reine de la main gauche, aujourd'hui plus puissante qu'aimée. »

En rentrant à Paris dans le carrosse peu reluisant emprunté aux écuries du palais de Luxembourg, Agnès soupira et se demanda si Madame de Pompadour, à qui il arrivait de souffler aux ministres la politique de la France, trouvait du plaisir à ce jeu. Et elle se dit qu'elle ne l'enviait pas et avait bien de la chance de pouvoir penser au souper qui, tout à l'heure, unirait l'horlogerie et l'astronomie pour fêter, dans la joie, les premiers tic-tac d'une pendule nouvelle marquant les heures, les minutes, les secondes en modulant le temps de son timbre flûté.

Pendant qu'au Luxembourg on riait et on levait le verre chaque fois que le marteau de la pendule sonnait un nouveau quart d'heure, la marquise écoutait à peine les ragots de Mme du Hausset. Elle songeait à un autre récit, que lui avait fait peu avant un aide de Bachelier, le valet de chambre du Roi. Ce garçon lui devait sa place et celle de sa femme, engagée aux cuisines des Petits Cabinets. Il lui était tout dévoué et lui révélait ces choses qu'elle devait connaître pour contrôler la situation et continuer de garder le Roi sous sa coupe. Elle était ainsi au courant de l'existence d'une discrète demeure située dans le quartier du Parc-aux-Cerfs, où Bachelier et Lebel conduisaient de très jeunes et jolies personnes que le Roi venait visiter en cachette. Ces éphémères compagnes de couche qui ranimaient les sens assoupis du roi n'inquiétaient pas trop la marquise. Elles venaient, passaient; elle-même restait la tendre gardienne de la gloire de Louis XV.

La dernière beauté admise dans la maison secrète du Parc-aux-Cerfs troubla pourtant Mme de Pompadour. Il s'agissait de Murphy, une jeune personne de quatorze ans dont Lebel avait négocié le pucelage avec sa mère. Elle venait de faire sa première communion, travaillait chez une couturière et posait nue pour les peintres[1]. Murphy, surnommée Morphise, était une merveille de la nature. Son visage innocent et ses formes juvéniles avaient séduit le Roi lorsque ses rabatteurs lui en avaient montré une miniature. Il ne fut pas déçu en la rencontrant. Quand il lui demanda si elle l'avait déjà vu, elle lui répondit, mutine : « Oui, Sire, sur les écus. » Cela amusa le roi, qui fit donner deux cents de ses portraits en argent à la mère et installa la fille dans le « trébuchet », nom donné à la maison du Parc-aux-Cerfs, parce qu'on y attirait des petits oiseaux.

Il apparut tout de suite que le Roi s'attachait à la nouvelle venue. Seuls ses valets de chambre savaient où le joindre lorsqu'il quittait le château pour de longues heures. La marquise commença à s'inquiéter lorsque l'on sut que Morphise était enceinte. Elle avait surmonté longtemps sa jalousie, mais le fait que la fille d'un joueur invétéré et d'une mère maquerelle allait mettre au monde l'enfant du Roi

1. Casanova l'aurait fait peindre nue et couchée sur le ventre par le peintre suédois Lundberg. D'Argenson, dans ses mémoires, affirme qu'elle a posé pour Boucher, sans doute pour *L'Odalisque*.

l'humiliait et la révoltait. Elle avait tant souhaité donner un fils ou une fille à son amant !

L'occasion de nuire à Mme de Pompadour était trop belle pour que la rumeur de sa disgrâce ne s'étendît rapidement à la cour. Le bruit courut que le Roi voulait reconnaître l'enfant et faire de la mère une « maîtresse déclarée ». C'était gros, mais le nonce du pape crut devoir rendre compte au Saint-Père de la curieuse situation où se trouvait la royauté française. La marquise, elle, ne montrait pas son affliction et faisait en sorte d'affirmer un pouvoir que, d'ailleurs, personne ne contestait dans l'entourage royal.

La belle Morphise accoucha dans les premiers jours de mai et l'on devina, à l'air détendu et au sourire charmeur de Mme de Pompadour, que le Roi ne reconnaîtrait pas l'enfant. En fait, Morphise disparut de sa vie après avoir été dotée et mariée à un officier sans le sou. La marquise était soulagée, le Roi peut-être aussi. Ils coupèrent court à toutes les malveillances en annonçant qu'ils passeraient les premiers beaux jours à Bellevue.

**
*

Tandis qu'à Paris Chardin poursuivait presque dans l'indifférence la réalisation de son œuvre, que Boucher vieillissant honorait les commandes royales, critiqué par Diderot qui rejetait cette « peinture de boudoir », que Carl Van Loo connaissait une brillante carrière officielle, une nouvelle peinture était en train d'éclore dans la lumière de Rome.

Ce matin-là, deux jeunes grands espiègles – ils avaient près de trente ans – avaient faussé compagnie à leurs camarades de l'Académie de France et dévalé joyeusement du palais Mancini jusqu'au Colisée. Les derniers rayons du soleil baignaient les pierres de l'amphithéâtre Flavien et l'un des garçons, Hubert Robert, dit à son camarade :

« Il est bien tard pour commencer un énième dessin du Colosseo, mais je pense que le coucher de soleil doit être magnifique vu du haut des gradins. Qu'en penses-tu, Frago ?

– Sûrement, mais comment atteindre le haut de ces ruines branlantes[1] ?

– J'ai bon pied bon œil et je te parie d'escalader l'amphithéâtre jusqu'au plus haut gradin !

– Tu es complètement fou ! s'exclama Fragonard de son accent du terroir grassois. Jamais je ne te laisserai faire une chose pareille ! D'ailleurs, tu n'irais pas bien haut et redescendrais vite fait.

– Alors, parie, mon frère !

– Avec quel enjeu ?

– Je ne sais pas. Tiens, six cahiers de papier à dessin ! Si je n'arrive pas en haut, ils sont à toi. Sinon, c'est toi qui me les offres. D'accord ?

– Jure-moi de ne pas te mettre en danger.

– C'est juré ! Tu paries ?

– Cela m'ennuiera de te voir perdre, mais puisque tu insistes, j'accepte. »

Hubert Robert enleva sa veste, s'élança par la porte gravée dans la pierre du numéro IX et commença à escalader le *tiburtinus* de l'empereur Vespasien[2]. Fragonard haussa les

---

1. A l'époque, les derniers gradins du Colisée étaient perdus dans des gravats et des ronces, et leur escalade était interdite.

2. Le travertin, roche calcaire très résistante, était extrait des carrières de Tibur (aujourd'hui Tivoli).

épaules et s'assit sur une pierre pour suivre l'ascension de son ami dont la silhouette disparaissait durant des instants qu'il trouvait interminables, et reparaissait soudain plus petite et plus haute. Il connaissait l'esprit fantasque d'Hubert Robert, il avait souvent participé à ses frasques et à ses farces, mais, aujourd'hui, l'affaire passait les bornes, et c'est rongé par l'inquiétude qu'il voyait son inséparable compagnon risquer sa vie pour rien, sur un coup de tête stupide.

Enfin, tout en haut du dernier gradin, derrière une énorme pierre maintenue par miracle en équilibre, la silhouette du peintre se détacha sur la palette incandescente du ciel romain. Frago poussa un cri de soulagement : « Il a réussi, le bougre. Il a réussi ! » Mais, ne voyant pas son ami redescendre, il constata que Hubert Robert s'absorbait dans un travail curieux. Enfin, il comprit : il avait façonné, avec les branches d'un arbuste qui avait agrippé ses racines dans la pierraille, une croix qu'il calait au sommet pour signer sa victoire.

Dix minutes plus tard, épuisé, le visage griffé par les ronces, les mains en sang, le vainqueur tombait dans les bras de son ami :

« Pourquoi as-tu fait cela ?

– Je n'en sais foutrement rien. Tout à coup j'ai eu envie de faire autre chose que d'aller peindre des moulages dans la vigne du bon Natoire et de dessiner les ruines du Forum[1].

– Il faudra pourtant bien que tu remplisses les six cahiers que je vais être obligé de te donner.

1. Natoire était alors directeur de l'Académie de France à Rome. Il possédait une vigne à Campo Vaccino, où il avait disposé sous un arc antique des moulages de la colonne Trajane afin que ses élèves puissent les copier sous la belle lumière romaine.

– Comme, après cela, tu n'auras plus les moyens de payer ton propre papier, on partagera ces feuilles que j'ai gagnées au prix de ma vie. Tu vois, c'est tout bénéfice ! »

Hubert Robert connaissait Rome depuis plus longtemps que Fragonard et il s'était fait d'emblée son cicérone, aussi son conseiller, son consolateur, lorsque, dans les premiers temps de son séjour, le programme des travaux de l'Académie, basé presque uniquement sur la copie des grands maîtres, troublait et décourageait celui qui ne rêvait que de suivre son inspiration, d'aller là où l'entraînait son instinct.

De Versailles et de Paris, un autre maître surveillait les hôtes turbulents de Natoire : le marquis de Marigny, qui tenait avec bonheur les rênes du char de la gloire artistique royale. Natoire lui adressait périodiquement des rapports détaillés sur la vie au palais Mancini et le tenait au courant des travaux et des progrès réalisés par ses élèves, à l'époque les peintres, sculpteurs et architectes Brénet, Hélin, Pajou, Duez, Monnet, Algrain, Moreau, Chalgrin, Hubert Robert et Fragonard. En mai 1759, Natoire écrivait ainsi à Marigny : « Flagonard[1] est d'une facilité étonnante à changer de partie d'un moment à l'autre, ce qui le fait opérer d'une manière inégale. Ces jeunes cervelles ne sont pas aisées à conduire. Je tâcherai toujours d'en tirer le meilleur parti sans trop les gêner, car il faut laisser au génie un peu de liberté. Bref, Flagonard a beaucoup de talent, mais le trop de feu et le peu de patience l'emportent à ne pas travailler avec assez d'exactitude ses copies. »

1. Natoire, on ne sait pourquoi, appellera toute sa vie Fragonard « Flagonard ».

Soit malice, soit lassitude d'entendre rabâcher les mêmes directives, Frago se mit alors à peindre sagement, de façon académique. Cette louable disposition ne donna que fadeur. Une fadeur que remarqua M. de Marigny en découvrant la nouvelle manière des tableaux qu'il recevait. Peut-être Fragonard oubliait-il les leçons trop académiques de son voyage italien, peut-être évoluait-il au contact des peintres romains, le fait est que le frère de Mme de Pompadour remarqua une étrange régression et qu'il écrivit à Rome : «On remarque l'exécution soignée de la figure académique d'homme peinte par le Sieur Fragonard, mais on craint que l'excès de soin ne refroidisse entièrement le feu qu'on reconnaissait dans cet artiste. La peine s'y laisse apercevoir et l'on y découvre point de ces heureux laissés ni cette facilité de pinceau qu'il portait peut-être ci-devant à l'excès. Il est temps que le Sieur Fragonard prenne confiance en ses talents et qu'en travaillant avec un peu plus de hardiesse il retrouve ce premier feu et cette heureuse facilité qu'il avait et qu'une étude trop sérieuse a captivés presque au point de les détruire.»

Quand Natoire lui montra cette lettre, Frago éclata de rire et embrassa son bon maître :

«Ainsi, en ne déplaisant pas, je détruisais le feu qui animait mes premières œuvres ! Je dois faire reparaître ce que l'on appelait hier encore mes défauts. Monsieur, je ne comprends pas bien, mais je suis le plus heureux de vos élèves. Suis-je enfin maître de ma palette et de mes pinceaux ?

– Comme si vous aviez cessé un moment de l'être !

– Maître, comme un bonheur n'arrive jamais seul, j'ai vendu hier un tableau à un gentilhomme de goût. Je vais fêter ce soir avec Hubert Robert et quelques amis cet heureux événement. J'ajouterai aux raisons de cette liesse ma libération artistique. Voulez-vous être des nôtres ?

– Volontiers. A la condition que vous ne vous livriez pas, vous et Robert, aux excentricités dont vous avez l'habitude. N'oubliez pas que je suis à Rome l'ambassadeur de l'art français, le représentant du Roi. »

A la santé de l'honorable amateur, à celle du vénéré directeur de l'Académie, à la gloire des peintres et de l'art, on vida ce soir-là beaucoup de bouteilles d'orvieto à l'osteria Massimo, la préférée des élèves du palais Mancini.

* *
*

Le gentilhomme de goût qui avait acheté une aquarelle de la piazza Navona à Fragonard s'appelait Saint-Non. Il avait rencontré le jeune peintre et Robert un jour où les deux compères, installés piazza della Rotonda, dessinaient l'un le Panthéon, l'autre l'obélisque qui surmontait la fontaine. Il les avait regardés enlever leurs sujets d'un crayon libre, franc, facile, et les avait complimentés :

« Félicitations, messieurs ! Pour dessiner de cette façon, vous ne pouvez qu'appartenir à l'Académie de France. Cela a été mon rêve de pouvoir vivre un temps dans ce temple de l'art et de suivre l'enseignement du maître Charles Natoire. Mais ma situation de conseiller-clerc au Parlement et d'abbé comandataire d'une abbaye m'a interdit d'accéder au noble métier d'artiste. Ce que vous faites est remarquable et je pense que je ne quitterai pas Rome sans vous avoir acheté quelques dessins pour ma collection. Lors d'un précédent séjour à Rome, j'ai eu la chance de rencontrer Greuze, et je possède de lui une délicieuse toile qui représente un joueur de guitare napolitain.

– Monsieur, nous sommes touchés par vos louanges. Je suis Hubert Robert, pensionnaire de l'Académie, tout comme mon ami Fragonard. A qui avons-nous l'honneur ?

– Abbé de Saint-Non, originaire de la Bourgogne et présentement assez fortuné pour vivre à ma guise, aimant par-dessus tout la beauté et ceux qui lui consacrent leur génie. Vous êtes de ces derniers, et je serais heureux de vous offrir un rafraîchissement. Je pourrais aussi vous montrer quelques-unes de mes acquisitions. J'habite à deux pas. »

Intrigués et intéressés par le personnage, en qui ils entrevoyaient un client généreux, Robert et Frago rangèrent leur matériel et le suivirent dans un dédale de petites rues qui les conduisirent à une place.

« La piazza Colonna, dit Saint-Non. Prenons encore cette ruelle et nous atteindrons ma maison, enfin, la maison où la comtessa Monteserno me loue un très agréable appartement. »

Ils arrivèrent sur une autre place, plus petite, où l'abbé désigna un palais de taille modeste, mais richement décoré de sculptures :

« Vous êtes là, messieurs, devant la demeure où a vécu et travaillé durant plus de trente ans le grand, le sublime Le Bernin. J'ai réussi, une fois, à obtenir de la famille l'autorisation de la visiter. Le palais est encore plein de ses œuvres. C'est magnifique ! La maison de la comtesse est celle d'à côté. Elle appartenait aussi au Bernin et communiquait avec l'atelier et l'appartement du maître. J'aime rêver que son ombre fréquente la chambre où je dors. »

Il soupira et leur servit des sirops :

« Je souhaiterais que vous me permettiez de vous accompagner quelquefois dans vos promenades d'étude. Je ne serai pas un fardeau, même pourrai-je parfois vous aider. Je connais très bien Rome et l'Italie, j'ai des relations qui vous ouvriraient bien des portes. »

Frago et Robert se regardèrent et n'eurent pas besoin de se consulter pour répondre :

« Monsieur l'abbé, nous avons les mêmes passions. Pourquoi, si notre société vous convient, ne pas les vivre en commun ? »

C'est ainsi que Saint-Non et les deux pensionnaires de l'Académie prirent l'habitude de courir ensemble la ville et la campagne, toujours en quête d'une nouvelle découverte, du croquis à saisir, du paysage à peindre. Lors de leurs sorties, ils faisaient, ainsi que l'avait proposé l'abbé, bourse commune, mais, comme les deux compères n'avaient pas un sou vaillant, c'est Saint-Non qui payait de bon cœur les *fettuccini* et le *prosciutto* du déjeuner. Afin de ne pas gêner ses amis, il leur achetait parfois un dessin ou un tableau, ce qui permettait à ses obligés impécunieux de l'inviter à leur tour.

D'ecclésiastique, Saint-Non n'avait que le petit collet et les abbayes rémunératrices. On aurait dit que, malgré de riches habits qui trahissaient sa fortune, il faisait tout pour ressembler à ses amis peintres, jusqu'à porter sur sa chevelure, dont il prenait grand soin, le tricorne gris des artistes de l'Académie. Délicat, plutôt timide, les traits menus, le nez pointu et sensuel, il devenait brillant lorsqu'il parlait de peinture, de sculpture et surtout de gravure, un art qu'il pratiquait avec bonheur. Saint-Non, alors, faisait preuve d'une étonnante culture. De l'Angleterre où il avait étudié avec Benjamin West, de Hollande où il avait acheté des gravures de Rembrandt et, surtout, de l'Italie qu'il avait parcourue en tous sens, il savait tout ce qui concernait l'art et ses trésors.

A Rome, ces derniers étaient inépuisables, et les trois amis, devenus inséparables, auraient pu longtemps continuer à découvrir dans la campagne du Latium de nouveaux sujets à dessiner, à peindre ou à graver, mais Fragonard arrivait au terme de son séjour. Il devait rentrer, rapporter à Paris le fruit de ses études, montrer à ses maîtres et à ces messieurs de l'Académie qu'il était devenu un vrai peintre. La séparation s'annonçait déchirante et l'abbé proposa d'y surseoir en proposant d'aller passer l'été à Tivoli, dans la villa d'Este où ses amis de la cour de Modène leur assureraient l'hospitalité. Hubert Robert et Fragonard, on s'en doute, ne laissèrent pas passer l'occasion de découvrir l'ancienne Tibur d'Horace. Là, comme à Rome, comme partout en Italie, ils n'avaient qu'à choisir parmi les paysages et les chefs-d'œuvre. Ils commençaient à dessiner et à peindre aux premiers rayons du soleil et ne pliaient bagage qu'à l'heure où les cyprès allongeaient leurs ombres sur le vieux sol latin. Plume, fusain, pierre noire, sanguine, tous les procédés étaient bons aux trois amis pour exalter leur audacieux talent.

Le soir, dans le calme de la villa évocatrice des splendeurs de la Renaissance, Saint-Non reprenait pour les graver les plus beaux dessins de ses amis. Les siens, il les rangeait dans un carton, sachant qu'ils ne valaient pas ceux de Frago ni de Robert. C'est là, devant la fenêtre ouverte sur les jardins de Tivoli, que Fragonard, en regardant l'abbé manier la pointe de ses doigts délicats, prit goût à l'eau-forte et révéla tout de suite une habileté, un tempérament, une originalité, qui déconcertèrent Saint-Non et Hubert Robert :

« C'est par le burin, s'exclama ce dernier, que tu deviendras un maître !

– Et la peinture ?

– C'est sans doute elle qui te permettra de laisser ton nom à la postérité, mais la bonne gravure, et la tienne est remarquable, se vend bien. Elle assurera ta renommée et te fera vivre !

– Toi, mon frère, ton talent de paysagiste te mènera directement au succès ! »

Les deux amis devaient pourtant se séparer. Hubert Robert avait encore une année à passer à l'Académie, et Frago arrivait au terme de la dernière prolongation que Natoire lui avait obtenue. Le trio quitta avec regret son Eldorado pour dire un dernier adieu à Rome et au bon maître Natoire. Saint-Non avait décidé de rentrer en France et proposé à Fragonard de l'emmener avec lui :

« Nous nous arrêterons partout où notre œil sera attiré par quelque magnificence et ferons des études tout au long du chemin. J'ai de quoi subvenir aux frais de route. »

Fragonard serra Robert contre son cœur. Essuyant une larme, il dit :

« C'était bien, l'Italie ! Mais c'est à Paris que nous nous retrouverons dans quelques mois. Jurons de travailler à nouveau ensemble et de nous aider mutuellement. En attendant, tu as la chance de pouvoir prolonger ton séjour à Rome ! Profite, mon frère !

– Je suis témoin, dit Saint-Non. Prêtez serment devant Dieu. »

C'était un mot que l'abbé prononçait rarement. Plus souvent plongé dans Vasari[1] que dans son bréviaire, il semblait n'attacher qu'une importance relative à la religion, n'en parlait à ses amis qu'à propos des œuvres des maîtres, et s'agenouillait plus souvent devant les tableaux de Carrache ou du Tintoret qu'au pied de la Croix. Il n'en bénit pas moins dévotement l'indéfectible amitié qui liait Hubert Robert et Fragonard.

Le voyage du retour, grâce aux relations de Saint-Non et à sa bourse, termina en apothéose l'initiation de Frago. Il n'y manquait que la présence malicieuse de Robert, dont on évoquait l'esprit dans les moments d'émerveillement, à Bologne par exemple, ou, mieux encore, à Venise, devant les carmins et les safrans de Tiepolo.

« Voilà, dit Frago à l'abbé, celui qui demeurera mon modèle. Tiepolo, c'est la joie perpétuelle, la fête éternelle. Ses couleurs me libèrent de mes dernières incertitudes.

– Alors, adieu à l'Italie et en route pour la gloire ! », s'exclama Saint-Non, gagné par cet enthousiasme.

1. Giogio Vasari (1511-1574), peintre médiocre de la Renaissance, conserve aujourd'hui encore une grande renommée grâce à un livre majeur, *Vie des plus excellents peintres, sculpteurs et architectes italiens*. Il est considéré comme le premier critique et historien d'art de l'histoire.

Chapitre VII

La marquise et la sorcière

L'année 1757 commençait mal. Le temps était froid, humide, Versailles éternuait. Louis XV n'avait pourtant pas renoncé à fêter les rois à Trianon. Le 5 janvier vers six heures, il s'apprêtait à monter dans son carrosse pour rejoindre sa famille lorsqu'un homme se faufila entre les rangs de la garde, se précipita sur lui et s'enfuit. Tout s'était passé si vite que c'est le roi lui-même qui, se retournant vers le Dauphin et M. de Montmirail, avait donné l'alerte en s'écriant :

« Soutenez-moi, j'ai reçu un violent coup de poing !

– Sire, c'est du sang, dit le duc d'Ayen qui, en le secourant, avait posé sa main sur sa poitrine. On a voulu vous assassiner !

– Tenez, c'est cet homme, là-bas, qui s'enfuit. Arrêtez-le, mais laissez-le en vie ! »

On peut être roi et souffrir comme un pauvre passant attaqué sur le trottoir. Tandis qu'on maîtrisait le coupable, le blessé était porté par des gardes jusqu'à sa chambre et installé dans un fauteuil. On s'aperçut alors que personne n'était en mesure de soigner le maître. Tout son monde était à Trianon, à commencer par les médecins de la cour.

« Qu'on coure vite chercher La Martinière ! commanda le Dauphin en étanchant le sang sur le flanc de son père avec un mouchoir, seul linge trouvé dans l'affolement.

– Je n'en survivrai pas ! Mon fils, prenez dans ma poche la clé de mon bureau. Les affaires de l'Etat sont entre vos mains. Elles ne sont pas brillantes actuellement et j'espère que vous saurez prendre les dispositions qui conviennent. Je veux maintenant qu'on aille chercher mon confesseur. »

Tandis qu'on attendait les hommes de l'art et l'homme de Dieu, le sang royal s'épanchait et chacun donnait son avis. Le chirurgien de la Reine et celui des Enfants de France arrivèrent les premiers. Ils hochèrent la tête et ne voulurent rien faire en l'absence de La Martinière. La Dauphine suivit et envoya aussitôt chercher des draps et du linge chez son mari. Elle dit à son frère qu'il fallait, pour le moment, allonger le blessé sur son lit et le déshabiller.

Il avait fallu aller chercher La Martinière dans les nouvelles serres qu'on construisait à Trianon. Quand il arriva, le Roi s'était confessé à l'aumônier de quartier et avait retrouvé quelques couleurs. Le chirurgien sonda la plaie, fit un bandage et déclara que la blessure serait sans gravité. Il haussa les épaules quand Bouillac, le médecin des Enfants de France proposa de faire une saignée : « Vous croyez vraiment, monsieur, que Sa Majesté n'a pas perdu assez de sang ? » Personne, cependant, n'était rassuré : l'arme pouvait être empoisonnée ! Justement, le Roi se plaignait d'étouffements et se crut à nouveau perdu. Il fit appeler le père Desmarets et se confessa encore une fois. Il demanda pardon à la Reine, qui sanglotait dans la ruelle, des scandales de sa vie passée.

On n'avait pas tardé à juger l'homme qui avait frappé le roi. Les dix audiences du procès de Damiens n'intéressèrent pas beaucoup les Parisiens. Pour un régicide, la sentence était sans équivoque : la mort par écartèlement et le bûcher. L'exécution, en revanche, attira une foule considérable place de Grève. Quelques grandes dames voulurent y assister, mais leur présence à un spectacle aussi barbare fut sévèrement jugé à la cour.

La marquise s'était évanouie en apprenant la nouvelle de l'attentat. Rentrée à Versailles, elle s'enferma dans son appartement. Ne pouvant se rendre auprès du malade entouré de sa famille, elle attendit dans l'anxiété des nouvelles du roi. Bernis, lui aussi revenu, avait été admis dans la chambre royale et était vite descendu la voir : «Je ne vous cache pas que l'état du Roi cause de l'inquiétude. Vous devez rassembler toutes les forces de votre âme, vous attendre à tout et vous soumettre aux lois de la Providence. Mais, surtout, n'écoutez pas ceux qui vous conseilleront de partir ! Votre amitié avec le Roi vous a mise dans tous les secrets de l'Etat. N'obéissez qu'à ses ordres ! »

Louis XV aurait dû se guérir vite de sa blessure, qualifiée de superficielle par La Martinière. La menace de l'empoisonnement avait fait long feu, les médecins étaient rassurés, et, pourtant, le Roi sombrait dans la mélancolie, se nourrissait à peine, et ne parlait pas. On savait à la cour qu'il n'avait pas vu Mme de Pompadour depuis l'attentat, et le sort de la favorite était l'objet de toutes les supputations. Sa fidèle servante Mme du Hausset éloignait le plus possible ceux et celles que la curiosité pressait chez elle : tous voulaient savoir comment la marquise faisait face aux menaces d'un renvoi attendu par l'ensemble de la famille royale et que le silence de Louis accréditait un peu plus chaque jour. Malade, triste, désabusée, elle avait failli plusieurs fois abandonner la lutte et venir s'installer à Paris dans son hôtel de la rue Saint-Honoré. Mais, chaque fois, Bernis, le prince de Soubise, Mme de Mirepoix et son frère l'avaient confortée et persuadée qu'elle ne devait agir que sur ordre royal.

Comme au théâtre, le nœud de l'intrigue se dénoua subitement lorsque le Roi retrouva des forces, se leva et recommença à s'intéresser aux affaires. Un jour, vers deux heures, alors que sa famille, qui ne le quittait guère, était partie dîner, le Roi, encore en robe de chambre, descendit tranquillement chez Mme de Pompadour. Il fut aperçu et la nouvelle de l'escapade royale se répandit aussitôt dans les couloirs de Versailles. C'en était fait de l'inquiétude des uns et de l'espoir de conversion des autres. Louis XV avait tranché : Mme de Pompadour, si elle ne partageait plus son lit, restait son irremplaçable compagne et sa proche conseillère.

Jeanne-Antoinette retrouva en effet, comme s'il ne s'était rien passé, une influence qui fit fulminer à nouveau ses ennemis. « Est-il normal que les ministres la préviennent de tout ce qu'ils ont à dire au Roi ? », demandait le comte de Kaunitz, l'ambassadeur d'Autriche, qui précisait : « C'est lui qui l'exige. La marquise a le pouvoir d'un Premier ministre. »

* *
*

Le choix du Roi, s'il conservait à Mme de Pompadour toutes ses prérogatives, ne favorisait pas sa popularité. Après la bataille de Rossbach, l'une des plus graves défaites du règne, le public manifestait son hostilité envers la marquise, à qui il imputait la responsabilité de ce revers. N'était-ce pas elle qui avait imposé la nomination d'un chef incapable à la tête de l'armée ? C'étaient tous les jours des lettres anonymes, de grossières injures, des menaces de poison. Affectée par cette aversion qu'elle ne comprenait pas, Madame de Pompadour demeurait plongée dans la douleur, souffrant mille maux, ne parvenant à dormir qu'après avoir pris des calmants. Mme du Hausset la consolait de son mieux et d'une façon fort sensée :

« Votre ascension vous a valu beaucoup d'ennemis. Le fait que vous soyez demeurée, malgré votre nouvelle situation, la plus grande amie du Roi et une conseillère dont il ne peut se passer suscite tous les antagonismes. On vous reproche Rossbach parce que vous vous aimez et soutenez le prince de Soubise qui a perdu.

– Mais le prince a été héroïque dans la défaite en chargeant la cavalerie ennemie ! Et le Roi ne lui retire pas sa faveur. Il doit y avoir autre chose...

– Peut-être, madame, que les hommes n'aiment pas voir une femme traiter des affaires de la guerre. »

Mme de Hausset lui rapporta la conversation à laquelle elle avait assisté la veille chez le docteur Quesney :

« Il y avait là Duclos[1], qui pérorait avec sa chaleur ordinaire devant votre médecin et quelques autres personnes.

1. Romancier et historien, Duclos fit dans son siècle, sans se mêler aux disputes des Encyclopédistes, une carrière honorable. Historiographe de France à la suite du départ de Voltaire pour la Prusse, membre de l'Académie française, anobli, il sera célébré par Chateaubriand.

"On est injuste envers les grands, les ministres et les princes, disait-il. Rien de plus ordinaire que de parler mal de leur esprit. J'ai bien surpris il y a quelques jours l'un de ces messieurs de la brigade des infaillibles en lui disant que je pouvais prouver qu'il y a plus de gens d'esprit dans la maison de Bourbon, depuis cent ans, que dans toute autre."

– Et il a pu prouver cela ? demanda la marquise amusée.

– J'ai noté la suite pour vous la rapporter. Ecoutez son propos : "Le grand Condé n'était pas un sot, n'est-ce pas ? La duchesse de Longueville est citée comme une des femmes les plus spirituelles. Monsieur le Régent est un homme qui avait peu d'égaux en tout genre d'entendement et de connaissances. Le prince de Conti était célèbre pour son esprit et ses vers. Le duc de Bourgogne était instruit et très éclairé. Madame la duchesse, fille de Louis XIV, avait infiniment d'esprit et faisait des épigrammes appréciés. Monsieur le duc du Maine n'est connu généralement que par sa faiblesse, mais personne n'avait plus d'agrément dans son intelligence ; sa femme était une folle, mais qui aimait les lettres, rimait fort bien et était dotée d'une imagination brillante et inépuisable. En voilà assez, je pense, et comme je ne suis pas flatteur et que je crains tout ce qui en a l'apparence, je ne parle pas des vivants."

– Je dois convenir que Duclos est dans la vérité, dit Mme de Pompadour. Le roi dit d'ailleurs que c'est un fort honnête homme. N'a-t-il rien dit d'autre ?

– Si. Qu'en sa qualité d'historiographe il rendra justice au règne de Louis XV. "Il faut convenir, a-t-il ajouté, que notre roi envoyant en Laponie et au Pérou des astronomes pour mesurer la Terre présente quelque chose de plus imposant que d'ordonner des opéras. Et qu'il a ouvert les barrières de la philosophie malgré les criailleries des dévots."

– Là, ma chère bonne, j'y suis peut-être pour quelque chose ! », souligna la marquise en riant.

Tout le temps qu'elle avait passé auprès du Roi, comme amante passionnée puis, désormais, en qualité d'irremplaçable et tendre compagne, Mme de Pompadour n'avait cessé d'encourager les arts et la création. Elle aimait les meubles, les tableaux, les tissus, les sculptures, l'architecture et tous les bibelots, bijoux, pièces d'orfèvrerie de facture, parfois lointaine, qu'elle achetait au marchand Lazare Duvaux. Sa boutique, à l'enseigne d'*Au Chagrin de Turquie*, regorgeait d'objets inattendus que se disputaient la marquise, les princes, les riches fermiers généraux et jusqu'aux souverains étrangers, dont les ambassades étaient chargées de dévaliser le magasin de la rue Saint-Honoré.

Majestueux, grandiose, solennel, l'art du siècle précédent paraissait aujourd'hui quelque peu désuet. Aidée par son oncle Le Normand de Tournehem, directeur des Bâtiments, puis par son frère de Marigny qui lui avait succédé, Mme de Pompadour avait pu participer selon ses goûts au renouvellement de l'art royal. Ainsi, elle avait convaincu Louis XV d'adopter le projet de Soufflot pour la nouvelle église Sainte-Geneviève[1], tout comme elle l'avait décidé plus tôt à fonder l'Ecole miliaire sur les plans de Gabriel. Elle avait aussi utilisé le génie des grands ébénistes, les Cres, Migeon et Cressent pour meubler les demeures royales. Maintenant, il s'agissait

1. Aujourd'hui le Panthéon.

d'achever l'aménagement de la sienne propre, le magnifique hôtel du faubourg Saint-Honoré, acheté aux héritiers d'Henri Louis de La Tour d'Auvergne, et dont le parc se prolongeait jusqu'aux Champs-Elysées[1].

La marquise y avait entrepris des travaux considérables. Verbreckt y installait ses boiseries, Trouard les cheminées, Boucher et Van Loo travaillaient à plusieurs tableaux dont les thèmes avaient été choisis par l'illustre propriétaire ; aux Gobelins se tissait l'immense tapisserie destinée au grand salon. Pour le mobilier, la marquise avait pris conseil auprès de Jean-François Oeben, ancien élève de Boulle, qu'elle avait depuis longtemps remarqué et protégeait. Pour l'heure, il avait demandé à ses deux meilleurs compagnons, Riesener et Leleu, de poursuivre les travaux en cours afin de se consacrer à l'œuvre de sa vie, le bureau du roi. Il devait cette commande prestigieuse à Mme de Pompadour, qui en avait longuement discuté les détails avec lui.

« Ce bureau, avait-elle dit, devra être grand sans être démesuré, fastueux sans être pompeux, décoré des bronzes les plus admirables sans crouler sous les ors. Bref, le bureau du roi devra symboliser, à Versailles, l'art français.

– Madame, je ne serai jamais en mesure de vous témoigner mon entière gratitude. Je vous dois tout, de mes premières commandes à l'atelier que vous m'avez fait attribuer aux Gobelins. Et voilà qu'aujourd'hui vous me confiez la tâche de réaliser le bureau autour duquel se décidera la politique du royaume. Ce sera mon chef-d'œuvre, le remerciement du modeste ouvrier étranger au pays qui l'a accueilli et lui a permis de devenir un maître dans sa profession. »

---

1. Actuel palais de l'Elysée.

Rien de ce qui ressortissait au génie français ne laissait indifférente Mme de Pompadour. Elle avait souvent regretté, au moment d'acheter des cadeaux ou de la vaisselle, que Lazare Duvaux n'ait pas de porcelaine française à lui proposer. Lasse d'être obligée de se fournir à la manufacture de Meissen, qui submergeait l'Europe de ses tasses et de ses vases de Saxe, elle décida de doter la France de sa propre manufacture de porcelaine. Il y avait bien à Vincennes une fabrique qui tentait de concurrencer les Allemands, mais sa production, assez grossière, n'avait guère de succès. Il fallait remplacer les fleurs en relief par des motifs ornementaux agréables, des scènes pastorales ou mythologiques. Dans ce domaine, les artistes français étaient imbattables.

On les installa dans de nouveaux locaux à Sèvres, et la porcelaine parisienne changea de style. La marquise pria Lazare Duvaux de passer commande et appela Boucher, puis Falconet, à la rescousse pour fournir des modèles. Les peintres trouvèrent dans ce nouveau domaine artistique un débouché intéressant. Les chimistes, de leur côté, avaient travaillé les couleurs et obtenu une palette qui allait du « bleu céleste » au « jaune jonquille » en passant par le « rose Pompadour ». La marquise se vit offrir le premier service de table à fond blanc décoré de fleurs créé à la manufacture de Sèvres et, un peu plus tard, le Roi rassembla ses invités à un petit souper présenté sur une table où éclatait un magnifique service bleu, blanc et or. Le duc de Croÿ nota soigneusement en entrant dans ses appartements : « Le roi nous a priés à souper pour inaugurer un chef-d'œuvre de la nouvelle manufacture de porcelaines qui prétend surpasser et faire tomber celle de Saxe. Le pâte blanche et le bleu me parurent très beaux, approchant du Japon. »

Honorer un souverain étranger par un cadeau original et digne de la France avait toujours été un problème pour la maison du roi. La création de Sèvres réglait la question. C'est une œuvre sortie de ses ateliers que recevaient maintenant les monarques amis. Ainsi l'impératrice Marie-Thérèse d'Autriche entra-t-elle en possession de son fameux service à rubans verts. La marquise avait gagné son défi : la porcelaine de Sèvres passait maintenant pour la plus raffinée d'Europe.

**
*

Des années avaient passé depuis le retour de Fragonard à Paris. A chacune de ses visites, il trouvait son vieux maître un peu plus fatigué. Le beau visage de Boucher s'était empâté. Ses yeux de jais, qui avaient charmé tant de jolies femmes, s'étaient bridés, sa lèvre trahissait la fatigue du labeur et l'excès des plaisirs. Boucher retrouvait pourtant sa joie de vivre lorsque Fragonard lui rapportait ses tourments de jeune peintre, quand il le questionnait sur la « grande machine », l'œuvre qu'il devait exécuter pour l'Académie, ce pensum qu'il remettait sans cesse à plus tard :

« Bah ! Donne-leur le morceau qu'ils demandent et puis peins comme il te plaira.

– Maître, à cause de toutes les corvées de Rome, on me prend déjà pour un peintre de batailles !

– Eh bien, reste-le le temps de faire leur tableau, puis envoie au diable sans attendre les piques, les casques, les aigles et les cuirasses ! »

Frago entendit la leçon et se mit en quête d'un sujet emprunté à l'antique, bien galvaudé et propre à satisfaire l'aréopage sévère des académiciens. Après des mois d'hésitation, il décida de peindre une scène récemment jouée au théâtre : *Le Grand Prêtre Corésus se sacrifiant pour sauver Callirhoé*. Le tableau était majestueux, marqué par le souci des détails tant apprécié du jury. Bonheur ! Celui-ci accueillit l'œuvre d'un vote enthousiaste. La toile fut achetée par le Roi pour la somme modique de deux mille quatre cents livres. « Elle doit être envoyée à la manufacture des Gobelins pour qu'on en exécute une tapisserie ! », spécifia Marigny.

Le plus extraordinaire fut que Fragonard, d'un sujet choisi à contrecœur, fît une œuvre remarquable. Diderot, malgré ses réserves à l'endroit de Boucher et de ses élèves, venu au salon en compagnie de Mlle Volland, de Grimm et de Falconnet, s'enthousiasma dans sa critique de *La Revue de Paris* : « Fragonard a fait un beau tableau. Il a toute la magie, toute l'intelligence et toute la machine pittoresque. Je ne crois pas qu'il y ait en Europe un peintre capable d'en imaginer autant. »

Ces louanges ne déplurent pas à Frago, le firent sourire plutôt. Mais, plus grand bonheur encore, le fait que Diderot eût été également touché par une « toile de rien du tout », qu'il avait tenu à présenter bien qu'elle ne figurât pas sur le catalogue imprimé du salon. Le grand critique avait souligné : « Le chien blanc placé au fort de la lumière constitue une petit tour de force. » C'est ce chien blanc qui allait mettre Fragonard sur la piste de sa véritable inspiration. Les grandes affaires religieuses, les batailles, les allégories prétentieuses l'ennuyaient. Maintenant qu'il avait rempli ses devoirs corporatifs, qu'il avait été reçu à l'Académie, il ne lui restait qu'à suivre les conseils de Boucher, à peindre selon ses désirs, à s'exprimer dans la joie de vivre de sa Provence, et à satisfaire les amateurs qui réclamaient une peinture aimable, vive et spirituelle, plutôt qu'un cours d'histoire ancienne.

Des clients, il n'en manquait pas. Financiers, trésoriers généraux, riches marchands, présidents et conseillers lui achetaient ses toiles avant qu'elles fussent sèches. Boucher ne cessait de lui rappeler qu'il avait vu juste en l'aiguillant vers la légèreté, et Marigny, qui n'avait pas oublié l'ancien pensionnaire de l'Académie, le présenta à Mme de Pompadour. La favorite se divertit à l'écouter raconter ses histoires romaines et lui commanda deux dessus-de-porte pour Bellevue, *Le Jour* et *La Nuit*. Elle accorda même au jeune artiste la permission de la croquer en train de dessiner à sa table. Mais c'est un receveur du clergé, bien en cours à Versailles et qu'on aurait pu croire austère, qui fut à l'origine du tableau le plus célèbre de Fragonard. Ce seigneur avait une idée un peu leste qu'il rêvait de voir fixée sur une toile par un bon peintre. Il avait choisi Doyen, lequel avait refusé le travail tout en lui conseillant de s'adresser à un artiste talentueux qui réussissait fort bien ce genre de scènes. C'est ainsi que Fragonard fut prié de se rendre chez le baron de Saint-Julien, qui, après l'avoir accablé de politesses, lui avoua son désir en montrant la personne qui assistait à l'entretien :

« Je souhaiterais que vous peignassiez madame sur une escarpolette qu'un évêque mettrait en branle. Je serais, moi, représenté de façon que mon regard puisse surprendre les dessous de cette belle enfant, soulevés à chaque élan. »

La proposition était singulière et plut tout de suite au jovial Frago. Il s'empara sur-le-champ d'un crayon, d'une feuille de papier, et ébaucha en quelques traits la scène telle qu'il l'imaginait. Le receveur commanditaire approuva, et sa jolie maîtresse applaudit :

«Je voudrais, monsieur, que vous me fassiez très belle, habillée d'une robe légère, légère comme des ailes de papillon.

– Mon pinceau, madame, ne saurait flatter la perfection : je vous peindrai telle que vous êtes, dans votre naturelle beauté. Mais pour cela, il vous faudra, si monsieur le baron le permet, venir poser dans mon atelier. Ce serait bien si vous pouviez être vêtue de la robe dans laquelle vous souhaitez que je vous représente.»

La joie de la demoiselle fut spontanée. Elle sauta au cou de Fragonard et l'embrassa. Comment aurait-elle pu deviner que son image, mille et mille fois reproduite d'après la gravure de Nicolas de Launay, charmerait, séduirait, ensorcellerait longtemps les générations à venir ? Le tableau *Les Hasards heureux de l'escarpolette* était en effet appelé à devenir l'une des œuvres les plus populaires de l'histoire de la peinture.

* *
*

Après la mort de Louis XIV, Trianon avait cessé d'être habité. Mme de Pompadour ne pouvait se résigner à laisser un tel joyau tomber dans l'oubli. Dès ses premières années de grâce, elle s'était attachée à lui rendre vie, décidant le Roi à y créer une «ménagerie», à l'époque guère plus qu'une ferme avec des vaches hollandaises, des moutons d'Irlande, des poules rares et des pigeons-paons. L'idée lancée, il fallait la continuer. On accommoda, au nord de la maison royale de Trianon, des logements qu'on n'utilisa d'abord qu'à l'occasion d'un souper ou d'une fête nocturne. Puis les courtisans raffolèrent de cette nouveauté et il prit même au Roi la fantaisie d'y rester plusieurs jours.

Depuis sa jeunesse, Louis XV s'intéressait à l'agriculture et à la botanique. C'est donc tout naturellement qu'il encouragea Claude Richard, devenu son jardinier en chef, à poursuivre dans les serres chaudes de la Ménagerie ses essais d'acclimatation du figuier, du caféier, de l'ananas. Le Roi venait souvent visiter les jardins, potagers et vergers nouvellement installés et où les fleurs ne manquaient pas. Il en rapportait de pleines brassées dans sa voiture, qu'il offrait à la Reine, à Mme de Pompadour et aux dames de la cour. Les pépinières du faubourg du Roule livraient régulièrement à la « petite ménagerie » des pieds de pruniers, de poiriers, de pêchers. Le Roi aimait assister à la cueillette de ses fruits et les faire goûter aux promeneurs de sa suite. Quand il s'intéressa à la culture alors peu répandue de la fraise, celle-ci devint l'objet de toutes les attentions. Mme de Pompadour, pour faire plaisir à son roi, commanda de rassembler à Trianon l'ensemble des espèces de fraisiers connues. Ainsi, tout un temps, le personnel des chancelleries d'Europe fut instamment prié d'aller aux fraises…

La marquise avait toujours aimé ouvrir de nouvelles maisons, embellir les demeures royales et chéri les jardins. Aider le maître à réaliser ses rêves agrestes ne pouvait donc que la ravir. C'est elle qui lui présenta Bernard de Jussieu, un savant que lui avait signalé Marigny. Il venait de succéder à son frère, directeur du jardin royal de botanique, et, de l'avis de ces messieurs de l'Académie des sciences, était le plus apte à créer à Trianon un Jardin des plantes plus vaste, plus complet et mieux organisé que celui de Paris. Il s'agissait, dans l'idée du Roi, de réaliser un espace de recherches devant aboutir à la classification des espèces botaniques, en fait, de donner une vie concrète à la nomenclature du savant suédois Linné, dont les recherches annonçaient la transformation radicale des sciences naturelles.

Sous l'œil curieux de Louis XV, Jussieu disposait ses graines et ses plantes dans le terreau de Trianon, donnait des leçons, exposait les principes de sa « méthode naturelle », formait de jeunes disciples. S'établit vite entre le botaniste et le Roi une complicité qui rappelait celle qu'avaient entretenue Louis XIV et Le Nôtre. Dans la sphère scientifique des bosquets de Trianon ne se fréquentaient plus un roi et son sujet, mais deux hommes passionnés. Quand M. de Jussieu eut achevé son travail et laissé son jardin prospérer entre les mains de Claude Richard, il ne demanda rien, on ne lui donna rien. Il n'avait retiré de la familiarité de son souverain que le plaisir toujours vif pour un philosophe d'avoir côtoyé un personnage de qui dépend la vie de millions d'hommes. Quant à Louis XV, des années plus tard, il parlait encore de celui qui lui avait appris l'organisation du règne végétal.

Au centre de ce domaine voué aux sciences de la nature et où se plaisait l'esprit curieux du Roi, Mme de Pompadour imaginait depuis quelque temps un vrai bâtiment d'habitation. Pas un palais majestueux, solennel et ennuyeux comme le Trianon du siècle précédent, mais un pavillon aux dimensions raisonnables qui joindrait le commode à l'exquis. Puisque la nouvelle maison s'annonçait sous le signe de la géographie botanique, le roi n'hésita pas quand il fallut choisir le lieu de son implantation : le « Petit Trianon », comme on l'appelait depuis que Gabriel en avait conçu les plans, s'élèverait au milieu des plates-bandes, des serres et des plantations de Richard. C'est à peine si l'on convint de réserver quelques parterres à la française devant la façade opposée à la cour d'entrée.

La maison, qui devait devenir célèbre, se bâtit lentement, puisqu'on la voulait parfaite. Le Roi, accompagné de Mme de Pompadour, venait souvent constater en personne l'avancement travaux. Ignorant l'impatience qui avait caractérisé Louis XIV, Louis XV ne pressait pas les ouvriers. Au cours de la quatrième année, Gabriel écrivait au directeur général M. de Marigny : « Le Roi a été cet après-midi à Trianon passer une heure à son bâtiment. Il en a été très content. Tous les ateliers étaient amplement garnis et les charpentiers commençaient à élever le bois pour les combles. Le sieur Guilbert continue à faire travailler à la sculpture des faces. »

* *
*

Il prit un jour à Mme de Pompadour la fantaisie de consulter une sorcière dont on parlait beaucoup à Versailles. L'abbé de Bernis et Choiseul lui en avaient dit grand bien malgré le fait qu'elle fût en l'état d'être arrêtée à tout moment. Mme Bontemps, c'était son nom, avait prédit à Bernis sa fortune et dit d'excellentes choses à M. de Choiseul.

« Ma bonne, dit un jour la marquise à Mme du Hausset, comment pourrais-je me déguiser pour la voir sans être reconnue ?

– C'est impossible, répondit prudemment sa dame de chambre et amie.

– Pourtant, bien des femmes se déguisent et changent même leur visage pour aller au bal de l'Opéra ! »

Soucieuse de plaire et de consulter par la même occasion la Bontemps, Mme du Hausset prit un peu plus tard conseil de son chirurgien :

« Que faudrait-il changer en moi pour me rendre méconnaissable au prochain bal de l'Opéra ?

– D'abord la couleur de vos cheveux, ensuite le nez, et puis vous devriez placer une tache à quelque endroit de votre visage, ou un petit porreau et quelques poils. Il faut qu'on vous prenne la mesure de votre nez ou prenez-la vous-même avec de la cire, on vous fera un appareil nasal tout à fait différent du vôtre. D'ici là, faites-vous arranger une petite perruque blonde. »

La marquise fut enchantée de ces dispositions. Entre deux éclats de rire, Mme du Hausset prit la mesure de leurs nez, la porta au chirurgien, qui, deux jours plus tard, tenait prêts les deux appendices, délicatement faits d'une vessie, et une verrue à placer sous l'œil gauche de Mme de Pompadour. Le travestissement était parfait.

Il fallait maintenant arranger une rencontre, ce que la méfiance de la dame à l'égard de la police ne rendait pas facile. Mme de Pompadour avait mis M. de Gontaut, le colonel des gardes françaises qui était de ses amis, dans la confidence, et c'est son valet de chambre qui choisit le lieu du rendez-vous dans un quartier de Versailles très retiré. Les deux femmes se trouvèrent ainsi dans un salon à l'âtre allumé et s'installèrent. Madame sur une chaise longue avec un bonnet qui lui cachait sans affectation la moitié du visage, et la comtesse du Hausset auprès du feu, appuyée sur une table où brûlaient deux chandelles. On sonna à la porte et une petite servante alla ouvrir à madame la sorcière.

« Cette dame est donc malade ? dit-elle en voyant la marquise languissamment couchée.

– Elle garde la chambre depuis quelques jours, mais ce n'est rien de grave, répondit Mme du Hausset.

– Bien. Je vois que l'on a préparé des tasses et une cafetière. Le marc de café, vous le savez, m'est nécessaire. »

Comme elle lorgnait la carafe de vin de Malaga et les verres disposés sur un plateau, la comtesse lui versa un verre de liqueur, puis un second qu'elle accepta sans qu'on la priât beaucoup. La sorcière emplit alors deux tasses de café et demanda qu'on les laissât reposer pendant qu'elle se penchait sur les mains de ses clientes. Après avoir hoché la tête, elle s'intéressa au marc resté au fond de la tasse de Mme du Hausset et entra en enthousiasme :

« Regardez ces taches et ces linéaments : c'est bon signe, indication de bien-être. Mais cela ne durera pas… voici du noir, des chagrins, dont un homme vous consolera bientôt. Voyez dans ce coin vos amis qui viennent vous porter assistance. Et celui-là qui les poursuit, que vient-il faire ? Mais le bon droit l'emporte. Je vois un voyage heureux… Tenez, regardez, ces sortes de petits sacs qui se regroupent ! C'est de l'argent, de beaux louis bien comptés. A votre intention, naturellement. »

Elle respira et continua :

« Voyez-vous ce bras fort qui s'avance et qui soutient quelque chose. Vous ne discernez pas ce que c'est, mais je puis vous dire, moi, qu'il s'agit d'une femme voilée, vous ! Autour il n'y a plus de nuages que ceux translucides de la porcelaine… »

La sorcière prit sa tête entre les mains et resta silencieuse un moment, comme accablée par l'effort qu'elle venait de fournir. Elle but d'un trait le verre que Mme du Hausset venait de lui servir et dit : « A vous, madame ! », en se rapprochant de la marquise de Pompadour. Elle recommença les cérémonies de la tasse et rendit son oracle :

« Ce n'est ni beau ni laid. J'entrevois un ciel serein et, par là, ces points gracieux qui montent. Ce sont des applaudissements. Et vous, voyez-vous cet homme qui se forme et étend les bras ?

– Cela est vrai ! Ma surprise est grande. Et cette sorte de carré un peu plus loin ?

– C'est un coffre-fort ouvert. Beau temps pour partir en pleine mer sur cette caravelle. Le vent est très favorable. Il vous conduit dans un pays magnifique dont vous deviendrez la reine. Voilà de l'or, de l'argent parmi quelques nuages. Mais ils s'en vont et vous n'avez rien à craindre. La mer sera quelquefois agitée, mais le bateau ne coulera pas. »

Impressionnée, Mme de Pompadour regarda sa compagne et demanda d'une voix un peu tremblante :

« Quand mourrai-je et de quelle maladie ?

– Jamais je ne parle de ces choses. Le destin le défend. Tenez, regardez comme il mélange tout. »

Elle remua à peine la tasse, mais cela suffit à brouiller le marc.

« Tout de même, quel genre de mort ? »

Mme Bontemps regarda encore le fond de la tasse et dit :

« Vous aurez bien le temps de vous reconnaître. »

C'était fini. Mme du Hausset ne donna que deux louis afin de ne pas se faire remarquer par une générosité exagérée.

« Je vous recommande le plus grand secret, ma liberté dépend de votre discrétion », dit la sorcière avant de s'éclipser en s'emmitouflant dans sa pèlerine.

Mme de Pompadour et Mme du Hausset rejoignirent un peu plus tard M. de Gontaut qui les attendait dans son carrosse. Le duc, après avoir entendu le récit des dames s'exclama :

« C'est comme dans les nuages, on peut y lire tout ce qu'on veut ! »

Mme du Hausset avait reconnu son oncle dans le consolateur de la sorcière et l'argent qui lui était arrivé par les bienfaits de Madame. Celle-ci avait de son côté trouvé juste l'allusion au coffre-fort, où elle avait reconnu son mari, et le pays dont elle devenait reine ne pouvait que désigner sa position à la cour. Toutes deux étaient enchantées de leur équipée et de leur horoscope. La marquise avoua au Roi sa curiosité, lequel rit et lança en plaisantant que la police aurait dû de longtemps avoir arrêté cette Bontemps. Elle lui cacha qu'elle avait entrepris auprès de M. de Saint-Florentin, le maître de la police, des démarches pour qu'aucun mal ne fût fait à sa sorcière.

* *
*

Sans être reine, Mme de Pompadour régnait sur un Conseil dont la plupart des membres brillaient par leur médiocrité. A l'heure où les finances étaient au plus bas, où le royaume essuyait de graves défaites militaires et où l'affrontement entre le pouvoir et les parlements prenait des aspects de guerre ouverte, la marquise naviguait à vue dans la mer agitée que lui avait annoncée la sorcière. Elle en était venue à constater que M. de Bernis, qu'elle avait fait ministre des Affaires étrangères, secrétaire des questions religieuses et des relations avec le Parlement, ne lui inspirait plus la confiante assistance qui l'avait toujours soutenue. Bernis avait été l'élu de ses pensées depuis l'été d'Etiolles. Il lui avait appris la cour, ses arcanes, ses règles et ses hiérarchies. Durant des jours entiers, il lui avait fait répéter les filiations compliquées qui unissaient les familles admises à la cour : « Madame, à partir du jour où vous aurez été présentée, vous devrez pouvoir préciser par exemple au cours d'une conversation que Louis Mancini-Mazarini, duc de Nivernais, a épousé en premières noces mademoiselle de Ponchartrain, la sœur de Maurepas. Vous vous trouverez plongée dans un monde qui n'est pas le vôtre et où chacun de vos gestes, chacune de vos paroles, seront impitoyablement jugés ! »

Et voilà que le cher Bernis se permettait d'émettre des opinions contraires aux siennes, d'écrire au Roi des « jérémiades sur la conduite des affaires et de la guerre », de conseiller la conclusion d'une paix avec Frédéric II afin d'enrayer un engrenage de défaites qui n'inquiétait pas Mme de Pompadour, soucieuse avant tout de ménager l'humeur de son Roi !

Jusqu'en 1754, rien n'annonçait que Choiseul, comte de Stainville, ferait une carrière politique. Militaire privé de grands exploits, il fréquentait la cour. Le hasard lui permit de rendre un service à Mme de Pompadour. Ayant su que sa jeune cousine, Mme de Choiseul-Beaupré, entretenait une correspondance amoureuse avec le roi, il en avertit la marquise. Celle-ci, bien qu'au courant déjà de cette aventure sans conséquence, n'était pas de celles qui oublient les services. Peu après, Choiseul fut nommé ambassadeur à Rome, puis à Vienne, poste capital puisque l'Autriche était la seule alliée de la France.

Un an plus tard, observant avec intérêt les dissensions croître entre son ministre et la marquise, il louvoyait habilement dans les vagues qui secouaient la politique du royaume. Il attendit le moment opportun pour faire insidieusement penser à Mme de Pompadour que Bernis était épuisé et que son comportement, celui d'un homme à bout de nerfs, risquait d'être préjudiciable aux entreprises du Roi. Bernis, d'ailleurs, par ses lettres et ses plaintes perpétuelles, accréditait la gravité de son état dépressif. Une autre de ses erreurs l'entraînait infailliblement vers la disgrâce : il répétait sans cesse que le Roi avait besoin d'un Premier ministre. Louis XV, qui répugnait à cette pensée, s'irritait. Quant à la marquise, elle estimait naturellement superflue la création d'une fonction qu'elle assumait *de facto*. Le sort de Bernis était entre les mains de la favorite, laquelle savait que le roi n'éprouverait aucun déplaisir à se séparer d'un ministre insupportable et indocile. Elle avait déjà choisi son successeur : l'ambitieux Choiseul, homme gai, galant, plein d'optimisme. Les qualités par lesquelles Bernis l'avait jadis séduite.

Assuré de garder une place prépondérante au Conseil, nommé cardinal par le nouveau pape Clément XIII, Bernis abandonna en confiance sa charge des Affaires étrangères à Choiseul, l'ami avec qui il pensait, protégé par sa pourpre romaine, pouvoir continuer à mener le gouvernement du royaume. Mais moins d'un mois plus tard, une lettre sèche du Roi remerciait le cardinal et l'invitait à se retirer dans l'abbaye de son choix. En désignant à son secrétaire Du Brenet le pli royal qui l'exilait, le prélat académicien dit : « Vous n'oublierez pas, mon cher, cet instant où le cardinal de Bernis a cessé de compter dans l'Etat. » Puis il réfléchit et écrivit :

« Sire, je vais exécuter avec le plus grand respect et la plus grande soumission les ordres de Votre Majesté et me rendre dans le terme prescrit à mon abbaye de Vic-sur-Aisne, près de Soisson où je suis logé. Je n'ai demandé à me démettre de mes Affaires étrangères que parce que je n'ai pas cru pouvoir en supporter le fardeau, que ma santé était altérée et que je n'osais pas répondre à Votre Majesté de mon travail. Dieu a vu le fond de mon cœur, Votre Majesté le verra un jour. Ma seule peine est de Lui avoir déplu, mais ma consolation sera toujours de n'avoir manqué à aucun de mes devoirs envers Elle que par erreur[1]. »

1. Le cardinal restera six ans dans son abbaye avant d'être nommé archevêque d'Albi en 1764, puis ambassadeur à Rome en 1769. Cette ambassade, qui durera plus de vingt ans, sera pleine d'habileté, de dignité et de faste. Destitué, il mourra en 1794 dans l'indifférence.

Chapitre VIII

Mozart à Paris

A la cour, on parlait beaucoup d'une demoiselle dont le Roi semblait davantage épris qu'il n'en avait l'habitude avec les jeunettes que ses rabatteurs lui présentaient dans la maison du Parc-aux-Cerfs. Peu de gens l'avaient entrevue, mais on la décrivait très belle, grande au-dessus de la moyenne, dotée d'une longue chevelure noire et d'un teint de rose thé. La marquise connaissait son existence par ses rapporteurs et ne s'inquiétait guère, jusqu'au jour où ses confidentes lui tinrent des propos alarmants. Seule la maréchale de Mirepoix la rassurait : « Les princes sont avant tout des gens d'habitude, et l'amitié que le Roi vous porte tient de l'attachement pour votre appartement, vos entours. Vous êtes faite à ses manières, à ses histoires ; il ne se gêne pas avec vous, ne craint pas de vous ennuyer. Comment voulez-vous qu'il ait le courage de déraciner tout cela en un jour, de former un autre établissement, de se donner en public par un changement de décoration aussi grand ? »

La maréchale n'avait pas tort, mais il fallut admettre que l'affaire devenait sérieuse lorsqu'on apprit que la demoiselle était grosse. La conclusion de l'histoire de Murphy était oubliée et les bonnes langues du palais se déchaînèrent : on prétendit, c'était sûr, que le Roi légitimerait l'enfant et donnerait un rang à la mère. D'ailleurs, il rencontrait de plus en plus souvent cette demoiselle Anne Croupier, fille d'un bourgeois de Grenoble, qui se faisait appeler Mlle de Romans. Des gens de l'écurie royale assuraient qu'elle n'habitait pas Parc-aux-Cerfs, mais une maison louée à Passy et que le roi la faisait chercher dans une voiture à six chevaux lorsqu'il désirait la rencontrer à Versailles ou à la Muette. La maréchale disait n'en rien croire, que « tout cela était du Louis XIV, des grandes manières fort éloignées de celles de notre maître. Rassurez-vous, disait-elle à la marquise, l'enfant ne sera pas duc du Maine » !

Grisée par cette situation qu'elle devait à sa tante, tenancière au Palais-Royal, la jeune de Romans se montrait bavarde. Ses indiscrétions, ses airs de jactance avaient fini de la perdre dans l'esprit du Roi avant même qu'elle n'accouchât à Passy, le 13 janvier 1762, d'un fils baptisé le lendemain à l'église de Chaillot sous le nom de Louis-Aimé de Bourbon, fils de Louis de Bourbon, capitaine de cavalerie, et d'Anne Coupier de Romans, dame de Coullonge. On apprit le lendemain que le Roi avait signé l'acte de baptême qu'était venu lui présenter le curé [1]. De là à le légitimer, il y avait un grand pas. Mme de Romans continua de vivre à Passy dans une opulence glorieuse en rêvant du jour où son illustre amant ferait d'elle une maîtresse déclarée, éclatante de

1. Cet enfant fut le seul rejeton illégitime que Louis XV reconnut explicitement.

beauté, qui remplacerait à Versailles cette Mme de Pompadour déjà vieille et qu'on disait malade.

A demi rassurée, mais connaissant trop bien le Roi pour ignorer qu'il restait amoureux, la marquise se faisait tenir au courant des faits et gestes de la mère. Elle apprit ainsi que cette dernière avait l'habitude de promener l'enfant au bois de Boulogne et s'installait sur l'herbe pour l'allaiter. Elle pria un jour Mme du Hausset de l'accompagner à Sèvres choisir quelques nouvelles tasses parmi celles dont Fragonard avait dessiné le motif : « Nous passerons en rentrant par le Bois, dit-elle. J'avoue être curieuse de voir à quoi ressemble cette mademoiselle de Romans. »

De retour à Versailles, Nicole du Hausset, qui tenait le journal de sa vie auprès de Jeanne-Antoinette, écrivit, afin de le faire figurer plus tard dans ses mémoires, le récit de cet après-midi mémorable :

« Madame avait dissimulé son visage sous un châle et tenait son mouchoir sur sa bouche. Elle était bien renseignée. Nous nous promenâmes quelques moments dans un sentier d'où nous pouvions voir la dame faire téter son enfant. Ses cheveux couleur de jais étaient maintenus par un peigne orné de quelques diamants. Elle nous regarda fixement et Madame la salua. Me poussant du coude, elle me souffla : "Parlez-lui." Je m'avançais et lui dis : "Voilà un bien bel enfant. – Oui, répondit-elle. Je puis en convenir bien que je sois sa mère. Etes-vous des environs ? – Oui madame, je demeure à Auteuil avec cette dame qui souffre en ce moment d'un mal de dents cruel." Je regardais de tous côtés dans la crainte qu'il ne vînt quelqu'un qui nous reconnût et m'enhardis à lui demander si le père était un bel homme. "Très beau, me dit-elle, et si je vous le nommais vous diriez comme moi. – J'ai donc l'honneur de le connaître ? – Cela est très vraisemblable."

» Madame, craignant comme moi d'être surprise, balbutia quelques mots d'excuse et nous prîmes congé. Nous regardâmes à plusieurs reprises derrière nous pour voir si l'on ne nous suivait pas et regagnâmes la voiture sans être aperçues. "Il faut convenir, me dit la marquise, que la mère et l'enfant sont de belles créatures, sans oublier le père. Le garçon, avez-vous remarqué, a ses yeux. Si le Roi était venu pendant que nous lui parlions, croyez-vous qu'il nous eût reconnues ? – Je n'en doute pas, Madame. Et quel choc pour elle !" »

Le soir, avant de se coucher, Mme du Hausset poursuivit son récit :

« Au souper, Madame fit présent au Roi des tasses qu'elle avait achetées et ne dit pas qu'elle s'était promenée au Bois, de crainte qu'à sa prochaine visite à mademoiselle de Romans, il ne lui confiât que des dames de sa connaissance l'avaient peut-être croisée. Une fois encore, Madame de Mirepoix, mise au courant, la rassura : "Soyez persuadée que le roi se soucie fort peu d'enfants. Il en a assez et ne voudrait pas s'embarrasser de la mère et du fils. Voyez comme il s'occupe du comte de Larive qui lui ressemble d'une manière frappante. Il n'en parle jamais et je suis sûre qu'il ne fera rien pour lui. Encore une fois, nous ne sommes pas sous Louis le quatorzième[1]." »

Le lendemain, à onze heures, M. François-Hubert Drouais, peintre de la cour de France, préparait sa palette dans l'un des Petits Cabinets du château. C'était un homme méticuleux. Il mélangeait à la spatule avec un soin extrême la

1. Mme de Mirepoix se piquait de parler à la manière des Anglais. Elle avait été ambassadrice à Londres.

pâleur blonde du jaune à l'incarnat, ajoutait du blanc, malaxait encore et mouillait de quelques gouttes d'huile pour obtenir la couleur de base du tableau qu'il allait entreprendre : le portrait de Mme de Pompadour. La marquise, avec sa grâce habituelle, pria Drouais de l'excuser d'être un peu en retard :

« Vous savez, mon bon Drouais, je n'ai pas été en bonne santé ces derniers mois et suis, mes traits en témoignent, encore fatiguée. Il m'a fallu du temps pour me préparer et vous donner à peindre un visage convenable. Enfin, j'espère que cela ira !

– Madame la marquise, vous êtes très belle. Si le tableau n'est pas réussi, ce sera la faute du peintre, pas celle du modèle. »

Modèle... Le mot la fit tressaillir. Elle qui avait tant de fois posé avec bonheur et bonne humeur devant ses amis peintres s'installait aujourd'hui avec appréhension sur la chaise que lui présentait Drouais. La marquise ne voulait pas de cette effigie mais l'artiste avait insisté, prétendant que le Roi souhaitait un nouveau portrait pour sa chambre de Compiègne. Mme du Hausset l'avait assurée que les séances de pose lui changeraient les idées. Elle avait fini par accepter et, maintenant, en retrouvant l'odeur des couleurs et de l'essence qui l'avait si souvent grisée, elle ne pouvait s'empêcher de penser qu'elle n'avait plus grand-chose de commun avec le délicieux modèle de Boucher en robe de voile de Bourbon-l'Archambault, ni avec celui, chargé de perles, dans les salons de Choisy, ou encore avec un autre, tenant la houlette enrubannée des bergères de sa pastorale. Elle n'était non plus la reine des arts que La Tour avait représentée parmi ses gravures et les volumes de l'*Encyclopédie*, mais une dame mûre, marquée par la maladie, qui allait se faire peindre devant son métier de broderie. Mme de Pompadour soupira, sourit à Drouais qui arrangeait les plis de sa robe de satin à fins ramages :

« Mon ami, le silence m'ennuie, vous allez être gentil de me tenir la conversation pendant que je vais piquer l'aiguille. Et derrière moi vous peindrez Bébé dressé sur un tabouret. Ce sera la première fois qu'un grand artiste s'intéressera à lui. »

Le barbet noir de la marquise comprit qu'on parlait de lui et aboya deux fois.

« Vous voyez, Drouais, Bébé est d'accord. Mais il exige de l'artiste les mêmes soins que sa maîtresse. »

Il ne restait déjà plus que quelques séances de pose pour que fût achevé le portrait. Madame en était contente, encore qu'elle se trouvât un peu trop fardée, mais c'était la manière de peindre de Drouais, elle-même empruntée à Nattier. Elle avait pris, il est vrai, l'habitude de se voir pâle, presque blême, dans son miroir. Pour le reste, l'artiste n'avait pas eu à tricher. Le temps d'un tableau, et même plus, le mal lui avait accordé une bienveillante rémission. A quarante et un ans, Mme de Pompadour avait gardé sa distinction. Ses yeux restaient curieux et vifs, un voile de sérénité faisait oublier les signes d'une usure précoce. Elle avait ainsi repris ses audiences, recevait les ambassadeurs et les solliciteurs, qui n'avaient jamais manqué dans sa compagnie. Attendait-elle encore quelque chose de la vie, d'une existence à la fois triomphante et précaire ?

Le retour du cardinal de Bernis, exilé par le roi en décembre 1759 et qui n'avait pas reparu à la cour depuis cinq ans, lui causa un plaisir non feint. La levée de son exil avait permis au cardinal de retrouver Versailles l'espace de quelques jours. La famille royale tout entière lui avait fait fête. En sortant du salon doré de Mlle Adélaïde, qui lui avait toujours manifesté de l'amitié, Bernis se rendit avec quelque appréhension chez Mme de Pompadour. Rien n'avait changé dans l'appartement d'autrefois. Le feu familier flambait derrière les bergères de Cressent. Des livres et des gravures traînaient un peu partout et le barbet jappa comme jadis à l'arrivée de l'hôte.

La maîtresse de maison se montra aussi à l'aise que s'ils s'étaient vus la veille et qu'aucun nuage n'eût terni leur alliance. Mais comment, après quelques échanges convenus sur la santé, les étouffements de la marquise, les jambes du cardinal, ne pas évoquer les affaires et surtout ce traité de Paris signé l'an passé et qui coûtait si cher à la France ? La marquise avoua ses déceptions : « Cette paix, il fallait la faire. Elle n'est ni heureuse ni bonne, mais le Roi dit que dans un an cela aurait été pire. Nous avons perdu le Canada, les îles du Saint-Laurent, mais le Roi est persuadé que les Anglais ne pourront les garder. »

Bernis approuva d'un discret signe de tête en se disant que le traité qu'il avait proposé de conclure cinq ans auparavant avec la Prusse et l'Angleterre eût été plus clément. La marquise connaissait trop bien son ancien partenaire pour ne pas percer ses pensées. Elle changea de sujet et parla des jésuites, inépuisable objet de discorde du règne :

« Comme ils ont été mal avisés ! Avec quelques concessions, ils auraient mis tout le clergé de leur côté. Aujourd'hui, Sa Majesté parle de signer l'édit qui supprimerait la Compagnie dans le royaume. Et l'archevêque demeure intraitable. Je pense que le Roi ne le supportera plus longtemps et l'enverra écrire ses mandements à trente lieues de Paris !

– Quel gâchis ! Monseigneur de Beaumont exalte sans doute la dévotion avec trop de véhémence. Son combat contre les philosophes relève parfois du fanatisme. Mais c'est un prélat charitable et désintéressé.

– A propos, que penserait Son Eminence d'un bel archevêché ? Le frère de monsieur de Choiseul souhaite un nouveau siège pour se rapprocher de la cour. Je suis sûre que vous le remplaceriez avec bonheur à Albi. Je vais y penser… Comme je pense à ceux que j'aime. Je crois que je suis encore en mesure de persuader le Roi que votre nomination à Albi s'impose. Au revoir mon cher Bernis ! »

C'était un adieu. Les deux amis ne se reverraient jamais plus.

* *
*

Au Procope, dans les coulisses des théâtres, les salons, à la cour, Voltaire demeurait, année après année, un intarissable sujet de conversation. On y avait suivi son séjour à Potsdam, ses ruptures et ses réconciliations avec le roi Frédéric, aujourd'hui on guettait les nouvelles parvenues de ses séjours à Strasbourg, à Colmar, à l'abbaye de Senones, où il avait travaillé à son *Essai sur les mœurs*.

Paris ne souhaitant pas son retour, la Suisse, patrie de la tolérance et du rationalisme, lui avait paru être une retraite idéale. Il s'était installé d'abord à Genève puis à Lausanne, où il avait acheté la propriété Les Délices avant de se rendre compte que la République n'était pas le lieu d'asile qui lui convenait. Les Helvètes n'appréciaient pas l'activité théâtrale des Délices et s'irritaient de l'article « Genève » de l'*Encyclopédie*, rédigé par d'Alembert mais inspiré par Voltaire. Une fois de plus, l'un des hommes les plus célèbres en Europe avait dû partir.

A Paris ce lundi-là, avant d'aller passer un moment chez Mme Geoffrin, Diderot et d'Alembert « poussaient le bois[1] » au café de la Régence. Leur partie, durait car elle était sans cesse interrompue de commentaires sur Voltaire et sa nouvelle résidence. D'Alembert avait appris le matin que le philosophe s'était établi dans le pays de Gex, à Ferney, où il venait d'acheter un domaine :

« Le voilà donc, remarqua Diderot, revenu dans le royaume.

– Oui, mais à deux pas de la frontière. Il peut, si l'autorité française lui cherche noises, aller se réfugier en Suisse à une demi-lieue de son jardin.

– Dans sa dernière lettre, rappelle-toi, ne nous écrivait-il pas : "Les philosophes ont besoin de deux ou trois trous en terre pour se tapir quand les chiens leur donnent la chasse" ?

– Je pense que ce terrier, à cheval sur deux pays, sera le bon. S'il se sent tranquille, il va pouvoir régner sur son fief et distribuer des volées de bois vert à ses adversaires de toujours, les faux savants de la Sorbonne, le Parlement et les suppôts du parti prêtre !

– Comment le gouvernement, dit d'Alembert, ne se rend-il pas compte que Voltaire est plus dangereux loin de Paris que dans les galeries de Versailles ou le salon de sa vieille amie Mme du Deffand ?

---

1. Expression qu'employaient Diderot et ses amis pour désigner le jeu d'échecs dont les Encyclopédistes étaient grands amateurs.

– C'est vrai. La marquise de Pompadour, elle-même, n'a jamais réussi à le faire revenir en grâce.

– Il faut croire que Voltaire est plus redouté que l'*Encyclopédie* qu'elle sauva à plusieurs reprises ! A propos, quand sortent les volumes de planches[1] ?

– Les premiers à la fin de l'année.

– J'en suis vraiment heureux.

– Et moi, je suis heureux de t'annoncer que tu es échec et mat ! », s'exclama Diderot en avançant un fou.

Le père de l'*Encyclopédie* avait vu juste. Ferney était bien le havre de paix que Voltaire avait cherché durant tant d'années. Flanqué de sa nièce, Mme Denis, dont beaucoup diront qu'elle était sa maîtresse, il s'était installé dans une agréable maison que les gens du hameau appelaient pompeusement le « château ». Ce n'était ni Versailles ni Fontainebleau, mais tout de même la demeure d'un roi, roi philosophe d'un Etat sans frontières, à l'image de sa célébrité. Son armée, que ses amis appelaient l'armée du Capitole, était un troupeau d'oies élevé dans la ferme voisine. Elles lui fournissaient les plumes que Mme Denis taillait avec diligence et dont il faisait une consommation incroyable. Grâce à elles et aux masses de papier qui encombraient son petit bureau, il gouvernait la pensée universelle, correspondait avec les souverains du monde, les savants étrangers, les écrivains. Son courrier, qu'un employé de la poste du roi lui livrait chaque jour, portait les sceaux des souverains Christian de Danemark, Frédéric le Grand, avec

1. Au moment de l'affaire Damiens et des interdictions qui frappèrent l'*Encyclopédie*, d'Alembert, prudent, s'en était retiré. En réalité, aucun collaborateur du grand dictionnaire ne fut inquiété, et la parution des tomes de textes s'étala de 1751 à 1766, celle des illustrations de 1762 à 1772.

qui il avait fini par se réconcilier, de Catherine de Russie, de la margrave de Hesse ou de la duchesse de Saxe-Gotha.

Ces impériales missives ne l'empêchaient pas d'échanger de longues lettres avec ses amis des Lumières, Mme du Deffand, le président Hénault, les comédiens du Théâtre-Français, des évêques, des maréchaux étrangers, des femmes du monde, des savants, bref, un éventail presque complet de l'humanité où il ne manquait pas même un pape[1]. La correspondance n'était pas seulement le moyen de rester en communication avec le monde; c'était le bras armé du combat de sa vie, une façon d'assurer la propagation de ses idées.

En dehors de ce fabuleux courrier du cœur et de l'esprit, Voltaire ne perdait pas de vue sa raison d'être : l'œuvre à laquelle il travaillait comme un forcené depuis un demi-siècle. A l'abri de ses vieux arbres, de sa maison cossue, de sa fortune et de sa gloire, il jubilait d'être pour la première fois indépendant, insaisissable, inviolable. Il lui arrivait, devant des visiteurs médusés, d'agrémenter ses diatribes de pieds de nez aux austères messieurs de Genève où, horreur! le théâtre n'était pas toléré, comme aux ministres du gouvernement français.

A soixante ans passés, celui qu'on appelait déjà le «patriarche de Ferney» pouvait respirer en même temps que l'air pur des monts du Jura tout proche, le grisant parfum de cette liberté qu'il avait obstinément traquée dans ses ouvrages, ses articles, ses pièces de théâtre, dans cette *Encyclopédie* dont il s'était éloigné quelque temps, puis qu'il avait rejointe et dont il se disait maintenant le «garçon de boutique», un

1. L'édition des œuvres complètes de Voltaire compte plus de dix mille lettres, dont les trois quarts appartiennent aux vingt-cinq dernières années de sa vie.

employé plus seigneur que garçon, au service de ses frères en philosophie qui s'inclinaient devant ses lauriers.

Voltaire avait été poète, historien, auteur dramatique, romancier, philosophe. Dans tous les domaines il avait brillé. Sa vie durant, partout où il se trouvait, il lui avait suffi de prendre la plume pour passionner son monde. Qu'il entreprît de trousser un madrigal, d'écrire une tragédie, un conte comme *Zadig* ou *Candide*, de faire réhabiliter la malheureuse famille Calas ou de tonner contre le parti des dévots, Voltaire avait réussi à toucher des admirateurs de plus en plus nombreux et divers. N'ayant plus rien ni personne à ménager, il pouvait s'épanouir, batailler, lutter pour ne pas se laisser distancer par les jeunes et, enfin, se consacrer à sa passion de toujours, la philosophie. Il pensait depuis des décennies à un *Dictionnaire philosophique*, pour lequel il avait, au hasard de ses rencontres, accumulé une énorme documentation. A Ferney, le temps était venu d'écrire et de publier.

L'autre grand homme des lettres françaises était, comme Voltaire, en butte aux colères de l'autorité. Sa *Nouvelle Héloïse* avait conquis le cœur d'innombrables lecteurs et lui promettait une célébrité paisible, quand deux autres ouvrages, parus peu après, ruinèrent brusquement sa tranquillité. Dans *Le Contrat social*, il définissait les lois qui doivent régir la société et créer l'« unité sociale ». Ce n'était que philosophie, et l'ouvrage aurait laissé les censeurs indifférents si Rousseau n'avait jugé capital de tracer les lignes générales d'une religion de l'Etat portée par une profession de foi purement civile. C'était réfuter d'un coup les lois de l'Eglise ! Dans son second livre, l'*Emile*, Rousseau refaisait l'homme selon le principe qu'il naît bon, ses vices n'étant imputables qu'à un état social déplorable et à une éducation foncièrement mauvaise. Là encore, la pédagogie de Rousseau balayait le système séculaire de l'éducation religieuse.

Il y avait dans ces livres de quoi indigner tout le clergé, du curé de campagne à l'archevêque de Paris. Celui-ci, Mgr de Beaumont, tenta de réfuter, sans grande réussite, les thèses de Rousseau. Plus brutal, le Parlement ordonna la saisie, condamna les livres au feu et décréta l'auteur à la prise de corps. Sous la menace, Jean-Jacques avait dû quitter dans la hâte la maison de Montmorency où le maréchal et la maréchale de Luxembourg, ses admirateurs, l'avaient hébergé.

C'est de cette fuite, des idées explosives de Rousseau, de ses brusques humeurs, de la persécution dont il se croyait victime, de son génie qu'il était question en ce mois de juin de l'an 1762 au café des Muses, rue Croix-des-Petits-Champs, qu'on appelait aussi de son ancien nom de café Allemand, l'un des points de ralliement des Encyclopédistes et des hommes de lettres. Sa propriétaire, Charlotte Bourette, venait de faire imprimer un recueil de ses poèmes intitulé *La Muse limonadière*. Elle l'avait envoyé à Voltaire, un ancien client, qui lui avait répondu, comme il savait le faire, par une lettre débordante d'éloges et de flatteries. Encadré, le précieux témoignage trônait au-dessus d'une console chargée de tasses, de brocs de chocolat et de cafetières.

Depuis la fin de son séjour parisien, Jean-Jacques avait rompu avec tous ses amis de l'*Encyclopédie*. Sa *Lettre à d'Alembert sur les spectacles*, qui exhortait les Genevois à ne laisser ouvrir un théâtre dans leur ville sous aucun prétexte, avait soulevé la colère des philosophes. Il avait répondu vertement à ses pairs et, depuis, c'était la guerre, conflit qui navrait ses anciens amis. Installés autour de la grande table de marbre du café, ceux-ci évoquaient une nouvelle fois la vie mouvementée et absurde qu'avait choisie Rousseau. Ils étaient cinq ce jour-là : Diderot, d'Alembert, Grimm, Marmontel et le naturaliste Daubenton, qui avait rédigé de nombreux articles scientifiques de l'*Encyclopédie*.

« Quoi qu'il en soit, dit Marmontel, il faut convenir que Rousseau manque à cette table.

– Bien sûr qu'il manque ! répondit d'Alembert. C'est lui, hélas, qui a rompu avec tous ses amis. Mais, si notre brouille est récente, Voltaire et lui ne se parlent déjà plus depuis des années !

– Et cela ne s'arrange pas ! s'exclama Grimm en sortant une lettre de sa poche. Lisez comment Voltaire le traite de "sombre énergumène, d'ennemi de la nature humaine" !

– On a si souvent parlé de Rousseau depuis qu'il fait cavalier seul dans ses gîtes de fortune que je pense superflu de revenir sur ce phénomène, ajouta Grimm.

– Ce n'est pas si facile, dit Diderot, d'occulter de nos pensées un personnage qui a enflammé son temps et qui continue à voler aux avant-gardes d'un Dieu qu'il réinvente à chaque page. Certes, Rousseau est un forcené chez qui tout doit prendre la tournure d'un paradoxe. Il est impossible, invivable, mais s'il y a un génie parmi ceux qui ont œuvré pour l'*Encyclopédie*, c'est bien lui !

– Sans doute, mais un génie ne peut-il avoir une influence funeste ? demanda d'Alembert.

– Moi, je lui pardonne en raison de sa conception de la nature, dit Daubenton. Pour Rousseau, l'homme naturel est l'homme primitif, lequel est essentiellement bon. C'est cet homme qu'il cherche.

– Oui, il s'est ainsi posé en personnage vertueux, mais a été incapable de passer de la théorie à l'acte. Bon sang ! Il a tout de même abandonné ses cinq enfants aux Enfants Trouvés ! Doit-on l'oublier ? s'exclama d'Alembert. »

On en resta là de l'épisode Rousseau, qui, depuis la rupture, se répétait à chaque réunion, à peu près dans les mêmes termes. On ajoutait seulement, quand il y en avait, les dernières nouvelles de l'écrivain errant. C'est Grimm qui changea la conversation :

« Mes amis, je vous annonce l'arrivée à Paris d'un musicien prodige. Il vient de Salzbourg avec son père et sa sœur âgée de neuf ans qui joue du clavecin de la manière la plus plaisante. Lui, Wolfgang Amadeus Mozart, n'en a que sept. C'est un phénomène dont, je l'espère, vous aurez l'occasion de juger le génie. Avec l'ambassadeur de Bavière, qui l'héberge en l'hôtel de Beauvais, je m'oblige de faciliter à la famille Mozart un séjour qui ne peut être que triomphal. Encore faut-il que ceux qui font les renommées veuillent bien écouter jouer le jeune prodige !

– Tes connaissances à la cour, baron, devraient faciliter les choses, ironisa d'Alembert qui ne manquait jamais une occasion de moquer la vie mondaine de Grimm, arrivé quinze ans plus tôt dans la suite du duc de Saxe Cobourg-Gotha et qui, séduit par Diderot et ses amis, n'avait plus quitté le clan des philosophes[1].

---

1. Le baron de Grimm était vite devenu un personnage important de la vie parisienne. Ami de Mme Geoffrin, de Mme du Deffand et de Julie de Lespinasse, il avait créé la *Correspondance littéraire, philosophique et critique*, gazette mensuelle qui avait assuré son pouvoir et sa renommée en France et dans les cours européennes.

– Hélas, mon protégé tombe mal ! La cour a pris le deuil de la petite fille du roi et Versailles est interdit aux musiciens. Le père, Léopold, qui promène ses deux merveilles dans toutes les villes d'Europe, a beau brandir ses lettres de recommandations, le petit Mozart ne soulève à Paris ni enthousiasme ni curiosité. Enfin, j'espère que ma prochaine chronique de la *Correspondance* va réveiller ce monde vulgaire. Tenez, lisez. Si ma prose vous allèche, je vous promets une invitation chez l'un des hauts personnages que j'aurai convaincus d'inviter Mozart. »

Grimm sortit du portefeuille qui ne le quittait jamais des exemplaires de sa gazette et les distribua aux amis, comme il le faisait à chaque parution. Curieux, ils cherchèrent sans attendre l'article consacré à l'enfant musicien :

« Les vrais prodiges sont assez rares pour qu'on n'oublie pas de les signaler lorsqu'on a l'occasion d'en voir un. Un maître de chapelle de Salzbourg vient d'arriver ici avec deux enfants de la plus jolie figure du monde. Sa fille, âgée de neuf ans, touche le clavecin de la manière la plus brillante ; elle exécute les plus grandes pièces et les plus difficiles avec une précision à étonner. Son frère, qui aura sept ans le mois prochain, est, lui, un phénomène si extraordinaire qu'on a de la peine à croire ce qu'on voit de ses yeux et ce qu'on entend de ses oreilles. C'est peu pour cet enfant d'exécuter avec la plus grande précision les morceaux les plus difficiles avec des mains qui peuvent à peine atteindre la sixte. Il joue aussi bien du violon, mais, ce qui est le plus extraordinaire, c'est de le voir jouer de tête pendant une heure de suite et, là, s'abandonner à l'inspiration de son génie et à une foule d'idées ravissantes qu'il sait encore faire succéder les unes aux autres avec goût et sans confusion. »

Il y avait encore des louanges, des développements sur les exploits techniques de l'enfant et, pour terminer, un reproche à « ce pays-ci où l'on se connaît si peu en musique [1] ».

Appuyé par des interventions dans les salons amis, le panégyrique du baron ne pouvait laisser les grandes maisons indifférentes et, faute de pouvoir se rendre à Versailles, Wolfgang Amadeus fut invité à Paris comme il l'avait été à Vienne, à Augsbourg, à Cologne, à Bruxelles. Il joua chez le fermier général de Caze, chez la duchesse d'Aiguillon, chez Bertier de Sauvigny, intendant de la généralité de Paris.

A la cour, le deuil avait pris fin, mais personne ne semblait pressé d'écouter le jeune prodige. Le père s'impatientait, Grimm s'agitait. Enfin, Léopold reçut l'invitation à conduire son fils et sa fille à Versailles le 1er janvier 1764 pour jouer au grand couvert du Roi. Le génial enfant ne pouvait mieux commencer l'année de ses sept ans que sous les ors du royaume de France, cœur battant de l'Europe. Wolfgang, souriant dans son costume de grand, conquit deux fois la cour. Par son talent prodigieux, bien sûr, mais aussi par sa gentillesse et sa grâce. Durant le souper, il amusa beaucoup la reine Marie Leszczyńska par ses reparties en allemand mêlé de français, langue qu'il commençait à comprendre. Il se rappelait les mots comme les notes, d'une manière quasi magique. D'autres concerts eurent lieu chez le Dauphin, chez Mesdames, les filles du roi, chez le prince de Conti, chez M. de Choiseul…

Mme de Pompadour, providence des arts et des artistes, aurait dû être la première à écouter Mozart à Versailles. Elle

1. Texte de Grimm cité dans l'album de Jean des Cars et Frédéric Pfeffer, *Sur les pas de Mozart*, Paris, Perrin, 1991.

fut en réalité l'une des dernières. La marquise était à nouveau malade. Elle avait, à la belle saison, suivi la cour à Compiègne et à Fontainebleau, où elle avait, avec son frère Marigny, dressé la liste des spectacles de l'hiver. C'est son spectre qui était revenu à Versailles. A la fin de l'année, elle toussait à rendre l'âme, avait des suffocations, des battements de cœur qui lui brisaient la poitrine et l'empêchaient de paraître en public.

Les premières auditions de Wolfgang Amadeus Mozart s'étaient donc déroulées à la cour hors de sa présence. A la mi-janvier, se sentant mieux, elle demanda à recevoir le jeune prodige dans ses appartements et le pria de jouer du clavecin. A l'aise comme à l'accoutumée, l'enfant interpréta d'abord l'un des deux menuets qu'il avait composés la veille, puis, après avoir demandé s'il devait continuer, improvisa une fantaisie qui laissa Mme de Pompadour muette de surprise. Une demi-heure plus tard, elle remercia le petit Mozart, lui offrit une boîte de dragées et, épuisée, dit à Mme du Hausset qu'elle voulait s'allonger.

Mme de Pompadour s'était endormie sur une note de Mozart, quand elle se réveilla, elle ne pouvait plus ouvrir l'œil droit. Déjà, sa vue lui avait causé des soucis, mais, cette fois, elle sentit que c'était plus sérieux et ne put s'empêcher de penser à la marquise du Deffand.

« Dieu m'infligerait-il cette nouvelle épreuve ? demanda-t-elle à Mme du Hausset qui guettait dans une bergère le réveil de la marquise.

– Mais non, madame. Nous allons appeler Sénac[1] qui a bien soigné les yeux du roi lorsqu'il a eu son accident de chasse.

1. Le Premier médecin du roi.

– Si c'est un avertissement divin, que Dieu me punisse plutôt que le Roi. C'est mon attachement extrême qui l'a fait persévérer dans une voie défendue et, jusqu'à mon dernier souffle, je ferai tout pour lui. Mais que puis-je encore faire pour Sa Majesté ? Quand je vais mal, c'est elle qui me témoigne son affection. Je crois que notre amitié est désormais indestructible. »

Sénac fit une saignée afin, selon lui, de décongestionner le cristallin. Il ordonna des bains d'eau d'œillets, ce qui était plus raisonnable. Hélas ! Mme de Pompadour resta l'œil à demi fermé et garda une vue trouble qui l'empêchait pratiquement d'écrire.

Malgré sa santé, la marquise suivit en février la cour à Choisy, mais on la vit fort peu. Si elle honorait parfois le dîner, elle n'assistait pas aux soupers de chasse, trop animés par des jeunes gens bruyants qu'elle ne connaissait pas. De son côté, la Reine était tout aussi invisible. Toute à ses charités, disait-on, et à sa correspondance quotidienne avec le vieux roi Stanislas qui, lui, ne bougeait plus de la Lorraine. Nostalgique, la marquise pensait, en regardant les grands chênes du parc osciller sous le vent, à l'été radieux de Fontenoy, au château d'Etiolles voisin où elle avait conquis le cœur du roi et où il lui avait fait tenir son brevet.

Dans cette atmosphère confinée que seule réveillait la lecture que la bonne Mme du Hausset faisait à sa maîtresse incapable de déchiffrer plus d'une page de livre, un événement survint qui toucha la marquise : Mme de La Cane, qui rappelait son nom de jeune fille, Agnès d'Estreville, avait sollicité le privilège de la rencontrer. Sa lettre, qui faisait mention de leur dernière rencontre, ne comportait aucune autre précision.

« Je sais, madame, qu'en ce moment vous n'accordez pas d'audience, mais vous avez prononcé plusieurs fois le nom d'Agnès d'Estreville en m'accordant la confiance d'entendre l'histoire de votre jeunesse. C'est pourquoi j'ai pensé… dit Mme du Hausset.

– Vous avez très bien pensé, ma bonne. Agnès d'Estreville fut mon amie la plus proche au couvent des Ursulines, et j'ai dû vous raconter dix fois notre séjour à Bourbon-l'Archambault au cours duquel Boucher m'a peinte pour la première fois. Tout cela est bien vieux et je n'ai pas revu mon amie depuis le jour où elle est venue à Versailles. Dois-je aujourd'hui la recevoir, dans l'état où je suis ? J'hésite…

– Madame, si je puis me permettre, vous devriez revoir cette personne. Sa rencontre ne peut en rien vous affecter, elle vous sortira au contraire de la torpeur qui pèse sur cette maison.

– Vous avez raison. La curiosité me démange de savoir ce qu'est devenue la douce Agnès. Au plus loin que remontent mes pensées, elle était amoureuse de Clairaut, le mathématicien astronome, et devait l'épouser. Puis elle a été liée à Lalande. Elle n'a épousé ni l'un ni l'autre si j'en juge par son nouveau nom. Oui, je la recevrai. Arrangez cela pour un jour prochain. »

La semaine suivante, un carrosse de la cour amenait à Choisy une Agnès frissonnante de froid et d'émotion. Les ors du palais et les immenses tableaux de De Troy ne l'impressionnaient pas. Elle se demandait plutôt comment il était possible de vivre au quotidien dans un cadre aussi solennel. En suivant un valet dans l'escalier monumental qui menait à l'étage, elle pensa aux heures lointaines du couvent de Sainte-Perpétue et de Bourbon-l'Archambault.

A travers ses portraits exposés à l'Académie et les miniatures vendues dans les boutiques, Agnès avait été témoin des marques de l'âge sur le beau visage de son amie d'enfance, mais ces différences, jusque dans les derniers tableaux, apparaissaient si légères que la vue du modèle la choqua. L'œil à demi fermé, les traits tirés, Jeanne-Antoinette, la sylphide de Boucher, n'était plus que le fantôme d'elle-même. Il fallut un moment à Agnès pour retrouver la trace, sur le visage fané, du sourire légèrement ironique et la grâce naturelle de la demoiselle du passé. Après s'être furtivement observées, comme si elles avaient honte de toute indiscrétion, elles tombèrent dans les bras l'une de l'autre.

« Venez Agnès, dit Mme de Pompadour. Asseyons-nous devant le feu… C'est la seule chose qui vive encore vraiment dans cette pièce. Ainsi, nous nous serons vues deux fois en vingt ans ! Vingt années au cours desquelles nos vies se sont tissées, comme des tapisseries, chacune de son côté. La mienne est publique, vous la connaissez, encore que vous seriez bien étonnée d'apprendre de quels tourments, souffrances et désespoirs elle a été marquée et le reste, aujourd'hui encore, jusque dans la maladie ! Mais oublions les maux qui m'accablent, pour vous écouter. Où en est votre amour pour cet astronome, Lalande, je crois ?

– Eh bien, il est marié ! Mais pas avec moi. Nous nous sommes quittés sur un mauvais calcul de méridien et sommes restés amis. Nous travaillons même ensemble de temps à autre. J'ai vécu à l'ombre des Lumières et de l'*Encyclopédie* que vous avez si généreusement sauvée. Diderot voue à votre personne, mais vous le savez, une profonde reconnaissance.

– Diderot, d'Alembert… Que n'aurais-je fait pour les fréquenter, m'asseoir à leur table au café Procope et discuter avec eux ! Je n'ai fait que les aider dans la coulisse, avec la complicité de monsieur de Malesherbes. Cela ne fut pas toujours facile !

– Vous avez tout de même connu Voltaire.

– Oui, très bien, même. C'était un ami cher jusqu'à ce qu'il s'entiche du roi de Prusse, abandonne ses fonctions à la cour et parte à Potsdam apprendre la philosophie à Frédéric II. Le roi ne lui a jamais pardonné ce qu'il a pris pour une trahison, ce qui n'était pas faux. Je sais qu'il vit maintenant à Ferney, dans le pays de Gex, d'où il se moque de la religion, des Français, des Suisses... Je sais aussi qu'il est là-bas un petit roi dont les relations parcourent toute l'Europe et comptent les plus grands savants, philosophes et monarques. Si cela ne tenait qu'à moi, je lui demanderais de revenir vivre sa gloire à Paris. Mais sans doute refuserait-il. Maintenant, nous allons boire un café. C'est le café du Roi, qui le fait venir de je ne sais où et qui est, paraît-il, meilleur qu'au Procope. Dire que je mourrai sans avoir mis les pieds dans ce lieu où souffle l'esprit ! Vous voyez, ma petite Agnès, dans le fond, j'aurai vécu sans avoir rien vu. Mais vous, qui menez une existence normale, racontez-moi. Où en êtes-vous ?

– Toujours dans le monde des chiffres, des étoiles et de l'horlogerie.

– C'est vrai, vous m'aviez parlé d'horloges...

– Oui, l'astronomie a besoin de pendules exactes et l'horlogerie de haut niveau, celle qui invente et met au point des mécanismes de plus en plus précis, nécessite des connaissances mathématiques hors de portée de l'artisan. C'est ainsi que j'ai été mise en rapport avec Jean-André Lepaute, l'horloger génial qui a fabriqué des pendules pour Versailles et la Muette.

– Je sais qui est monsieur Lepaute. Le roi s'est toujours intéressé à ses travaux.

– Il avait besoin d'aide pour construire un nouveau modèle horizontal et j'ai calculé pour lui les oscillations et les longueurs des pendules. Il paraît que j'ai fait faire de grands progrès à l'horlogerie ! Ainsi me suis-je trouvée dans un cercle d'horlogers astronomes qui comptait Lepaute, Lalande, Clairaut... C'est là encore que j'ai rencontré celui qui devait m'épouser un peu plus tard, monsieur de la Cane, un amateur passionné d'astronomie qui joint à cette qualité une appréciable fortune. En ce moment, pour ne pas être tributaires de l'observatoire de Lalande, au Luxembourg, nous en installons un à Vincennes.

– Etes-vous heureuse avec ce monsieur de la Cane ?

– Beaucoup. Il m'aime, et j'apprécie une tendresse que je lui rends sans regret.

– Sur quoi travaillez-vous en ce moment ?

– La science française est maintenant convertie aux thèses newtoniennes et nous cherchons de nouvelles applications de l'attraction universelle.

– Il est surprenant, même en notre temps, d'entendre une femme parler ainsi de science, de mathématiques, d'astronomie.

– Avant moi, madame du Châtelet s'est illustrée dans un domaine il est vrai réservé généralement aux hommes. Une autre grande dame, madame d'Arconville, est liée avec la plupart des savants et des meilleurs esprits. Elle cultive avec fruit les sciences et les arts, mais veut rester anonyme et ignore le désir de gloire. Moi, je ne méprise pas la reconnaissance publique ni certains honneurs. Je vais dans quelques jours, à la demande de monsieur Lalande, être reçue à l'académie de Béziers.

– Magnifique ! Vous serez, je pense, la première femme à pouvoir vous parer du titre d'académicienne.

– Oui, mais cela ne change rien à ma vie. En collaboration avec Lepaute et Lalande, j'écris un *Traité d'horlogerie*. Les calculs, toujours les calculs…

– Mon Dieu, que je vous admire ! »

Madame de Pompadour avait repris des couleurs depuis l'arrivée d'Agnès. Elle s'animait, posait des questions et riait même souvent de bon cœur. Mme de la Cane remarqua que son œil droit, presque fermé lorsqu'elle était entrée, était maintenant ouvert. Ce réveil du regard transformait le visage de la marquise, qui retrouvait la délicatesse de ses traits de jeunesse.

La pendule, une nymphe dorée allongée sur un cadran qui portait naturellement la marque de J.-A. Lepaute, égrenait les quarts d'heure d'un son perlé, cristallin, auquel les deux femmes ne prêtaient pas attention. Leur conversation aurait pu continuer longtemps si Mme du Hausset n'était entrée en priant madame de l'excuser.

« Pardonnez mon intrusion, mais le Roi vient de faire dire qu'il allait venir vous voir.

– Sa Majesté est pleine d'attentions touchantes, dit la marquise à Agnès. Quand je suis souffrante, il ne laisse jamais passer une journée sans me rendre visite. Vous allez devoir partir, mais je veux vous dire avant combien j'ai été heureuse de vous revoir. Aux beaux jours, voulez-vous venir à Trianon ? La nouvelle maison que le Roi est en train de terminer – j'y mets aussi mon grain de sel – est simple mais très agréable. Nous nous promènerons toutes les deux dans les jardins de Richard, qui est notre Le Nôtre. Cela nous rajeunira !

– Ce serait mon plus vif désir, mais les habitudes de la cour me sont étrangères. Je ne sais…

– Agnès, ne soyez pas sotte. N'êtes-vous pas née d'Estreville ? Votre époux ne fait-il pas partie de la noblesse ? Croyez-moi, votre place est là où madame de Pompadour vous invite. Ah ! Il me serait agréable que vous quittiez Choisy avec un souvenir de votre vieille amie. Tenez, acceptez cette petite chose. »

La marquise prit sur une console, sculptée dans le nouveau style, une tabatière d'or finement travaillé. C'était, on ne pouvait s'y tromper, la plus belle pièce de la collection de ces petites boîtes qui, en dehors de tenir de la poudre de tabac, devenaient souvent, par la magie des orfèvres, de véritables œuvres d'art. La tabatière choisie par Mme de Pompadour était de celles-là. Joliment ciselé, serti de minuscules grains de diamants, le couvercle représentait la miniature d'un berger se reposant dans les bras de sa bergère. Tandis qu'Agnès remerciait et manifestait son admiration, Jeanne-Antoinette dit, de sa voix retrouvée, bien timbrée, posée pour franchir l'immensité des salons :

« Je ne pense pas que vous usiez de cette poudre noire qui tache les mouchoirs et fait éternuer comme un charretier, mais ne médisons pas de la tabatière. C'est un bel objet qu'on donne et qu'on reçoit avec plaisir, et je trouve amusant de voir ceux qui en usent pour priser jouer de leur précieuse boîte comme Célimène de son éventail en enchaînant des gestes ridicules. On m'a dit qu'une brochure circule, qui expose la théorie de la prise en douze temps. Elle aurait obtenu l'approbation de Frédéric II. Cela ne m'étonne pas du roi de Prusse !

– Dieu merci, je ne prise pas et ai réussi à délivrer mon mari de cette répugnante manie. Votre tabatière ne sera pour moi qu'un cher souvenir.

– Ouvrez-la. Vous verrez qu'il s'agit en effet d'un souvenir. »

Agnès actionna le fermoir et poussa un « Oh ! » d'étonnement. Sur le verso du couvercle apparaissait une miniature de Mme de Pompadour. Celle-ci sourit :

« C'est l'un de mes premiers portraits par Boucher qu'a transposé, avec une incroyable minutie, une dame découverte par le duc de Richelieu. Il m'a un jour offert cette tabatière pour se faire pardonner l'une des mauvaises actions qu'il a commises à mon égard. Je n'aime pas le donateur, mais trouve l'objet très beau. M'en séparer pour vous l'offrir m'est agréable. C'est l'image que vous garderez de moi. »

Les larmes aux yeux, Agnès avait embrassé l'amie du temps perdu et suivi le laquais qui la conduisit au carrosse. Dans la voiture, elle sortit du fond de la poche de son manteau la précieuse tabatière, l'ouvrit et regarda longuement le portrait, image d'un été radieux où deux jeunes filles en fleurs souriaient à l'avenir. « Qui aurait pu penser, se dit-elle, que l'une d'entre elles deviendrait quasiment reine de France, et l'autre, astronome ! » Agnès ferma les yeux, cala sa tête dans l'angle rembourré et laissa ses pensées vagabonder. Lorsque le carrosse eut franchi la porte Saint-Honoré, elle frappa à la vitre pour demander au cocher de la déposer Chaussée-d'Antin. Son mari était dans ses terres du Poitou et elle comptait finir la journée chez Mlle Quinault.

L'ancienne comédienne, qui avait longtemps triomphé au Théâtre Français et passait pour l'une des femmes de pensée les plus intelligentes de Paris, tenait, depuis qu'elle avait quitté la scène, un salon où le langage était plus libre que chez Mme Geoffrin et Mme du Deffand. Il n'était peut-être comparable qu'à celui de Mlle de Lespinasse, encore que Mlle Quinault entendît conserver à ses réunions un caractère bohème et une intimité originale. Le marquis d'Argenson, Mme d'Epinay, puis Diderot et d'Alembert l'avaient lancée. Maintenant, les fondateurs de l'*Encyclopédie*, Duclos, Crébillon, Moncrif, Piron, des gens du monde choisis, étaient les assidus des « dîners du bout du banc[1] ».

Agnès avait été admise deux mois plus tôt dans le cercle fermé de la Chaussée-d'Antin grâce à Mme de Graffigny, une femme de lettres cousine de son époux et amie de la maîtresse de maison. Les invités changeaient au gré des semaines et elle ignorait tout de ceux qu'elle rencontrerait en poussant la porte de l'hôtel Charron, dont Mlle Quinault occupait le premier étage. Agnès craignait de se trouver en face d'inconnus et fut rassurée en découvrant dans le salon, près du feu, car l'hiver était rude, Piron qui bataillait avec Diderot sur l'article « Homme » de l'*Encyclopédie* depuis longtemps terminée. C'étaient de vieilles connaissances qu'elle rencontrait parfois au Procope.

Diderot l'agaçait par sa misogynie, mais c'était Diderot ! Piron n'était d'aucune secte. Il n'était apprécié ni des philosophes ni des dévots, mais Diderot, comme d'Alembert, aimait son esprit indépendant et sa dévastatrice ironie. Mlle Quinault, qui assistait au débat en souriant, accueillit

1. C'est sous ce nom qu'étaient connus les dîners hebdomadaires donnés par Mlle Quinault dans sa cuisine, où les convives étaient assis sur des bancs autour d'une longue table.

Agnès avec amitié. Diderot et Piron mirent fin à leur discussion et s'intéressèrent à la nouvelle arrivée :

« Ma chère, demanda Piron, vos occupations actuelles penchent-elles vers l'astronomie ou vers l'horlogerie ? Les deux restent inattendues chez une femme et plongent encore les hommes que nous sommes dans l'étonnement.

– Pourquoi ? intervint Mlle Quinault. Les femmes douées pour les sciences devraient-elles s'abstenir de s'occuper des chiffres et fuir tout cabinet de physique ? Leurs yeux ne sauraient qu'être doux pour les hommes et, surtout, interdits de télescope ? Vous êtes d'un autre âge, mon cher Piron ! »

Diderot, qui n'avait pas oublié sa prise de bec au temps des débuts de la jeune élève de Clairaut, se garda bien d'intervenir, et Mlle Quinault orienta le poète sur son point fort, les épigrammes, genre qui l'avait fâché à mort avec Voltaire parce qu'il avait relevé dans *Sémiramis* des vers de Corneille et avait rendu publique sa découverte.

« Piron, dit-elle, écrivez-vous toujours des petits vers insolents et des chansons à boire en compagnie de vos amis Collé et Saurin ?

– Notre société de poètes, "Le Caveau", existe toujours, et nos épigrammes courent les rues, tout comme nos refrains. La dernière de nos chansons est fredonnée jusque dans les monastères. Ecoutez, c'est plus gai qu'une tragédie de Voltaire. »

Et Piron entonna, au moment où entraient Duclos et d'Alembert :

Dès l'aube du jour où je m'éveille
Au bruit d'un cabaret voisin
Où sonne un tocsin de bouteilles :
L'agréable réveille-matin !

On rit et d'Alembert demanda :

« Allez-vous, après ce chef-d'œuvre, vous représenter à l'Académie ? »

L'Académie et Piron, c'était une vieille histoire qui poursuivait le poète depuis le jour où les dévots avaient fait annuler son élection par le Roi, sous le prétexte que, dans sa jeunesse, il avait écrit un sonnet libertin. C'était surtout l'occasion de rappeler l'épitaphe fameuse qu'il avait composée en apprenant la nouvelle et dont ses amis ne se lassaient pas :

Ci-gît Piron qui ne fut rien
Pas même académicien.

Le tour de cheminée commençait à être encombré avec l'arrivée de deux nouveaux venus, Turgot[1] et Grimm, qui apportait la dernière livraison de la *Correspondance littéraire*. Mlle Quinault essaya en riant de caser chacun de ses hôtes au plus près du feu. De la scène, elle avait gardé un port élancé et une taille de jeune fille. Elle avait été belle dans *Phèdre*, son premier grand rôle, elle l'était encore dans son salon. A près de soixante ans, elle en paraissait dix de moins. On ne savait pas grand-chose de sa vie sentimentale. L'assiduité de Montalembert aux réunions de la Chaussée-d'Antin laissait à croire qu'il était l'amant de la maîtresse de maison, mais rien n'était moins sûr. Duclos, qui était curieux de tout et se flattait de connaître mieux encore que Piron les secrets de la vie parisienne, disait qu'il n'existait rien d'autre qu'un lien d'amitié entre le marquis et la reine des lieux.

1. Grand commis de l'Etat et philosophe. Très lié à Mlle de Lespinasse, ami de Voltaire, il deviendra ministre des Finances de Louis XVI.

Il faut reconnaître que la présence de M. de Montalembert dans ce cercle d'hommes de lettres et de philosophes avait de quoi sembler singulier. Il n'était pas connu pour avoir écrit des poèmes ou fait jouer de pièce à succès. Son titre de gloire frôlait l'exploit militaire : il avait inventé un « système perpendiculaire de fortification » qui se substituait au tracé bastionné de Vauban. A cette particularité, il ajoutait la qualité de maître de forge et de fondeur de canons. Heureusement, il restait discret sur ses rébarbatives occupations professionnelles et était capable de parler de tout avec les philosophes de la maison, qui avaient adopté facilement ce bel esprit, homme agréable de surcroît et joueur d'échecs hors pair : « Je crois, disait-il, que seul mon ami Philidor, qui est aussi celui de monsieur Diderot, peut me battre aux échecs. » Au cours d'une de ses visites, en effet, en attendant de prendre place au « bout du banc », il avait défié en une partie simultanée les trois meilleurs joueurs présents : Diderot, d'Alembert et Duclos, et était facilement venu à bout de ses adversaires.

Jeanne-Françoise Quinault avait l'habitude de demander à chacun de ses invités de lire quelques extraits d'un morceau préparé spécialement, dont le sujet avait été décidé au cours de la précédente réunion, et que l'assistance critiquait ensuite sans ménagement. C'était l'occasion de franches empoignades au cours desquelles volaient des mots grossiers. On se souvenait qu'un jour M. de Montalembert devait parler d'un thème curieux, proposé par Grimm : « l'Amour chez les philosophes ». L'intéressé, dont l'assistance attendait un discours étayé comme ses fortifications et ennuyeux comme certains tableaux de Greuze, sortit quelques feuilles de sa poche, les étala sur la table, croisa le regard de ses auditeurs intrigués par sa tranquille bonne humeur et lança : « Mes amis, je vais vous lire avec mes modestes moyens d'acteur le premier acte de la pièce que j'ai intitulée, pour répondre au souhait de monsieur Grimm, *Le Philosophe libertin.* » Bouche bée, l'assistance avait écouté le très sérieux marquis de Montalembert interpréter le rôle de M. de Voldidrou, philosophe de son état, et imiter sa maîtresse, savante en toutes sciences, dont celle de l'amour. C'était drôle, on reconnaissait au passage un poète, un homme de lettres, une dame qui tançait ses hôtes dans un salon tandis que la femme savante et libertine courait après la lune. Les présents riaient et applaudissaient encore, que M. de Montalembert rangeait subitement ses papiers d'un air redevenu sérieux.

« C'est très bien. Il faut finir cette pièce et la faire jouer par les meilleurs acteurs ! dit quelqu'un.

– Au Théâtre-Français ! lança un autre.

– Il y a en vous un talentueux auteur qui sommeille, affirma doctement Duclos qui se piquait d'être un grand critique et ne craignait pas les banalités.

– On verra, on verra ! dit en souriant Montalembert. Pour l'instant, j'ai cent canons de marine à fondre et la fortification de l'île d'Aix à préparer. Peut-être qu'un jour[1]… »

---

1. Le marquis de Montalembert écrira onze volumes de *La Fortification perpendiculaire* et trois comédies légères.

CHAPITRE IX

L'après-Pompadour

La visite d'Agnès avait été favorable à Mme de Pompadour. La torpeur qui l'empêchait de lire semblait avoir, hélas, regagné ses yeux, mais elle ne se plaignait plus des douleurs qui l'oppressaient et semblait moins fatiguée. Elle avait même pu écrire quelques courts billets d'affaires ou d'amitié, dont l'un à Agnès pour la remercier d'être venue la voir. Le roi avait semblé rassuré, et son médecin avançait qu'un retour à Versailles pourrait être envisagé si le mieux persistait.

Cette quiétude fit soudain place à l'anxiété. Le 29 février, la marquise, qui reposait dans un fauteuil du salon, fut prise d'un violent mal de tête. Elle se leva, comme perdue, et divagua, demandant où elle se trouvait. Deux valets durent la soutenir pour lui faire regagner ses appartements. Ses femmes la mirent au lit et on appela le médecin de garde au château, qui constata une fluxion de poitrine. Le septième jour, les médecins du Roi, venus de Versailles, diagnostiquèrent une fièvre putride dont ils ne cachèrent pas l'extrême gravité.

La nouvelle causa un vrai branle-bas dans le monde des proches et de la politique. Il semblait qu'un rouage essentiel du gouvernement s'était bloqué. Les courriers ne faisaient qu'aller et venir entre Versailles et Choisy. Tous les grands personnages voulaient avoir des nouvelles, même les adversaires de la marquise qui reconnaissaient qu'elle était une femme charitable. Le public aussi s'intéressait à sa santé, et la foule se pressait devant les grilles. Quant au roi, il ne quittait pas le château, se rendant plusieurs fois par jour au chevet de la malade et envoyant sans cesse aux nouvelles.

Comme souvent dans les crises extrêmes, une rémission permit à Jeanne-Antoinette de retrouver quelques forces, et ses proches se reprirent à espérer et à croire que le péril était conjuré. La duchesse de Choiseul, sa meilleure amie, l'une des rares personnes qui avaient accès à ses appartements, pouvait raconter : « Madame de Pompadour a eu beaucoup de toux et assez de fièvre cette nuit, mais les médecins assurent qu'il n'y a plus de danger à son état. Cela ne me rassure pourtant qu'à moitié. »

La marquise demanda à voir Quesnay. Le cher docteur, bien qu'il s'avouât défenseur de l'idée à la mode, la tolérance, et qu'il manifestât ouvertement son aversion pour la bigoterie, avait la confiance de Mme de Pompadour depuis qu'il avait soigné avec compétence et discrétion son amie intime, la comtesse d'Estrades. Elle lui avait obtenu un logement à Versailles et le roi appréciait son esprit. Il l'appelait son « penseur » et l'avait anobli après qu'il eut guéri le Dauphin de la petite vérole.

« Comment me trouvez-vous, Quesnay ? avait-elle demandé. On me dit guérie, mais j'ai peine à le croire.

– Madame, je n'ai pas participé aux soins qui vous ont été donnés mais mes confrères sont très optimistes et, franchement, je ne vous trouve pas mal. »

Quesnay regarda son œil, prit son pouls et lui demanda s'il pouvait écouter de près les bruits de son cœur et de ses poumons. Il la fit s'allonger et resta un moment penché sur sa poitrine, l'oreille attentive. Lorsqu'il se releva, Jeanne-Antoinette tenta de saisir une impression, un signe sur un visage devenu soudain impassible. Quelques secondes plus tard, Quesnay, enfin souriant, lui dit qu'il n'avait rien remarqué d'alarmant, qu'elle devait continuer à se reposer et à se soigner.

« Vais-je pouvoir revenir à Versailles ? questionna-t-elle.

– Je pense que dans quelques jours vous serez en état de rentrer et que je pourrai alors vous voir régulièrement si vous le souhaitez. »

Ils bavardèrent encore un moment, parlèrent de Bernis, de Voltaire, de Rousseau. Il lui dit que ce dernier s'occupait maintenant beaucoup d'économie politique et qu'il écrivait un article pour *La Physiocratie* que publiait Dupont de Nemours.

« Que voilà un homme intéressant ! dit Mme de Pompadour. J'aimerais beaucoup le rencontrer, mais je crois qu'il est bien tard pour faire de nouvelles connaissances.

– Nos histoires se ressemblent tellement que nous sommes un peu frères. Il est fils d'horloger, moi de laboureur. Je ne savais pas encore lire à onze ans ; lui, passait à vingt ans pour un incapable. Et puis j'ai été initié à la chirurgie par un rebouteux. Cela m'a poussé vers le collège de Saint-Côme. J'étais doué, et le duc de Villeroy a fait de moi son médecin. La suite, vous la connaissez. »

– Et Dupont de Nemours ? demanda la marquise visiblement intéressée.

– Un jour, il a pris fantaisie au fruit sec d'écrire ses *Réflexions sur la richesse de l'Etat*. Cela suffit. Dupont est devenu en quelques mois un penseur indispensable. C'est lui qui a inventé le mot « physiocratie », école que, depuis, nous dirigeons ensemble [1]. »

En sortant de chez la marquise, Quesnay buta sur Mme de Choiseul qui lui demanda sans attendre :

« Vous avez vu Mme de Pompadour. Comment l'avez-vous trouvée ?

– Mieux que je ne pensais. Nous avons parlé pendant une demi-heure, comme il y a dix ans.

– Oui, elle a gardé toute sa tête, mais va-t-elle guérir ?

– Peut-être… Mon avis est, hélas, qu'elle peut rechuter à n'importe quel moment. »

Cinq jours plus tard, Mme de Choiseul regardait dormir sa chère marquise, la respiration libre. Tout le monde à Choisy parlait de guérison. Pourtant Mme du Deffand, renseignée sur tout dans son fauteuil de Saint-Joseph, tenait à ce moment Voltaire au courant : « On trouve Madame de Pompadour beaucoup mieux, lui écrivait-elle, mais sa maladie n'est pas prête d'être finie et je n'ose prendre beaucoup d'espérance. »

---

1. Dupont de Nemours deviendra l'un des hommes politiques les plus influents sous Louis XVI, la Révolution et le régime impérial. Au début des Cent-Jours, il se réfugiera en Amérique, où il fondera avec son fils une maison de négoce devenue de nos jours une puissante multinationale.

Une éclipse de soleil qui coïncidait avec la convalescence de Jeanne-Antoinette inspirait les poètes et les artistes. Plus confiants, ils célébraient la guérison de leur bienfaitrice dans des odes et des couplets déposés au château. Cochin, le graveur du siècle, travaillait à un cuivre pour une grande estampe allégorique. L'espoir s'affermit quand les médecins jugèrent que la marquise était suffisamment rétablie pour être ramenée à Versailles. Chez elle, mieux qu'à Choisy, qu'elle trouvait triste, Mme de Pompadour put poursuivre une convalescence pleine de promesses. Plusieurs fois, elle demanda à la duchesse de Choiseul de lui organiser un pharaon[1] dans sa chambre. Elle ne fit pas durer les parties, mais sembla heureuse de tenir les cartes.

Jeanne-Antoinette recevait davantage et, sans y prendre une part active, s'intéressait à nouveau aux affaires. Bref, l'heure était à l'espérance, Quinault lui-même semblait optimiste quand, le 7 avril, une rechute brutale replongea la cour dans l'angoisse. Le Roi, habitué à se masquer, ne laissait rien paraître de son émotion et réconfortait de son mieux la malade qui, de son côté, montrait un courage tranquille et supportait sans se plaindre les crises qui la faisaient suffoquer dans son fauteuil, car elle ne supportait plus d'être couchée. Le Roi, pourtant, n'était pas insensible. Ne pouvant exprimer publiquement sa douleur, il lui arrivait, le soir, de se libérer en écrivant à l'une de ses filles ou à son gendre Philippe, l'Infant d'Espagne, pour lequel il avait toujours eu de la tendresse[2].

---

1. Jeu de cartes couramment pratiqué à la cour, avec le « biribi » et le « lansquenet ».

2. Elisabeth (Madame Première) avait épousé Philippe de Bourbon, Infant d'Espagne, fils du roi Philippe V. Elle était morte en 1759.

C'est à lui qu'il confia : « Mes inquiétudes ne diminuent point et je vous avoue que j'ai très peu d'espérance d'un parfait rétablissement et beaucoup de craintes d'une fin trop prochaine peut-être. Une reconnaissance de près de vingt ans et une amitié sûre ! Enfin, Dieu est le maître, il faut céder à ce qu'Il veut. Monsieur de Rochechouart aura appris la mort de sa femme après bien des souffrances. Je le plains s'il l'aimait. »

Le 13 avril, la vie de Mme de Pompadour ne tenait plus qu'à un fil, et les médecins dirent au Roi qu'il convenait de la prévenir de son état. Louis répondit qu'il se chargerait de cette pénible mission et lui dirait qu'il fallait recourir aux sacrements. Le 14, le curé de la Madeleine, sa paroisse, fut appelé à Versailles et donna l'extrême-onction à une grande dame qui attendait maintenant la mort avec un extraordinaire courage. Au matin, très affaiblie mais lucide, elle demanda à revoir son testament. C'est M.de Soubise, son exécuteur testamentaire, qui le lui lut en pleurant. Elle n'y changea rien. Son frère, M. de Marigny, était son unique héritier.

« Merci, monsieur le maréchal, murmura-t-elle. S'il vous plaît, prenez une plume. Je vais vous dicter un supplément à la liste de mes amis à qui je veux laisser un souvenir. »

Sans chercher un seul nom, sans une hésitation, elle égrena vingt ans d'amitié et de fidélité :

« A madame de Châteaurenard, une boîte au portrait du roi garnie de diamants qu'on doit me livrer ces jours-ci... A monsieur le duc de Choiseul, un diamant couleur d'aigue-marine... Au maréchal de Soubise, une bague de Guay représentant l'Amitié, c'est son portrait et le mien. Je lègue aussi à ma plus ancienne amie, madame de la Cane, que connaît madame du Hausset, le petit tableau de Boucher qui est dans ma chambre. Voilà, c'est fini, retirez-vous, mes amis. Laissez-moi avec mon confesseur et mes femmes. » M. de Choiseul s'attarda un instant pour remplir un devoir de sa charge : il s'empara sans qu'elle s'en aperçût du portefeuille où étaient rangés les papiers d'Etat.

La marquise rappela pourtant un peu plus tard M. de Soubise afin de lui remettre les clés de ses meubles et de ses coffrets, puis Collin, son intendant, pour lui préciser lequel des carrosses devait la transporter dans son hôtel de Versailles quand elle aurait rendu l'âme. Ses deux femmes de chambre, en larmes, lui proposèrent de la changer. Elle refusa dans un dernier sourire : « Je connais votre adresse et votre douceur, mais dans mon état vous ne pourriez que me faire souffrir et c'est inutile pour le peu de temps qui me reste à vivre. »

C'était la fin. Le prêtre s'apprêtait à laisser la mourante à ses femmes quand elle lui dit :

« Encore un moment, s'il vous plaît, monsieur le curé, nous partirons ensemble. »

Ce furent ses dernières paroles. A sept heures et demie du soir, le 15 avril 1764, en ce dimanche des Rameaux, la marquise de Pompadour fermait les yeux pour ne plus les rouvrir. Elle avait quarante-deux ans. Aussitôt prévenu, le Roi décommanda le grand couvert et se retira dans ses cabinets, où il pria les plus proches amis de la défunte de le rejoindre.

Dans l'appartement de Madame, on n'avait pas attendu le carrosse qu'elle demandait. Collin, en larmes, avait fait appliquer la loi stricte qu'un mort ne peut séjourner dans une maison royale. Il ne s'était pas passé plus d'un quart d'heure quand la duchesse de Praslin, regardant à la fenêtre de son appartement, remarqua deux hommes qui sortaient par la voûte de la chapelle et portaient un brancard où l'on devinait une forme humaine, couverte d'un simple drap. Le château ignorait encore le décès et rien ne pouvait laisser supposer que ce déplacement, presque clandestin, était celui du corps de Mme de Pompadour. Intriguée tout de même par cette manière inhabituelle, Mme de Praslin envoya aux informations. Quand son valet lui rapporta que ce qu'elle avait vu était la marquise, morte dans l'instant, qu'on portait dans son hôtel, elle tomba en larmes dans un fauteuil : comme la plupart des gens qui l'avaient connue, elle admirait et aimait cette femme qui avait fait tant de bien, obligé beaucoup de personnes et qui, tenant tête à tous ses adversaires, était parvenue à arracher vingt ans durant le Roi à sa mélancolie.

Le matin du 17 avril, le convoi funèbre des carrosses se formait à l'église Notre-Dame de Versailles afin de gagner, après un premier office, l'église des Capucines de Paris. Pour emprunter l'avenue de Paris, il devait passer par la place d'armes devant le château. Le temps, depuis la veille, était détestable. La pluie et le vent gênaient l'avancée des chevaux, qu'il fallait fouetter pour les empêcher de s'embourber. Quand le deuxième carrosse, qui transportait le corps de Mme de Pompadour, approcha du château, le roi fit ouvrir par son valet de chambre Champlost la fenêtre de son cabinet qui donnait vers la place et se posta sur le balcon sans se soucier de la pluie. Il regarda fixement la voiture qu'il savait transporter le corps de Mme de Pompadour et ne la quitta pas des yeux jusqu'à ce que les voitures aient disparu dans le brouillard. Enfin il rentra et dit à Champlost, qui lui tendait un mouchoir pour essuyer de grosses larmes qui coulaient sur son visage : « Voilà les seuls devoirs que j'aie pu lui rendre ! Une amie de vingt ans [1] ! »

Les larmes du Roi, malgré ce qu'on dit dans le cercle de ses irréductibles adversaires, attestaient son profond chagrin. Comment aurait-il pu oublier la campagne des bons et des mauvais jours, dont la constance n'avait cessé de soutenir son courage souvent dévoré par une mélancolie profonde ? Et la conseillère qui, si elle avait parfois agi en souveraine, n'avait jamais pris une grave décision politique à sa place ? Son influence sur les philosophes et son penchant vers les idées nouvelles, bien qu'il ne les ait pas approuvées, ne pouvaient effacer une si longue connivence. Le Roi savait que l'intelligence et le dévouement de la marquise allait cruellement lui manquer. Le soir des obsèques, auxquelles les usages l'avaient empêché d'assister, il écrivait à l'Infant : « Toutes mes inquiétudes ne sont plus, de la plus cruelle manière, vous vous en doutez. »

La disparition de la marquise déclencha un grand échange de lettres. Mme du Deffand, toujours en relations épistolaires avec Voltaire, lui manda : « Jamais je ne l'avais vue ni rencontrée, mais je lui avais cependant de l'obligation et, par rapport à mes amis, j'ai fort appréhendé et regretté sa perte. » Le patriarche de Ferney, de son côté, écrivit à ses frères en philosophie : « Les vrais gens de lettres, les philosophes, devraient pleurer la marquise. Elle pensait comme il faut, personne ne le sait mieux que moi. Je la pleure par reconnaissance mais il est bien ridicule qu'un vieux barbouilleur de papier, qui peut à peine marcher, vive encore, et qu'une femme meure à

1. C'est Champlost qui raconta la scène dont il avait été le seul témoin.

quarante ans au milieu de la plus belle carrière du monde.» Et à Bernis cet éloge : «Je crois monseigneur que vous avez fait une véritable perte. Madame de Pompadour était réellement votre amie, et s'il m'est permis d'aller plus loin, je crois, du fond de ma retraite allobroge, que le Roi éprouve une grande privation. Il était aimé pour lui-même par une âme née sincère qui avait de la justesse dans l'esprit et de la justice dans le cœur. Cela ne se rencontre pas tous les jours.»

Le public, qui n'avait pas connu Mme de Pompadour, mais l'avait pourtant de loin détestée, oublia. De son côté, la cour, après une affliction décente, retrouva son trantran. Il restait Voltaire, toujours Voltaire, pour faire frémir d'indignation les dévots. Dans son *Dictionnaire philosophique*, enfin paru, il entendait lutter contre le fanatisme, imposer la tolérance, mais savait qu'il se heurterait à la résistance des chrétiens, qui ont toujours, écrivait-il, été «les plus intolérants de tous les hommes». En même temps, il gagnait une bataille où il s'était beaucoup investi, celle de l'affaire Calas, ce protestant accusé d'avoir assassiné son fils et condamné à être roué vif. Deux ans après son exécution, la cassation de l'arrêt du parlement de Toulouse hissait Voltaire au sommet de sa popularité[1].

La flamme du Roi pour les «petites maîtresses» semblait éteinte. On disait à la cour que la maison du Parc-aux-Cerfs avait été fermée. Mais on disait aussi que le duc de Richelieu, le grand recruteur, attendait son heure pour détourner une nouvelle fois le roi de ses devoirs. En fait, la place vacante de Mme de Pompadour faisait l'objet de toutes les

1. Calas et sa famille seront réhabilités l'année suivante. La popularité de Voltaire ne fit qu'augmenter, d'autant qu'il s'engagea dans nombre d'autres dénonciations d'erreurs judiciaires.

supputations. Parmi les favorites potentielles, la duchesse de Gramont, sœur de Choiseul, qu'on avait beaucoup vue auprès du roi lors de la maladie de Madame, était souvent citée. Venaient ensuite Mme d'Esparbès et, surtout, Mme de Seran, l'une des plus belles femmes de la cour, que le roi admirait et à laquelle il témoignait ouvertement une vive amitié. Mais la comtesse était fidèle à son mari. On ne sut jamais qui, le premier, avait lancé ce mot : « Madame de Seran déclina l'honneur d'être déshonorée. »

Du côté des philosophes, la fièvre était un peu tombée avec l'achèvement de l'*Encyclopédie*. Interdits mais tolérés, les derniers tomes se vendaient sans difficulté en France et à l'étranger. Diderot et ses amis craignirent un moment que la perte de leur protectrice n'entraînât son ami Malesherbes, le directeur de la Librairie, à cesser de favoriser les philosophes et de protéger l'*Encyclopédie*. Un édit royal ordonnant la dissolution de la Compagnie de Jésus les rassura. Ils purent en toute tranquillité philosopher sous d'autres portiques et travailler à leur œuvre personnelle. D'Alembert fit ainsi imprimer son nouveau et virulent pamphlet, l'*Histoire de la destruction des Jésuites*. Il était resté profondément irréligieux et envoya son livre à Voltaire avec cette dédicace : « Je crois que cet ouvrage pourra être utile à la cause commune et que l'infâme, avec toutes les révérences que je parais lui faire, ne s'en trouvera pas mieux. » Choquée, Mme Geoffrin refusa de recevoir l'ouvrage, mais garda son amitié à l'auteur.

D'Alembert avait toujours eu des rapports difficiles avec les femmes. A quarante-sept ans, il vivait encore chez sa nourrice Mme Rousseau, la femme du vitrier qui l'avait élevé. Julie de Lespinasse, le seul amour de sa vie, s'était éprise du marquis de Mora et ne se voulait à son égard qu'une tendre et vigilante amie. Restaient, en dehors de la philosophie, la science et les mathématiques, qui l'avaient rendu célèbre. Il avait des projets avec son vieux complice Clairaut. Malheureusement, ce dernier venait de tomber gravement malade. Son cerveau embrouillait les logarithmes, il semblait perdu pour la science. D'Alembert se plut alors à conseiller et à faire connaître une nouvelle génération de savants, les Lagrange, Laplace et Condorcet, qui devaient poursuivre l'œuvre des grands anciens.

Denis Diderot, quant à lui, demeurait, à cinquante ans, le sage un peu fou à l'imagination vertigineuse qui avait, dès sa jeunesse, imposé son prestige dans les salons. S'il ne négligeait pas complètement celui de Mme Geoffrin ni les réunions de Mme d'Epinay, retirée dans son petit manoir de La Briche, c'était plutôt chez son nouvel ami, le baron d'Holbach, un richissime Allemand, qu'il soutenait sa réputation de causeur en désertant une pesante vie conjugale. Il avait épousé à trente ans Antoinette, la fille de sa lingère, à laquelle il avait été presque constamment infidèle. Il vivait, près de Saint-Germain-des-Prés, dans un logis exigu situé au-dessus de l'appartement occupé par sa femme et sa fille Angélique, et, pour l'heure, entretenait une liaison singulière avec une vieille fille, Sophie Volland, demeurée, à plus de quarante-cinq ans, sous la coupe d'une mère abusive[1].

Cette compagne adultérine n'accompagnait pas Diderot au château du Grandval, à Sucy, où d'Holbach recevait la

1. Cette liaison reste pourtant exemplaire. D'amoureuse, elle deviendra tendre attachement et durera jusqu'à la mort. Elle enrichira aussi la littérature épistolaire d'une riche et instructive correspondance.

fine fleur des philosophes, à laquelle il mêlait quelques financiers et des gens de théâtre. Holbach lui-même, qui, comme son compatriote Grimm, s'était joint au mouvement de l'*Encyclopédie*, tenait la plume, publiait et éditait sous le manteau des œuvres clandestines. Il avait écrit près de quatre cents articles de l'*Encyclopédie* et diffusait sous des pseudonymes une pensée violemment antireligieuse. Ainsi *Le Christianisme dévoilé* parut-il sous le nom de Boulanger, auteur obscur mort deux ans plus tôt. Le secret était bien gardé. Diderot faisait partie de la dizaine de personnes qui connaissaient l'itinéraire compliqué, emprunté pour acheminer les manuscrits du baron. Ceux-ci étaient portés deux fois l'an à Sedan, d'où ils passaient à Liège, puis à Amsterdam chez l'imprimeur Michel Rey. « La matière est mouvement, le monde est éternel et Dieu n'existe pas », résumait la doctrine d'Holbach, dont on discutait les points délicats, le soir, en soupant fastueusement. Diderot contait, dans ses lettres à Sophie Volland, les agréables journées de Grandval : « On travaille le matin, on se promène, on digère (si l'on peut), on dîne, on soupe. Chacun est libre... »

Diderot, dans le fond, était un philosophe à la manière antique. Il était recherché comme aucun autre écrivain, mais n'avait pas de grandes ambitions. Il disait mépriser la fortune et se contentait effectivement de profiter de celle des autres quand il en avait l'occasion. Les places, les honneurs, l'Académie ne l'intéressaient pas. Il s'était même, par pure passion intellectuelle, mis plusieurs fois en danger. Dans sa jeunesse, sa *Lettre aux aveugles* et *Les Bijoux indiscrets* lui avaient valu d'être incarcéré à Vincennes. Mais, parvenu à l'âge mûr, après avoir échappé par miracle aux orages de l'*Encyclopédie*, Diderot se méfiait : il avait écrit plusieurs ouvrages, *La Religieuse*, *Jacques le fataliste*, *Le Neveu de Rameau*, et en gardait les manuscrits dans le grenier de la rue Taranne[1], dont il ne sortait que pour passer un moment avec Sophie Volland, jouer aux échecs, rencontrer du monde dans le salon du jour, souper à l'hôtel parisien du baron ou faire à Grandval de la philosophie aux champs.

Ces sorties et ces fredaines n'arrangeaient naturellement pas le ménage de Diderot, mais c'était comme cela depuis des années et il n'attachait guère d'importance à l'humeur de sa femme. Elle était aigrie ; lui, insupportable. S'il était mauvais mari, il était en revanche bon père et s'occupait beaucoup de sa fille. Tout cela, joint à une gaîté naturelle, était finalement humain et sympathique. Ses amis, de surcroît, le connaissaient gourmand. La bonne chère, qu'il n'avait pas l'occasion de goûter chez lui, il l'appréciait chez les autres, en particulier dans les dîners que donnait Holbach les jeudis et les dimanches. Il lui arrivait aussi souvent de « manger dehors », c'est-à-dire ailleurs que chez soi ou que chez un particulier, en compagnie d'amis philosophes, le plus souvent d'Alembert, Marmontel, Turgot, et quelquefois de femmes, Sophie Volland ou Agnès, lorsque le mari de celle-ci voyageait dans ses terres.

Fuyant sa femme qui l'avait chamaillé, traité de ribaud et de philosophe de taverne, il avait ce soir-là hésité entre la table austère et sans saveur de la famille Volland et un bouillon de la rue des Poulies où un certain Champ d'Oison, de son vrai nom Bellanger, venait de causer une petite révolution. Sophie Volland, qui, exceptionnellement, avait accepté de l'accompagner, dit que le nom de Champ

1. La plupart de ses œuvres essentielles ne seront publiées qu'après sa mort.

d'Oison lui plaisait et qu'elle avait envie de savoir à quoi ressemblait sa cuisine. Va donc pour le quartier du Louvre et la rue des Poulies! Ils y découvrirent un énergumène qui battait l'estrade devant sa boutique.

«Je crois bien que c'est notre Champ d'Oison, dit Sophie. Approchons et voyons si nous devons entrer.

– Un homme qui écrit sur son enseigne, fût-ce en latin macaronique, *Venite ad me omnes qui stomacho laborantis et ego restaurabo vos*[1] ne peut être mauvais», décréta le philosophe en déchiffrant la devise peinte au-dessus de la porte.

L'homme salua avec des marques de politesse assez comiques. Il était déguisé en cuisinier de qualité, portait l'épée au côté comme les officiers de bouche des plus nobles maisons :

«Monsieur le duc, madame la duchesse, entrez. Vous vous régalerez et reprendrez des forces autrement qu'en buvant un bouillon.»

A l'intérieur, une aimable hôtesse les dirigea vers une table de marbre assez éloignée d'une tablée bruyante d'où fusaient des appels : «Encore une bouteille de vin d'Aucoire! Un peu plus de votre sauce poulette, ma belle!»

«Je n'ai pas l'habitude de fréquenter ces endroits, mais je trouve celui-là assez gai, dit Sophie. Que racontait l'homme de la porte à propos de bouillon?

– Nous sommes, ma chère, ici dans un bouillon. On n'y doit servir légalement que des bouillons de viande, de poule, de légumes; mais il paraît qu'ici monsieur Bellanger offre à ses clients des mets plus substantiels.»

---

1. De cette devise, «Venez à moi, vous que vos estomacs travaillent, je vous restaurerai», vient peut-être le mot «restaurant».

M. Bellanger arrivait justement près d'eux et montrait du doigt une pancarte clouée au mur, sur laquelle était inscrit : « Bellanger débite des restaurants divins. »

« Que signifie ce mot restaurant ? demanda Sophie.

– « Fortifiant », madame. Après avoir servi pendant dix ans des bouillons réparateurs à mes clients, j'ose aujourd'hui leur proposer des pieds de mouton, ce qui met à mes trousses la corporation des traiteurs. Ces messieurs, qui arguent d'un arrêt du Parlement, disent que mon pied de mouton est un ragoût et qu'un bouillon, si on lui tolère quelques tartines, n'a pas le droit d'en vendre.

– Et vous bravez un interdit ! Cela peut mal tourner, vous savez, dit Diderot d'un air sérieux. J'en sais quelque chose !

– Oh ! Monsieur est traiteur, ou rôtisseur. Charcutier peut-être. Ou encore conseiller au Parlement ? »

Cette fois, ils éclatèrent de rire.

« Rien de tout cela. Simplement un homme et une dame de goût qui ont envie de connaître la saveur de vos pieds de mouton.

– Tant mieux ! Laissez-moi pourtant vous dire que je suis dans le bon droit. La sauce poulette, faite de jaunes d'œufs avec bouillon de poule, nappe mes pieds au moment de les servir. Ils ne sont pas cuits ensemble et il serait abusif de parler de ragoût. Les corporations diront ce qu'elles voudront, je continuerai à servir des pieds de mouton sauce poulette !

– Monsieur Bellanger, il en va de la sauce poulette comme de cette encyclopédie dont vous avez peut-être entendu parler. Elle a été interdite, mais ses fondateurs ont continué de l'imprimer et de la vendre.

– L'*Encyclopédie*... bien sûr que j'en ai entendu parler ! C'était, il y a déjà longtemps, par un client qui s'appelait monsieur Rousseau. Il n'avait que ce mot à la bouche quand il venait prendre son bouillon de poule avec des amis. Il m'a même dit qu'il amènerait monsieur de Voltaire, lequel n'est jamais venu, mais tout de même !

– Fort bien. Servez-nous vos pieds de mouton, monsieur Champ d'Oison, je préfère ce nom à celui de Bellanger. Sans oublier la sauce poulette ! »

Diderot et sa compagne se régalèrent ce soir-là et quittèrent enchantés le bouillon et la rue des Poulies.

« Je vais sans tarder y amener Holbach et Grimm. Ils vont adorer ! » dit le philosophe.

**
*

Sans bouger de son appartement, Mlle de Lespinasse avait fait son chemin depuis que Mme du Deffand l'avait chassée de chez elle. Si au début de son installation rue Saint-Dominique, rendue possible grâce à la générosité de Mmes Geoffrin et de Luxembourg, la présence de d'Alembert avait attiré ses premiers visiteurs, le charme de la maîtresse de maison, bien qu'elle ne reçût pas souvent à dîner, les avait retenus. Son salon rassemblait la société la plus choisie. De cinq heures jusqu'à neuf heures du soir, les gens les plus divers, mais tous remarquables dans leur domaine, gens de lettres, hommes de cour, diplomates, nobles étrangers et dames d'esprit, s'y retrouvaient dans une complicité d'heureuse liberté. C'était un titre de considération que d'être reçu dans cette société dont Julie faisait le principal agrément.

A ses amis les plus intimes – d'Alembert, Condorcet, Suard (le gendre du libraire Panckoucke, qui se disait chroniqueur philosophe), Condorcet, l'abbé Morellet, Marmontel, Chastellux, Turgot, Malesherbes –, Julie de Lespinasse réservait ses réflexions, ses idées exaltées de réforme et de liberté, son « âme citoyenne », comme elle disait. Cette réunion se tenait avant l'arrivée des invités. C'était ce que les chouchous de la maîtresse de maison appelaient « l'avant-soirée du coin de la rue ».

Agnès faisait désormais partie du petit groupe des initiés. D'Alembert l'avait introduite et Julie avait tout de suite aimé cette jolie savante aux yeux bleus dont l'histoire l'enchantait. Depuis sa dernière visite, Mme de Pompadour était morte et, comme quelqu'un avait amené la conversation sur la favorite, d'Alembert lui demanda :

« Je crois que vous êtes la dernière obligée du monde philosophique et scientifique à l'avoir rencontrée. Voulez-vous parler de cette dame, grande à plus d'un titre ?

– J'ai eu en effet le plaisir d'être son amie au couvent des sœurs Ursulines mais n'ai jamais été son obligée. Je me suis au contraire interdit de la rencontrer durant les vingt années où elle a vécu près du Roi.

– Ne m'avez-vous pas dit être allée la visiter à Choisy ?

– Oui, quelques jours avant sa mort. Ma visite l'a peut-être un temps réconfortée, mais la maladie avait déjà fait son œuvre. Elle était presque aveugle et supportait son destin avec beaucoup de courage. Ces retrouvailles furent émouvantes. Madame de Pompadour était une femme bonne évoluant dans un milieu cruel. Je crois que seuls ceux qui ne la connaissaient pas ne l'ont pas pleurée. J'excepte naturellement ses ennemis de toujours, la famille du Roi et le parti des dévots. »

Le salon s'était empli. Chacun dit son mot sur la marquise, et Malesherbes fut son meilleur laudateur :

« Je partage vos convictions, madame. Je suis fier pour ma part d'avoir pu durant tant d'années travailler aux côtés d'une femme aussi intelligente. Vous voulez bien, vous tous qui écrivez et qui publiez, apprécier mes efforts pour défendre une liberté d'expression combattue par toutes les formes légales. Eh bien ! sans l'appui constant de madame de Pompadour, sans ses interventions répétées auprès du Roi, je n'aurais pu vous aider comme je l'ai fait, annihiler autant qu'il m'a été possible les effets d'une censure que j'étais chargé d'appliquer, ni mériter le titre de « ministre de la Littérature » dont me gratifie Voltaire, et que je préfère à celui de directeur de la Librairie. »

« Jeanne-Antoinette, pensa Agnès, aurait aimé entendre ainsi parler d'elle ceux qu'elle avait toujours considérés comme des amis aussi importants pour l'Etat que les militaires. »

On parlait déjà d'autre chose quand Marmontel arriva. Marmontel, c'était un cas dans le monde des lettres. Fils d'un pauvre tailleur de Saint-Aubin, monté à Paris pour devenir écrivain, il avait écrit de tout, de rien, de la poésie, des tragédies, des articles pour l'*Encyclopédie*, vivant chichement sans avoir jamais atteint la gloire. Puis d'un coup, aidé par Voltaire et Quesnay sans doute, le succès était arrivé. Les *Contes moraux* avaient remporté un triomphe et avec *Bélisaire*, un roman philosophique qui venait de paraître, il avait été sacré grand esprit[1]. Julie de Lespinasse l'aimait bien ; elle lui fit place entre elle et Agnès, et, après l'avoir observé quelques instants, lui dit :

1. La postérité n'a pas confirmé cette réputation. Marmontel ne reste, dans l'histoire de la littérature, qu'un pâle émule de Voltaire.

« Quelque chose ne va pas, Marmontel ? Vous avez l'air triste !

– Oui, je viens d'apprendre que nous venons de perdre l'un des nôtres. Et pas le moindre. C'est Clairaut. »

La consternation se peignit sur les visages, et Agnès éclata en sanglots. Julie la consola du mieux qu'elle pouvait :

« Nous savions qu'il était malade, dit d'Alembert, mais personne ne pensait qu'il partirait si vite. Que son âme trouve la paix dans les sphères étoilées dont il a toute sa vie essayé de percer les secrets.

– Je pleure, murmura Agnès à l'oreille de Julie, celui qui m'a tout appris : la vie, l'amour, l'harmonie des nombres, les étoiles. Nous nous sommes séparés il y a longtemps mais je me rends compte que je n'ai jamais cessé de l'aimer.

– Van Loo, la marquise, Clairaut... Les Lumières qui ont éclairé le siècle commencent à s'éteindre », dit Marmontel, volontiers sentencieux.

D'Alembert, le plus touché avec Agnès par la disparition de Clairaut, le traita d'oiseau de mauvais augure, rappelant vivement qu'il restait encore bien des cierges à brûler dans la chapelle des incrédules. Mlle de Lespinasse marqua son approbation :

« Ne faites pas attention, d'Alembert, aux sottises de Marmontel, il n'a aucun tact. Vous avez de la peine et je vous comprends.

– On ne peut adorer ensemble pendant tant d'années les mêmes constellations sans que se tisse un lien plus fort que le temps. Et je n'oublie pas que je dois à Clairaut mon entrée à la section d'astronomie de l'Académie. Il m'a beaucoup appris.

– Je suis heureuse que dans ces cruelles circonstances vous viviez près de moi. »

Cette dernière phrase de Julie ne passa pas inaperçue. Plusieurs invités manifestèrent un étonnement que la maîtresse de maison justifia en souriant :

« Oui, mes amis, c'est une nouvelle que nous ne saurions cacher : monsieur d'Alembert loge chez moi depuis une semaine et il y habitera le temps qu'il voudra. »

Seuls deux étrangers et un nouveau venu, le jeune Lavoisier, ne prêtèrent attention à cette révélation. Les autres connaissaient trop bien l'histoire de Mlle de Lespinasse et du savant philosophe pour considérer l'affaire sans importance. On les savait très proches depuis l'arrivée de Julie dans la vie de Mme du Deffand. Personne n'ignorait que cette relation amoureuse avait suscité la jalousie de la vieille dame et l'avait poussée à chasser sa nièce. On savait aussi que Julie, en dehors de son attachement pour d'Alembert, éprouvait une violente passion pour le comte Mora, un aristocrate espagnol qui ne répondait pas comme elle le souhaitait à ses désirs. Ses intimes disaient qu'elle n'en dormait plus et calmait son désespoir en usant de doses répétées d'opium. Que fallait-il, dans ces conditions, penser de cette cohabitation ?

Marmontel glissa à son voisin, le comte Picousi, neveu du cardinal Cara, fort en cour au Vatican, qui découvrait avec étonnement le monde bizarre des salons parisiens :

« Rien n'est plus innocent que cette intimité, mais, voyez-vous, la considération dont jouit mademoiselle de Lespinasse, loin d'en souffrir, n'en est que mieux établie. Il en va de même pour son génie, qu'elle admire et qu'elle aime d'un amour… puisqu'il faut dire le mot, platonique.

– Ah ! fit le comte Picousi interloqué. Vous êtes sûr de ce que vous dites ? Vous croyez vraiment que monsieur d'Alembert…

– Rousseau, qui le déteste, et le mot est faible, vous dirait qu'il en est ainsi parce qu'il ne peut en être autrement. Il hait son ancien ami, haine partagée d'ailleurs.

– Ah ! ces philosophes… Vous ne vous passez rien, il me semble. Vous me rappelez les prélats du Saint-Siège.

– Je vous ai raconté cela, Excellence, parce que tout le monde est au courant, mais ne vous méprenez pas : d'Alembert exerce une incontestable domination sur le milieu des savants et des philosophes. Quant à mademoiselle de Lespinasse, c'est un honneur de fréquenter son salon, sa « boutique d'esprit » comme elle dit, et je vous félicite de faire partie de ses élus.

– Je dois aussi une visite à madame du Deffand…

– Oh ! Madame du Deffand doit déjà savoir, car elle sait tout, que vous êtes venu chez sa nièce abhorrée. Elle ne vous invitera pas. Elle est moins exigeante pour ses hôtes parisiens, car elle risquerait, en leur interdisant toute visite à mademoiselle de Lespinasse, de se retrouver devant ses fauteuils vides. Les nobles étrangers de passage à Paris, en revanche, doivent choisir.

– Est-ce vrai aussi pour madame Geoffrin, dont on m'a tant vanté l'hospitalité et la qualité de ses hôtes ?

– Non. Madame Geoffrin est une amie de notre Julie. C'est elle qui l'a d'ailleurs aidée à s'installer. Vous lui ferez plaisir en lui disant que vous avez été chez elle.

– Je vous sais gré, monsieur, de m'avoir initié aux secrets de votre illustre société. Quand vous viendrez à Rome, j'en ferai autant. La vie au Vatican est certes autre chose, mais elle vous réservera des surprises. »

Julie de Lespinasse avait le chic pour repérer, dans la foule des jeunes écrivains, des savants ignorés et des esprits ambitieux ceux qui avaient une chance d'entrer un jour dans la clarté des Lumières. Antoine Lavoisier, dont c'était la première visite rue Saint-Dominique, était de ceux-là. A vingt-deux ans, il avait conservé un air d'adolescent. Grand, mince, blond, le visage lisse et pâle, il faisait figure de collégien timide au milieu de ces gens célèbres qui parlaient haut et bataillaient de leurs idées dans une langue choisie. Il était arrivé l'un des derniers et Julie de Lespinasse, avec son don d'apparier ses hôtes, l'avait placé entre Agnès et Condorcet, guère plus âgé que lui, mais qui avait déjà franchi la frontière de la renommée avec son *Essai sur le calcul intégral*. Contrairement à Lavoisier, il paraissait plus que son âge et assumait avec autorité sa célébrité naissante.

Le jeune Lavoisier en était loin encore. Fils d'un riche négociant, il avait fait des études de droit et avait été reçu avocat au parlement de Paris. Ce n'étaient pas des références propres à retenir l'attention de Julie. Ce qui l'avait séduite chez le jeune homme, c'est qu'il avait abandonné le barreau après sa première plaidoirie pour assouvir sa vraie passion : la philosophie et la recherche scientifique. Il venait d'obtenir une médaille d'or de l'Académie pour son *Mémoire sur les différents moyens d'éclairer une grande ville*, dont il avait envoyé copie à d'Alembert; ainsi Julie de Lespinasse en avait-elle eu vent. Elle avait décelé, sous cette étude au titre peu philosophique, une réflexion profonde et avait eu envie d'en connaître l'auteur, « un garçon, avait-elle dit en riant à son cher savant, qui allume des réverbères à quinquet sur le chemin des Lumières ».

Mis en confiance par le sourire charmeur de sa voisine, Lavoisier ne tarda pas à se confier :

« C'est un bonheur de pouvoir converser avec une dame qui, depuis vingt ans, mène le combat scientifique au côté des hommes les plus illustres.

– J'ai eu la chance, en effet, de pouvoir travailler avec de grands savants, de les aider tout au moins. Puisque vous semblez connaître ma vie, vous n'ignorez pas que je n'ai attaché mon nom à aucun des grands travaux scientifiques qui ont illustré ce siècle. Je peux me dire, en revanche, que sans mes dons mathématiques mon maître et ami Clairaut n'aurait sans doute pas pu présenter en temps utile à l'Académie ses prévisions sur le passage de la comète de Halley. J'ai aussi beaucoup travaillé pour monsieur Lalande alors qu'il composait sa carte astronomique donnant tous les passages de Vénus dans les différents pays du monde. Mais je suis une astronome anonyme. Si j'avais été un homme, j'aurais sans doute pu mener une carrière plus valorisante. Surtout, ne me prenez pas pour une femme aigrie ! Me voilà mariée, à l'abri du besoin, et libre de coller mon œil à une lunette pour explorer le ciel ! Mais parlez-moi de vous qui, avec mon voisin de gauche, êtes l'avenir de l'humanité scientifique.

– Oh ! mon histoire est plus modeste que celle de Condorcet qui a déjà une œuvre mathématique importante à son crédit. J'ai la chance d'avoir un père fortuné. Le pauvre homme, s'il a difficilement admis que l'étude des sciences exactes me convenait mieux que le métier d'avocat, ne m'en a pas moins permis de profiter des leçons des meilleurs professeurs. J'apprends l'astronomie près de l'abbé Canavaggio, qui se dit Corse, la chimie avec de Rouelle, et Jussieu m'enseigne la botanique. Je prépare un ouvrage sur les couches des montagnes et ai bien d'autres projets en perspective.

– Oui, vous avez de la chance, mais la facilité financière ne fera pas de vous un savant reconnu si vous n'êtes pas doué pour la recherche, si vous n'êtes pas prêt à sacrifier votre plaisir aux longues heures d'étude et à des expériences sans cesse recommencées.

– Je sais cela ! », dit le jeune homme d'un ton soudain si exalté qu'Agnès en fut surprise.

Il ajouta aussitôt, toujours enfiévré :

« J'ai déjà renoncé à bien des distractions de mon âge pour satisfaire ma passion. Et j'ai toujours su que ma destinée passait par cette exigence. »

Agnès, touchée par cette spontanéité, émue par un enthousiasme qui lui rappelait les heures enflammées vécues au côté de Clairaut, prit la main du jeune Lavoisier et la serra doucement, dans une caresse inconsciente :

« Mon ami, votre engagement remue bien des souvenirs chez la dame vieillissante qui vous écoute avec émotion.

– Mais vous n'êtes pas vieille ! s'exclama Lavoisier. Puis-je vous dire que je vous trouve très belle et que, si quelques rides délicates soulignent votre expérience de femme et de savante, je n'y trouve qu'avantage ! »

Agnès se reprit :

« Parlons moins fort. Il y a ici autant de mauvaises langues que de gens d'esprit. Voyez-vous qu'on répète demain chez Mme Geoffrin, ou ailleurs, que j'ai tenté de séduire un jeune homme qui pourrait être mon fils ? »

Ils en restèrent là de leurs confidences. Lavoisier demanda à Condorcet où il en était de ses intégrales et Agnès vint s'asseoir près de Julie qui laissa passer dans ses yeux un éclat de malice :

« Comment trouvez-vous mon nouveau lumignon ? D'Alembert lui prédit un bel avenir. Et vous ?

– En mathématiques, il paraît avancé pour son âge! »

Les deux femmes éclatèrent de rire.

« Ce jeune homme est touchant quand il parle des expériences de physique et de chimie qu'il a l'intention d'entreprendre. On a l'impression que rien ne compte pour lui que ses cornues et ses alambics, dit Julie.

– Ne vous y fiez pas. Lorsqu'il s'intéressera à l'amour, il y mettra la même passion que pour fondre ses ingrédients!

– Qu'est-ce qui vous fait dire cela? Aurait-il tenté avec vous une sublimation de faux naïf? Votre conversation semblait très animée...

– Oh! vous savez, Julie, les hommes de science génèrent rarement des libertins. Encore que... les astronomes peuvent faire des amants convenables. Sirius et Antarès m'ont conduite deux fois dans les bras d'un chercheur d'étoiles.

– Mais Lavoisier n'est pas astronome. En fait d'étoiles, il n'a jusqu'ici allumé que des réverbères!

– Vous êtes dure envers votre protégé! Il ne connaît rien au ciel, c'est vrai, mais il rêve comme tout le monde de coller son œil à un télescope. Pour voir. Ne le répétez pas, mais l'envie m'a prise tout à l'heure, en l'écoutant, de lui montrer l'empyrée des dieux et des poètes.

– Diable! Et votre mari, voluptueuse comète? demanda Julie, coquine. Vous ne semblez guère vous en soucier.

– Il ne rentrera du Poitou que dans deux semaines et ne pense qu'à ses gabelles. Mais je ne sais pas si j'ai envie de le tromper. Il faudrait pour me tenter une occasion exceptionnelle, une rencontre singulière, et je ne vois pas, dans mes relations austères, quelqu'un qui puisse m'y pousser.

– Et pourquoi pas le jeune Lavoisier? Vous paraissiez, à l'instant, prête à l'initier au mystère des cieux. A la façon dont il vous regardait, je pense qu'il n'hésitera pas à vous suivre un peu plus loin dans la Voie lactée!

– Dites donc, Julie, quel métier faites-vous? D'abord, pourquoi ne pas vous occuper vous-même de ce garçon?

– Parce que j'aime, et quand j'aime, c'est avec excès, avec folie. Où trouver dans cette passion sans mesure la place à une aventure tout juste divertissante? »

Agnès laissa passer un moment, puis s'excusa. Elle devait partir. Elle embrassa Julie, décerna quelques sourires autour d'elle et sortit. Sur le palier, elle endossa son manteau en se rappelant la dernière phrase de la maîtresse de maison. « C'est du marquis de Mora qu'il s'agit, pensa-t-elle. Je plains d'Alembert! »

Au bas de l'escalier, Lavoisier l'attendait qui simula la surprise : « Le hasard fait bien les choses. Sans doute avons-nous encore des choses à nous dire… » Elle le regarda, flattée dans le fond qu'un beau garçon de vingt ans s'intéressât à elle, hésita un instant, puis dit vivement, comme pour rendre sa décision irréversible : « Les astres semblent vous intéresser. Eh bien! La clarté de cette nuit est idéale pour explorer le ciel. Montez dans ma voiture et allons à Vincennes où vous étrennerez presque mon nouvel observatoire. On n'a installé qu'hier le jeu de miroirs qui mettra Vénus à portée de votre œil. » Lavoisier n'en espérait pas tant. Il balbutia quelque politesse et se laissa conduire jusqu'au carrosse à deux chevaux qui attendait un peu plus loin Mme de la Cane.

Vincennes était loin, au-delà de la porte Saint-Antoine, et la route, moins bien entretenue que celle de Versailles, cahotait sèchement la voiture et projetait Agnès contre le jeune Lavoisier, quand ce n'était pas le contraire. Ils essayèrent d'abord de se retenir, chacun de leur côté, aux anses de cuir des encoignures mais la manœuvre apparut vite fatigante et inefficace. Ils lâchèrent prise ensemble et constatèrent que le seul moyen d'être moins brinquebalés était au contraire de rester serrés l'un contre l'autre et d'accompagner ensemble le roulis du carrosse.

« Remarquez, dit Agnès, que nous venons d'illustrer plusieurs lois essentielles de la physique : celle du pendule cycloïdal – je suis, formule à l'appui, experte en la matière –, celle de Newton sur l'inertie et...

– De l'attraction universelle ! », continua Lavoisier qui s'aperçut que les lèvres d'Agnès se trouvaient à cet instant à quelques centimètres des siennes.

Un cahot força le destin. Ils n'avaient pas prononcé trois mots, et c'est le philosophe des réverbères qui rompit le silence, lorsqu'une nouvelle secousse les sépara :

« On m'avait bien dit qu'il se passait toujours quelque chose chez Mlle de Lespinasse, mais je ne m'attendais pas à ce genre de surprise !

– Etes-vous déçu ?

– Oh, non ! Et si, en plus, le ciel est à nous, j'écrirai à Voltaire qu'il a bien raison de vouloir se soumettre à la Providence ! »

Agnès pensa que Lavoisier aurait pu être un joli nom d'oiseau et, surtout, qu'il ne manquait pas d'esprit. Le reste appartient à la magie de l'astronomie et à l'histoire des amours éphémères. Mme de la Cane et M. Lavoisier ne se revirent pas, sauf parfois chez Mme Geoffrin ou Mlle de Lespinasse, où ils échangèrent des propos anodins.

CHAPITRE X

Le voyage de Mme Geoffrin

L'année 1765 n'avait pas été favorable au roi. Un an après la disparition de Mme de Pompadour, c'était le Dauphin qui mourait à Fontainebleau, le 20 décembre, d'une tuberculose qui l'avait tenu trois mois durant entre la vie et la mort. Fort pieux, il avait dit à son confesseur en larmes : « Est-ce à moi de vous soutenir ? Je n'ose prier pour ma guérison, car je crains d'aller contre les décrets de Dieu. » Le duc de Bourgogne ayant disparu en 1761, le duc de Berry[1] devenait à onze ans héritier du trône.

Peu touchés par les malheurs de la cour, c'était un autre sujet qui passionnait les habitués des salons : Mme Geoffrin cachait un secret. Cela faisait plusieurs mois qu'elle se montrait fébrile, posait des questions sur l'Allemagne, l'Autriche, la Pologne, et les difficultés que devait rencontrer un voyageur sur les routes de ces régions.

1. Futur Louis XVI.

Cette soif d'informations sur des contrées lointaines chez une femme dont on connaissait les habitudes casanières n'était pas sans surprendre ses amis. On se rappelait l'avoir entendue dire un jour à d'Alembert, qui la taquinait sur son attachement à sa ville : « On ne sait pas assez qu'il n'y a point de meilleur air qu'à Paris. » Ce à quoi il avait répondu : « Vous devez en être d'autant plus sûre que vous n'en avez jamais respiré d'autre. » Et voilà Mme Geoffrin qui courait les rues avec une sorte de fièvre et faisait des emplettes inaccoutumées. Julie de Lespinasse l'avait ainsi surprise chez Morlan en train d'acheter de grosses bottines de campagne, plus propres à la chasse qu'aux bavardages de salon.

Ces allures insolites excitaient de plus en plus la curiosité de ses proches qui se demandaient si leur chère hôtesse ne préparait pas quelque équipée. Un jour, alors que Grimm l'interrogeait devant tout son monde, elle lança, faisant la petite bouche : « Il n'y a rien d'impossible. » C'était un demi-aveu, et la nouvelle, si stupéfiante fût-elle, devint une certitude : Mme Geoffrin allait partir. Mais où ? Les bruits les plus divers circulèrent. On parla d'une mission secrète dans les pays du nord confiée à la plus inattendue des diplomates en jupons. Un gazettier annonça que le roi de Pologne faisait construire à Varsovie une maison toute semblable à celle de la rue Saint-Honoré, distribuée et meublée pareillement, afin que Mme Geoffrin puisse croire entrer chez elle.

Enfin, la dame du « salon d'idées » annonça qu'elle quitterait Paris le 1er avril 1766, « doucement, tant que la terre me pourra porter, jusqu'au pied du trône d'un roi bien-aimé ». A ses amis intimes, d'Alembert, Grimm, Julie, elle dévoila avec une jubilation certaine le détail de ses préparatifs, montra les lettres du roi Stanislas-Auguste[1] l'invitant sur un ton péremptoire, bien qu'un peu inquiet de savoir sa vieille amie entreprendre un voyage aussi lointain. Il énumérait toutes les dispositions qu'il comptait prendre pour qu'elle voyageât aussi bien que possible et fût traitée royalement. « Vous serez, écrivait le roi, logée au château, aurez une voiture à vos ordres, dînerez et souperez avec moi toutes les fois que je ne serai pas en représentation. Vous recevrez chez vous qui vous voudrez. Vous voir sera une faveur que vous accorderez ou non. »

« La distance à parcourir ne vous inquiète pas ? demanda Grimm.

– Ma santé, mon cher, est parfaite, je ne suis ni peureuse ni difficile sur les délicatesses des femmes. Et puis, j'ai posé des conditions, prudentes et modestes. Je ne réclame rien du côté de la vanité, l'incognito est ce qu'il me faut. Je ne désire qu'une petite chambre où je serai tranquille et où le roi pourra me rendre visite lorsqu'il aura quelque loisir.

– Comptez-vous rester longtemps loin de nous ? demanda d'Alembert. Vous allez nous manquer.

– J'ai prévenu le roi Stanislas-Auguste : je ne resterai que deux ou trois mois au plus, et rien ne me retiendra davantage. Je l'ai aussi informé de quelques habitudes, en particulier celle de ne boire qu'une eau bonne et fraîche. Vous savez que j'en consomme beaucoup, aux repas mais aussi en me levant et en me couchant. Sur ce point, le roi a rassuré sa maman : “Vous serez, m'a-t-il écrit, abreuvée d'une eau

1. Stanislas-Auguste Poniatowski avait été élu roi de Pologne l'année précédente. Une réelle affection existait entre lui et Mme Geoffrin dont il avait, dès sa jeunesse à Paris, fréquenté le salon. Elle avait alors payé ses dettes. Il l'appelait « maman », elle disait qu'il était son fils adoptif chéri.

excellente, légère, fraîche et claire. Vous verrez dedans comme dans moi."

– Mais comment allez-vous voyager sur ces routes incertaines ? demanda Julie de Lespinasse.

– J'ai commandé il y a six mois à mon carrossier une berline large et solide, capable de me porter l'espace de onze cents lieues sur des chemins difficiles à n'en point douter. Pour l'heure, je règle les détails de l'itinéraire et des étapes. Cela occupe tout le temps que je ne passe pas en votre compagnie. Et figurez-vous que je trouve très amusante la préparation d'un tel voyage, moi qui n'ai de toute ma vie jamais été plus loin que Dampierre !

– Passerez-vous par Berlin, comme je vous le conseille ? demanda Grimm.

– Non ! Votre Frédéric m'insupporte. Je ne vois en lui ni un grand homme ni un homme vertueux. Et je ne sais comment il me recevrait. J'aurais une audience de quelques minutes, ce n'est pas ainsi que j'aime voir les hommes, en général et particulièrement les rois. Je m'arrêterai donc à Vienne où l'impératrice Marie-Thérèse manifeste une incroyable envie de faire ma connaissance. Et puis j'aurai un compagnon de route en la personne du comte de Loyco, envoyé du roi de Pologne, qui doit regagner Varsovie.

– J'espère qu'il s'agit d'un homme intéressant, dit Julie. Car partager sa banquette durant des semaines avec une désagréable compagnie...

– Oh ! Loyco ira dans son propre carrosse et moi seule dans le mien, avec mes deux femmes. Mais je suis bien aise que ce gentilhomme s'occupe des étapes et des relais. Enfin, Stanislas-Auguste enverra à Vienne un officier de sa maison pour me faciliter le trajet jusqu'à Varsovie. »

Mêmes ceux qui connaissaient le prestige dont jouissait Mme Geoffrin étaient confondus par les apprêts qui précédaient le départ d'une dame de soixante-six ans qui n'était ni noble ni très instruite, mais dont l'aura touchait l'Europe entière. Tous ces pourparlers, ces courriers, ces escortes, ces étapes préparées jusqu'au moindre détail, donnaient au voyage de Mme Geoffrin l'allure d'un déplacement princier. Cela ne la gênait en rien, et ceux de ses amis qui fréquentaient son salon depuis des années n'en étaient pas tellement étonnés. Ils avaient connu l'époque où les premiers étrangers, de passage ou accrédités à la cour de Versailles, s'étaient fait présenter à elle. L'accueil de la maîtresse de maison et l'excellence de la compagnie leur parurent tellement rares qu'ils pressèrent leurs compatriotes les plus distingués de venir côtoyer chez Mme Geoffrin la fine fleur de l'intelligence française. Ainsi s'était composée en quelques années la liste prestigieuse des amis étrangers de la rue Saint-Honoré, à laquelle venait de s'ajouter le philosophe historien écossais David Hume, qui alliait un physique balourd à un esprit vif et caustique[1]. Tous, lorsqu'ils n'étaient pas à Paris, entretenaient une correspondance régulière et affectueuse avec leur célèbre hôtesse. Quant aux têtes couronnées, outre Gustave III de Suède et le roi de Pologne qui avaient fréquenté son salon, elle avait deux amies qu'elle n'avait jamais vues, mais qui la suppliaient de venir à Saint-Pétersbourg et à Vienne. Catherine de Russie, gagnée par tout ce qui lui revenait des bords de la Seine, vouait une amitié sincère, exprimée dans d'innombrables lettres, à celle qui

1. David Hume avait été conseiller d'ambassade à Paris, où il revenait souvent. Malgré son extérieur vulgaire, les Parisiennes les plus élégantes l'entouraient de leurs grâces. Cette contagion n'avait pas épargné Mme Geoffrin qui, dans ses lettres, l'appelait « mon gros drôle ».

jouissait d'une influence unique sur les philosophes, les savants et les artistes de France. Quant à l'impératrice d'Autriche, cela faisait des années qu'elle l'invitait.

Telle était la dame qui, à trois heures de l'après-midi, le 21 mai 1766, entourée de quelques fidèles dont Julie de Lespinasse, d'Alembert et Grimm, monta dans la berline qui l'emporta vers les routes de l'est.

« Comment va-t-on pouvoir vivre à Paris sans madame Geoffrin ! dit Grimm en agitant son mouchoir.

– En allant plus souvent chez Julie ! », répondit d'Alembert.

On aurait pu penser que la Parisienne qui n'avait connu d'autres horizons que la rue Saint-Honoré et la proche banlieue allait dévorer des yeux les vallées, les collines, les rivières dont la route déroulerait les charmes printaniers. Il n'en fut rien. Mme Geoffrin n'aimait la nature que dans les tableaux de Fragonard ou d'Hubert Robert. Ce qui l'intéressait, c'était le spectacle de l'homme, ses coutumes, son travail, sa maison. A l'étape et dans la traversée des villes et des villages, elle exerçait sa curiosité, observait, notait quelquefois sur son carnet une scène qui avait retenu son attention. « Je m'emploie à garnir mon magasin de réflexions et de comparaisons pour le reste de ma vie », écrivit-elle un soir à Mme de la Ferté-Imbault.

Durant son voyage, Mme Geoffrin ne cessa d'écrire à sa fille et à ses amis, toujours pour leur dire qu'elle se portait bien et que sa longue escapade ne la fatiguait pas. Elle se dit tout de même heureuse de s'arrêter quatre jours à Durlach[1],

1. Ville de l'ancien margraviat de Bade-Durlach, proche de Carlsruhe.

chez le margrave et la margravine, flattés de recevoir l'amie des souverains. « Des gens exquis qui m'ont fait les honneurs de leur petite cour, magnifique et servie à la française. J'y ai remporté un vrai premier succès », notera-t-elle à Mme Necker tandis que le courrier suivant annonçait à son vieil ami Boutin, receveur général des Finances, non sans une certaine enflure de vanité, « que commençait là, véritablement, la période triomphale de sa vie », ajoutant : « Vous seriez confondu si vous voyiez le cas qu'on fait de moi ici. »

Vienne n'allait pas rendre à Mme Geoffrin la retenue qui était son fort à Paris. « Je suis à Vienne comme j'étais à Paris. Ma chambre ne désemplit pas. Monsieur de Kaunitz, le Premier ministre, me comble d'attentions. On m'a mené hier à une promenade publique. L'Empereur était en voiture. Il m'a reconnue lorsque nos calèches se sont croisées et est descendu pour me saluer de la plus galante façon. Je lui ai demandé en balbutiant comment il était possible que j'eusse été connue de lui. Il m'a répondu des choses si flatteuses que je n'ose les répéter. Je n'ai pas encore surmonté ma surprise de voir un empereur à la portière de ma voiture, en ne m'en permettant pas d'en sortir ! Il partait le soir pour le camp et me dit son regret de ne pouvoir me recevoir avant le surlendemain. Un courrier m'attendait à mon logement. C'était l'Impératrice-reine qui m'invitait à venir à sa campagne afin que je lui sois présentée. Le lendemain je fus donc à Schönbrunn où Marie-Thérèse se trouvait avec tous ses enfants. J'ai été frappée par le visage d'ange de l'aînée, l'archiduchesse Marie-Antoinette, qui a douze ans. Comme je faisais part de mon admiration à l'Impératrice, celle-ci m'a dit, je ne sais pas pourquoi : "Faites savoir en France que vous avez vu cette petite et que vous la trouvez belle." »

En lisant cette lettre à ses amis, d'Alembert dit :

« Notre amie est vraiment prodigieuse ! Aucun ambassadeur ne sera jamais traité comme elle. Et elle n'est qu'à Vienne. Que va pouvoir faire son roi chéri pour lui montrer son attachement ? Et sa reconnaissance. Vous vous rappelez quand le jeune Stanislas Poniatowski venait demander à sa "maman" de l'aider à s'acquitter d'un billet d'honneur ? En tout cas, ce voyage extravagant nous réserve des séances intéressantes. »

Mme Geoffrin arriva enfin à Vienne sous la protection du capitaine Bachone, que le roi de Pologne avait envoyé pour lui servir de guide « à cheval, à pied, en voiture, partout où il faudra ». L'homme avait fait de son mieux, mais les chemins étaient défoncés, les auberges inexistantes et les granges, où il fallut souvent se résigner à dormir, dans un état de saleté repoussante. Quant au pain, il était immangeable, et l'eau détestable. De tout cela, elle ne parla pas à ses correspondants. L'orgueilleuse représentante de l'intelligence française ne voulait pas être raillée ni inspirer une compassion hypocrite aux beaux parleurs des salons, celui de Mme du Deffand par exemple. Mme du Deffand ! Ni la distance ni les frontières n'avaient effacé l'animosité vigilante qui opposait les deux rivales. A d'Alembert, qui lui avait écrit que Mme du Deffand supportait mal ses succès européens, elle avait répondu, de Varsovie, avec une magnanimité un peu suspecte : « Je ne peux pas vous pardonner d'être bien aise que les agréments que je retire de mon voyage fassent une nouvelle peine à votre voisine[1]. Je

1. D'Alembert habitait toujours chez Mlle de Lespinasse, laquelle était voisine de Mme du Deffand. Lettre citée dans l'*Eloge de Madame Geoffrin* de d'Alembert et Morellet.

connais que c'est une méchante bête mais elle est aveugle et, de plus, le genre de sa méchanceté, qui est la jalousie, la rend si malheureuse qu'en vérité elle me fait pitié. » En fait – Mme Geoffrin ne l'aurait jamais reconnu –, elle savait que son voyage extraordinaire en Pologne scellait indéniablement sa suprématie sur la vieille concurrente et en était comblée.

Partie de Vienne le 13 juin au matin, l'illustre voyageuse n'atteignit la terre promise que le dimanche 22 à cinq heures du soir. Le séjour à Varsovie s'avéra immédiatement être un continuel ravissement. C'est ce qu'elle écrivit dès le 24 à sa fille : « Il y a eu un mois avant hier que je suis sortie de Paris et j'ai vu et fait bien des choses depuis ce temps-là. J'ai accompli ce voyage dans la plus parfaite santé et suis arrivée ici comme si je me levais de mon fauteuil. J'ai été reçue avec des transports de joie de la part du roi qui en me voyant s'est écrié "Voilà maman !" et m'a embrassée. Toute sa maison est à mes ordres. Je n'ai pas un moment à moi, aussi je vous prie, belle marquise, de faire dire de mes nouvelles à tous mes amis. Vous allez penser que la tête me tourne, mais non. Je sens vivement ce que je sens et cela ne change rien à mon plan. Je quitterai Varsovie le 1er septembre et serai à Paris le 15 octobre. En bonne santé car je respecte la fidélité à mon régime. J'y ai quelque mérite avec tous ces grands dîners qui se succèdent. Mais je rentre chez moi à dix heures, je bois mon eau chaude et je me couche. Le lendemain matin, je recommence la même chose. » Durant ces deux mois, Mme Geoffrin écrivit régulièrement à sa fille, moins à ses amis, qui, eux, la comblèrent de lettres, Voltaire lui-même l'assurant par deux fois de son amitié. Il est vrai qu'il lui demandait de solliciter l'aide de Stanislas pour sauver le protestant Sirven, victime d'une erreur judiciaire [1].

Toutes les attentions flatteuses dont elle était l'objet faisaient du séjour de Mme Geoffrin ce moment merveilleux dont elle avait rêvé. Et pourtant, les semaines passant, le charme s'estompait, la réalité laissait apparaître la difficulté d'être une bourgeoise égarée chez un roi. La désillusion ne pouvait que succéder à de trop ambitieuses espérances. Bientôt un différend, dont elle ne dira rien, allait l'opposer à son royal « fils ». Cet incident sans gravité ne précipita pas son retour, mais laissa quelques traces dans la suite d'une liaison peu ordinaire. La séparation, affectueuse et digne, désola le roi. Le soir, il écrivait à l'adresse de l'étape du lendemain : « Vous êtes partie ! Ma sœur est partie ! J'ai trouvé en m'éveillant mon château et ma journée vides... » Madame Geoffrin s'arrêta encore un peu de temps à Vienne, où elle fit plus ample connaissance avec l'Empereur, qu'elle n'avait guère pu qu'apercevoir lors de son premier passage. Elle ne souhaita plus, enfin, que retrouver au plus tôt son salon vert et ses chers amis.

**
*

On commençait alors à parler de la beauté d'une fille que promenait, dans les loges de l'Opéra ou du Théâtre-Français, le comte Du Barry dont la réputation était fort médiocre. L'histoire de cette jeunette – elle n'avait pas vingt

1. L'affaire Sirven, comme l'affaire Calas, occupa Voltaire. Sirven avait été accusé du meurtre de sa fille et condamné à mort. Il s'était enfui en Suisse et, après qu'il se fut rendu, Voltaire obtint l'ouverture d'un nouveau procès et sa liberté.

ans – était assez singulière pour aiguiser l'intérêt des amis de Mlle de Lespinasse et jusqu'aux habitués du salon de Mme Geoffrin, encore que cette dernière ne goûtât guère chez elle les propos scabreux. Vers 1759 était arrivée à Paris, à l'âge de quinze ans, Jeanne Bécu, fille naturelle d'une paysanne, Anne Bécu, dite Quantigny, et, disait-on, d'un moine de l'ordre de Picpus. Née à Vaucouleurs, elle avait fait des études convenables au Sacré-Cœur mais ne disposait, pour réussir, que de ses charmes. Un sieur Lange, qui voulait obliger la mère, plaça Jeanne au couvent de filles de Saint-Aude, d'où elle sortit bientôt pour découvrir la capitale au hasard des rues, portant en bandoulière une boîte ouverte qui contenait toute une quincaillerie de cordons de montres, de tabatières à deux sous, de fausses perles et d'épingles à chignons qu'elle proposait aux passants.

La petite colporteuse de mercerie abandonna son pauvre négoce pour entrer chez le marchand de mode Labille, où l'essentiel de sa tâche consistait à se laisser lorgner à travers la vitre par de jeunes seigneurs désœuvrés ou de vieux messieurs libidineux. C'est alors qu'elle fit la connaissance du coiffeur Lamet, qu'elle prit goût au luxe et ruina son protecteur. Entre temps, sa mère s'était remariée avec un certain Rançon, qui la recommanda à une voisine, Mme Duquesnoy, laquelle tenait une maison de jeux rue de Bourbon. Une maison de jeux ! Les femmes galantes essayaient depuis toujours d'y saisir la fortune ! La beauté nouvelle et inconnue de Jeanne ne passa pas inaperçue et le comte Du Barry en fit la favorite de l'espèce de sérail qu'il entretenait à Paris.

Le comte Du Barry était l'homme le plus ambitieux d'un monde où ne manquaient pas les arrivistes. Venu de

Toulouse à vingt-huit ans, il n'avait pas tardé à s'établir dans la meilleure compagnie et à se faire des relations. Mais, comme cela arrive souvent, il reçut beaucoup de promesses et peu d'offres solides. C'est alors qu'il imagina de « brocanter » les jolies filles qu'il avait découvertes. Jeanne, qui se faisait maintenant appeler Mlle Vaubernier et qu'il avait formée aux grandes façons de la galanterie, était la plus belle, la plus intelligente de celles qu'il destinait aux riches seigneurs, et il envisagea bientôt pour sa jeune maîtresse les plus hautes destinées. C'est de la bouche de Piron que les amis de Julie de Lespinasse apprirent ce soir d'octobre les péripéties qui avaient marqué la vie de la fille Bécu.

« Alors ? A qui Du Barry destine-t-il ce morceau de choix ? demanda Turgot.

– Pourquoi pas morceau de roi ? dit Julie. Je sais que Louis XV s'est assagi depuis la mort de Mme de Pompadour, mais que Lebel a toujours sous la main quelque jeune poulette à lui présenter.

– Si vous aviez vu cette Jeanne, dit Crébillon[1], vous penseriez que cet affreux Du Barry ne la brûlera pas dans un rôle éphémère.

– Vous l'avez vue ? demandèrent ensemble d'Alembert et Turgot.

– Oui, chez mademoiselle Legrand[2]. Il y avait là quelques autres courtisanes à la mode, littéralement écrasées par la jeunesse et l'éclat de cette créature.

---

1. Le grand romancier de ce temps libertin. Il venait de publier *Le Hasard du coin du feu*, dont certains disent que Musset s'est souvenu dans *Un caprice*.

2. Sorte de Ninon de Lenclos, Mlle Legrand, sans tenir salon, recevait chez elle un monde mêlé de jolies femmes, de gens de théâtre et d'hommes de lettres, dont Crébillon et Collé.

– Mais qu'a-t-elle donc de si exceptionnel ? questionna Julie. Dites-nous donc à quoi elle ressemble, vous qui déchiffrez si bien les secrets féminins ! »

Crébillon ne se fit pas prier :

« Le visage et le corps semblent d'emblée réaliser l'idéal de la femme de notre siècle. Ses cheveux sont les plus beaux, les plus longs, les plus soyeux, les plus blonds du monde, d'un blond cendré, et bouclés comme les cheveux d'un enfant, des cheveux qui gardent à son front comme une adorable survie de la petite fille.

– Et les yeux ? Vous n'en parlez pas ? dit Julie.

– Ses sourcils et ses cils bruns frisent autour de ses yeux bleus qui n'apparaissent presque jamais entièrement ouverts et d'où coulent des œillades allongées, des regards à demi clos, regards de volupté[1].

– Bravo Crébillon ! », s'exclama l'assistance.

Le romancier, content de se mettre en évidence, parla encore d'un petit nez finement taillé, de l'arc retroussé d'une bouche délicieusement mignarde, d'un cou qui semblait celui d'une statue antique, allongé pour se balancer délicatement sur de rondes épaules. Et encore d'un pied mignon, d'une main effilée, de bras faits pour être dévotement caressés… Il osa même comparer son teint à une feuille de rose tombée dans du lait, ce qui laissa pantois savants et philosophes. L'envolée de Crébillon, c'est Julie qui le dit, laissa flotter dans le salon un nuage enivrant dont on s'attendait presque à voir émerger la jeunesse victorieuse de la déesse de Vaucouleurs.

1. Portrait librement inspiré de celui qu'en firent les frères Goncourt, qui le tenaient eux-mêmes des portraits de Drouais et des souvenirs de Mme Vigée-Lebrun.

Du Barry, que ses compagnons de jeu et de débauche surnommaient «le Roué», se trouva un jour dans la même mauvaise compagnie que Richelieu, qui, après boire, laissa échapper devant lui que Louis XV ne se livrait plus qu'à des excès de plaisirs occasionnels et qu'il serait meilleur pour lui d'avoir une maîtresse déclarée. Cette phrase n'avait pas échappé au comte, qui se mit à réfléchir. Il cherchait bien à caser sa beauté, qu'on appelait maintenant Mlle Lange, contre des dédommagements financiers qui lui permettraient de remettre à flots sa fortune. Mais le Roi ! Et puis, de réflexions en spéculations, le Roué en était venu à oser le suggérer.

Dès lors, il s'était lancé dans le plus fou des projets. La seule personne qui pouvait l'aider était Richelieu. Il s'arrangea pour lui présenter sa maîtresse et vanter ses incomparables qualités, mais le maréchal rit et lui conseilla de chercher un autre moyen pour faire sa fortune : «Cette personne n'a aucune chance de retenir l'attention du Roi plus que les quelques heures qu'il consacre habituellement à ce genre de rencontres.» Pourtant, Du Barry ne s'avouait pas battu. Il tentait à chaque rencontre de convaincre Richelieu, qui, un jour, finit par lui conseiller d'aller voir Lebel :

«Par lui, ta favorite réussira peut-être à approcher le Roi. Essaye toujours.

– Voilà une bonne occasion d'occuper mes journées ! dit le comte en éclatant de rire. Si personne ne veut m'y aider, je porterai moi-même la Lange dans le lit du Roi !»

Richelieu avait raison. Ce n'est pas par lui, mais par Lebel, que le Roué trouva une ouverture à son misérable commerce. Le valet de chambre, expert en la matière, avait tout de suite pensé, lorsque Du Barry la lui avait fait connaître, que cette éblouissante beauté ferait sur son maître une forte impression. Il imagina bientôt un moyen de faire découvrir au Roi la Lange en liberté. Un souper fut organisé chez lui, auquel assistaient quelques-uns des amis de Du Barry, hommes et femmes, Dutens, Sainte-Foix, de Truel et naturellement Mlle de Lange, nom sous lequel Lebel l'avait décrite à Louis XV. Emoustillée par le champagne, drôle, un peu folle, naturelle, irrésistible, elle charma la société et… le Roi, qui la regardait par une fente secrète, ménagée dans un mur de la salle à manger. Richelieu, Lebel et des gens de son quotidien lui avaient si souvent rebattu les oreilles de cette jeune fille dont la beauté n'avait jamais eu d'égal à la cour, qu'il avait accepté, amusé, de venir la voir sans qu'elle s'en doute, chez son valet de chambre. Cette première impression fut si vive que, dès le lendemain, il la fit mander dans l'appartement que Lebel avait pour mission d'entretenir discrètement en ville depuis la fermeture du Parc-aux-Cerfs.

Jeanne était évidemment troublée à l'idée de rencontrer le Roi en tête à tête, mais son amant lui avait fait la leçon, l'avait préparée comme une comédienne appelée à jouer une pièce difficile. Quand elle avait bien su son rôle, dix fois répété, il lui avait dit : « Maintenant, oublie tout cela ! Tu dois d'abord être toi-même, rieuse, franche, aussi à l'aise que tu le pourras. Ne joue pas l'embarras, la timidité, la confusion, l'ingénuité. C'est ce que font toutes les filles, même les plus savantes, qui viennent s'offrir à lui. »

Mlle Lange était une bonne élève. Elle ne contrefit ni l'ignorance, ni la défense, ni la gaucherie. Elle amusa le Roi vieillissant par sa vivacité d'esprit, ses drôleries du meilleur aloi et sut lui faire oublier, ce qui était rare depuis la mort de Mme de Pompadour, son mal de langueur. Pour tout dire, le Roi était amoureux lorsqu'il sortit de cette première entrevue.

Lebel n'avait pas imaginé si bien réussir. Il croyait à la passade d'une nuit, et voilà que son maître s'était bel et bien épris de la maîtresse du triste Du Barry! Effrayé par l'indignité d'un tel attachement si le Roi s'y tenait, il avoua à son maître qu'il l'avait trompé sur le passé de la jeune femme.

« Sire, elle n'est ni mariée avec monsieur Du Barry, ni titrée, et je crois qu'il est de mon devoir de vous éclairer sur les suites compromettantes que pourrait avoir une telle liaison. Monsieur le maréchal de Richelieu, qui est au fait du passé de mademoiselle de Lange… »

Le roi, impatienté, l'arrêta et le menaça des pincettes avec lesquelles il tisonnait le feu :

« Peu m'importent votre opinion et celle du maréchal. Mon choix est fait : il faut que la demoiselle ait un nom, un titre. Arrangez-vous pour la marier convenablement et, dès que cela sera fait, amenez-la-moi à Compiègne. C'est un ordre ! »

Le premier valet de chambre eut juste le temps de faire connaître à Du Barry la décision du roi : il mourut d'une façon si subite qu'on parla d'un empoisonnement – ce qui était faux. Le comte réfléchit et trouva le mari idéal en la personne de son frère, officier sans gloire des troupes de marine qui vivait à Toulouse avec sa mère dans la maison familiale.

Une lettre lui présenta les avantages du mariage arrangé et le priait de faire dresser à Toulouse, avant de gagner Paris, un acte devant notaire, par lequel sa mère, veuve du noble Antoine Du Barry, autorisait son fils à contracter mariage avec la femme de son choix. Cette formalité ne demanda qu'une semaine et Guillaume Du Barry accourut aussitôt à l'hôtel de son frère, rue Neuve-des-Petits-Champs, où le comte lui dévoila les détails de son plan. Il s'agissait, avant d'établir le contrat de mariage, de remplacer l'acte de naissance de Jeanne Bécu, dressé le 19 août 1743 à Vaucouleurs, par une pièce qui donnerait à la demoiselle un statut plus noble que celui de « fille naturelle ».

La substitution exigea bien des complaisances et des menées souterraines, à Paris et à Vaucouleurs, auxquelles se prêta sans scrupules un aumônier du Roi, Gomard de Vaubernier, qui donna à Jeanne le nom de son frère décédé il y avait longtemps. Le nouvel acte trafiqué, qui présentait Jeanne « fille de Jean-Jacques Gomard de Vaubernier et d'Anne Bécu », était attesté des signatures de témoins à particule. C'est la pièce qui fut présentée aux notaires qui enregistrèrent le contrat du mariage de comédie unissant « le haut et puissant messire Guillaume, comte Du Barry, chevalier capitaine des troupes de marine, à mademoiselle Jeanne Gomard de Vaubernier ». Un mois plus tard, le mariage était célébré et le mari repartait pour Toulouse. La comtesse Du Barry emménagea discrètement dans l'appartement de Lebel, devenu vacant[1]. Situé au deuxième étage du château, cet appartement était proche de celui du Roi, qui pouvait s'y rendre sans être vu en empruntant un escalier dérobé.

La suite du roman dut alors être remise à plus tard. La Reine, en effet, mourut le 24 juin, et le Roi ne pouvait afficher son nouvel amour alors qu'il était en grand deuil. Bien que la présence à Versailles de la favorite ne fût un secret pour personne, Mme Du Barry et son royal amant durent se

1. Avant d'occuper l'appartement de Mme Adélaïde, reléguée dans celui de la Dauphine.

cacher durant tout l'automne La comtesse n'était pas perdue dans son appartement isolé, pour un temps, de la grande machinerie de la cour. Jean Du Barry, l'instigateur, veillait dans l'ombre sur le bon déroulement de la pièce qu'il avait imaginée. D'abord, il avait placé près de Jeanne l'une de ses sœurs, Fanchon, appelée familièrement Chon. Laide mais intelligente, elle s'occupait à effacer les traces que son origine avait laissées dans les manières de Mme Du Barry et à la débarrasser de ce zézaiement qui n'était plus de son âge et faisait sourire.

Le deuil de la cour terminé, le comte Jean pensa que le moment de la présentation était venu. Il pressait Jeanne d'obtenir du Roi cette consécration qui assurerait sa position et lui apporterait d'inappréciables avantages, dont celui de voyager dans les carrosses royaux, de loger publiquement avec le Roi, de se montrer chez le Dauphin et la Dauphine, ainsi que chez Mesdames. Elle pourrait, et ce n'était pas le moindre privilège, recommander aux ministres et recevoir des visites d'étiquette des dignitaires et des diplomates étrangers.

« Comprends bien que la présentation est pour toi comme une sortie du néant, écrivait le Roué à son ancienne maîtresse. Aujourd'hui, tu prodigues tes caresses au Roi mais tu n'es qu'une fille comme il en a eu tant et qu'il peut renvoyer à tout moment. Tu n'es rien mais, présentée à la cour, reconnue favorite déclarée, tu seras tout. Alors insiste, joue de tes charmes et obtiens ce que je désire ardemment avec Monsieur de Richelieu et des seigneurs très importants qui sont de notre côté. » Lesquels seigneurs étaient, contre toute attente, ceux qui avaient si farouchement lutté contre Mme de Pompadour, avec à leur tête le duc d'Aiguillon, proche des jésuites. Contre la Du Barry, il y avait Choiseul, maître du gouvernement de la France. Comment la comtesse zozotante aurait-elle pu imaginer qu'elle était devenue l'enjeu d'un combat politique !

Malgré (ou peut-être à cause de) cette lutte d'influences, la présentation tardait. La date du dimanche 29 janvier avait été avancée, mais Mesdames avaient fait remettre la cérémonie au mercredi suivant. Tout semblait décidé, quand une chute de cheval du Roi, à la chasse, l'avait fait annuler. Janvier, février, mars déroulèrent leurs brumes sans qu'il se passe rien du côté de Versailles. Les trois piliers de l'opération, Du Barry, Richelieu, d'Aiguillon, commençaient à s'inquiéter, et Mme du Deffand, qui, grâce aux visites de ses nobles amis, suivait de son fauteuil d'aveugle toutes les péripéties de l'arrivée de Jeanne Du Barry, paria une forte somme que la « guenon [1] » ne serait pas présentée, que le Roi ne commettrait pas cette action indécente.

On en était là quand Jean Du Barry décida, avec ses amis, de frapper un grand coup. Il commanda à Jeanne, par l'intermédiaire de sa sœur, de tenter un dernier effort avec crise de larmes et supplications. « Jette-toi aux pieds du Roi, crie-lui que tu ne peux plus supporter les injures et les sarcasmes qui accompagnent, jusque dans les gazettes étrangères, cette présentation tant de fois annoncée et toujours reculée. » Jeanne dut jouer son rôle dans la perfection, car le Roi céda. Le 21 avril 1769, au retour de la chasse, il annonça qu'il y aurait présentation le lendemain, en précisant qu'elle serait unique et que c'était celle dont on parlait depuis longtemps. Ses filles, qui avaient lutté jusqu'au bout pour éviter l'entrée à

1. Dans sa correspondance avec Voltaire, elle appelait aussi la maîtresse du Roi la « Sultane », la « Bête insolente » et, quand elle était bien disposée, la « Barry ».

la cour, par la grande porte, d'une femme issue des milieux les plus communs, durent baisser la garde. Prétextant des maux divers, Mesdames ne parurent pas au souper. Ce fut leur dernière contestation.

Les réactions de Paris sont souvent inattendues. Prévenu on ne sait comment, le lendemain, dès midi, le peuple battait le pavé devant la grille du parc. La présentation était prévue dans la soirée, après l'office. On se rappelait celle de Mme de Pompadour, à laquelle la présence de la Reine avait donné une résonance dramatique. La cérémonie s'annonçait plus simple et plus calme pour Jeanne, mais, à mesure que le temps passait, on sentait le Roi fébrile, mal à l'aise. Il consultait sa montre à tout moment, s'impatientait et demandait quel était le bruit qui parvenait de l'extérieur. La finesse sarcastique de M. de Choiseul lui répondit :

« Sire, le peuple informé que c'est aujourd'hui que madame Du Barry va avoir l'honneur d'être présentée à Votre Majesté est accouru pour être témoin de son entrée au château, ne pouvant l'être de l'accueil que Votre Majesté lui réservera.

– Bien, mais l'heure est passée depuis longtemps, dit le Roi en allant regarder à la fenêtre. Si l'attente devait durer, je contremanderais la présentation. »

Richelieu, qui remplissait sa charge de premier gentilhomme, sentait l'assurance lui manquer. Choiseul, lui, jubilait. La présence des deux adversaires autour du Roi tenait de la comédie, comédie dont le dénouement était proche. L'un d'entre eux allait, dans les minutes à venir, sortir vainqueur d'un différend qui durait depuis l'arrivée de Mme Du Barry dans la vie du Roi. Ce fut Richelieu qui, de la fenêtre, voyant le carrosse ralentir à l'approche du perron, s'écria en lançant un regard narquois vers Choiseul : « Sire, voilà madame Du Barry! » Quelques instants plus tard, après s'être ouvert difficilement un passage dans la foule des courtisans qui encombraient la galerie, l'Œil-de-bœuf et la chambre de parade, Mme Du Barry fit son entrée derrière la comtesse de Béarn, chargée de la présenter.

Elle ne parut pas dans le Cabinet du Roi mais éclata comme le bouquet d'un feu d'artifice, et l'assistance, qui pourtant ne lui était guère favorable, s'immobilisa, muette d'admiration. Louis XV lui-même ne put cacher sa surprise et son émotion en regardant s'avancer sur le parquet doré du cabinet une beauté quasi surnaturelle, vêtue d'une de ces robes magnifiques que les femmes du siècle appelaient un « habit de combat ». La silhouette de soie était dominée par une coiffure superbe dont l'échafaudage audacieux avait failli lui faire manquer l'heure de la présentation. Robe et coiffure étaient enfin comme saupoudrées des cent mille francs de diamants que le roi lui avait envoyés.

Après une apparition si éblouissante, le reste de la cérémonie, avec son protocole sévère, ne pouvait que sembler ennuyeux. Toujours précédée de Mme de Béarn, la favorite fit son premier tour officiel et glacial des appartements royaux afin d'être présentée à Mesdames, au Dauphin et aux Enfants de France. Le lendemain, qui était un dimanche, la comtesse Du Barry assista à la messe dans la chapelle du château. Elle éprouva un petit coup au cœur quand on la conduisit à la place qu'avait occupée si longtemps la marquise de Pompadour, et c'est d'un œil nouveau qu'elle regarda le Roi qui arrivait en compagnie de l'archevêque de Reims et de plusieurs évêques. La pompe, l'apparat de la royauté lui apparurent comme une révélation. Bouleversée, la fille naturelle d'Anne Bécu essuya une larme en prenant conscience qu'un caprice de la fortune l'obligeait désormais à tenir un rôle majeur et difficile dans une pièce dont elle ignorait les ressorts.

Tous les vœux de son ancien amant étaient comblés, les siens aussi, encore qu'elle n'eût agi que sous influence. Elle savait pourtant que son éclatante victoire lui réservait bien des désillusions. Il lui fallait vaincre la sourde opposition de la cour, la peur et les hésitations des grands noms devant un avènement aussi brusque et, surtout, l'aversion des femmes titrées pour une favorite qui, la veille encore, n'était qu'une fille galante.

Le voyage à Marly qui suivit la présentation fut l'occasion de bien des humiliations. On lui tournait le dos et, dans le meilleur des cas, on l'ignorait. Il ressortait de cette froideur un malaise général qui affectait le Roi et les amis de la comtesse, bien esseulée dans ce milieu hostile. Le jeu occupait une grande place dans la vie de cour, et il était difficile de fuir ouvertement les tables où elle était assise. Madame la favorite jouait donc sous le regard impitoyable de gens prêts à relever ses impairs. On parla longtemps du jour où, pontant au pharaon, elle s'était écriée en retournant la carte fatale : « Ah ! Je suis frite ! », et de la réponse de la princesse de Guéménée : « Il faut vous en croire, madame, vous devez vous y connaître. » Une insolence à propos de l'état de sa mère, qui avait été cuisinière.

Devant cette hostilité, la comtesse Du Barry se retirait près de son petit monde, Mme d'Alogny et cette vieille plaideuse ruinée de Mme de Béarn. Comme il lui manquait quelques grands noms de la monarchie, ses amis avaient réussi à lui offrir le chaperonnage de la maréchale de Mirepoix, toujours criblée de dettes. Moyennant cent mille francs de rente, celle qu'on appelait la « fée Urgèle » avait accepté de devenir la « voyageuse » et la « soupeuse » de la Du Barry, occupations que la cour n'était pas près de lui pardonner. Grâce à l'insistance du Roi, la maison de la comtesse s'enrichit encore de la présence de la duchesse de Valentinois, qu'on disait un peu folle, et de la princesse de Montmorency, qui négociait pour son mari la charge de menin du Dauphin. Les jours passant, Versailles fut bien obligé d'admettre que Mme Du Barry tenait décemment son rôle. Elle n'avait pas succombé à la griserie de sa vertigineuse ascension et gardait, dans le déroulement de sa vie nouvelle, l'aisance et le naturel qui avaient marqué sa jeunesse. On ne trouvait dans ses manières ni arrogance ni affectation et, comme l'attachement du Roi semblait croître avec le temps, la quarantaine que les nobles lui avaient imposée se relâcha peu à peu. Le jeu de Mme Du Barry commençait à être recherché, des grandes dames intriguèrent pour être invitées à ses soupers. Quant aux hommes, ils ne trouvaient plus de raisons de déplaire au Roi en se privant du plaisir d'approcher la plus belle femme qu'ait jamais connue Versailles.

Pour l'heure, le Roi et la cour avaient quitté Marly pour se rendre à Bellevue, y souper, y dormir et gagner le lendemain le château de Saint-Hubert où Louis XV voulait observer et montrer à sa favorite le passage de Vénus sur le soleil. Le Roi restait un amateur averti des sciences physiques et naturelles. Prévenu de ce passage, il avait demandé à Lalande, le grand astronome qui venait d'être nommé professeur au Collège royal, d'installer un télescope à Saint-Hubert, dont la situation géographique se prêtait à une telle observation.

Lalande, friand d'honneurs, goûtait par avance la joie de montrer Vénus au Roi et d'initier Mme Du Barry, dont on vantait partout le charme et la beauté, aux merveilles de l'astronomie. Hélas ! le 21 juin, veille de ce jour de gloire, M. Joseph de Lalande tomba malade et dut s'aliter pour soigner une mauvaise fièvre. La mort dans l'âme, il décida d'envoyer l'un de ses élèves à Saint-Hubert pour le remplacer. Il hésitait entre Delambre et Méchain quand Agnès de la Cane arriva pour prendre de ses nouvelles. L'idée d'envoyer auprès du Roi la première femme astronome lui traversa aussitôt l'esprit :

« Agnès, voyez dans quel état je suis. Il faut encore que vous me rendiez un service.

– Je le ferai volontiers, mon maître. De quoi s'agit-il ?

– De Vénus, dont vous m'avez aidé à calculer les passages, un travail, soit dit en passant, pour lequel vous n'avez pas été assez honorée.

– Je ne l'ai pas été du tout, mais c'est le lot des femmes qui se vouent à la science.

– C'est vrai. Eh bien, je vais peut-être pouvoir me faire pardonner cette injustice. Voulez-vous me remplacer pour aller montrer au Roi et à madame Du Barry le passage de Vénus sur le soleil ? Cela se passera au château de Saint-Hubert, près de Bellevue où le Roi réside actuellement. Un télescope y a été installé.

– Mais c'est merveilleux ! Je regrette seulement de devoir à votre état de santé cette agréable proposition. Que dois-je faire ?

– Monter dans le carrosse des écuries du roi, qui doit venir me prendre demain matin à huit heures, l'heure exacte à laquelle le chirurgien doit venir me saigner ! Pour le reste, vous parlerez de Vénus mieux que moi. Et mieux que moi également vous saurez vous comporter en si illustre compagnie ! Je préfère, vous le savez, ma chère Agnès, tutoyer les étoiles que de faire le beau devant des courtisans ignares.

– Merci, cher professeur. Vous savez ce qui me plaît le plus dans cette histoire ? C'est de rencontrer cette madame Du Barry dont on parle tant et de pouvoir ensuite faire mon intéressante chez Julie de Lespinasse !

– Bonne chance, madame l'académicienne. Priez que le ciel soit clair et permette au roi d'admirer ses turbulentes planètes. Par prudence, pensez à ce que vous direz si l'œil de la lunette est aveugle ! »

Le lendemain, Agnès, qui s'était fait accompagner de sa dame d'atours, comme elle appelait en riant la bonne Louise, sa gouvernante et femme de chambre depuis qu'elle avait épousé M. de la Cane, grimpa allégrement dans le carrosse aux armes du roi, rangé devant le domicile de Lalande, une maison qui dépendait du Luxembourg tout proche. Il faisait beau en ce mois de juin, et le voyage jusqu'à Sèvres, à travers les allées du bois de Meudon, fut agréable. La voiture croisa de nombreux carrosses et courriers montés qui faisaient la navette entre Paris, Versailles et la résidence royale. Enfin, après avoir peiné sur la côte de Bellevue, l'attelage s'arrêta devant l'entrée du château.

Construit pour Mme de Pompadour, ce petit palais, élégant et raffiné, avait encore l'éclat du neuf. Ses pierres blanches ressortaient de la verdure comme des perles dans leur écrin. Deux laquais, qui semblaient prévenus de son arrivée, la conduisirent dans une jolie chambre du deuxième étage. Ils la prévinrent que M. de la Ferté, du Cabinet du roi, viendrait sous peu l'entretenir.

« Eh bien, Louise, nous voilà ce me semble les invités du Roi ! fit Agnès. Défaites donc mes affaires. Attention surtout à la robe rose et grenat que j'ai emportée à tout hasard pour faire bonne figure si j'étais conviée à une promenade dans le parc. » Elle ouvrit la fenêtre et découvrit un paysage magnifique qui déroulait, au bon vouloir de la Seine, ses bois et ses vallons jusqu'à Sèvres et Paris.

A l'étage du dessous s'étendait une grande terrasse fleurie où quelques dames se promenaient parmi les vasques de fleurs et les caisses d'orangers. Agnès remarqua aussi cinq ou six messieurs qui tenaient conversation et qu'elle prit d'abord pour des domestiques vêtus de la même livrée. Pourtant, celle-ci semblait faite de riche étoffe. Rouge, brodée en or de pampres de vigne, elle ne pouvait convenir à des laquais. Peut-être s'agissait-il de visiteurs étrangers… M. de la Ferté, comme prévu, ne tarda pas à frapper à la porte. C'était un homme d'une soixantaine d'années, avenant, soigné, droit dans ses bas blancs et ses souliers de satin.

« Permettez-moi, madame, de me présenter : Robert Papillon de la Ferté, intendant des Menus Plaisirs et, à ce titre, chargé de votre confort à Bellevue et de l'organisation de la séance d'astronomie prévue pour demain. Sa Majesté regrette que la maladie ait empêché M. de Lalande, car il aime parler de science avec lui[1], mais se félicite que la première femme astronome du royaume ait bien voulu le remplacer. Dans son message reçu hier, M. de Lalande ne tarit pas d'éloges sur votre connaissance du ciel. Puis-je, à ce propos, vous demander d'exposer simplement les mystères célestes ? En

---

1. Louis XV s'est toujours intéressé à la physique et aux sciences naturelles. Il lui arrivait d'inviter des savants à venir l'entretenir de leurs travaux.

effet, si Sa Majesté est avertie de cette science, il n'en est pas de même, à ma connaissance, de la comtesse Du Barry.

– Je comprends, monsieur. Je m'efforcerai de rendre mon discours accessible. Avant, il est nécessaire que je voie le télescope et effectue certains réglages.

– C'est bien naturel. Je vous propose, madame, de me faire l'honneur de partager mon dîner et de partir sitôt après pour Saint-Hubert. Ce soir, vous êtes invitée au souper de Mme Du Barry. Ne vous inquiétez pas pour la mise. A la campagne, la comtesse porte des « petites robes ».

– Je vous remercie, monsieur, pour toutes ces attentions, mais, puisque vous parlez d'habits, je suis curieuse de savoir qui sont ces nobles personnages portant redingote rouge qui devisent sur la terrasse.

– Ce sont, madame, les plus grands noms de la cour. Vous avez sous vos fenêtres le maréchal de Noailles, monsieur d'Aiguillon, le duc de Richelieu, monsieur de Choiseul, le duc de Mirepoix... Voyez-vous, madame, c'est le comble de la faveur d'être des parties de Bellevue et, pour y attacher une distinction plus marquée, on a imaginé, au temps de madame de Pompadour, un uniforme brodé d'or réservé aux habitués. Cette tenue est un objet de convoitise permanent et je connais des courtisans considérables qui se sépareraient d'une partie de leurs biens pour avoir la permission de porter l'uniforme de Bellevue. »

Papillon de la Ferté était un personnage important de l'administration royale. Chargés d'assurer le fonctionnement matériel de la cour et de régler les dépenses de la Chambre et de la Garde-robe du roi, les Menus Plaisirs avaient la haute main sur les cérémonies et les réjouissances officielles, ainsi que sur tous les spectacles ordinaires et extraordinaires.

M. de la Ferté était donc, depuis 1756, l'ordonnateur des fastes de la cour, et Agnès se demandait bien pourquoi un homme aussi important lui consacrait autant de temps. Elle eut le toupet de le lui demander au cours du dîner :

« D'abord, j'assume le service du Roi : Vénus est de ma compétence ! Mais c'est surtout parce que votre personnalité, votre franchise, votre renommée scientifique et votre beauté, pourquoi ne pas le dire, apportent une bouffée de fraîcheur dans une vie consacrée aux futilités. Voir surgir un visage nouveau dans l'univers fossilisé où je vis est un agrément. Lorsque ce visage respire la culture et l'intelligence, c'est un bonheur. »

Agnès ne pouvait qu'être flattée par ce discours inattendu. Elle y répondit avec modestie :

« Monsieur, vous exagérez mes vertus. C'est parce que vous ne me connaissez pas ! Mais il est sans doute vrai que la vie de la cour est compassée. Je préfère la mienne, où l'on peut choisir ses amis, ses occupations et ses plaisirs.

– Comme je vous envie !

– C'est drôle. Une haute personne m'a tenu il y a quelques années le même langage.

– Je connais cette personne ?

– Sûrement. Il s'agit de madame de Pompadour.

– Comment ? Vous avez connu madame de Pompadour ?

– Très bien. Elle fut, au couvent, ma meilleure amie. J'ai suivi sa prodigieuse ascension sans chercher à la revoir et ne l'ai retrouvée que peu de temps avant sa mort. C'est à ce moment qu'elle m'a dit envier la vie de liberté que j'avais choisie.

– La marquise était une femme intelligente. Je me suis toujours bien entendu avec elle. Elle me comprenait, surtout quand je lui disais que j'aurais voulu être philosophe, discuter avec Jean-Jacques Rousseau, m'asseoir à la table de Diderot et avoir mon fauteuil chez madame Geoffrin.

– Tous sont mes amis… C'est vrai que j'ai de la chance ! Mais si vous vous sentez l'esprit philosophe, pourquoi ne pas écrire ? Bien d'autres qui n'ont pas l'éventail de vos connaissances s'y essaient.

– Et pas toujours avec bonheur ! Eh bien, je vais vous faire un aveu. Personne ne le sait, mais, tous les soirs, je consigne les faits qui ont marqué ma journée. Aux fins d'écrire un jour mes mémoires, qui sait !

– Continuez, monsieur. C'est une sage résolution que de vouloir apporter sa pierre à l'histoire ! »

Le personnel du Luxembourg avait très convenablement installé l'un des meilleurs télescopes de l'observatoire sur la terrasse du château de Saint-Hubert, le point le plus élevé de la région. Agnès nettoya l'optique, mit en place le filtre, corrigea l'inclinaison d'un miroir, fit ranger tout l'appareillage dans un salon à l'abri de l'humidité et, l'esprit en paix, s'installa dans un fauteuil pour profiter de la vue qui avait donné son nom au village. Elle s'attarda à regarder la Seine serpenter dans la plaine jusqu'à Paris, où l'on pouvait distinguer les tours de Notre-Dame.

Curieuse et inquiète, elle rentra à Bellevue pour se reposer en attendant l'heure du souper. Voir de près Mme Du Barry, ce miracle de la réussite, cette mutante de la rue plongée dans les intrigues de la cour, était excitant. Passer une soirée entre deux vieilles soupeuses titrées l'était moins. Mais elle n'avait pas le choix, et c'est bravement serrée dans sa robe grenat qu'elle s'y rendit, les cheveux ramassés dans un chignon arrangé par Louise dont la main avait tremblé en piquant la dernière épingle : « Voyez-vous, madame, que tout s'écroule devant la comtesse Du Barry ! – Bah ! Elle n'en perdrait pas la vue, mais je préfère que ton œuvre ne devienne pas un sujet de plaisanterie chez ces dames. »

Agnès de la Cane sortit et demanda à un valet qui traînait dans le couloir de la conduire dans le cabinet de Mme Du Barry. De la Cane ! Un nom qui, songea-t-elle en marchant, allait faire sourire les duchesses. Comme elle préférait d'Estreville, le patronyme du capitaine, qui sonnait comme un coup de trompette. Enfin, on ne peut pas tout avoir. Son mari était riche, gentil et souvent absent, se plaindre eût été malséant.

De la porte du cabinet de la favorite sortait un étrange ramage fait de bruissements, de claquements, de soupirs. En entrant, elle découvrit deux dames à la carrure de dragon et une petite, toute fluette, qui faisaient leur cour à une Du Barry éblouissante, nonchalamment posée dans une bergère. La comtesse regarda l'arrivante. Elle lui parut si différente des dames qui partageaient son univers que la surprise l'empêcha de maîtriser son zézaiement. Malgré tous ses efforts, son cheveu sur la langue reprenait place entre ses jolies dents chaque fois qu'elle éprouvait une émotion. Elle se leva comme un chat et dit :

« Vous êtes l'astronome ! C'est vous qui allez demain nous montrer Vénus osant provoquer le Soleil... »

Agnès trouva l'image drôle et se dit que la comtesse n'était peut-être pas la dinde que prétendait la rumeur.

« Oui, madame. Mon maître monsieur de Lalande est malheureusement souffrant et je vais essayer de le remplacer.

– Oh ! Les savants m'intimident. Je suis sûre qu'une femme ne se moquera pas de mon ignorance.

– Si vous saviez, madame, combien de gens ignorent que Vénus est une étoile ! Mais le ciel est si magnifique, si merveilleux qu'il n'est point besoin d'être savant pour en goûter la beauté. »

Jeanne Du Barry avait depuis un moment les yeux fixés sur la coiffure d'Agnès. « Ça y est, mes cheveux se défont ! », pensa cette dernière. Elle était loin de la vérité :

« Mais vous portez un chignon à la Du Barry ! Voyez, mesdames qui tardez à me suivre, mes inventions ont franchi les grilles de Versailles ! Est-ce monsieur Lamet qui vous a coiffée ?

– Non, c'est ma femme de chambre ! Elle excelle à imaginer des coiffures qui paraissent ne pas tenir sur la tête, mais qu'une tornade ne ferait pas bouger d'un pouce.

– Incroyable ! C'est exactement ce que je demande à Lamet : un chignon lâche, qui semble toujours prêt à crouler et ne laisse s'échapper que quelques mèches coquines quand je renverse la tête. Vous me plaisez beaucoup, mademoiselle…

– Madame de la Cane, fit Agnès. Je suis née d'Estreville. Mon père était capitaine. Il est mort au service du roi », reprit-elle aussitôt.

Ce nom ne disait rien de plus que le premier aux quartiers de noblesse des dames de l'entourage de Mme Du Barry. Elles se contentèrent de hocher mollement la tête, pensant que ce discret mouvement suffirait à justifier leur emploi dans la suite de la favorite. Mme d'Alogny, la maréchale de Mirepoix et la duchesse de Valentinois ne manifestèrent guère plus d'intérêt lorsque celle-ci leur présenta Agnès.

Amusée plus que vexée par ce manège, l'astronome décida d'ignorer ces poussières d'étoiles. D'ailleurs, Jeanne Du Barry, contente de trouver une interlocutrice du meilleur aloi, l'entraînait dans une conversation sur la mode :

« J'ai, dit-elle, une certaine répugnance envers les exigences de la grande toilette officielle. Passer une demi-journée à se préparer pour une cérémonie de quelques minutes est insupportable. La vie m'a habituée à une élégance plus paresseuse. Ainsi mes chignons lâches ! Je trouve mes cheveux trop beaux pour les gâter avec de la poudre et mon teint assez frais pour ne pas le rehausser de rouge. Quant aux étoffes, je les préfère fluides, flottantes, comme abandonnées sur les courbes du corps. Pour les très grandes cérémonies, il me faut naturellement sacrifier aux usages, mais le roi m'aime heureusement, lorsque je l'accompagne à la chasse ou à la campagne, vêtue du joli costume masculin dans lequel Drouais vient de me peindre. »

Agnès ne pouvait qu'approuver ce flot de futilités. Elle le fit avec une malignité qui n'échappa pas aux dames de la suite : « Je partage, madame, votre façon de voir les choses. Moi qui ne fréquente pas la cour mais les salons philosophiques et littéraires, je m'imagine mal, entre Diderot et d'Alembert, engoncée dans des satins pesants et des corsets de torture. » C'est là qu'elle décocha sa flèche : « Encore faut-il, pour se vêtir comme vous, avoir la taille gracile et l'épaule ailée ! » Le coup porta. Les dames se firent soudain plus aimables. Chon, la belle-sœur, vint se joindre à elles et le souper fut plutôt gai : la comtesse n'aimait manger que plaisamment.

L'arrivée inopinée du Roi mit l'assemblée en effervescence. Jeanne se leva avec une grâce féline pour accueillir son amant qui s'excusa de jouer les intrus et s'adossa à la cheminée comme il en avait l'habitude. « Vous en avez donc fini, Sire, avec votre souper de chasseurs. Avouez que, chez les dames, l'atmosphère est plus sereine », minauda la belle. Le Roi opina, eut un mot aimable pour chacune des dames et, son regard croisant celui d'Agnès, qu'il dévisagea avec l'insistance d'un homme entraîné à jauger les femmes :

« Madame, les femmes savantes m'ont toujours fait un peu peur, mais votre charme met fin à ce préjugé. D'autant que monsieur Lalande vante chaleureusement vos mérites d'astronome. Aurons-nous demain un beau ciel pour admirer Vénus ?

– Sire, la science ne peut influer sur le caprice des nuages. Tout ce que je peux dire, c'est que Vénus passera sur le soleil à partir d'une heure treize de l'après-midi, et que ce passage durera environ six heures.

– Quelle précision ! s'exclama la comtesse Du Barry. Par quel miracle pouvez-vous affirmer une telle chose ?

– Cette précision est le fruit d'interminables calculs et de longues veillées, l'œil rivé au télescope. Notre siècle a la chance de connaître les plus grands astronomes depuis l'Antiquité. Clairaut, qui m'a tout appris et que j'ai aidé dans le calcul de ses prévisions du passage de la comète de Halley, d'Alembert, Lagrange, Condorcet dévoilent chaque année par leurs travaux de nouveaux secrets de la mécanique des planètes. En ce qui nous concerne, Lalande a dressé la carte astronomique des prochains passages de Vénus. C'est grâce à elle que j'ai pu vous proposer une date et une heure probable. »

Agnès avait accompagné son discours de petits gestes élégants qui figuraient le mouvement des astres et mettaient en valeur la finesse de ses bras et de ses mains. Les vieilles dames elles-mêmes l'avaient écoutée et le roi paraissait content. Il félicita Agnès et quitta la pièce, bientôt suivi par la comtesse.

Le lendemain, dès potron-minet, Agnès courut à la fenêtre pour scruter le ciel. Elle constata avec dépit que le soleil ne s'était pas mis en frais pour recevoir la visite de Vénus. Le vent s'était levé et poussait dans le ciel de gros nuages sombres. De petits bouts de bleu apparaissaient bien ici et là, mais ne laissaient pas augurer un Olympe lumineux. Déçue, elle se recoucha jusqu'à ce qu'une femme de chambre vînt lui demander si elle souhaitait boire un sirop, une tisane ou un café. Elle opta pour le café et appela Louise, qui logeait dans un petit cabinet voisin. Tout en croquant des biscuits au miel, elle lui raconta sa soirée avec les « soupeuses » et l'arrivée du Roi. Louise voulut savoir s'il était bien comme on le représentait sur les gravures et les miniatures vendues dans les échoppes du Pont-Neuf.

« Et la comtesse Du Barry? Madame, vous qui lui avez parlé, dites-moi si l'on doit croire tout ce qu'on raconte sur elle chez la marchande de boutons de la rue de l'Arbre-Sec? »

Agnès éclata de rire :

« Louise, n'écoutez pas les ragots. La comtesse Du Barry est la plus belle femme de Paris. On comprend en la voyant que le Roi n'ait pu résister à ses charmes. Quant à Sa Majesté, bien qu'elle ne fût pas vêtue de sa cuirasse comme sur le portrait des tabatières, elle est toujours fort séduisante. Maintenant que vous voilà rassurée, aidez-moi à m'habiller. »

Agnès se demanda ce qu'elle allait faire de sa matinée. Elle n'osa pas se montrer à l'étage de la favorite, également celui du roi, et ouvrit le livre qu'elle avait heureusement emporté dans ses bagages, le *Candide* de Voltaire, qui venait d'être réimprimé et restait l'ouvrage le plus lu avec *La Nouvelle Héloïse* de Jean-Jacques Rousseau. Candide, Pangloss, Martin et Cunégonde l'aidèrent à attendre l'heure de la rencontre planétaire, dont on ne savait même pas si elle serait visible.

Le temps, heureusement, s'arrangea en fin de matinée, et elle put dire à Mme Du Barry, venue la visiter, que la chance d'apercevoir Vénus grandissait à chaque minute.

« Peut-être, demanda la comtesse, voudrez-vous m'éclairer sur l'expérience que nous allons vivre. Je ne connais rien en astronomie et souhaiterais ne pas paraître trop idiote.

– Il me sera difficile de vous raconter en dix minutes la fabuleuse aventure céleste, fit Agnès en riant. Sachez pourtant que tous les astronomes de notre temps s'en rapportent aux principes de la mécanique de Newton, un génial savant anglais mort il y a cinquante ans. »

Elle lui raconta l'histoire de la pomme qui, tombant d'un arbre, lui aurait fait découvrir la loi de l'attraction universelle. « Tenez, ajouta-t-elle, glissez donc dans la conversation que Newton est l'inventeur du télescope à réflexion, celui que nous utiliserons. Rappelez-vous aussi la carte des passages de Vénus dressée par mon maître Lalande. Vous vous demandez à quoi cela sert ? Eh bien, tout simplement à mesurer la distance de la Terre au Soleil ! Enfin, posez-moi si vous le voulez, après mon petit discours, cette question qui fera bien dans le décor céleste : "Est-il vrai que la Terre est aplatie aux pôles ?" »

Le Roi n'avait pas voulu d'une grande assistance pour célébrer Vénus. Seuls quelques habits rouges, triés sur le volet, deux accompagnatrices de Mme Du Barry et Mme de Choiseul, qui passait pour la femme la plus instruite de la cour, figuraient sur la liste. Cette sélection avait fait grincer bien de dents et suscité de douloureux regrets lorsque les évincés avaient appris que le roi commandait un dîner vénusien à Saint-Hubert.

Sur la terrasse du château, deux fauteuils avaient été installés à quelques pas du télescope qui dressait sa lourde lunette vers le ciel. Les invités grignotaient les friandises qu'offrait un buffet paré de fleurs. Agnès, elle, fixait ses yeux sur le rideau brumeux qui tardait à disparaître de l'horizon, et se posait la lancinante question de savoir si les plus beaux yeux du royaume verraient autre chose qu'un voile gris dans l'œilleton du télescope.

Elle poussa peu après un soupir de soulagement. Quelques minutes après l'arrivée du Roi et de sa somptueuse amie, laquelle avait délaissé ses « petites robes » pour une tunique blanche très ajustée où courait en écharpe un fil de perles et de pierres précieuses, le ciel s'était miraculeusement éclairci. Comme un capitaine inquiet du lointain, Agnès mit l'œil à la lunette et dit dans un sourire : « L'heure annoncée était juste, à quelques minutes près : Vénus est au rendez-vous. Si Sa Majesté veut voir... » Louis remercia et montra d'un geste Mme Du Barry : « Madame, cette observation vous est dédiée. Soyez la première à jouir du spectacle. » Jeanne remercia le Roi d'un regard complice et s'approcha du télescope. « Ne vous attendez pas, madame, à un feu d'artifice planétaire, prévint Agnès. Vous allez simplement distinguer, à gauche sur le disque solaire, une petite tache verdâtre immobile. C'est Vénus qui, en réalité, se déplace lentement. Dans une heure, vous vous rendrez compte qu'elle a bougé. »

En prenant garde de ne pas déranger sa coiffure, qui, comme sa robe, n'était pas aussi simple que celle de la veille, la comtesse se pencha sur la lunette. Agnès s'amusa du spectacle curieux d'une vingtaine de paires d'yeux regardant dans un silence sidéral la favorite qui elle-même regardait Vénus. Le roi, lui, restait figé. Comme Richelieu, comme Choiseul, comme les autres Grands, il ne s'anima que lorsque Jeanne Bécu, comtesse Du Barry, revint sur Terre en lançant ces mots qui eussent fait la joie de Piron : « Que c'est loin ! »

Louis lui succéda, puis les dames présentes, puis les habits rouges qui faisaient la queue pour vivre quelques secondes avec Vénus. La planète n'en était encore qu'au début de sa course quand un maître d'hôtel vint annoncer que le dîner était servi. Il était près de trois heures, tout le monde avait faim, mais il fallut, à la demande du Roi, écouter les explications d'Agnès. Quand elle eut fini, Mme Du Barry, qui tenait à faire valoir ses connaissances toutes neuves, demanda si quelqu'un connaissait le nom de l'inventeur du télescope. Personne évidemment ne savait. Elle brilla encore en indiquant que l'observation de Vénus permettait de mesurer la distance de la Terre au Soleil. Elle aurait bien aimé questionner encore Agnès sur l'aplatissement des pôles, mais, c'est bien connu, ventre affamé n'a pas d'oreilles, et tous les invités s'étaient déjà précipités vers les tables dressées dans le grand salon.

Agnès pouvait être satisfaite. Elle avait rempli avec succès la mission que Lalande lui avait confiée, elle avait tenu l'espace de quelques heures un premier rôle dans le cercle le plus fermé de la cour, elle avait rencontré le Roi, la favorite, Richelieu… On avait admiré et envié ses connaissances et, maintenant, elle ne pouvait que sourire de se voir brusquement reléguée à un bout de table, oubliée comme le télescope que, sur la terrasse, des ouvriers s'occupaient à démonter. A table, personne ne parlait plus de Vénus. Il n'était question que de frivolités, de chasse, de robes et de cette nouvelle coiffure en plumes à la Daphné que la comtesse Du Barry trouvait ridicule. La planète Vénus avait filé dans le ciel de la cour comme une fugace comète. Agnès eut toutes les peines du monde à se faire attribuer un carrosse pour revenir à Paris. Le soir même, elle était chez Julie pour raconter aux amis sa brève rencontre avec le Roi, la Du Barry et les habits rouges.

CHAPITRE XI

Marie-Antoinette

Ce mercredi-là, chez Mlle Quinault, Helvétius racontait son dernier voyage en Angleterre, où il avait été reçu par le roi. Certains le traitaient d'amateur, car il était riche et recevait chez lui toute la compagnie des Lumières. Ce n'était pas le cas de Diderot ni de d'Alembert, qui le considéraient comme un véritable philosophe. Son livre *De l'Esprit*, réimprimé vingt fois, avait été frappé d'anathème par l'archevêque de Paris et par le pape. Condamné par le Parlement et par la Sorbonne, Claude Adrien Helvétius n'avait dû son salut qu'à la puissante protection de Choiseul et de la Reine.

Le salon de Mlle Quinault était son préféré, lorsqu'il était à Paris[1]. Il en aimait la liberté de ton et la qualité de ses

1. Issu d'une dynastie de médecins (son père soignait Marie Leszczyńska), Helvétius avait débuté dans la finance, mais ne rêvait que de connaître les grands philosophes français et étrangers. Il était beau, Voltaire l'appelait son «jeune Apollon», et avait mené une vie de luxe et de libertinage. Marié, il vivait la moitié de l'année dans son château de Voré, dans le Perche, et le reste du temps à Paris, dans son hôtel de la rue Sainte-Anne.

hôtes. Le récit de son retour sur une mer déchaînée avait tout naturellement fait dériver la conversation vers l'exploit de Bougainville, lequel venait d'achever son tour du monde à Saint-Malo après deux ans de navigation à bord du même navire.

Le comte Louis Antoine de Bougainville plaisait aux encyclopédistes, pourtant peu enclins à apprécier les vertus militaires. Si ses exploits dans l'infanterie au Canada et aux Malouines les laissaient froids, Diderot et d'Alembert n'avaient pas oublié le jeune mathématicien prodige : à quinze ans, Bougainville publiait un *Traité de calcul intégral* et était admis, deux ans plus tard, à la Société royale de Londres. Sa conversion à l'aventure, à la marine, et son voyage le rapprochèrent philosophiquement de Diderot. Les deux hommes s'étaient rencontrés quelques jours auparavant chez le baron d'Holbach, autre grande fortune des Lumières.

« Bougainville me fascine, dit Diderot. L'étude des mathématiques, qui suppose une vie sédentaire, a rempli le temps de ses jeunes années, et voilà qu'il passe subitement d'une condition méditative et retirée au métier actif, errant, pénible et dissipé de voyageur.

– Nullement ! Si le vaisseau n'est qu'une maison flottante et si vous considérez le navigateur, traversant les espaces immenses, resserré et immobile dans une enceinte assez étroite, vous le verrez faisant le tour du globe sur une planche, comme vous et moi le tour de l'univers sur votre parquet.

– Comment l'homme vous est-il apparu aujourd'hui ?

– Autre bizarrerie : la contradiction entre son caractère et son entreprise. Nous connaissons son goût des amusements et de la société, son penchant pour les femmes, les spectacles, les repas délicats. Il se prête au tourbillon du monde d'aussi bonne grâce qu'aux inconstances de l'élément sur lequel il a été ballotté. Il est gai, aimable. C'est un véritable Français, lesté d'un bord d'un traité de calcul différentiel et, de l'autre, d'un voyage autour de la Terre.

– Il a beaucoup parlé chez Holbach ? demanda Agnès.

– Non, il y avait trop de monde. Mais il m'a rendu visite le lendemain pour me montrer des extraits de son journal. Le style est sans apprêt, le langage, celui des marins, franc et loyal. Je l'ai décidé à écrire le récit de son voyage. Il aura tous les privilèges et approbations qu'il voudra et obtiendra un grand succès.

– Quels avantages ce voyage va-t-il apporter ? questionna Mlle Quinault.

– Je dirais une meilleure connaissance de notre vieux domicile et de ses habitants, plus de sûreté sur les mers qu'il a parcourues la sonde à la main, et plus d'exactitude dans nos cartes géographiques.

– Quel a été l'itinéraire de sa course ?

– Il a quitté la France à Brest sur la frégate *La Boudeuse*, accompagnée de la flûte *L'Etoile*, a couru jusqu'au détroit de Magellan, est entré dans la mer Pacifique, a serpenté entre ces îles formant l'archipel immense qui s'étend des Philippines à la Nouvelle-Hollande, a rasé Madagascar, le cap de Bonne-Espérance, prolongé dans l'Atlantique, suivi les côtes d'Afrique et rejoint l'une de ses extrémités à celle d'où il s'est embarqué. Le tout en deux ans et quatre mois de navigation. Il est le premier Français à avoir réalisé un tel exploit. Il faudra que notre hôtesse prie monsieur de Bougainville d'honorer un jour notre compagnie. Nous le ferons parler de

Tahiti, qu'il appelle le « jardin d'Eden ». Vous verrez, c'est un être attachant[1].

– J'ai une folle envie de le connaître ! s'exclama Agnès.

– Vraiment ? », dit Mlle Quinault en souriant.

Il était certes question de M. de Bougainville à la cour, où le roi l'avait reçu en héros, mais l'attention se portait surtout sur le conflit qui opposait, depuis son arrivée, Mme Du Barry à Choiseul. Le duc avait plusieurs fois cru triompher d'une favorite rejetée par la noblesse et humiliée par la famille royale. Mais, peu à peu, la Du Barry avait accru son influence sur le Roi et gagné à sa cause des grandes dames qui avaient pesé les dangers d'une opposition prolongée.

C'est le constat que faisaient les hôtes de Mme du Deffand, dont le salon restait sans rival en matière d'aléas de la politique et de perfidies de cour. Ses concurrentes pouvaient bien se complaire à recevoir les philosophes et les artistes, c'est chez elle, dans sa chambre tendue de soie jaune, que se rencontraient en terrain neutre ceux qui connaissaient ou croyaient connaître le dessous des affaires publiques. Calée dans son fauteuil à oreilles, ses yeux sans vie perdus dans le vide des cimaises, la marquise écoutait tout ce qui se disait, s'avouait, se confessait autour d'elle dans l'abandon d'une conversation qu'elle était toujours prête à relancer par quelques mots choisis.

Le soir, quand ses invités étaient partis, si elle ne sombrait pas dans la mélancolie qui avait gâché sa vie, elle faisait dans

1. Bougainville publiera son *Voyage autour du monde* un an plus tard et Diderot écrira, l'année suivante, un *Supplément au voyage de Bougainville*, lequel ne paraîtra qu'en 1796, mais dont l'auteur, de son vivant, fit circuler des copies.

son esprit le tri des propos échangés et appelait sa secrétaire lectrice, Mlle Stain, pour lui dicter une lettre à Voltaire ou à Horace Walpole[1]. C'est à eux que, le 13 mars de 1770, elle adressa cette prédiction : « L'année ne se passera pas sans une grande révolution. Choiseul sera renversé et nous assisterons à l'avènement de d'Aiguillon. »

Progressant dans le cœur du Roi, Mme Du Barry voyait sa situation grandir. Elle commençait même à occuper l'Europe où la renommée de sa beauté contribuait, autant que ses démêlés publics avec le premier des ministres de Louis XV, à faire d'elle un personnage intrigant, au point que les gouvernements étrangers, conscients du rôle crucial qu'elle jouait, demandaient à leurs ambassadeurs des informations sur son compte. De passage à Paris, Lord Walpole avait ainsi, sur les conseils de Mme du Deffand, fait un saut à Versailles pour voir à quoi ressemblait la favorite bien-aimée. Il avait été étonné par le peu d'apparat dont elle s'entourait. « *Songez*, écrivit-il à Lord Montagu, qu'elle assistait ce matin à la messe royale sans poudre, sans rouge, sans avoir fait toilette ! »

Quand les arbres de Versailles, de Choisy et de Bellevue commencèrent à perdre leurs feuilles, Mme Du Barry, à la satisfaction du Roi, pouvait se promener accompagnée d'un cortège d'une quinzaine de grandes dames gagnées à sa cause. Elle triomphait, mais Choiseul était toujours ministre ! Pour combien de temps ?

Lui, fondait ses espérances sur l'entrée à la cour de l'archiduchesse d'Autriche, la prochaine Dauphine, ce qui, pensait-

1. Walpole, diplomate et homme politique anglais qui consacra presque toute sa vie à la culture des lettres et des arts, connaissait Mme du Deffand depuis 1765.

il, rendrait à la famille royale et à la cour un ton de décence qui éloignerait *de facto* Mme Du Barry. C'était là fol espoir. Outre l'attachement toujours plus vif du Roi, la favorite disposait d'un levier majeur, l'argent. Le contrôleur général Terrey lui était vite devenu un allié idéal, ayant le pouvoir de régler ses dépenses sur simple billet de sa part. Cet abbé, que Louis XV avait fait ministre des Finances, un être repoussant mais habile, sans honneur ni probité, prêt à toutes les complaisances, avait compris que, pour se maintenir au poste si convoité de contrôleur général, Mme Du Barry ne devait jamais se trouver à court d'argent.

Plus le temps passait, plus la comtesse promue cédait à une extravagance de luxe jusqu'alors inconnue à la cour de France. Tout, pourvu que cela coûtât cher, habits, bijoux, meubles, vaisselle, bibelots, dentelles, faisait l'objet de commandes quotidiennes. Peu soucieuse d'honneurs et autres dignités, la favorite trouvait plaisir à donner audience, à son petit lever, au peuple des tailleurs, des modistes, des couturières, des marchands, des ouvriers en renom.

Comme pour conserver la trace de la seule grandeur qui lui tenait vraiment à cœur, Mme Du Barry enregistrait scrupuleusement sur des livres de comptes reliés à ses armes, « Boutez en avant », la liste de ses achats. C'est avec volupté qu'elle notait de son écriture appliquée la commande à Lepaute d'une montre enrichie de diamants au prix de cinq mille quatre cents livres, de serviettes à café qu'elle avait exigées en basin des Indes, d'innombrables robes fournies par les grands marchands de soieries Buffaut, Lenormand et Bourjot. Elle soulignait les achats qui lui causaient le plus de plaisir, comme ses robes d'amazone en gourgouran blanc, coûtant chacune six mille livres. Le fleuve d'argent du trésor royal enrichissait ainsi les artistes de la « fanfreluche », ainsi que la comtesse appelait les agréments de sa vie.

A ces dépenses, il fallait ajouter les achats de porcelaines à la manufacture de Sèvres, de statues, de torchères, de petits meubles de salon, de flambeaux à girandoles et d'une vaisselle d'argent qui, bientôt, ne suffit plus et qu'elle voulut compléter par des pièces en or. Roettiers reçut ainsi commande de la toilette la plus coûteuse de l'histoire. Tout Paris parla de ce caprice digne de Cléopâtre, le bruit circula que le ministère des Finances avait fait avancer à l'orfèvre les quinze cents marcs d'or qu'il demandait pour se mettre à l'œuvre. Une foule de curieux se pressait devant les ateliers de l'artiste, et des gazettes décrivirent le miroir surmonté de guirlandes de roses entrevu par un passant. Cela frisait le scandale, la dépense exorbitante excitait les esprits et, pour une fois, Mme Du Barry dut renoncer à sa tentation. Avec tristesse – mais la tristesse ne l'affectait jamais longtemps –, elle consigna dans ses comptes « une indemnité à Roettiers pour une toilette d'or commencée ».

Il fallait à toutes ces richesses entassées dans l'appartement de la favorite, à l'étage des Petits Cabinets, un temple digne de leur beauté et de leur prix. La marquise de Pompadour avait eu Bellevue, la comtesse Du Barry eut Luciennes [1], une admirable petite demeure pleine de grâce que l'architecte Ledoux bâtit en trois mois. C'était un pavillon carré avec cinq croisées sur chacun des côtés, ouvert sur un péristyle de cinq colonnes au fronton orné d'une bacchanale d'Amours sculptés par Lecomte. L'endroit était si beau, si raffiné, qu'on était enclin à pardonner à Mme Du

1. Aujourd'hui Louveciennes.

Barry ses folles acquisitions quand on les admirait dans ce cadre enchanteur.

La Dauphine occupait maintenant à Versailles, tous les esprits. La jeune archiduchesse arrivait de Vienne après avoir été reçue dans toutes les villes importantes d'Autriche, d'Allemagne et de France. A Kehl, sur une île du Rhin, un pavillon de bois avait été spécialement construit en trois parties. Dans la première, réservée aux représentants impériaux, la princesse avait été dévêtue entièrement, de sorte qu'elle ne gardât rien du pays qui avait été le sien pendant quinze ans. Habillée à la française, elle avait gagné le salon du milieu pour la cérémonie de remise et de réception, avec signature des actes par les envoyés extraordinaires d'Autriche et de France. Enfin, la porte qui donnait sur la troisième pièce avait été ouverte. Sur la France. Les yeux mouillés de larmes, la petite princesse avait pris congé de sa suite et était entrée dans son nouveau pays, où l'attendaient Mme de Noailles, son mari, le marquis des Granges, maître des cérémonies, le comte de Tessé, premier écuyer, ainsi que les autres seigneurs et hautes dames venus l'accueillir.

Fêtée à Nancy, à Lunéville, à Châlons où l'attendaient deux escadrons du Royal-Dragons, à Soissons où elle dormit à l'évêché, la princesse arriva enfin à l'orée de la forêt de Compiègne. Louis XV, le Dauphin, la famille royale et M. de Choiseul, l'artisan du mariage, escortés des écuyers, du précepteur et du gouverneur du Dauphin, avaient roulé à sa rencontre. Son carrosse arrêté, la jeune archiduchesse fit quelques pas vers le Roi qui avait mis pied à terre, et se jeta à ses genoux. Il la releva, l'embrassa, lui présenta le Dauphin et

Mesdames qui l'embrassèrent à leur tour. Le bon peuple était au rendez-vous : du bord de la route, il acclamait sa future reine. Tous découvraient avec une surprise la princesse autrichienne : encore fluette, émue mais portant haut sa tête, elle parut plus belle qu'on ne la pensait. Les messieurs remarquèrent son visage agréable et sa prestance, les dames la vivacité de ses yeux et le blond cendré de ses cheveux.

Le lendemain, après une nuit passée au château de Compiègne et une avance fort lente dans les rues de Paris, bondées de curieux, le cortège arriva au château de la Muette où celle qu'on appelait déjà la Dauphine devait passer la nuit. Sur une table de sa chambre, elle trouva une parure de diamants, cadeau du Roi. Le procédé était galant, mais elle n'avait pas l'âge où les femmes se rêvent couvertes de bijoux :

« Cette parure est magnifique, lui dit l'ambassadeur d'Autriche, le comte Mercy, qui l'avait accompagnée dans ses appartements. Essayez-la donc pour voir comment elle embellit votre décolleté.

– Il me sera suffisant de la porter ce soir », répondit-elle sur un ton un peu sec qui surprit le diplomate.

Dans l'entourage autrichien comme à la cour, on se posait la même question : Mme Du Barry serait-t-elle présente au grand souper auquel quarante femmes de qualité étaient conviées ? Mercy, qui veillait sur son archiduchesse comme une mère poule, s'était insurgé devant Mme de Noailles d'une éventualité aussi cynique : « Il me semble inconcevable que le Roi choisisse ce jour pour accorder à sa favorite un honneur qui lui a été refusé jusqu'alors ! » Prudente, la duchesse se contenta de sourire. Elle connaissait la décision du Roi : il tenait à montrer, dès le premier jour, que l'arrivée de la Dauphine ne changerait rien à la situation de sa maîtresse. Et il n'y eut pas un murmure lorsque la comtesse Du Barry vint s'asseoir au milieu des dames, éblouissante dans une robe à fond d'argent semé de bouquets de plumes. Marie-Antoinette se pencha vers Mme de Noailles : « Qui est cette dame si belle et élégante ? Quelles sont ses fonctions à la cour ? » Un moment embarrassée, la comtesse répondit qu'il s'agissait d'une amie du Roi.

Le mariage était fixé au lendemain. A dix heures, sous un soleil printanier, les carrosses de la Dauphine, venant de la Muette, passaient les grilles de Versailles. Le visage collé à la portière, avec sa curiosité de quinze ans, Marie-Antoinette découvrait son futur univers, ce château auquel elle avait tant de fois rêvé, les gardes suisses et français qui paradaient pour elle tandis que le roulement des tambours faisait trembler les mille fenêtres de Versailles ! « Regardez ! lui dit sa dame d'honneur assise près d'elle dans le carrosse. Voici la chapelle où vous allez être mariée par l'archevêque de Reims, le grand aumônier de France. » La Dauphine se retrouva peu après dans l'appartement du rez-de-chaussée, où l'attendaient, pour faire sa toilette, les dames de sa maison qui l'accompagnaient depuis Strasbourg. Quand elle fut parée, Mme de Noailles la conduisit auprès du Roi.

Depuis le matin, des valets plaçaient le long des grands appartements le millier de curieux et de curieuses possesseurs d'un billet aux armes du duc d'Aumont. La galerie des Glaces était réservée aux dames les mieux mises. A une heure de l'après-midi, le cortège partit du Cabinet du roi. Les jeunes époux suivaient, en se tenant par la main, le maître des cérémonies. Dans les pas de sa maîtresse marchait Mme de Noailles, les princes du sang, les frères du Dauphin et, enfin, le Roi, qu'accompagnaient Mmes les Princesses et l'essaim des grandes dames de la cour. Les toilettes étaient somptueuses, mais tous les regards allaient, au long des galeries, vers la jeune épousée qui s'avançait, légère, dans ses paniers de brocart blanc.

A la chapelle, le grand orgue éclata à l'entrée des promis. Les invités qui ne faisaient pas partie du cortège, mais étaient déjà installés sur les gradins, se levèrent. Mme Du Barry restait invisible derrière le grillage de sa loge. Le Dauphin et la Dauphine gagnèrent à pas lents le pied de l'autel et s'agenouillèrent selon les usages religieux fixés par Louis XIV pour les mariages royaux ou princiers. Le grand aumônier présenta l'eau bénite au Roi qui monta à l'autel pour son discours. Sa voix trembla un peu lorsqu'il rappela qu'au même endroit, en 1745, le Dauphin Louis, père du marié, avait épousé l'Infante d'Espagne et, en 1747, Marie-Josèphe de Saxe. Les princes et les princesses de sang se rapprochèrent du Roi, et le groupe entoura les époux pour la remise de l'anneau du mariage et la bénédiction par l'archevêque de treize pièces d'or. Chacun regagna alors son prie-Dieu et la messe commença, chantée par la musique royale.

Le registre signé, le cortège se reforma et eut toutes les peines du monde à traverser la foule rassemblée dans les galeries. La journée était loin d'être terminée pour la Dauphine. Il lui fallut recevoir le serment des officiers de sa maison – et la maison d'une Dauphine de France n'est pas une modeste compagnie ! Des aumôniers aux intendants et aux maîtres de la garde-robe en passant par le premier maître d'hôtel et le surintendant des Finances, le défilé des révérences dura une bonne demi-heure. Le temps pour Mme de Noailles de préparer la présentation des ambassadeurs et ministres des cours étrangères.

La cérémonie qui suivait était plus attrayante. Le duc d'Aumont, premier gentilhomme de la Chambre, présenta à la Dauphine, au nom du Roi, la clé d'or qui ouvrait le cabinet de velours rouge contenant la corbeille royale de mariage. Le coffre était une merveille, flamboyant chef-d'œuvre des meilleurs ouvriers du royaume. Evalde pour l'ébénisterie, Bocciardi pour la sculpture, Gouthière pour la ciselure, il avait coûté vingt-deux mille livres. Marie-Antoinette l'admira un instant, mais ne cacha pas sa hâte d'en découvrir le contenu. C'était, cadeau officiel du Roi, une parure d'émail bleu avec une chaîne de diamants, un étui de ceinture, une minaudière et un éventail entièrement serti de diamants. Les tiroirs étaient remplis d'autres trésors, le plus grand d'objets souvenirs, tabatières, montres, bracelets, perles, étuis, étiquetés au nom de personnes présentes. La nouvelle Dauphine remit à chacun son présent avec une délicatesse qui lui fit gagner d'emblée la faveur des hauts personnages de la cour.

Les Menus avaient prévu neuf journées de fêtes. Elles commencèrent le soir même, dès que les Suisses eurent libéré les accès pour le jeu du roi. À six heures, toute la cour se retrouva dans la grande galerie illuminée. Le millier de visiteurs demeurés au château n'auraient manqué cela pour rien au monde. Le long des fenêtres, une balustrade délimitait un passage où s'avançaient lentement, dans un ordre respectueux, les possesseurs d'un billet d'appartement. Une consigne libérale permettait à tout impétrant correctement vêtu de passer devant les tables de cavagnole avant d'arriver à la grande table royale de lansquenet au tapis de velours vert frangé d'or. La Dauphine, assise à la droite du Roi, ne jouait pas, mais regardait avec étonnement son nouveau pays défiler tout près d'elle. Marie-Antoinette demanda à Mme de Noailles si c'était pratique courante.

« C'est une particularité de la France d'ouvrir parfois le palais au peuple, mais seulement dans les grandes circonstances et les jours de grand couvert.

– Je trouve cela très bien ! Je l'écrirai à ma mère, dit la Dauphine en étouffant un bâillement. Y a-t-il encore des réjouissances prévues pour ce soir ?

– Mon enfant, la Dauphine ne bâille pas en public ! Pour vous répondre, il y a encore un feu d'artifice et un souper à l'Opéra. »

Le feu d'artifice, mouillé par un violent orage, ne put illuminer le parc, mais le souper royal fut servi dans la nouvelle salle de l'Opéra à neuf heures et demie. En même temps que le mariage, on fêtait l'inauguration du lieu. Les ouvriers avaient achevé la veille l'immense salon, et le marquis de Marigny put faire admirer à la Dauphine les sculptures de Pajou, le plafond de Durameau, les bas-reliefs d'or mat symbolisant les arts et les plaisirs.

Marie-Antoinette avait beau se répéter que tout ce branle-bas, ces soupers, ces réceptions, ces réjouissances étaient ordonnés pour célébrer son arrivée, elle ne pouvait empêcher l'ennui de la gagner parmi tous ces seigneurs à talons rouges et ces vieilles dames plantées, tels des poireaux, sur les paniers de leurs robes. Elle aurait préféré s'amuser, rire, chanter ! Et Mme de Noailles, engoncée dans le cérémonial de la cour, qui ne descendait jamais jusqu'à se dérider, ne faisait que gronder ! La Dauphine l'appela tout de suite « madame l'Etiquette ». Et comme si l'humeur chagrine de la dame d'honneur ne suffisait pas, son amie et alliée Mme de Marsan lui servait des sermons, des remarques sur sa démarche légère, son regard de coquette ou ses cheveux trop flottants. Heureusement que le tourbillon de fêtes, de cérémonies et de harangues permettait à celle qui n'était que jeune fille de ne pas trop penser. Et puis, le bal paré dont tout le monde parlait, et à propos duquel le Roi avait dit qu'il marquerait le triomphe de la nouvelle Dauphine, approchait. Louis XV n'avait-il pas promis toutes les féeries auxquelles peut rêver un cœur d'enfant ?

Ce fut en effet une fête magnifique, digne de celles qu'organisait un siècle plus tôt, en son palais resplendissant, le Roi-Soleil. Le théâtre, de la scène aux galeries et aux loges, avait été entièrement décoré de guirlandes, d'arcades tendues de brocart bleu à franges d'argent, d'écussons portant les emblèmes du Dauphin et de la Dauphine. Le bal, réglé à la note près, commença à trois heures sur un signe du Roi, installé dans son fauteuil, le dos tourné à l'orchestre. Dès que les musiciens se firent entendre, les jeunes époux ouvrirent la fête par le premier menuet. Suivant le cérémonial des Enfants de France, la cour s'approcha et entoura le couple. Quelques dames, pour mieux voir, montèrent même sur les banquettes.

Tandis que le Dauphin, intimidé par ces regards fixés sur sa femme et sur lui, paraissait plus gauche que jamais, Marie-Antoinette, libre, déliée, ravissante, montrait qu'elle n'avait rien oublié des leçons de ses maîtres viennois. Elle ne participa pas aux contre-danses à la française, qu'elle n'avait pas apprises, mais clôtura le bal en triomphe par une allemande avec le jeune duc de Chartres, tellement meilleur danseur que son mari !

Après plusieurs jours d'opéra et de théâtre, durant lesquels la Dauphine put applaudir la Clairon qui, retirée de la scène, avait tenu à jouer une fois encore pour Mme la Dauphine, ce fut au peuple de Paris de fêter sa princesse en même temps que le printemps. Des salves de l'artillerie de la ville avaient annoncé depuis le matin les réjouissances du soir et, dès la tombée de la nuit, les orchestres de danse inondèrent de musique le centre de Paris ; les fontaines à vin furent débondées et les distributions de pain et de viande attirèrent des milliers de braves gens sur l'immense place Louis-XV où devaient être tirés les artifices de M. Ruggieri. Déjà noire de monde, les bateaux n'en continuaient pas moins d'y charrier les Parisiens de la rive gauche et le Cours-la-Reine son lot de campagnards. Ni le Dauphin, ni le Roi, qui était à Bellevue avec Mme Du Barry, n'assistaient à la fête. La Dauphine devait rejoindre plus tard, avec Mesdames, les gens de la cour qui s'étaient déplacés.

Sur le coup de neuf heures, la duchesse de Chartres alluma la première lance à feu, et le ciel s'illumina de fusées, de fumées multicolores, de bombes éclairantes. Plusieurs fois les chiffres du Dauphin et de la Dauphine s'inscrivirent dans les nuages tandis qu'une retraite de flambeaux s'organisait du côté de la Seine. C'était jovial, bon enfant, bruyant comme sait l'être le peuple de Paris quand il s'amuse. Soudain, une clameur qu'on ne pouvait prendre pour de l'enthousiasme s'éleva à l'entrée de la rue Royale. Depuis l'après-midi, la voie qui menait à la place était encombrée. Un fossé mal comblé, des voitures qui s'accrochaient, des disputes de cochers avaient rendu la circulation des piétons difficile. Ce n'était là qu'un désagrément dont les Parisiens avaient l'habitude. Le destin en fit une catastrophe.

Le malheur voulut que le pont des Tuileries restât fermé, empêchant toute évacuation de ce côté, au moment où la foule se pressait dans la rue Royale afin de gagner la place pour assister le feu d'artifice. En un instant, une panique fatale gagna la foule. On se mit à hurler dans la nuit, chacun essayant de fuir, trébuchant, dans la débandade, sur les plus faibles et s'écrasant contre les voitures.

Tandis que les corps piétinés s'entassaient, les carrosses de la Dauphine et de Mesdames roulaient tranquillement le long de la Seine vers les Tuileries. De la route, Marie-Antoinette avait vu les premières fusées et savourait par avance la joie d'assister au spectacle de la ville en liesse. C'est en avançant sur le Cours-la-Reine que les voitures commencèrent à croiser des groupes épouvantés fuyant la place d'où parvenait une rumeur inquiétante. Les cochers après s'être arrêtés et informés, sans révéler la gravité de l'événement pour ne pas effrayer la Dauphine, prétextèrent quelque empêchement pour faire demi-tour et regagner Versailles. Comme Mesdames, Marie-Antoinette n'apprit que le lendemain l'étendue du désastre de la nuit. On avait, au petit matin, relevé cent trente-deux cadavres, et l'on ne comptait pas les blessés transportés dans les hôpitaux de la ville.

Marie-Antoinette demanda que la messe du matin fût dite à la mémoire des victimes. La catastrophe avait beaucoup touché son âme encore fragile. Se rendant joyeuse à Paris pour s'entendre acclamée, elle n'avait perçu que des cris d'épouvante. Pour une fois, Madame de Noailles abandonna sa morgue et trouva les mots qui la consolèrent et la persuadèrent que ce malheur mêlé aux fêtes données pour elle ne devait en aucune manière être pris pour un mauvais présage.

* *
*

Il y avait désormais deux femmes à la cour. Deux femmes que tout opposait. Mme Du Barry avait intérêt à entretenir de bons rapports avec la Dauphine, mais cette dernière, chapitrée par ses nouvelles tantes, surtout par Mme Adélaïde, lui refusait toute conversation, se détournant même ostensiblement lorsqu'elle s'approchait, un compliment à la bouche. Une lettre adressée à sa mère l'impératrice Marie-Thérèse et dont des copies, on ne sut jamais comment, circulèrent, montra combien son antipathie était grande : « Le Roi a mille bontés pour moi et je l'aime tendrement mais c'est à faire pitié la faiblesse qu'il a pour Madame Du Barry qui est la plus sotte et plus impertinente créature qui soit imaginable. » La comtesse n'était rien de tout cela. Elle savait d'où venait la malveillance, mais ne pouvait forcer la jeune Dauphine ni à l'aimer ni à répondre aux encouragements du Roi. Louis XV multipliait pourtant les occasions d'un rapprochement entre celle qui lui était devenue indispensable dans son quotidien et la petite princesse, source de jeunesse et de gaîté dans sa vie finissante.

Marie-Antoinette avait de quoi être déconcertée dans cette maison dont le chef, qui était aussi celui de la France, était cerné par de continuelles intrigues politiques et familiales. Et voilà que M. de Choiseul, à qui elle vouait de l'affection depuis qu'il avait négocié son mariage, était, semblait-il, sur le point d'être disgracié ! Elle ne comprenait pas pourquoi le Dauphin, qui disait grand mal de la favorite, elle-même hostile au seul ministre français à qui elle aurait pu se confier, le détestait. Depuis des semaines, les jours du duc de Choiseul étaient comptés. Le parti de Richelieu, son vieil ennemi, de M. d'Aiguillon, qui attendait sa place, et de Mme Du Barry, sa bête noire, avait enfin pu décider le Roi à se séparer de celui qui, depuis douze ans, dirigeait son gouvernement. La fin de l'année 1770 fut fatale au ministre, qui avait fort déplu dans l'affaire d'Espagne. Il avait mené le pays au bord de la guerre. Louis XV ne lui avait jamais non plus pardonné de s'être un temps gaussé du choix de ses amours.

Versailles en effervescence s'apprêtait à fêter Noël, les dames de la cour faisaient repasser leurs toilettes pour la messe de minuit du lendemain et le souper qui devait suivre. Bref, l'heure était à la joie, sauf dans le cabinet des dépêches, où le roi écrivait, de sa main, la lettre d'exil et celle où il notifiait ses instructions au duc de La Vrillière, le « grand congédieur ordinaire », comme on l'appelait à la cour.

Le jour de Noël, à dix heures, le messager, dont le regard trahissait le plaisir qu'il éprouvait à s'acquitter d'une mission aussi importante, quittait l'appartement de Mme Du Barry où le Roi venait de lui remettre deux lettres, l'une pour M. de Choiseul, l'autre pour M. de Praslin, ministre d'Etat qui ne pouvait qu'accompagner son cousin dans la disgrâce. L'antichambre était pleine de courtisans et de solliciteurs lorsque le gros La Vrillière se présenta chez M. de Choiseul. Celui-ci s'attendait depuis si longtemps à son renvoi qu'il avait fini par ne plus y croire. Il lut en tremblant la lettre de cachet :

« J'ordonne à mon cousin, le duc de Choiseul, de remettre la démission de sa charge de secrétaire d'Etat et de surintendant des Postes entre les mains du duc de La Vrillière.

Louis.

A Versailles ce 24 décembre 1770 »

Les instructions transmises par l'envoyé du Roi étaient plus dures encore : le duc avait deux heures pour quitter Versailles, vingt-quatre pour quitter Paris et rejoindre à Chanteloup, en Touraine, le château de la famille. Toujours de la main du Roi, le billet des instructions stipulait : « Sans Madame de Choiseul, j'aurais envoyé son mari autre part mais il ne verra que sa famille et ceux que je permettrai d'y aller. » Blême, le duc de Choiseul, écrivit son obéissance aux ordres du Roi, puis appela l'huissier pour le prier d'annoncer que les audiences n'auraient pas lieu et que le grand dîner diplomatique annoncé pour ce jour au ministère était décommandé. Sans voir quiconque, il partit pour Paris.

**
*

On ne fit qu'une brève allusion au renvoi de Choiseul chez Mlle de Lespinasse, où, en revanche, les secrets d'alcôve du Dauphin et de Marie-Antoinette suscitèrent bien des discussions. On savait leurs rapports difficiles. Le mariage était célébré depuis sept semaines, et personne n'ignorait qu'il n'existait aucun lien d'intimité particulier entre les deux époux. L'abbé de Vermont ne racontait-il pas, chez Mme du Deffand, que, le Dauphin étant entré un matin où lui-même se trouvait avec la Dauphine, il s'était discrètement écarté, et que le prince s'était contenté, sans s'approcher, d'interroger la jeune femme sur son sommeil, laquelle avait simplement acquiescé avant de s'en retourner, une fois le Dauphin sorti, jouer avec son petit chien. A ce récit, la marquise, qui voyait déjà dans ce mariage non consommé un intéressant sujet de débat, avait laissé échapper un « C'est un peu court ! » narquois.

Agnès, qui entretenait depuis le temps de Clairaut de bons rapports avec Drouais, le portraitiste préféré de Mme Du Barry, était bien renseignée sur la vie privée de Versailles. La compagnie abandonnait volontiers les austères études philosophiques et scientifiques pour l'écouter raconter les potins de la cour.

La déception conjugale de la Dauphine était un secret de Polichinelle. *Matrimonium non consummatum est*[1]. Ni les bénédictions épiscopales ni les conseils de « caresses et cajolis » adressés par l'impératrice à sa fille n'y pouvaient rien : l'incapacité du Dauphin à honorer son devoir conjugal devenait source d'inquiétude, en France comme en Autriche. On en parlait même ouvertement dans les soupers de Versailles comme à Bellevue ou à Compiègne.

« Il est difficile, dit Agnès, d'accuser la mauvaise volonté du jeune époux. Nuit après nuit, il pousse, paraît-il, la porte de la chambre de la Dauphine et renouvelle ses tentatives infructueuses. Et, le lendemain matin, le pauvre ne peut que répéter dans son journal le même mot fâcheux : “Rien”.

– Mais cela ne peut pas durer ! dit Julie. C'est la succession qui est en cause !

– Croyez-moi, la famille y pense. Le comte de Provence[2], qui n'a jamais pu se résigner à n'être que le second, entrevoit une possibilité d'accéder au trône et ne peut que se réjouir des malheurs de son frère. Quant au comte d'Artois, il pense que l'absence de descendants chez ses aînés ferait de ses fils des prétendants légitimes.

– Et Madame Du Barry, qu'en dit-elle ? demanda d'Alembert.

1. « Le mariage n'était pas consommé. »
2. Futur Louis XVIII.

– Oh ! Je crois que la Du Barry ne songe qu'à obtenir du Roi une attitude moins désobligeante de Marie-Antoinette à son égard. Quant aux problèmes sexuels du Dauphin, elle fait mine de s'en désintéresser. D'ailleurs, selon Drouais, qui peint actuellement la favorite en Diane chasseresse, le Roi ne lui en parle jamais. Elle est pourtant au courant de tout. C'est d'elle que son portraitiste préféré tient que la cruelle impuissance du mari entraîne chez les deux enfants, ce qu'ils sont encore, de graves problèmes de psychologie.

– Alors, tout continue. Mais Louis XV…

–Louis XV, après sa décision de renvoyer Choiseul, semble avoir atteint les limites du volontarisme. Il n'aspire plus qu'à profiter en paix des derniers plaisirs que lui offre sa maîtresse et, toujours d'après Drouais, se moque de tout ce qui pourra arriver après lui. Il a pourtant réagi aux demandes pressantes de l'impératrice Marie-Thérèse, a parlé à son petit-fils et l'a fait examiner par Lassone, le médecin de la cour.

– Alors ?

– Il paraîtrait qu'il n'y a point de cause morale ou psychologique à l'impuissance du Dauphin, mais qu'il s'agit d'une malformation assez insignifiante à laquelle une opération pourrait sans doute remédier. Là, c'est tout, je n'en sais pas plus ! »

La conversation abandonna l'alcôve, mais on ne sortit pas du périmètre versaillais, passant aux grandes nouveautés du Petit Trianon. C'est encore Agnès, décidément reine de la séance, qui détenait le plus d'informations sur le nouvel édifice conçu et réalisé par Gabriel. L'architecte en avait remis les clés en 1768, l'année où Mme Du Barry paraissait à la cour, mais il avait fallu le décorer, sculpter les encadrements de portes et le marbre des cheminées. L'habile Guibert avait mené ce travail à bien, mais, alors que tout semblait fini, il avait fallu mettre la dernière main aux guirlandes de fleurs décorant la grande salle à manger, le cabinet du roi et la bibliothèque consacrée à la botanique. Enfin, aucune résidence royale, même modeste, ne pouvait s'achever sans une commande pour les peintres et M. de Marigny, toujours en poste, avait prié Cochin, secrétaire de l'Académie, de lui faire des propositions. C'est ainsi que Pierre Vien, Lagrenée, Doyen, terminaient d'immenses tableaux débordant de fleurs ou illustrant *La Pêche*, *La Chasse*, *La Moisson*, *La Vendange*.

« Tout cela paraît bien conventionnel ! », dit Condillac.

Ce qui lui attira une repartie de Diderot :

« Mon cher, si la royauté n'est pas conventionnelle, qui le sera ? Existe-t-il un régime qui ne le soit pas ?

– En dehors des peintures et des sculptures, continua Agnès, il faut que je vous parle de toutes les mécaniques qui ont été inventées pour assurer l'intimité des repas. A Trianon, on se passera bientôt de valets.

– A quoi bon être riche si c'est pour se passer de domestiques ! dit Grimm.

– Il reste quand même les cuisiniers ! Et les gens chargés de manœuvrer la table volante qui s'élève du parquet couverte du service avec quatre autres petites qu'on appelle "servantes", sur lesquelles sont disposés, à l'attention des convives, ustensiles et épices dont ils ont besoin. Cet ingénieux dispositif de bouche redescend avec la même facilité !

– Et dire qu'il n'en est pas question dans l'*Encyclopédie* ! s'exclama Diderot. A propos, qui est responsable de cette invention ?

– Un certain Loriot, de l'Académie d'architecture. Il est déjà pensionné par le Roi pour avoir découvert le secret de fixer le pastel sans en altérer la fleur et la fraîcheur.

– Le voilà, le progrès ! Qu'allons-nous devenir à poursuivre nos chimères philosophiques ! s'écria d'Alembert. L'essentiel est que le Roi puisse souper dans la commodité et la discrétion avec la comtesse Du Barry. »

Diderot, qui, ce jour-là, était de belle humeur, objecta que l'important n'était pas la manivelle faisant monter la table, mais le cuisinier l'ayant pourvue. Il poursuivit sur la bonne chère :

« Certains d'entre vous ont eu la sagesse d'aller goûter sur mon conseil les pieds de mouton à la poulette du sieur Bellanger. Eh bien, j'ai une bonne nouvelle à leur annoncer ! Je suis retourné avec Sophie rue des Poulies et nous avons trouvé le fameux cuisinier Champ d'Oison en pleine euphorie. Vous savez que la corporation des traiteurs de Paris l'a attaqué en justice sous le prétexte qu'il n'avait pas le droit de vendre du ragoût. Sachez que le parlement de Paris a longuement délibéré sur la question et a fini par débouter les demandeurs ! Force reste à la loi : les pieds de mouton à la sauce poulette ne sont pas du ragoût et Champ d'Oison peut continuer à en régaler Paris !

– Et si nous allions vérifier sur place cette bonne nouvelle ? suggéra Grimm qui était lui aussi un fameux mangeur.

– Bonne idée ! dit Julie de Lespinasse. Je n'ai à vous offrir pour souper qu'un bouillon et une petite poule au gros sel qui ferait l'affaire pour deux. Allons déguster les pieds de mouton de cet excellent monsieur Bellanger ! »

* *
*

Les Lumières, allumées au milieu du siècle chez un traiteur du Palais-Royal à l'enseigne du Panier-Fleuri lors d'une conversation entre Diderot et d'Alembert, laquelle devait engendrer l'*Encyclopédie*, enflammaient maintenant l'Europe. La plupart des souverains, de la Prusse au Danemark, de la Pologne à la Russie, avaient le regard fixé sur le mouvement d'idées qui balayait la France. Grimm, par sa *Correspondance littéraire, philosophique et critique*, les tenait au courant d'une activité permanente. C'étaient, en dehors de l'*Encyclopédie*, d'Alembert et Clairaut qui révolutionnaient les mathématiques, l'abbé de Lacaille et Clairaut, encore lui, qui cataloguaient les dix mille trente-cinq étoiles du ciel, l'abbé Nollet qui imaginait des machines à produire l'électricité, Buffon qui publiait son *Histoire naturelle* et Voltaire, assurément, qui régnait depuis un demi-siècle sur l'histoire et la philosophie. La langue française était parlée dans toute l'Europe et le fameux voyage de Mme Geoffrin était présent dans toutes les mémoires.

La souveraine la plus attachée à la France des Lumières restait, en 1773, Catherine II de Russie. Alors que Frédéric II s'était lassé de Voltaire, elle vouait à Diderot une admiration qui dépassait la célébrité dont il jouissait à Paris. Il avait refusé, à un moment où son œuvre était menacée, d'aller finir l'*Encyclopédie* à Pétersbourg mais avait accepté de servir d'intermédiaire pour l'acquisition d'œuvres d'art convoitées par l'impératrice. Il s'agissait de la collection du grand amateur Croizat, mise en vente par son héritier. Giorgione, Rembrandt, Titien, Raphaël, Véronèse et de nombreux peintres français, Boucher, Largillière, Watteau, Poussin, figuraient au nombre des artistes dont les œuvres devaient constituer le noyau du musée de l'Ermitage.

Pour le remercier de ce service, la tsarine, qui avait appris les difficultés financières de Diderot – il cherchait à constituer la dot de sa fille –, lui fit proposer, par l'intermédiaire de Grimm, d'acheter sa bibliothèque au prix de quinze mille francs ; il en resterait le dépositaire et toucherait, au titre de bibliothécaire, la somme de mille cinq cents francs par mois. C'était plus qu'il n'en fallait pour qu'Angélique Diderot puisse épouser l'aîné des fils Caroillon de Langres, la ville natale de son père, dont celui-ci ne conservait qu'un souvenir : le vent qui, disait-il, lui avait donné le caractère tempétueux qu'on lui reprochait souvent.

Plusieurs fois, il avait repoussé l'invitation de Catherine à se rendre en Russie : « Pourquoi aller se faire cahoter sur les routes glacées du Nord au risque d'y laisser ma vie ? C'est trop, même pour remplir un devoir de gratitude ! », disait-il. Ce n'est qu'en 1773 qu'il se laissa fléchir par les sollicitations de Grimm. Quittant Paris, son grenier, ses amis, sa maîtresse, il se mit en route pour la Russie en passant par La Haye. Comme il n'aimait pas le roi de Prusse, il ne s'arrêta pas à Berlin et Frédéric en fut mécontent. Enfin, « plus mort que vivant », comme il l'écrivit à Sophie Volland, il arriva à Pétersbourg où il descendit chez le prince Nariskhine, chambellan de Sa Majesté.

Diderot, qui ne connaissait la souveraine que par une miniature montrée par Grimm, trouva l'impératrice sublime. « L'âme de Brutus avec les charmes de Cléopâtre », écrivit-il à ses amis, ajoutant : « Elle est grande sur le trône, ses attraits de femme ont fait tourner la tête à des milliers d'hommes. Personne ne connaît mieux qu'elle l'art de mettre tout le monde à son aise. »

Fort de cette disposition, le philosophe ne se gêna guère et bouscula souvent le protocole[1]. En dehors de ses longues conversations avec la tsarine, Diderot trouvait dans la ville de quoi satisfaire sa curiosité et son goût de la promenade. Et quand il ne sortait pas, il travaillait à établir le catalogue descriptif et critique des œuvres acquises par l'impératrice, à commencer par les tableaux de Crozat dont il avait négocié l'achat à Paris. Il faisait des plans pour le musée de l'Ermitage destiné à abriter les trésors qu'elle accumulait avec un goût très sûr. Diderot complétait aussi ses essais et ses observations sur les derniers Salons, écrivait à Sophie Volland, à sa femme, à sa fille, aux amis parisiens et corrigeait le manuscrit de *Jacques le Fataliste* qu'il avait emporté dans ses bagages. Enfin, il composait parfois quelques vers qu'il offrait à son hôtesse le soir au souper.

Diderot s'ennuyait-il à Pétersbourg, comme se le demandaient à Paris ses compagnons ? Catherine II était une femme instruite et intelligente, mais son esprit ne pouvait se comparer aux lumineuses inductions de d'Alembert. Quant aux salons du palais d'Hiver, avec leurs tapisseries tristes, leurs fauteuils Louis XIV et leurs statues, Diderot les avait en horreur. Du grenier débordant de livres, de papiers jaunis, de tableaux sans cadres aux marbres et aux ors de la tzarine, la différence était trop grande et il lui arrivait de plus en plus souvent de se demander ce qu'il faisait si loin de la Régence. Alors il se lançait dans des observations contre le régime et la manière dont était dirigé la Russie. L'Impératrice souriait de ce zèle réformiste et laissait parler son cher Français, consciente qu'elle jetterait à terre l'empire des tsars s'il lui

1. Catherine a raconté qu'elle avait dû un jour se protéger à l'aide d'un guéridon de sa gesticulation d'une familiarité un peu brusque.

prenait fantaisie de suivre ses conseils. Malgré tout, ce sont deux bons amis qui passèrent l'hiver ensemble, et l'Impératrice pleura son philosophe lorsqu'il quitta Saint-Pétersbourg au printemps de 1774.

A peine reposé de son épuisant voyage, Diderot voulut reprendre ses habitudes, flâner chez les libraires, retrouver ses complices et ses cafés préférés. Ainsi se rendait-il à la Régence avec l'arrière-pensée de battre d'Alembert aux échecs et de mesurer ses progrès après toutes les parties disputées en Russie contre le grand duc Paul Petrovitch, quand Agnès le rattrapa devant le Palais-Royal :

« Alors ? Le philosophe a réussi à se défaire de Circé ?

– Agnès, ma belle Agnès, combien de fois j'ai pensé à vous dans les glaces de Russie !

– Menteur ! Cela ne fait rien, nous sommes tous contents de votre retour. Quand êtes-vous arrivé ?

– Avant-hier. Ce sont mes premiers pas hors de chez moi. J'ai dormi et soigné mes côtes meurtries dans les chemins ravinés des steppes russes et des Karpates. Mais comment va la vie dans notre cher Paris ?

– Offrez-moi un café et je vous dirai que Julie tousse de plus belle et nous inquiète, que d'Alembert la soigne avec des herbes mystérieuses, c'est sa nouvelle marotte, que l'on vient d'achever la place Louis-XV et que cela n'a guère profité au Roi, qui vient de tomber malade à Trianon.

– C'est triste pour Julie ! Et vous, petite Lumière, comment allez-vous ?

– Bien ! Très bien même.

– Les amours ?

– Vous savez, à mon âge, les amoureux ne se pressent pas à ma porte et il m'est facile de rester fidèle à mon mari.

– Que dites-vous, Agnès ! L'astronomie – je me repens tous les jours de ne pas lui avoir consacré ma vie – est source de jeunesse et les ans n'ont pas plus d'effet sur vous que sur Mars ou Saturne. »

Ils gagnèrent le fond de la salle de droite, là où, depuis les débuts de l'*Encyclopédie*, Diderot et ses amis avaient l'habitude de se retrouver. D'Alembert était seul, le regard perdu devant sa tasse vide. Son visage changea lorsqu'il aperçut les deux compères. Il se leva, ouvrit les bras et étreignit son vieux complice :

« Te voilà enfin revenu, on va revivre ! C'est que notre table est souvent vide depuis que Piron, Bachaumont et Helvétius nous ont quittés pour le paradis philosophique. Heureusement, Agnès vient parfois me tenir compagnie, mais elle refuse toujours, la sotte, d'apprendre à jouer aux échecs !

– Donne-moi donc des nouvelles de Julie.

– Un jour bien, un jour mal. Elle tousse et, la semaine dernière, elle a craché un peu de sang.

– A-t-elle cessé de recevoir ?

– Mais non ! Son salon, au contraire, fait la vogue. Il est devenu une antichambre de l'Académie et les hommes politiques prennent l'habitude de le fréquenter assidûment. Ah ! Elle a pris en amitié le jeune prodige des mathématiques Condorcet qui, avec quelques nouveaux venus comme Volnay et Cabanis, forme la nouvelle génération des Lumières, celle qui nous pousse dans la tombe.

– Mais je connais ce marquis ! C'est moi qui l'ai présenté un peu partout lorsqu'il a publié son *Essai sur le calcul intégral*. Je le reverrais avec plaisir.

– Viens tout à l'heure rue de Bellechasse, il sera là. »

Après ce qu'on lui avait dit, Diderot s'attendait à trouver une hôtesse languissante sur un canapé collé à la cheminée. A son grand étonnement, Mlle de Lespinasse rayonnait au milieu d'un groupe où elle parlait un italien parfait avec Poggi et Francesco, deux poètes romains.

Son salon n'avait pas, en Europe, le renom de celui de Mme Geoffrin, mais les jeunes étrangers le préféraient maintenant lorsqu'ils venaient séjourner à Paris. Elle s'interrompit en apercevant Diderot et se jeta dans ses bras avec la spontanéité de ses vingt ans qui avait conquis Paris lorsqu'elle aidait Mme du Deffand. D'un geste, elle fit taire les conversations et annonça : « Messieurs d'Italie et d'ailleurs, aujourd'hui est un grand jour. A peine rentré de chez la grande Catherine, le grand Diderot fait à notre compagnie le grand honneur de sa présence. » L'homme de l'*Encyclopédie* sourit, remercia et dit : « Vous voyez, le vrai plaisir qu'on peut retirer d'un voyage est de croire, au retour, qu'on a manqué à ses amis. »

Ce qui se dit ce jour-là aurait dû normalement faire l'objet d'un long échange d'idées chez Mme du Deffand, qui, d'ordinaire, recevait des gens de la cour, mais c'est le Signor del Portero, venu retrouver ses jeunes compatriotes rue de Bellechasse, qui joua le rôle d'Hermès chez Julie de Lespinasse. Le comte avait été reçu dans l'après-midi par le duc d'Aiguillon, secrétaire d'Etat aux Affaires étrangères, et il était près de lui quand le maître d'hôtel était venu lui porter un pli qu'il avait aussitôt décacheté. Il avait vu le ministre blêmir et, craignant qu'il ne se trouvât mal, lui avait demandé : « Voulez-vous, monsieur, que j'appelle un valet ? » Comme s'il pesait au duc de garder la nouvelle, il tendit, pour toute réponse, le message à Portero. D'un terrible laconisme, il annonçait : « Les médecins viennent de déclarer que le Roi est atteint d'un mal fort préoccupant. »

La révélation du comte suscita évidemment une foule de questions : « Où est Louis XV ? Le Roi est-il perdu ? Est-ce la petite vérole[1] ? Le Dauphin est-il prêt à régner ? » « Je n'en sais pas plus, fit Portero, si ce n'est que le duc, qui semblait regretter de m'avoir informé, me dit que personne au château, sauf la famille, n'était encore prévenu, et me pria de garder le secret. Mais, comme on dit à Rome, les secrets sont faits pour être divulgués. A l'heure présente, tout le monde à Versailles doit être au courant. »

On parla beaucoup du Dauphin en recensant ses qualités et ses défauts, son jeune âge – il n'avait pas vingt ans –, et quelqu'un posa la question qui redevenait d'une actualité brûlante :

« Le Dauphin, à ce que l'on sache, n'a toujours pas, six ans après ses noces, consommé son mariage ?

– Vous en parlez comme d'un bouillon, dit Agnès. Je sais que l'expression est utilisée fréquemment, mais je la trouve de mauvais goût.

– La cour de Vienne, comme celle de Versailles, prend en tout cas l'affaire au sérieux, dit Portero qui, décidément, savait beaucoup de choses.

– Mais encore ? demanda Diderot, ce qui étonna Julie et d'Alembert, car le philosophe se désintéressait généralement de ce genre de potins.

1. C'est ainsi qu'on nommait la variole.

– Eh bien, Marie-Thérèse tempête et couvre sa fille de conseils, Joseph II[1], le frère, annonce sa venue à Paris pour exhorter les jeunes époux à franchir le pas, puisque les médecins autrichiens et français excluent maintenant une incapacité physique !

– Alors ? L'opération dont on a parlé au début ? dit quelqu'un.

– La Martinière, chirurgien du roi, et un médecin envoyé de Vienne ont très vite infirmé cette éventualité. Le Dauphin ne présente aucune anomalie physique.

– Oublions ces détails, dit le jeune Volnay, l'espoir des nouveaux philosophes. Aujourd'hui, le tout est de savoir si le roi de France est capable de donner un héritier à la Reine et au royaume ! Avouez que la situation est bizarre[2]. »

* *
*

Louis XV aimait passionnément son Petit Trianon. Il y avait effectué tant de voyages[3] reposants ou amoureux dans les jardins botaniques de Jussieu et de Richard ! La destinée voulut que le malheur survînt le soir où ses jardiniers lui avaient fait la surprise d'éclairer par des centaines de

---

1. Empereur d'Allemagne depuis la mort de son père François Ier. Il gouverna avec sa mère.

2. La situation ne changera qu'en 1777, où, pressé par son beau-frère, Louis XVI réussira enfin à déflorer la Reine. Joseph fut en effet l'artisan de cette heureuse conclusion. Sa lettre à son frère Léopold met fin aux controverses : « Le roi de France a enfin réussi le grand œuvre et la Reine peut devenir grosse. Ils me l'ont écrit tous les deux et me font des remerciements, l'attribuant à mes conseils. Il est vrai que j'ai parfaitement reconnu que paresse, maladresse et apathie étaient les seuls empêchements qui s'y opposaient. »

3. Pour le roi et la cour, quitter Versailles, même pour aller passer la nuit à Trianon, était un « voyage ».

lanternes une immense plate-bande plantée dans la journée de reines-marguerites rapportées de Chine par des missionnaires. Les fleurs dessinaient une inscription portant, à droite et à gauche de son chiffre, « Le Roi », « Le Bien-Aimé ». Louis apprécia ce geste et remercia les ouvriers avant de se mettre à table pour le souper. C'est à ce moment qu'il se dit pris d'un malaise et qu'il se leva sans avoir pu avaler la moindre bouchée. Le prince Xavier de Saxe, qui l'avait accompagné à la chasse, aida à le transporter dans sa chambre.

Le lendemain, 27 avril 1774, il était fébrile, mais voulut chasser en voiture. Peu après le départ, comme il grelottait sans pouvoir se réchauffer, il fut ramené à Trianon et l'on envoya chercher La Martinière, un homme énergique, le seul qui pouvait lui parler avec autorité. Le 28, la fièvre s'était installée, mais le Roi voulait rester à Trianon. La Martinière fut ferme selon son habitude : « Sire, lui dit-il, c'est à Versailles qu'on doit soigner le Roi ! » En robe de chambre, Louis fut enveloppé dans une couverture et porté presque de force dans sa voiture après qu'on lui eut administré de l'opium. Dès le 29, la famille apprit la vérité : le Roi avait la petite vérole !

Tout le château était secoué. La mort proche, presque certaine, de Louis XV, ranimait la lutte des clans. Celui de Choiseul envisageait un retour au pouvoir, et les amis de la comtesse Du Barry voyaient leur aventure s'achever. Trois jours passèrent sans apporter de mieux. La fièvre persistait, l'éruption s'était déclarée. Certains y voyaient un avantage, d'autres une nouvelle raison de s'alarmer. Le Roi, certes inquiet, ignorait la nature du mal. Il s'étonnait de ses boutons, mais on le rassurait en lui disant qu'il s'agissait d'une fièvre militaire sans grande gravité. Personne ne lui parlait de religion, de crainte de l'effrayer. Ses filles le gardaient le jour et Mme Du Barry venait la nuit. L'archevêque de Paris, mourant de la gravelle, était venu en triste état, s'était installé à Versailles, mais n'avait rien dit.

La nouvelle, naturellement, avait fait le tour de Paris. Dans les salons comme à la cour, d'ailleurs très réduite car comme tous les autres les gens de haut rang craignaient la contagion, on se posait la même question : le roi ne risquait-il pas de mourir sans sacrement, ce qui était sans exemple depuis Clovis ? En fait, Louis pensait avoir eu la petite vérole à l'âge de dix-huit ans et se croyait immunisé. Il n'aurait sans cela jamais demandé à Mme Adélaïde de lui remuer les bras couverts de boutons et à Mme Du Barry de lui frotter le front.

Le 3 mai, il dit, en regardant ses mains : « Mais c'est la petite vérole ! » Comme il ne voulait pas le croire, on l'en dissuada facilement et la journée se passa plutôt bien, à tel point que certains se prirent à espérer. Le lendemain, tout fut différent. Le prince de Ligne, qui était chez Mme Du Barry, sortit de la chambre en glissant à l'oreille de M. de Croÿ[1] : « La catastrophe va avoir lieu. » A onze heures du soir, le 4 mai, le Roi fit appeler Mme Du Barry : « A présent que je suis au fait de mon état, il ne faut pas recommencer le scandale de Metz. Si j'avais su ce que je sais vous ne seriez pas entrée dans ma chambre. Maintenant, je me dois à Dieu et à mon peuple. Ainsi il faut que vous vous retiriez. Dites à d'Aiguillon de venir me parler demain à dix heures. » C'était

1. Le Journal du maréchal, duc de Croÿ, constitue l'une des sources les plus complètes pour la connaissance du règne de Louis XV.

pour lui commander de faire partir honnêtement Mme Du Barry en évitant toutes les duretés de Metz et de la faire conduire par Mme d'Aiguillon à Rueil, dans sa maison.

Il fallut attendre le lundi 9 pour que le Roi, rongé de la tête aux pieds par un mal inexorable, demandât l'extrême-onction. A huit heures, on laissa pénétrer dans la chambre les ministres et tous ceux qui avaient l'« entrée ». Le roi était allongé sur un lit de camp, celui sur lequel il était soigné depuis le début, car on craignait que le lit royal ne fût souillé par les germes du mal. Tout le monde put suivre le rituel en distinguant très bien le torse et la tête enflée, comme masquée de bronze par les croûtes, éclairés par quantité de cierges tenus par des prêtres en surplis.

Toute la nuit se passa à attendre la fin, mais ce n'est que le lendemain, mardi 10 mai, onzième jour de la maladie, à une heure de l'après-midi, que l'agonie commença. A trois heures et quart, on ouvrit les deux battants de la porte afin que tous ceux qui voudraient le vissent. Un huissier se pressa à l'Œil-de-bœuf pour annoncer : « Le roi est mort ! »

Le lendemain, les habitués se retrouvèrent nombreux chez Mme Geoffrin. Le mercredi était le jour des écrivains, mais c'est tout le monde des Lumières, les peintres comme les philosophes et les hommes de science, qui se pressa dans le salon jaune. Même ceux qui recevaient chez eux, comme Julie de Lespinasse, Mme Helvétius ou le baron Holbach, avaient délaissé leur salon pour venir chez la dame qui, depuis plus de trente ans, ouvrait son « bureau d'idées » à tous ceux dont le talent méritait l'estime.

Mme Geoffrin se tenait à sa place habituelle. Ses yeux vifs allaient de l'un à l'autre et ses lèvres s'ouvraient sur un mince sourire. Tous ceux qui avaient vu s'épanouir le bouquet des Lumières étaient là. Il ne manquait que Rousseau, mais il y avait plus de vingt ans qu'il n'avait mis les pieds dans un salon parisien. Quant à Voltaire, il devait, depuis son château de Ferney, faire part au monde entier des réflexions que lui inspirait la mort du Roi. Ce jour-là, il n'aurait pu être question d'autre chose que de cette mort et de ses conséquences. Chacun avait son mot à dire pour faire le bilan d'un règne où le gouvernement royal s'était, souvent malgré lui, trouvé impliqué dans la vie culturelle.

« Je ne sais pas ce qu'il restera de ce siècle, mais il aura été celui de l'Europe française ! dit Grimm.

– C'est au moins vrai pour l'architecture, répondit Grellut, qui avait à son actif de nombreux travaux entrepris à Versailles et des ponts dans plusieurs villes de province. On a construit des "petits Versailles" dans toutes les capitales.

– Versailles, c'est Louis XIV ! remarqua Agnès.

– Mais l'architecture du siècle, c'est Gabriel, Gabriel et encore Gabriel ! On retrouve son nom sur tous les édifices, de l'Ecole militaire au Petit Trianon. Il est vrai qu'il a bénéficié d'une protection royale sans faille. Cela en a agacé plus d'un et on ne l'aime guère dans nos sociétés, dit Marmontel.

– Parce qu'il les a toujours ignorées. On l'a rarement rencontré dans un endroit fréquenté par les philosophes. Mais cela ne l'empêche pas d'avoir du talent !

– Tous les riches étrangers ne peuvent s'offrir un Versailles, mais ils achètent les meubles de nos admirables ébénistes, dit Diderot qui, à l'époque, fréquentait beaucoup les artisans.

– Plus que les pierres et les commodes, c'est le français qui a triomphé hors du royaume, continua Julie. Notre hôtesse, qui a correspondu si longtemps avec Catherine, et Diderot qui lui a rendu visite, savent comment elle parle et écrit notre langue. Les traités sont rédigés en français, qui est aussi la langue diplomatique. Voyez les livres porteurs de nos idées, ils sont lus et appréciés à l'étranger ! Oui, tout cela est à mettre à l'actif du règne. Je dis bien du règne, pas du Roi.

– La peinture mérite peut-être aussi de figurer en bonne place dans ce bilan, enchaîna Hubert Robert qui était venu avec son vieux complice Fragonard.

– Ce n'est pas moi, qui ai tant écrit sur les peintres du siècle, qui dirai le contraire, assura Diderot. Et que grâce soit rendue aux dames. C'est à elles que nos peintres doivent la reconnaissance royale dont ils ont constamment bénéficié. Je pense en particulier à la reine Marie et à madame de Pompadour. A cette dernière, les philosophes aussi peuvent dire merci. Sans elle, la Sorbonne et les parlements auraient sans nul doute obtenu l'interdiction de l'*Encyclopédie* ! Et n'oublions pas notre hôtesse, qui a relevé, en 1759, à force d'écus, notre dictionnaire chancelant !

– Taisez-vous donc ! interrompit Mme Geoffrin. Je n'ai jamais parlé de cette contribution, mon désir était qu'elle demeure cachée. Pas parce que vos idées n'épousaient pas les miennes, mais parce que j'ai toujours voulu que mes dons et mes prêts à ceux qui en ont besoin demeurent une affaire entre eux et moi. »

On ne sait qui donna le signal des applaudissements, mais le salon manifesta bruyamment son enthousiasme. Mme Geoffrin, qui, comme toutes les reines, savait masquer ses sentiments, ne put cette fois cacher son émotion. Elle essuya une larme avec le pan de la coiffe nouée sous son menton et, d'un affectueux sourire, remercia ses amis. Agnès changea la conversation en posant la question présente dans tous les esprits : « Le parti de la comtesse Du Barry évincé, le jeune Louis XVI investi d'un pouvoir pour lequel il n'est visiblement pas préparé, qui va gouverner le royaume ? »

Les philosophes présents ne s'intéressaient qu'aux idées, pas à la gestion politique du quotidien, les poètes et les artistes encore moins. Seule Mme Geoffrin aurait pu tenter de répondre, mais elle était fatiguée. On ne discuta donc que de banalités jusqu'à l'heure du souper. Il fut frugal en raison du nombre inaccoutumé de convives.

* *
*

Le jeune Roi était-il l'être sans relief et velléitaire que beaucoup croyaient ? Sitôt intronisé, il avait pris des décisions déconcertantes qui marquaient la rupture avec le régime précédent. Quarante-huit heures après la mort de son père, il avait rappelé Maurepas pour l'aider dans son nouveau métier de roi. Le choix était surprenant : l'ancien ministre de la Marine de Louis XV n'était plus aux affaires depuis très longtemps et il avait soixante-treize ans, un âge vénérable pour succéder aux trois grands ministres du roi défunt, d'Aiguillon, Maupeou et Terray, tous renvoyés. A la cour, on parla de « Saint-Barthélemy des ministres ». On ne fut pas moins surpris quand le Roi nomma un philosophe, ami des encyclopédistes, Turgot, contrôleur général puis ministre d'Etat. Miromesnil aux Sceaux et Sartine à la Marine formèrent avec Maurepas le nouveau gouvernement auquel fut bientôt adjoint Malesherbes, un autre philosophe, avec pour mission de rappeler les parlements dissous par Maupeou.

Louis XVI se montrait donc sous le jour d'un souverain éclairé, et la secte des philosophes s'en serait montrée satisfaite si le Roi n'avait exigé de se faire sacrer à Reims. Le clan, qui depuis un demi-siècle n'avait cessé de se gausser du rite de l'onction, discuta de l'opportunité d'une présence de ministres philosophes au gouvernement d'un souverain se prétendant l'oint du Seigneur. Finalement, le sacre eut lieu le 11 juin et tous les rites furent accomplis. En présence de Turgot !

Les gens de lettres et de science, amis d'Agnès, étaient presque tous francs-maçons et retrouvaient dans leurs loges, sans que cela fît embarras, les grands noms de la noblesse. Des princes du sang « frimaçons », comme on disait souvent en référence aux Anglais ! Il y avait tout de même du nouveau dans cette royauté qui avait longtemps suspecté et souvent interdit les réunions de francs-maçons. Au temps de sa jeunesse, Agnès n'avait pas sollicité son admission parce que les femmes n'étaient acceptées que dans des « loges d'adoption » placées sous la tutelle des loges masculines. Cette discrimination la choquait. Vingt-cinq ans plus tard, Lalande se joignait à d'Alembert pour la presser d'adhérer à la loge féminine Saint-Jean-de-la-Candeur qui venait d'être fondée par le marquis de Saisseval sous la haute protection du grand maître du Grand Orient, le comte de Chartres, successeur du comte de Clermont.

Ce ne sont pas ces grands noms qui influencèrent Agnès, mais l'insistance de son maître Lalande et celle de ses amis horlogers les Lepaute. Reine Lepaute, son amie, était en effet grande prêtresse de la nouvelle loge qui avait la particularité d'être mixte. Agnès éprouvait aussi le besoin d'agir en faveur de l'émancipation des femmes, dont les philosophes parlaient beaucoup sans s'y intéresser vraiment. Agnès, enfin, avait été impressionnée par les écrits de Ramsay que Diderot lui avait fait lire. Le chevalier de Ramsay, un Ecossais, avait été le grand propagandiste de la maçonnerie en France, où il avait créé les premières loges avec le duc de Richemond, autre émissaire de la Grande Loge de Londres[1].

Agnès s'était renseignée sur la nature des épreuves qui l'attendaient lors de son initiation, et c'est avec plus de curiosité que de crainte qu'elle se présenta devant ses futurs frères et sœurs. Selon le rituel, emprunté en partie à la symbolique des bâtisseurs de cathédrales, on la dépouilla de ses « métaux », bijoux et monnaie, avant de la mener, les yeux bandés, dans une pièce obscure, appelée cabinet de réflexion, où elle dut rester seule un long moment à méditer sur des symboles alchimiques. Bien qu'avertie, Agnès ressentit une vive émotion. Elle tremblait un peu lorsqu'une sœur vint la chercher pour la conduire à l'intérieur de la loge.

Les yeux toujours bandés par un masque de soie noire, le pied droit déchaussé, elle pénétra dans une pièce froide et silencieuse. L'oreille aux aguets, elle n'entendait que le bruit des respirations. Soudain, elle sursauta. Une voix dure et peu aimable ordonna qu'on lui fît faire les « voyages initiatiques ». Au terme de ceux-ci, tous virtuels, la voix du Vénérable lui demanda ce qu'elle attendait. Elle cherchait une réponse quand une sœur invisible lui souffla : « La Lumière ». Son

1. Montesquieu fut initié le 16 mai 1730 à la loge de la Horn Tavern. Il est sans doute le premier Français qui ait adhéré à la franc-maçonnerie.

cœur battait si fort, sa gorge était tellement sèche, qu'elle eut grand-peine à prononcer ce mot pourtant si familier. A peine avait-elle répondu qu'une main la libéra de son masque et qu'une torche l'aveugla. Il lui fallut quelques secondes pour distinguer l'assemblée qui l'entourait, glaives levés et pointés vers elle. Parmi toutes ces têtes, elle reconnut celles de Lalande, ce qui ne l'étonna pas, et le fin visage de Mme Helvétius, qu'elle ne savait pas franc-maçonne. Le Vénérable, marquis de Sasseval, la fit approcher, lui demanda de s'agenouiller et de prêter serment, la pointe d'un compas sur le cœur, la main droite posée sur l'Evangile : « En présence du Grand Architecte de l'Univers qui est Dieu et devant cette auguste assemblée, je promets et jure de garder exactement les secrets des Maçons et des Maçonnes sous peine d'être frappée de l'épée de l'Ange exterminateur. » Le Vénérable lui posa encore le « sceau de la discrétion », qui était de baiser cinq fois la truelle, et lui dévoila les signes et les mots de reconnaissance. Puis il lui donna les gants et le tablier. Agnès en avait fini de son initiation. Elle était maçonne, et Anne-Catherine Helvétius la conduisit à la place qui lui était réservée sur la colonne nord, parmi les apprentis.

Dans le carrosse qui la ramenait rue des Saints-Pères, Agnès, encore remuée, revivait les moments les plus forts de la cérémonie, dans ce lieu peuplé de mythes qui lui apparut comme le temple de l'*Encyclopédie*. Jamais elle n'aurait imaginé que ce fût si intense et si rassurant à la fois. Elle ressentait au plus profond d'elle-même une sorte de sérénité. Elle sourit en pensant qu'elle était une fille de la Lumière.

Etre reçue apprentie à la Candeur, n'était-ce pas, à son âge, un excitant pari sur la vieillesse ? A propos, elle se rappela qu'elle devait souper avec ses philosophes, ses horlogers et ses chasseurs d'étoiles, invités chez Bellanger pour fêter ses cinquante ans. Elle tira un miroir de la poche de son manteau pour accomplir – autre rituel – le plus féminin des gestes. N'examinant son visage qu'un instant, elle se dit qu'elle avait bien raison de ne pas poudrer sa belle chevelure striée maintenant de fils blancs.

* *
*

Julie de Lespinasse avait eu trois hommes dans sa vie : d'Alembert, dont on ne sut pas s'il avait vraiment été son amant, le marquis de Mora, qui lui inspira un amour dévorant, et le comte de Guibert, dont elle s'éprit follement vers la fin de sa vie. Elle avait connu la douce paix de l'affection et la douleur dévastatrice d'une passion exacerbée. Aujourd'hui, encore jeune, malade d'amour et martyrisée dans son corps, elle se sentait condamnée. Le mal qui rôdait depuis longtemps menaçait chaque jour davantage sa vie devenue lamentable.

La maigreur de son corps naguère si beau faisait peur. Julie ne dormait plus, l'irritation de ses entrailles était une torture permanente, sa toux convulsive la déchirait, elle comme ses amis. Elle eut encore la force d'écrire une lettre à d'Alembert pour lui demander pardon, renouvela de vive voix sa prière le lendemain et mourut dans ses bras après avoir avalé une forte dose d'opium. Elle n'avait pas encore quarante-quatre ans. Dans son message à d'Alembert, elle implorait son ami de rechercher dans ses affaires les lettres de Mora et de Guibert et de les brûler sans les lire. D'Alembert n'avait pas besoin de s'infliger ce supplice. Les dernières paroles de Julie ne laissaient pas planer de doute : il n'avait été qu'un figurant dans la tourmente de sa vie amoureuse.

Mlle de Lespinasse fut pleurée par ses amis. Quant à Mme du Deffand, elle rapporta laconiquement la mort de sa nièce à son ami Walpole : « Mademoiselle de Lespinasse est morte cette nuit à deux heures après minuit : ç'aurait été pour moi autrefois un événement, aujourd'hui ce n'est rien du tout. »

* *
*

Mme Geoffrin venait d'achever son dîner, frugal comme à l'habitude, accompagné d'eau chaude, son viatique depuis qu'une coqueluche qui n'était pas de son âge l'avait éprouvée. Tout était calme dans l'appartement du faubourg. Selon l'horaire monastique qu'elle s'était fixé, elle n'attendait personne avant la fin de l'après-midi et pouvait s'atteler au courrier. Elle s'installa dans son boudoir bibliothèque à la table à écrire où elle avait passé tant d'heures depuis qu'elle avait épousé M. François Geoffrin. Il lui fallait ce jour-là, entre une lettre au roi de Pologne et un mot au prince de Kaunitz, correspondant régulier depuis son séjour à Vienne, justifier la rudesse avec laquelle elle avait refusé d'inviter le baron de Wreech que lui recommandait Grimm :

« Mon cher Grimm, je me reproche d'avoir refusé trop brusquement la proposition très flatteuse que vous m'avez faite de recevoir Monsieur le baron de Wreech. Je vais vous écrire les raisons que j'aurais dû vous dire. J'espère qu'elles me justifieront près de vous et près du baron.

« J'ai plus de soixante-quinze ans. Les nouvelles connaissances fatiguent beaucoup ma tête; j'oublie les noms, les qualités, je fais des quiproquos qui me font sentir trop souvent ma fin prochaine. De plus, quand messieurs les étrangers ne font que passer, il ne m'en reste que des idées confuses. S'ils séjournent assez longtemps pour les bien connaître, s'ils sont aimables, je m'attache et leur départ me peine. J'ai éprouvé cette affliction quand le jeune prince d'Anhalt nous a quittés. Le baron de Wreech me parlerait de lui et renouvellerait en moi un sentiment que je veux laisser éteindre. Vous m'avez dit, mon cher Grimm, que le baron était rempli de mérite. C'est une raison de plus pour me fortifier dans ma résolution et ne plus faire de nouvelles connaissances, ni étrangers, ni même dans nos concitoyens. La barrière est fermée.

» Tenez-vous donc heureux, mon cher Grimm, vous qui avez de l'amitié pour moi, d'être en deçà de la barrière. Vous êtes au nombre de mes anciens amis. Votre date est gravée dans mon cœur. »

La santé qui lui restait, Mme Geoffrin n'entendait pas la gaspiller. Elle voulait pouvoir encore longtemps recevoir à souper quelques intimes, poursuivre cette douce pratique qu'elle considérait comme une mission et qui lui avait valu tant de bonheur au cours de sa longue vie. Depuis deux ans, elle avait pris l'habitude de se retirer de temps à autre au couvent des dames de Saint-Antoine-des-Champs dans le faubourg Saint-Antoine, dont l'abbesse, Mme de Beauveau-Craon, était son amie. Le but de cette retraite était double : elle se reposait mieux qu'à Paris dans la chambre confortable qu'elle louait à l'année et se rapprochait de Dieu, auquel elle n'avait accordé, pensait-elle, qu'une dévotion inconstante. C'est là, chez les « dames du Faubourg », qu'elle reçut Hubert Robert à qui elle avait commandé plusieurs toiles.

Mme Geoffrin avait toujours aimé ce grand garçon aux manières élégantes, formé à l'école de Rome, maintenant célèbre pour ses tableaux tirés des dessins rapportés d'Italie et ses paysages de Paris. Pour remplacer deux grands Van Loo vendus à Catherine II, la dame du faubourg Saint-Honoré lui avait acheté quelques tableaux avant de lui demander de peindre une série de toiles consacrées à sa vie.

Hubert Robert trouva dans les jardins de l'abbaye un cadre à la mesure de ses goûts, mais Mme Geoffrin ne souhaitait pas être peinte dans les fleurs. Elle voulait que l'artiste la représentât dans des scènes familières. A l'extérieur, Robert se contenta de peindre les cygnes du grand bassin. Madame Geoffrin posa dans sa mise habituelle, vêtue de son éternelle robe sombre de taffetas d'Italie, le col et les manches parés de linge fin, ses cheveux d'argent à demi recouverts d'une coiffe nouée sous le menton. Durant des jours, il la suivit dans l'abbaye en la dessinant et en prenant des notes. Il ébaucha ainsi, avant d'achever les œuvres dans son atelier *Le Déjeuner de Madame Geoffrin*, *Madame Geoffrin visitant l'abbaye*, *Madame Geoffrin déjeunant avec les nonnes*, *L'Artiste présentant son tableau à Madame Geoffrin*[1]. Il est sûr que, en commandant ces toiles, la reine du faubourg

1. Ces toiles figurent actuellement dans les collections David-Weil et Veil-Picard. Il existe d'autres portraits de Mme Geoffrin, dont celui de Nattier, au temps de sa jeunesse, et un autre, de Chardin, à soixante ans (musée de Montpellier).

Saint-Honoré pensait à laisser un souvenir dans la vie qui continuerait sans elle.

Pendant que Julie s'éteignait, le Jubilé universel était célébré au milieu d'une affluence qui agaçait et inquiétait le clan des philosophes. Au Procope où ils commentaient l'événement, une voix s'exclama : « Ce jubilé recule de plus de vingt ans l'empire de la raison ! » « Eh oui, dit Condorcet. Il suffit de promettre des indulgences pour rameuter les pécheurs ! »

Mme Geoffrin était-elle dans ce cas ? Dans son souci d'accéder à la dévotion, elle avait décidé d'assister aux longues et pénibles cérémonies de Notre-Dame. Pénétrée de froid, la vieille dame rentra chez elle épuisée. Un valet et le cocher la conduisirent jusqu'à sa chambre. Au moment où elle allait gagner son fauteuil, Mme Geoffrin, livide, s'écroula évanouie sur le parquet. Quand elle se réveilla, de longues minutes plus tard, ses gens s'aperçurent qu'elle était en partie paralysée. Simon, l'intendant de la maison, courut à l'écurie trouver le cocher qui s'apprêtait à dételer. « Vite ! lui cria-t-il, va chercher le médecin et file prévenir Mme de la Ferté-Imbault de l'état de sa mère ! »

Un érysipèle s'était en même temps déclaré, entraînant de cruelles souffrances, mais M. Bouvard, le médecin, déclara qu'il n'y avait pas de danger immédiat et qu'il était préférable de laisser faire la nature. Mme Geoffrin approuva d'un signe de tête, but beaucoup d'eau chaude et attendit stoïquement, dans son état d'infirmité, que Dieu disposât de sa vie.

La nouvelle causa une vive émotion parmi les habitués de la maison. Chez beaucoup d'entre eux, à l'affliction et à l'anxiété, se mêlait l'humeur de constater que l'accident était dû à un excès de zèle religieux. Morellet alla même jusqu'à rappeler l'adage que Mme Geoffrin avait elle-même souvent à la bouche : « On ne meurt jamais que de bêtise. » Quant à d'Alembert, son irréligion le poussait à maudire un accès de dévotion qu'il rendait responsable des souffrances qu'endurait un être si cher. Il ne quittait guère son chevet, poussait à toute heure la porte de la chambre, s'installait auprès de la paralytique ou dans le salon attenant. Cette insistance déplaisait à Mme de la Ferté-Imbault, qui n'aimait pas les philosophes et détestait d'Alembert. La marquise répétait partout qu'il était impossible de laisser plus longtemps une malade pieuse sous la garde quasi permanente d'un homme sans religion ni principes, et annonça son intention de mener « une guerre sans merci contre d'Alembert et sa séquelle ».

Mme Geoffrin souffrait depuis déjà deux mois quand survint une deuxième crise d'apoplexie, plus grave que la première. D'Alembert accourut aussitôt. Une maladresse, prise aussitôt comme prétexte, le fit, lui, ainsi que ses amis de l'*Encyclopédie*, interdire l'accès de l'hôtel. Tout le monde à Paris parla de cette proscription, et les philosophes s'insurgèrent. Grimm, Turgot, Diderot donnèrent de la voix, et d'Alembert, dans ses lettres à Voltaire, accabla Mme de la Ferté-Imbault, laquelle, aveuglée par une pratique religieuse militante contre la secte abhorrée, tenait à l'écart des hommes qui, durant trente ans, avaient entretenu des relations intimes avec sa mère.

La pauvre Mme Geoffrin, bras et jambes paralysés, dont la tête commençait à perdre le fil d'une pensée jusque-là intacte, était-elle au courant de la guerre de religion qui la privait de la plus grande partie de ses amis ? La marquise l'assura en criant victoire : « Elle n'a rappelé aucun de ceux que j'ai éloignés ; elle a fait ses Pâques de manière que son curé et son confesseur sont contents. Mon triomphe est complet[1] ! »

Si le nombre de ses visiteurs était réduit à ceux que la proscription avait épargnés, les messages de l'étranger ne cessaient d'arriver faubourg Saint-Honoré. Non seulement de Vienne et de Varsovie, où elle avait rendu visite à ses amis les rois, mais depuis les villes où elle n'était connue que de renommée. Partout les ambassades de France étaient sollicitées pour fournir des nouvelles de Mme Geoffrin. A Pétersbourg, l'impératrice se préoccupait de son ancienne correspondante un moment négligée et chargeait Grimm, alors en Russie, de transmettre ce message à sa chère vieille amie : « Sa Majesté vous ordonne très sérieusement, pour achever votre guérison, le voyage et les eaux de Spa. »

Mme Geoffrin esquissait un pauvre sourire en écoutant la lecture de ces messages par son secrétaire. Elle ne se payait pas d'illusions, se savait perdue, mais n'abandonnait pas, à la veille du grand passage, les préoccupations qui avaient été siennes durant toute sa vie. Ainsi fit-elle envoyer une cassette de deux mille écus à Thomas, un philosophe sans grand talent auquel elle s'était attachée, des casseroles d'argent à Suard, un protégé de Necker qu'elle avait toujours aidé, et à d'Alembert, ce qui montre qu'elle n'avait pas oublié le proscrit, une jolie somme pour payer la pension d'une pauvre femme dont il lui avait parlé. La paralysie l'obligeait maintenant à dicter ses lettres. Pourtant, peu de temps avant la fin, dans un dernier effort, elle souleva sa main et traça d'une

1. Relaté par Mme Necker dans une lettre à Grimm.

écriture tremblée et presque illisible les derniers mots sortis de sa plume : «Je vous aime de tout mon cœur.» Ils étaient destinés à son «cher enfant», le roi de Pologne.

Une dernière crise emporta Mme Geoffrin le 6 octobre 1777. Ses obsèques, sans pompe aucune, selon sa volonté, se déroulèrent à Saint-Roch. Les habitués de ses dîners, philosophes, écrivains, artistes, ne s'étaient pas précipités pour saluer la dépouille de celle qui les avait reçus pendant trente ans. On remarqua d'autant plus la présence dans les premiers rangs de d'Alembert, effondré, de Diderot, de Thomas et de l'abbé Morellet, le plus ancien des fidèles du faubourg Saint-Honoré. «Je désire, avait-elle écrit avant de tomber malade, que mes amis m'aiment pendant que je vis, je ne désire point leur laisser de regret.»

Son vœu parut exaucé. La disparition de Mme Geoffrin passa presque inaperçue. Les gazettes ne lui consacrèrent que quelques lignes et le public accueillit la nouvelle avec indifférence. Le voile de l'oubli semblait s'étendre sur elle quand, deux mois plus tard, le clan des encyclopédistes réveilla le public par trois opuscules parus coup sur coup. Sous le titre d'*Eloge funèbre*, *Lettre* et *Portrait*, Morellet, Thomas et d'Alembert rappelaient dans une émotion élégiaque les grands traits et les belles actions d'une vie noblement remplie. D'Alembert, le plus affecté, avait atteint une vraie éloquence. A la tristesse s'ajoutait un trouble qui dérangeait sa vie. Privé à la fois des après-midi du faubourg et des soirées chez Julie de Lespinasse, l'homme des Lumières errait dans les chemins du regret. «J'ai perdu en même temps mes deux seules amies, il n'est plus pour moi ni soir ni matin», écrivit-il à Voltaire qui porta aux nues les trois panégyriques, qualifiés de chefs-d'œuvre, et promit l'immortalité à la « simple citoyenne admirée du monde entier ».

* *
*

D'Alembert avait converti Agnès au jeu d'échecs. Ils « poussaient le bois » cet après-midi-là à La Régence et, pour la deuxième fois de la partie, le philosophe faisait remarquer à son adversaire, que si elle avançait sa pièce comme elle s'apprêtait à le faire, elle serait mat le coup suivant : « Vous n'anticipez pas, Agnès. Un bon joueur doit prendre en compte les ripostes possibles de l'adversaire. Pour une mathématicienne, cela devrait couler de source ! » Agnès faisait pourtant des progrès et les observations de d'Alembert étaient de moins en moins fréquentes. La dernière n'entraîna pas le « oh, pardon ! » habituel, mais un sourire sur les lèvres de Mme d'Estreville, qui avait repris son nom de jeune fille après la mort de son mari : « Je joue quand même ma tour, monsieur l'incrédule, et c'est moi qui vous mets en échec avec mon fou ! »

C'était la première partie qu'elle gagnait. Diderot, qui arrivait, trouva une Agnès réjouie et un d'Alembert déconfit :

« Figure-toi qu'elle vient de me battre ! Et moi qui lui donnais des conseils !

– On leur donne une table de logarithmes et une lunette, et les voilà tout de suite sur nos brisées. Qui donc arrêtera l'irrésistible ascension des femmes ? ironisa Diderot.

– Vous peut-être, mon cher, car je vous provoque. Après le secrétaire de l'Académie, pourquoi pas le "semeur d'idées[1]" ? »

1. Ses amis l'appelaient souvent ainsi.

C'était là fol espoir, car Diderot était quasiment imbattable aux échecs. Il gagna donc rapidement la partie, et Agnès reconnut que sa victoire sur d'Alembert risquait de ne pas se reproduire de sitôt. Marmontel, que Piron avait appelé méchamment « le petit Voltaire » et qui avait été un hôte assidu de Mme Geoffrin, arriva peu après. On commanda du café et la conversation s'engagea. Ce n'était pas pour rien qu'on surnommait Marmontel le « concierge du château ». Sa charge de mémorialiste du roi lui permettait en effet de dresser l'oreille dans les couloirs à Versailles et d'y recueillir les derniers potins.

« Savez-vous, dit-il, que le chevalier d'Eon s'est présenté hier à la cour ?

– Il ou elle ? demanda Agnès.

– Eh bien, il était habillé en femme et a prié le monde de l'appeler chevalière d'Eon ! »

Diderot éclata de rire et demanda :

« Mais que vient donc faire à Versailles l'espion favori de Louis XV ?

– On dit qu'il est revenu en France pour restituer des documents secrets en sa possession. Il les aurait négociés contre une pension.

– Cela serait drôle si ce n'était ridicule, dit d'Alembert. Mais comment se présente ce phénomène ? L'avez-vous rencontré ?

– Non. Quelqu'un qui partagea son dîner m'a dit que sa conversation est lourde et de mauvais goût, mais qu'il a parfois de bonnes reparties. Sa figure et son accoutrement prêtent à rire. Il semble qu'aux yeux des gens sensés il ne soit qu'un intrigant et un vil espion.

– Mais pourquoi se travestir ainsi ? fit Agnès.

– Pour brouiller les pistes sans doute. N'oubliez pas qu'il fut secrétaire d'ambassade à Londres, à Saint-Pétersbourg et, surtout, l'un des passeurs de la correspondance secrète du roi. Il n'est pas étonnant que Louis XV, attiré par tout ce qui touchait l'espionnage et les secrets d'Etat, se soit entiché de ce surprenant agent qui venait le voir dans son Cabinet des dépêches habillé en femme.

– Et pourquoi d'Eon ne serait-il pas une femme ?

– Le marquis de Bombelles, ma chère, assure qu'il existe sept ou huit personnes attestant que c'est décidément un homme. »

Ce point d'histoire réglé, Agnès invita l'élite parisienne des philosophes à venir dîner chez elle :

« J'ai une cuisinière qui fait une omelette bien meilleure que celle de feu la bonne Mme Geoffrin. Mais vous allez être étonnés : Marguerite connaît une foule d'aphorismes sur la cuisine. Elle n'en est pas l'auteur, mais a servi chez le comédien Dessarts, un spécialiste.

– Le gros Dessarts ?

– Lui-même. Ne soyez donc pas étonnés si Marguerite vous sert l'omelette baveuse à souhait en disant : "Dieu veuille, messieurs, que vous trouviez le dîner excellent, car la bonne cuisine est l'engrais d'une conscience pure."

– C'est la meilleure pensée philosophique entendue de longtemps ! affirma Diderot. Il faudra aller un jour voir jouer cet admirable artiste. Quel talent il lui faut pour faire oublier au public son ventre de poussah ! »

Agnès était heureuse de recevoir ses amis. L'appartement de la rue des Saints-Pères, légué par le bon M. de la Cane en même temps qu'une rente confortable, occupait un étage de l'hôtel de Bouillon, maison qui avait son histoire. Monsieur de la Tour d'Auvergne, duc de Bouillon, y avait habité, puis Pierre de Bérule, premier président au parlement du Dauphiné, et enfin le marquis de Blaqueville, ancien colonel d'infanterie qui avait eu son heure gloire, non sur le champ de bataille mais au-dessus de la Seine. Il avait réussi à traverser le fleuve grâce à un équipement d'homme-oiseau de son invention. En 1742, le colonel élancé du toit de son hôtel, avait survolé la Seine en vol plané et s'était malheureusement écrasé à l'arrivée sur un bateau-lavoir. Le marquis s'en était tiré avec une jambe brisée et une réputation d'original.

La réunion fut un plaisir. Diderot ne joua pas les grognons, d'Alembert oublia les absences qui lui faisaient mal et Marmontel tint son rôle de bel esprit. Point de discussions savantes ni d'échanges philosophiques, on parla de tout et de rien, de la statue de Voltaire pour laquelle d'Alembert recueillait des fonds, de la vie retirée que menait Mme Du Barry dans sa gentilhommière de Luciennes, au milieu de ses œuvres d'art. Sur ce point encore, Marmontel savait tout :

« La comtesse est toujours belle, et d'une façon charmante. Après sa disgrâce, elle s'est un moment consolée avec Lord Seymour, l'ambassadeur d'Angleterre. Elle l'aima, lui se lassa et, pour l'heure, elle vit avec une sorte de vieil époux amoureux, le duc de Brissac, qui s'est établi à Luciennes. Il s'endort, le soir, dans la salle où Louis XV est si souvent venu dîner tandis que madame Vigée-Lebrun peint le portrait de la dame de la maison.

– Il est touchant, dit Agnès, de voir cette enfant gâtée de l'amour vivre dans l'adoration d'un des derniers preux de

France. Sans doute a-t-elle moins démérité qu'on ne le croit et que sa destinée est de finir dans un tranquille bonheur ! »

C'est à la fin du dîner, alors que les invités vidaient un dernier verre de liqueur, que d'Alembert se dressa, comme mû par une révélation : « Je cherchais une signification à ces merveilleuses agapes et je l'ai trouvée. Agnès, vous êtes une adorable amie et une hôtesse incomparable. Votre voie est tracée : Julie est partie, Mme Geoffrin nous a quittés, c'est à vous, non pas de les remplacer, mais de créer dans votre belle maison un nouveau salon à votre image. Dites-nous quel jour vous choisissez afin que nous battions le rappel de la parfaitement bonne compagnie. Faites, je vous en prie, cette faveur aux rescapés du siècle des Lumières ! »

Diderot grogna, mais pour dire son approbation, et Marmontel broda une phrase enthousiaste très compliquée. Agnès, quant à elle, resta médusée. L'idée ne lui était jamais venue qu'elle pourrait un jour se trouver dans la situation d'une Mme Geoffrin, d'une Mme de Tencin ou d'une marquise du Deffand, calée dans un fauteuil et orientant avec autorité la conversation des gens les plus connus de Paris. Passe peut-être pour Mlle de Lespinasse, dont elle avait suivi l'ascension... Mais non, formée à la rigueur des mathématiques, elle n'avait pas cette aura qui avait permis à Julie d'attirer les esprits les plus subtils et les plus différents ! « D'Alembert, finit-elle par dire, vous avez trop bu ! Je n'ai aucune des qualités qui ont permis à quelques grandes dames de créer un salon. Je veux bien, quand j'en ai envie, recevoir les gens que j'aime, comme ce soir, mais pas ouvrir ma maison à jours et à heures fixes comme un théâtre ! »

Il était tard. On en resta là après une allusion à Jean-Jacques Rousseau qui, revenu à Paris, vivait en reclus dans son appartement de l'hôtel garni du Saint-Esprit, rue Plâtrière.

« Il est malade, dit Marmontel. Il souffre de troubles urinaires, mais est surtout malade de la tête. Plus que jamais, il se croit persécuté, entouré d'ennemis et répète qu'il finira ses jours pauvre, dans cette affreuse proscription.

– Quel gâchis ! constata Diderot. Il est l'homme que nous avons le plus admiré. Je ne peux penser sans émotion aux moments que nous avons passés à son ermitage, près de Montmorency. Il nous lisait de longs morceaux de son *Héloïse*. Jamais un écrivain n'a été plus admiré ! Par quelle malédiction nous a-t-il, les uns après les autres, écartés de sa vie ? »

**
*

Depuis la mort de Mme Geoffrin et de Mlle de Lespinasse, une étrange grisaille flottait sur le monde des Lumières. Le feu allumé en Europe par les encyclopédistes, les artistes et les écrivains semblait s'étouffer dans ses cendres. Diderot, apaisé, n'écrivait presque plus. Comme un bon bourgeois, il se rendait souvent prendre le bon air à Sèvres dans la maison d'un ami, non loin des dames Volland. A Paris, il vivait maintenant en bonne intelligence avec sa femme à l'humeur adoucie. D'Alembert se rendait à l'Académie dont il était le secrétaire, jouait aux échecs et, comme son vieux compère, allait souvent souper chez Agnès, qui n'avait pas ouvert de salon, mais tenait table ouverte pour la dizaine d'amis qu'elle comptait chez les gens de lettres, les horlogers et les astronomes.

Le parti des philosophes se résignait à la présence de Necker aux Finances, la considérant comme une étape dans la lutte pour la vertu à laquelle ils avaient usé leurs forces. Seul Voltaire continuait à se multiplier contre « l'infâme », nom qu'il avait donné une fois pour toutes au fanatisme religieux. Mieux, à l'heure où ses frères en philosophie consumaient mollement leurs souvenirs, il vivait encore dans l'enthousiasme. Oubliant tous ses maux, même une douloureuse fièvre urinaire, il écrivait, entre deux visites de pèlerins illustres, la pièce que Paris attendait : *Irène*. Le matin, il tenait le rôle qu'il s'était offert en achetant le fief du pays de Gex. Seigneur du lieu, il en dirigeait la prospère activité. Ferney, qui avait cinquante habitants à son arrivée, en comptait maintenant plus de mille. On pouvait railler ses prétentions de propriétaire terrien, sa manie de montrer ses troupeaux, ses taureaux, son haras, les bienfaits du petit roi en bonnet de laine étaient reconnus et appréciés de ses sujets.

La Comédie-Française s'apprêtait donc, dans l'hiver de 1778, à jouer *Irène*. Des crachements de sang avaient empêché l'auteur d'arriver à Paris assez tôt pour diriger les répétitions, mais, quelques jours plus tard, il refusa, malgré les conseils de son médecin et les supplications de sa nièce, de renoncer à venir assister au succès de son œuvre. Le carrosse du patriarche franchit la porte Saint-Victor le 12 février et son arrivée quai des Théatins[1], chez le marquis de Villette, passa inaperçue. Sa nièce, Mme Denis, qui veillait sur lui depuis le départ de Ferney, voulut le coucher afin qu'il se reposât d'un voyage harassant. Une heure plus

1. 37, quai Voltaire.

tard à peine, Voltaire demanda ses habits et annonça qu'il allait rendre visite, quai d'Orsay, à d'Argentan, l'homme qui s'occupait de ses affaires. Avait-il envie d'être reconnu ? Il s'était affublé d'un gros bonnet rouge qui, en ces jours de carnaval, n'attira que l'attention de quelques gamins. Devant les reproches de Tronchin[1] et de sa nièce, l'insupportable vieillard consentit les jours suivants à rester tranquille. Vêtu d'une robe de chambre et d'un bonnet de nuit, il répondit avec bonhomie, comme il le faisait à Ferney, aux visiteurs accourus dès l'annonce de son arrivée.

La grande affaire, pour laquelle il avait fait le voyage de Paris, restait *Irène*, dont les premières représentations, en l'absence de l'auteur, recevaient un accueil poli mais pas enthousiaste. Cette froideur le tracassait. Il l'attribuait au quatrième acte et résolut de le réécrire, ce qu'il fit en une nuit ! Pendant que les comédiens apprenaient leurs nouvelles répliques, Voltaire donnait audience aux gens de théâtre et d'opéra ou à la troupe philosophique conduite par Diderot et d'Alembert. Il recevait Mme Necker, Gluck, La Harpe, Benjamin Franklin, dont il bénit le petit-fils par ces mots : « Dieu, Liberté, Tolérance. » Tous les jours, des dizaines de personnes se pressaient dans les salons du marquis de Villette qui jouait les introducteurs avec d'Argentan. Et l'inévitable arriva : à force de s'agiter, Voltaire retomba malade, sembla se rétablir, et retomba.

Sans le prévenir, un jour où il vomissait le sang, on lui envoya le chapelain des Incurables. D'abord, Voltaire céda à l'abbé Berthier, se confessa de mauvaise grâce et écrivit une

---

1. Célèbre médecin ami de Voltaire, qui l'appelait son « cher Esculape », et de toute la philosophie.

profession de foi dont les termes ne pouvaient satisfaire le clergé, qui exigeait une rétractation. L'abbé insista, le grand homme se mit en colère et se retourna contre le mur. Une fois encore, Voltaire ressuscita et annonça, le 25 février, qu'il allait faire une promenade pour découvrir les transformations de la ville. Son carrosse bleu fut reconnu, la foule l'acclama et le suivit dans les rues. Il rentra quai des Théatins tout ragaillardi et se reposa jusqu'au 30 pour aller à l'Académie française.

La présence de Voltaire à Paris était maintenant connue. Le parcours fut un triomphe. Les badauds entouraient le carrosse, les gens aux fenêtres applaudissaient en criant « Vive Voltaire ! » L'Académie en corps s'avança pour l'accueillir. Seuls manquaient les prélats membres de la compagnie. Son fauteuil, vide depuis si longtemps, avait été orné de son portrait. En son honneur, d'Alembert prononça un éloge de Boileau. Le discours était ancien, mais d'Alembert l'avait complété par des phrases flatteuses pour le patriarche. Celui-ci prit quelque repos chez le secrétaire perpétuel avant de gagner avec ses amis la Comédie-Française, alors installée aux Tuileries.

Son grand jour était arrivé. La peuple, délirant, envahissait les jardins, la salle était remplie jusqu'à la dernière marche d'escalier par l'assistance la plus choisie et la plus élégante de Paris. L'entrée de Voltaire fut saluée par une interminable ovation. La troupe joua *Irène* avec, pour la première fois, le nouvel acte IV, mais les regards allaient plus souvent vers la loge de l'illustre auteur que vers la scène. A la fin, l'ovation reprit de plus belle quand l'acteur Brizard vint poser une couronne de laurier sur la haute perruque du vieillard qui, à quatre-vingt-quatre ans, était ce soir-là l'homme le plus adulé du monde. Mais ce n'était pas fini. Le rideau se releva sur la troupe au complet qui entourait le buste du héros. Mlle Vestris s'avança, couvrit le buste de lauriers et récita quelques vers bien pauvres pour célébrer un génie :

« Voltaire, reçois la couronne
Qu'on vient de te présenter;
Il est beau de la mériter
Quand c'est la France qui la donne. »

La tête pleine de cris d'admiration et d'applaudissements, Voltaire se retira et gagna sa voiture, escorté par des porteurs de flambeaux. Il ne dormit guère cette nuit-là et égrena pour ses hôtes, durant de longues heures, les souvenirs d'une vie vécue dans la poésie et la fureur du génie.

Dès le lendemain, « Papa Grand Homme » – le marquis de Villette appelait ainsi celui qu'il disait être son père spirituel – poursuivait sa quête d'émotions. Il assista à une autre séance de l'Académie, fut reçu maître à la loge maçonnique des Neufs-Sœurs, acheta un hôtel rue de Richelieu pour ne pas importuner plus longtemps les Villette, se rendit à l'invitation du duc de Chartres qui lui présenta ses enfants, alerta le procureur qui laissait traîner un vieux procès, assista à une assemblée de comédiens auxquels il promit une tragédie, alla voir la maréchale de Luxembourg qui avait toujours eu un faible pour les philosophes, et le maréchal de Richelieu, son frère en impiété. Enfin, il se fit conduire au couvent Saint-Joseph pour revoir celle avec qui il correspondait depuis vingt ans, Mme du Deffand. L'entrevue, qui devait être courte, dura, mais ni lui ni elle ne révélèrent ce qu'ils s'étaient dit. Si la marquise aveugle n'avait pu constater l'état squelettique de son ami, Voltaire avait été effrayé par les ravages de l'âge sur le visage de son amie. Il sortit tremblant et consterné du couvent.

Alternant les jours où il se voyait mourir et ceux où il se sentait mieux, Voltaire vécut ainsi près de trois mois. Quand il souffrait moins, il demandait une plume, du papier, et dressait le plan d'une nouvelle tragédie. Pour s'échauffer, il réclamait aussi du café et en buvait des pots entiers, à quoi on attribua une rechute qui, le 21 mai, l'obligea à s'aliter. Tronchin, appelé, fut surpris par l'agitation du malade, victime d'une crise d'urémie. Voltaire extravaguait, retrouvant parfois toute sa tête et criant, quand Tronchin ou quelqu'un de sa famille le prêchait avec un peu d'insistance pour le calmer : « Comment pourrais-je avoir recours à une religion que j'ai cherché à détruire durant soixante ans ? »

Le curé de Saint-Sulpice sachant Voltaire au plus mal risqua sa chance. Et celle de l'Eglise. Il se présenta quai des Théatins. On le fit attendre. Enfin, il pressa tant Mme de Villette qu'il entra dans la chambre où Voltaire était assoupi. Croyant peut-être jouer sur la surprise, il cria en avançant la croix : « Monsieur de Voltaire, reconnaissez-vous Jésus-Christ ? » Voltaire réveillé, les yeux enflammés, cria lui aussi : « Qu'on me laisse en paix ! » Et, comme il l'avait fait pour le confesseur des Incurables, il se retourna contre le mur. Le curé se retira alors en maîtrisant son irritation et prévint : « Monsieur de Voltaire ayant dénié le Christ publiquement et par ses écrits ne pourra être enterré en chrétien. »

Enfin, la nuit du samedi au dimanche 30 mai, à onze heures du soir, Voltaire dit, en le nommant, adieu au domestique qui lui relevait la tête et expira. Peu après, des berlines officielles amenèrent le premier président Amelot, le lieutenant de police et l'abbé Mignot, un conseiller au Parlement, neveu du défunt. La mort de Voltaire était à n'en pas douter une affaire d'Etat ! Vivant, il avait exaspéré le monde des puissants. Il s'en était pris aux bigots, aux hypocrites, au pape, à la justice, au fanatisme, à la police, à la superstition, aux savants, aux ignorants, aux ministres, aux prêtres, aux courtisans et même parfois à ses confrères philosophes. Et voilà qu'une fois mort il continuait à empoisonner les autorités !

Comme le sarcastique pamphlétaire se serait diverti de voir tous ces hauts personnages discuter de la manière dont on allait se débarrasser de son cadavre ! Il eût bien ri en apprenant le moyen qu'ils avaient imaginé. Il fut convenu de cacher sa mort et d'emporter son corps en faisant croire qu'il avait perdu l'esprit et qu'on le ramenait à Ferney pour se rétablir. En conséquence, le dimanche 31, les chirurgiens ouvrirent le corps en règle et en secret. On remit le cœur à M. de Villette et à la famille après avoir conclu que la cause de la mort était un abcès dans la vessie. Voltaire fut embaumé après qu'on eut retiré et fait enterrer ses entrailles. A onze heures, une berline, sombre comme la nuit, emporta le grand homme ficelé comme une momie. Ainsi, quelques semaines après les folles acclamations à la Comédie et à l'Académie, Voltaire, interdit de sépulture, quittait Paris en catimini. Par prudence, la police avait fait interdire à tous les imprimeurs de composer et de diffuser toute annonce de la mort de Voltaire. Celle-ci ne parut sur ordre que huit jours plus tard, en petits caractères et en quelques lignes dans la *Gazette de France* : « Marie-François Arouet de Voltaire, gentilhomme ordinaire du roi et un des Quarante de l'Académie française, est mort le 30 mai à l'âge de quatre-vingt-quatre ans et quelques mois. »

Quand parut ce faire-part laconique, Voltaire était déjà enterré. Pas à Ferney, où il ne revint jamais, mais à l'abbaye de Scellières, près de Troyes, qui appartenait à l'abbé Mignot, son neveu. Un bref service avait précédé l'inhumation et, lorsque l'évêque diocésain vint brandir l'acte d'interdiction, il était trop tard. Ce que l'Eglise avait refusé, la famille l'avait obtenu, mais il s'en était fallu de peu que les restes d'un de nos plus grands hommes, dont la gloire emplissait le monde, n'obtiennent pas quelques pieds de terre française pour les recouvrir[1].

**
*

Rousseau ne s'était pas manifesté à la mort de Voltaire. De plus en plus atteint par sa folie de persécution, il vivait terré, ne sortant que pour herboriser dans les bois proches de Paris. Il écrivait pourtant encore. Dans *Les Rêveries du promeneur solitaire*, il exprimait son désarroi devant les attaques haineuses dont il se croyait l'objet : «Je suis sûr d'achever mes jours dans cette affreuse proscription sans jamais en pénétrer le mystère.»

Jean-Jacques avait si souvent claqué la porte de ceux l'avaient hébergé durant sa vie errante que personne ne se hasardait plus à lui offrir un gîte. Il se trouva pourtant un admirateur pour le tirer de la chambre meublée assez misérable de la rue Plâtrière où il logeait depuis qu'il s'était fâché, à Londres, avec le bon M. Hume, écrivain et philosophe de

1. Le corps de Voltaire resta à Scellières jusqu'en 1791. Suite au décret de l'Assemblée nationale, il fut triomphalement transporté au Panthéon.

grand renom. Le marquis de Girardin lui offrit une petite maison dans le parc d'Ermenonville, à dix lieues de Paris. Il s'y installa le 20 mai et reprit ses habitudes d'anachorète dans un lieu qui semblait fait pour lui. En herborisant ou en sommeillant sous un charme, il fortifiait l'idée qu'il se faisait de la nature : un état primitif des choses où l'homme naturel, bon à sa naissance, est dépravé par la société. Songea-t-il à ses cinq enfants abandonnés quand la mort le saisit, le 2 juillet, en train d'observer les pétales d'un coquelicot ? Rousseau croyait en Dieu et à la Providence. Il n'avait pas ouvertement médit de l'Eglise et l'évêché permit sans y mettre obstacle son inhumation dans l'île des Peupliers, voisine de sa retraite.

La mort de Rousseau, un mois après celle de Voltaire, laissait exsangue la république des philosophes. Du trio des dames qui les avaient protégés, c'était Mme du Deffand, l'aveugle, la plus affligée, la plus âgée aussi, qui survivait, fermement installée sur son trône de Saint-Joseph. De là elle comptait ceux qui partaient pour l'ailleurs. Elle en tenait la liste à jour et la communiquait au seul correspondant qui lui restait, Walpole. A propos de Voltaire, elle lui écrivit : « On prétend qu'il est mort d'un excès d'opium et de café, je dirais plutôt d'un excès de gloire qui a trop secoué sa faible machine. » Et elle ajouta : « Moi, je suis toujours là ! Dans mon salon, dans mon vieux fauteuil, dans une vie qui, j'en suis fort aise, tarde à finir ! »

* *
*

Loin des disparitions qui endeuillaient la famille des penseurs, à Trianon, la cour de Marie-Antoinette brillait de mille feux. La jeune reine n'ayant cure des difficultés financières du moment, ni du mécontentement qu'entraînaient ses prodigalités, poursuivait sans remords l'installation de son paradis. Si rien n'était épargné pour satisfaire une maîtresse exigeante qui ne manquait point de goût naturel, le résultat laissait peu de place à la critique : Trianon transformé était une réussite. Un grand rocher s'élevait au bout d'un petit lac creusé entre deux collines qui se prolongeaient par la rivière. Presqu'île, pont, bouquets d'arbres d'essences variées, allées tortueuses ponctuaient le dessin harmonieux du jardin.

Sur les conseils du prince de Ligne, « point de ces abatis de temples que l'on voit n'avoir jamais existé », Marie-Antoinette avait éliminé les fausses ruines si prisées en Angleterre. Tout ce qui avait été construit était parfait et ceux qui étaient admis à venir partager son éden avaient bien de la chance, car ils n'étaient pas nombreux. Dès que le Roi lui en avait fait cadeau, la Reine avait fait savoir qu'elle entendait être chez elle dans son Arcadie heureuse, y rejeter les étiquettes si pesantes de Versailles, y vivre dans cette intimité particulière qu'elle avait connue à la cour impériale.

Ce jour-là, il y avait tout de même une cinquantaine de personnes, jeunes pour la plupart, qui se pressaient dans les salons ouvrant de plain-pied sur le jardin aux allées tournantes. On attendait le Roi en prenant la collation au pavillon de Louis XV avec des fraises et de la crème venues de l'Ermitage de Mme de Pompadour. C'était l'été, l'air était doux, les robes des dames, posées comme des papillons sur leurs invisibles paniers, fleurissaient la pelouse de couleurs délicates.

Le spectacle semblait plaire à Hubert Robert, qui, assis à l'ombre d'un prunier du Japon, crayonnait les jeunes et jolies personnes dont Marie-Antoinette aimait s'entourer à

Trianon pour oublier la morosité de Versailles et l'humeur des femmes de la famille. A Versailles, en effet, les trois Mesdames, revêches et hors d'âge, lui étaient restées hostiles, Madame Clotilde, la gentille sœur du roi, avait quitté la cour pour épouser le prince de Piémont, et les belles-sœurs, la comtesse d'Artois et la comtesse de Provence étaient tristes, envieuses. Il restait Madame Elisabeth, qu'elle aimait bien, mais qui n'était encore qu'une enfant. C'est cet entourage morose que la jeune reine voulait oublier dans la compagnie de ses favorites, la princesse de Lamballe, Mme Dillon et, depuis peu, la comtesse Jules de Polignac, dont les principes en matière de religion et de mœurs faisaient jaser, mais qui était gaie et d'une angélique beauté.

La collation dura un peu. Les fraises étaient si bonnes qu'il fallut du temps aux dames trop gourmandes pour enlever les taches qui avaient sali leurs toilettes. Enfin, on put passer aux jeux de beau temps, occupation fort goûtée à Trianon. La reine décida que l'on commencerait par une partie de colin-maillard. Le sort désigna Mme de Lamballe. M. de Guines, un ami dont la reine appréciait les histoires plaisantes et les talents de flûtiste, banda les yeux de la princesse d'une écharpe de soie noire et la laissa chercher à tâtons celui ou celle dont elle devait deviner le nom. On rit beaucoup, le bandeau changea de visage plusieurs fois et l'on passa au jeu de la bague.

Marie-Antoinette avait fait dresser sur l'herbe, devant le château, un jeu à la chinoise dont elle était très fière. Ce jeu n'avait pas grand-chose de commun avec la course de bagues des anciens carrousels. Il était plein de grâce et d'adresse, et les femmes y participaient avec bonheur. Sous un grand parasol pendaient des anneaux que les joueurs devaient essayer d'enfiler sur une baguette. Les hommes étaient assis sur des dragons, les femmes sur des paons fixés sur un plateau tournant.

De nouveau on cria, on rit, on applaudit les succès féminins qui étaient récompensés par de beaux éventails. Tout cela dans une galanterie de bon aloi. Après une heure de divertissement, la reine laissa la fête se poursuivre et se retira dans le grand salon ouvert sur la terrasse. Elle entraîna Mme de Polignac :

« Venez, ma chère, fuyons un instant le ramage de ces jeunes fous ! Ce n'est pas que je déplore leur gaîté, mon Trianon est fait pour oublier les soucis, mais je voulais bavarder tranquillement. Savez-vous que la vivacité des sentiments que je vous porte suscite des jalousies ? Les dames du palais sont, paraît-il, émues de votre succès. Je tenais à vous dire que je m'en moque !

– Merci Majesté. Je sais qu'on rapporte des choses désagréables sur mon compte, qu'on me reproche de n'être pas de la cour et d'être fraîchement présentée.

– Oubliez tout cela et continuez de m'aider à faire de mon Petit Trianon un lieu de plaisirs délicats. »

A ce moment, un groupe de jeunes gens arrivés en carrosse vint se mêler aux autres invités, Marie-Antoinette y reconnut le comte Esterhazy :

« Vous connaissez Valentin ? C'est le plus charmant et le plus honnête officier. Le roi l'aime beaucoup. Il n'y a que ma mère pour s'inquiéter de voir en faveur auprès de moi ce "freluquet", comme elle le nomme.

– Que lui reproche donc l'Impératrice ?

– D'appartenir à une branche de sa maison qui s'est illustrée dans les insurrections hongroises aux côtés de Rakoczy.

Cela ne l'empêchera pas de faire bientôt un beau maréchal de camp avec le cordon bleu ! Mais il faut que j'aille retrouver mes hôtes, venez… »

Elle n'avait pas mis un pied sur la pelouse qu'Esterhazy se précipitait et lui baisait la main :

« Majesté, j'ai commis une incorrection.

– Cela m'étonnerait de votre part.

– Je me suis permis d'amener un gentilhomme suédois que vous n'avez pas invité.

– Eh bien, présentez-le-moi, que je lui souhaite la bienvenue. »

Le comte revint bientôt en compagnie d'un beau chevalier nordique dont les cheveux soulevaient de l'or dans le soleil. Son regard croisa celui de la Reine, qui, durant quelques secondes, demeura immobile, scellée sous le charme. Esterhazy, d'abord surpris, comprit que s'écoulaient des secondes d'éternité. D'une voix blanche, il dit :

« Votre Altesse, permettez-moi de vous présenter monsieur de Fersen. »

Table

Impression réalisée sur CAMERON par
BRODARD ET TAUPIN
La Flèche

pour le compte des Éditions Fayard
en février 2004

Imprimé en France
Dépôt légal : février 2004
N° d'édition : 42598 – N° d'impression : 22808
ISBN : 2-213-61673-6
35-33-1873-5/01